L'HÉRITAGE DES DARCER

Tome 3 : La Relève

DÉJA PARUS :

Tome 1 : *L'Héritage des Darcer*
Tome 2 : *Allégeance*

7-13, boulevard Paul-Émile-Victor – Île de la Jatte
92521 Neuilly-sur-Seine Cedex
www.lire-en-serie.com

MARIE CAILLET

L'HÉRITAGE DES DARCER

Tome 3 : La Relève

Michel LAFON

GRANDS OCÉANS DU NORD
Harpenn
Everenn
Menlas
Farellea
Sheria
Aïdrez
Liash
EDRILION
Tediac
Teyres
Monts Baïshdro
Preen
Siartt
Dahis
Alester
Ourissan
Epeck
Orghill
Ashân
Saetr
An'Jas
Jial
Peli
Berias
Vesdrell
Dalen
Mealla
Plaines
du Demi-Pas
Les Vallons chanteurs
ACRYAK
Penhata
Esliat
Les Bois
Golfe du Médant

Le Daj'Arlant
Massif du Rheagor
LA DÉLÉANE
Estrin
Les ravins d'Erlett
Chaneer
Feleòn
MER D'OLRANTE

Résumé des tomes précédents

Tome 1 : *L'Héritage des Darcer*

Au royaume d'Edrilion, Mydria est la fille unique et chérie des puissants Siartt. Pourtant tout bascule à ses seize ans quand une étrange métamorphose la change en papillon et dévoile sa véritable identité : elle n'est pas une Siartt mais l'ultime descendante de la dynastie des Darcer, renversée des générations plus tôt par les rois de La Déléane. La découverte de ce secret conduit Mydria sur les traces de ses ancêtres. Poussée par sa famille adoptive, elle doit dès lors reconquérir ce qui lui revient de droit : le trône et le trésor familial. Effrayée par le poids de sa destinée, la jeune fille s'enfuit et se réfugie dans une taverne où elle confie sa détresse à Orest. Mal lui en prend, le jeune homme, membre de la Guilde des assassins, la contraint à accompagner sa bande de malfrats dans une périlleuse expédition pour faire main basse sur le trésor. Peu à peu cependant, Orest tombe sous le charme de Mydria…

À la cour d'Edrilion, Keagan le roi usurpateur a appris l'existence de la dernière des Darcer. Il se lance à sa poursuite, prêt à tout pour éliminer celle qui représente une menace pour son trône. Quand l'île magique qui dissimule le trésor apparaît enfin, un combat acharné s'engage. Alors que Keagan est sur le point de se débarrasser de la jeune fille, il est tué par Orest. Malheureusement, l'or s'évanouit dès que Mydria quitte l'île, rappelé par une puissante magie. Bredouille, la troupe se sépare : les bandits d'un côté, Mydria et Orest de l'autre…

Tome 2: *Allégeance*

Après la mort de Keagan, la cour est enfin libre de choisir son nouveau maître. Pourtant Welfendà, la reine de La Déléane refuse d'abandonner son empire. Avec l'aide des Chimères, créatures magiques et véritables extensions de son esprit, elle met tout en œuvre pour conserver sa mainmise sur le royaume d'Edrilion et impose le Sanreth, l'un de ses vassaux, comme régent. Et, se doutant que l'héritière des Darcer est encore en vie, elle lance ses monstres à sa recherche.

Loin de ces enjeux de pouvoir, Mydria, accompagnée d'Orest, va à nouveau devoir se battre. À la recherche de nouveaux alliés, ils rencontrent les Kmetts, une caste secrète de traqueurs, et les Fauconniers, maîtres des villes. Ils parviennent à convaincre le plus influent d'entre eux de les aider, quand les Chimères attaquent. Poursuivis par les créatures, le groupe réussit à s'enfuir par les galeries souterraines d'Istarion mais subit de lourdes pertes. Malgré le chagrin et le deuil, Mydria n'a plus le choix : pour vivre en paix, elle doit reconquérir sa couronne et libérer son peuple. Elle peut désormais compter sur des alliés fidèles et s'appuyer sur un nouvel espoir : l'enfant qu'elle attend…

Prologue

La plume gisait sur le dallage, son ombre épousant son contour.

Elle était assez grande pour tenir dans le creux d'une paume. Assez petite pour s'envoler au moindre souffle. Avec sa forme élégante, elle semblait faite pour écrire, mais ce n'était pas sa fonction. Sa couleur l'indiquait, elle était grise et la lumière passait sur elle comme sur une armure, sans l'atteindre.

La couleur du métal.

La main du Sanreth se referma sur elle, s'éleva et se rouvrit. À hauteur de visage, il n'y avait pas de doute : malgré ses reflets, elle n'était pas faite de métal, mais d'une matière rigide qu'on ne trouvait chez aucun oiseau. Lorsqu'il la lâcha, elle chuta sans grâce, et un petit bruit sec retentit dans la salle du trône. Il lui sembla voir un corps gris se débattre et se fracasser sur le marbre. Les galeries d'Istarion…

L'une de ses Chimères était morte là-bas. Cela remontait à plusieurs jours, mais le souvenir restait ancré en lui. Le Sanreth était revenu se réfugier dans cette salle pour panser ses plaies, comme une bête blessée.

Plusieurs jours… infinis, et si brefs pour reprendre forme humaine. À présent, la raison lui revenait.

La raison et la haine.

Du bout de sa botte, le Sanreth repoussa la plume et traversa la salle. La Chimère la plus proche se porta à son côté, son plumage ondoyant au rythme de sa marche, et il s'aperçut qu'une nouvelle plume repoussait lentement là où l'autre s'était détachée. L'unique défaut de l'armure ne serait bientôt qu'un souvenir.

– Vous ne mourrez plus, murmura-t-il. Jamais.

L'écho de sa voix disparut avant d'atteindre la voûte. Cela n'avait pas d'importance. Ce qu'il disait là n'était destiné qu'à lui-même. Seules les Chimères occupaient la salle, et pour communiquer avec elles, il n'avait pas besoin de parler.

La Chimère de la Reine Welfendà l'attendait. Ses moindres mouvements coulaient comme l'eau. Beauté des prédateurs sûrs de leur force, si sûrs qu'ils pouvaient se permettre la nonchalance…

Ensemble, ils franchirent les quelques marches qui menaient au trône. Ils formaient un couple étrange, l'homme et l'animal, l'un hésitant et l'autre superbe sous sa pelisse terne. Le Sanreth prit place sur le trône. Couchées aux pieds des marches, ses deux Chimères suivirent ses moindres mouvements de leurs iris allongés. Il dominait une salle vide à l'heure du crépuscule.

– *Une agréable impression, n'est-ce pas ?*

Le Sanreth referma les doigts sur les accoudoirs du trône, imitant sans s'en apercevoir l'un des monstres qui rétractait ses griffes.

– Le jour où cette salle sera remplie, et la Darcer morte, oui, je savourerai.

La Reine étudia ses traits crispés et l'étincelle qui vacillait au fond de ses yeux. Elle devinait l'âme des deux autres Chimères en filigrane : le lien mental s'était renforcé, et l'homme était prêt, à présent. Prêt à la seconder comme son double… ou presque.

– *Il ne tient qu'à vous de remplir cette salle. Quant à la Darcer…*

Les babines de la créature se retroussèrent et elle tendit la gueule vers la plume tombée à terre.

– *L'automne guette chaque créature, mais un papillon ne vit qu'une saison. Vous l'écraserez sans peine.*

L'attention du Sanreth s'attarda sur la plume. Elle avait chuté sur l'un des aigles noirs qui constellaient le dallage, symboles des Darcer, témoins de leur ancienne puissance et de leur Don d'ailes.

Comment oublier que cette salle avait été occupée par les Darcer, auparavant ? Même ce trône n'était pas fait pour lui. Le royaume qu'il voulait conquérir n'était pas celui de sa naissance. Il était le pire des usurpateurs, bâtard tiré de nulle part et lié à des tueuses hors pair. Welfendà avait abâtardi jusqu'à sa condition d'humain en lui offrant une nouvelle vie.

– Elle a les Fauconniers, murmura-t-il.

– *Et vous avez la Cour.*

– Cela suffira-t-il ?

– *Si nous agissons vite. Et cette fois, séparément.*

Le Sanreth contempla les trois monstres. Dans une salle où n'était censé se trouver qu'un homme se tenaient en réalité cinq esprits connectés. Indétrônables…

– Elle reste Darcer, plus légitime que vous ou moi : si elle vient ici, le peuple se ralliera en masse.

– *Je ne le pense pas.*

– Pour quelle raison, ma Reine ?

– *Parce que si elle vient, il faudra qu'elle usurpe son propre trône.*

1. Conseil de guerre

Il faisait nuit noire sur le château d'Epeck.

Nuit de poix, silence de plomb… La mort avait frappé, déjà, mais elle planait encore sur les lieux. Orest haïssait cette présence.

La chandelle posée sur le chevet s'était éteinte depuis longtemps. Par réflexe, il s'assura que sa dague se trouvait toujours à côté d'elle. Une précaution inutile, pour cette nuit du moins. Epeck avait déjà été assiégée, et Haresh, son Fauconnier, avait mis en état d'alerte tous les environs.

Incapable de s'endormir, le jeune homme se redressa. Ses doigts s'emmêlèrent dans de longs filaments étalés sur l'oreiller. Il guetta un mouvement, mais la respiration de My demeura régulière. Blottie contre son compagnon, elle semblait n'avoir aucune difficulté à trouver le sommeil. Sans la voir, Orest l'imaginait parfaitement, les cheveux répandus autour d'elle et les yeux fermés, le visage serein.

– Vous dormez ? murmura-t-elle soudain.

– Non. Je devrais, mais je ne peux pas.

– Pour une fois que vous ne ronflez pas, je devrais, moi aussi.

– Vous êtes en forme, je vois.

Orest s'empara de la chandelle et l'alluma. Une lumière diffuse envahit la pièce et un visage apparut, familier. Il connaissait My par cœur – de grands yeux bleus, un petit nez, beauté sans surprise et sans imperfection. Cet air pensif, il le connaissait aussi. Depuis la mort de Floan, elle parlait rarement.

– Vous croyez qu'elles vont revenir ? demanda-t-elle.

Elles. Nul besoin d'explications. Elles, les trois monstres au service du Sanreth, qui les avaient traqués… qui avaient tué Floan. Redoutablement rapides et, surtout, unies par un lien surnaturel qui les faisait agir comme une entité unique.

Cela faisait plusieurs jours qu'elles étaient parties. Avec un peu de chance et une bonne gestion du catapultage, Allian en avait tué une à l'aide d'une figurine de la déesse Neryt. Depuis, My avait passé chaque heure à guetter le son du cor. Qu'avait décidé le Sanreth là-bas, à Liett ? Pourquoi se taisait-il ? Les intentions de leur ennemi lui échappaient, et cela la rendait folle.

– C'est ça qui vous empêche de dormir ?

– Pas seulement.

La flamme battit, recouvrant d'ombres le visage d'Orest. Même ainsi, il était clair qu'il fronçait les sourcils. My leva la chandelle et la lumière revint caresser les traits de son compagnon. Dans l'intimité aussi, il avait toujours cette expression si dure…

Orest s'adossa à la tête du lit et la regarda bien en face. My savait qu'ils pensaient tous deux à la même chose : leur principal problème n'était pas les Chimères, c'était de réunir leur camp, or il fallait pour cela une reine sans passé. Une Darcer digne de la légende, faite pour le trône, irréprochable. My était Darcer, mais compagne d'un malfrat – et pire, future mère. La reine des paradoxes. Le jour, elle était l'invitée d'honneur du château d'Epeck depuis qu'elle avait révélé son titre. À la nuit tombée, les choses changeaient : Orest retrouvait enfin la My qu'il avait connue. Celle dont il était tombé amoureux et qu'il aimait, sans couronne et sans titre. Celle qui portait l'enfant dont il était le père.

– On était tombés d'accord là-dessus, dit-il : ne rien dire aux Fauconniers sur le bébé.

– Vous comptez les mettre devant le fait accompli ?

Orest eut un sourire sardonique.

– Scandale pour scandale…

Machinalement, My passa la main sur son ventre. Elle était enceinte depuis plusieurs mois. Il s'agissait d'un compte à rebours, ni plus ni moins. Le trône avant la naissance, et non l'inverse. Surtout pas. Le silence revint dans la chambre, pesant, puis Orest rejeta les draps.

– On sort, ça vous dit ?

My le regarda s'habiller et passer l'épée à sa ceinture.

– Où voulez-vous aller ?

– Je ne sais pas. Dehors ? Je n'arrive pas à dormir, de toute façon.

My finit par quitter le lit à son tour. Sur la pointe des pieds, ils traversèrent la suite qu'ils partageaient avec Allian et les deux Kmetts Kebren et Eisdreel. En digne Fauconnier, Haresh haïssait les Kmetts qui, pour un homme chargé de faire respecter la justice, représentaient une force incontrôlable. Aussi ces derniers avaient-ils trouvé refuge dans la suite de la jeune fille en attendant de quitter la ville.

My referma une porte et découvrit Eisdreel qui dormait sous une fenêtre. Recroquevillé de cette façon, il faisait plus jeune que ses onze ans. Elle s'étonna presque de le voir, lui qui les évitait depuis l'invasion. Fuyant surtout leur compassion, My s'en doutait. En tant qu'apprenti Kmett, Eisdreel était formé à retomber sur ses pattes. Comme un chat – qu'il n'avait plus. Sabera, sa petite ombre grise, avait péri par accident. Son avenir de Kmett était mort avec elle.

Kebren, elle, s'était lovée contre Allian. La jeune femme entrouvrit les yeux à leur passage mais ne réagit pas. S'il y avait une habituée des sorties nocturnes ici, c'était bien elle.

Ils marchèrent jusqu'à l'escalier qui menait à l'extérieur du château. La dernière fois qu'ils étaient venus là, ils fuyaient. My saisit soudain le bras d'Orest.

– Vous n'allez pas retourner dans les galeries d'Istarion !

– Xyon vous attend, vous savez.

My trouva la boutade de très mauvais goût. Xyon, le gardien d'Istarion, les avait aidés à fuir les Chimères, pour les abandonner à la première attaque. Orest, pourtant, n'ouvrit pas la porte qui cachait l'accès aux galeries. Ils entrèrent dans le cimetière, l'herbe ployant sous leurs pas. La nuit étoilée éclairait doucement les pierres tombales, faites de gemmes. Rouge, bleu et jaune se mêlaient au vert de l'herbe. Mais ce fut devant un bloc en particulier que My s'arrêta.

Couleur de nuit, transparent comme du verre...

– Floan.

Elle s'agenouilla devant le bloc, le cœur lourd. Floan, son cher ambassadeur, ancien prétendant et éternel allié, Floan gisait ici. Elle murmura à la tombe :

– Aucun cimetière n'a cette beauté... ce calme. Vous n'auriez pas pu rêver d'un meilleur endroit.

Orest demeura en retrait, sans s'agenouiller.

– Vous ne l'aimiez pas, dit My. Est-ce une raison pour ne pas lui rendre hommage ?

– Pourquoi, je devrais l'aimer après sa mort ?

– Vous êtes d'un cynisme !

– Je suis cohérent.

My s'attarda quelques instants près du bloc. Le reflet des étoiles se mêlait aux paillettes de la gemme. Elle l'effleura en guise d'adieu, puis se tourna vers Orest.

– J'ai entendu Haresh : les Fauconniers seront là demain. Ils viennent de six villes.

– Belle migration.

– Je n'ai pas leur allégeance pour le moment, mais je pense qu'en effet une migration s'annonce. Nous ne resterons pas à Epeck, c'est trop exposé. Reste à savoir où aller.

– Et vous avez une idée, n'est-ce pas ?

My haussa les épaules. Elle avait eu le temps d'y réfléchir, en effet. Étant donné la faiblesse de leur camp, ils n'avaient pas beaucoup de solutions. Quant à savoir si l'idée était bonne...

– Il faut partir, de toute façon. Où que vous alliez, je viens avec vous.

Cédant à une impulsion, Orest l'embrassa, buvant ses lèvres et enveloppant sa taille. En plein jour, sa maigreur était frappante. De nuit, My sentait ses os sous ses mains, mais ce contact était familier. Même ainsi, le jeune homme dégageait une force particulière. Son souffle frôla sa bouche, caressa sa joue.

– Une balade nocturne, ça vous dit ?

– Les grilles sont fermées.

Cet obstacle ne valait ni pour l'un ni pour l'autre. C'était bien davantage une invitation. Ombres dans la nuit, ils se dirigèrent vers les grilles, comme lors de leurs vols nocturnes dans les faubourgs de Penhata. Mais cette fois, c'était au-delà des remparts qu'ils voulaient se rendre, et ils ne déroberaient rien à personne.

Un léger bruissement retentit dans l'air. My passa entre les barreaux en quelques coups d'ailes. Orest s'éleva à son tour. Lorsqu'il se laissa tomber de l'autre côté du grillage, on aurait cru voir bondir un étrange oiseau noir.

La femme avait été la première à entrer dans la cour. Vêtue d'une longue robe de brocart, comme toutes les dames de haute condition, elle l'avait relevée d'une main tandis qu'elle sautait à bas de sa monture. À cause de sa coiffe, il était difficile de lui donner un âge, mais elle semblait assez jeune.

Une femme Fauconnier ? Inattendu.

Elle était la première, mais la cohorte qui la suivait n'était composée que d'hommes. Aïdrez, Tediac, Preen, Dahis, Menlas, Jial… Oui, toutes les villes de l'Ouest étaient représentées. Allian releva ces détails en quelques instants. L'heure était solennelle, mais sous sa barbe il souriait franchement.

Évidemment, ils répondaient à l'appel, et évidemment, celle qui les appelait n'était pas là.

L'espion dévala l'escalier avec empressement. Quelques-uns détaillèrent sa silhouette dégingandée – à trente ans et des poussières, Allian portait encore à merveille son sobriquet de Héron. Il avait des airs d'éternel adolescent et s'en portait très bien. Quand on avait tué une Chimère et sauvé six personnes – en comptant un chat –, beaucoup de choses vous passaient par-dessus la tête. Il rejoignit Haresh, posté en haut des marches.

– Sa Majesté s'est envolée.

Il reçut de plein fouet le regard furieux de l'homme. Bien qu'il eût dépassé les cinquante ans, Haresh conservait une beauté que la colère, au lieu de déformer, rendait plus acérée.

– Comment ?

En contrebas, les Fauconniers descendaient de cheval les uns après les autres. Ils n'étaient que six, mais chacun avait tenu à emmener sa garde avec lui : les abords du château étaient bondés. Allian remarqua un homme aux cheveux blonds tressés, le visage énergique. Une telle allure évoquait le Nord. Menlas ?

– Elle n'est pas dans ses appartements, ni dans la volière et je ne l'ai pas trouvée au château.

– Elle est censée les accueillir ! Retrouvez-la, vite !

– Et comment ? Je décolle, moi aussi ? Elle peut être n'importe où dans Epeck. Je suis espion, pas traqueur, et comme vous ne voulez pas de Kmett ici…

Allian baissa la voix : l'un des Fauconniers montait à leur rencontre, l'emblème de sa fonction scintillant sur sa cape. Brun, le visage buriné, il semblait le plus influent de tous. Haresh devait le respecter tout particulièrement, car il abandonna la discussion pour aller à sa rencontre. Allian l'entendit saluer et saisit un nom : Arlos.

Suivis de leurs gens, les Fauconniers passèrent le seuil du château. Pas un n'accorda le moindre coup d'œil à Allian. Seule la femme, cachée par sa coiffe, tourna légèrement la tête vers lui, mais il n'aperçut pas son visage. Haresh les menait à la salle réservée aux Fauconniers, celle où il avait prêté allégeance à Mydria. On ne lui avait rien demandé, mais Allian s'assit quand même. Haresh mena la Fauconnière, la main de celle-ci posée sur son bras, vers le siège gravé aux armes de la cité de Preen. Celui-ci voisinait avec « Tediac », qu'un jeune homme s'empressa d'occuper. Bientôt, tous furent assis.

Satisfait, Allian vit que « Menlas » était effectivement occupé par l'homme blond. Les âges allaient de vingt à soixante ans, mais tous les Fauconniers avaient un point commun : la richesse. Habits aux lourds tissus, pendentifs sertis de pierres précieuses, tous affichaient leur puissance ouvertement. Le siège de Haresh resta vide. Le Fauconnier marchait de long en large. On avait refermé la porte, derrière laquelle bruissaient mille et un pas. Si Haresh espérait entendre My, il en fut pour ses frais.

– Je vous ai convoqués pour une raison particulière, commença-t-il. Malheureusement…

Il tourna le dos à la porte et s'immobilisa. Essoufflée, une jeune fille venait d'apparaître à l'opposé de la salle. Ses cheveux blonds formaient un halo autour de son visage, lui donnant une allure irréelle. Allian remarqua tout de suite qu'elle se tenait près d'une meurtrière. Une fois de plus, le Don venait à leur secours.

– On vient de me prévenir, s'excusa My, s'attirant les regards de l'assistance.

« On » devait avoir des yeux verts et un goût affirmé pour le mou de bœuf. Confirmant les soupçons d'Allian, un matou noir sauta de la meurtrière : Ovriel, qu'Allian avait alerté avant l'arrivée des Fauconniers. Il gratifia le chat d'une caresse derrière les oreilles. Les Fauconniers, eux, n'avaient d'yeux que pour la jeune fille.

– Que signifie cette mise en scène ? s'agaça l'homme blond.

– J'espère que vous avez une bonne raison de nous faire venir, renchérit le jeune Fauconnier de Tediac. Je vous rappelle que ma ville est de l'autre côté des monts Baïshdro !

My nota la mine réjouie d'Allian, compta dix battements de cœur et…

La rumeur se mua en cri général.

Chaque manifestation du Don provoquait cet effet. Stupeur et effroi. Rapides à disparaître quand le Don, lui, basculait dans la réalité. Mydria sentit sa vue se modifier, son corps changer. Le Don la dépossédait d'elle-même, d'une façon totale et chaque fois bouleversante. Sous forme d'insecte, elle pensait différemment, voyait différemment. Même l'enfant qu'elle portait disparaissait. Le Don était à elle seule, et exigeait d'elle un abandon total en retour. Bien au-delà de son corps, il changeait son essence.

Posée sur le siège, elle battit des ailes puis les referma, camouflant leur couleur.

Le silence revint.

– Les Darcer sont de retour, dit Haresh, et leur héritage avec eux.

My reprit forme humaine. Les regards étaient devenus avides. Elle se souvint des paroles de Floan : « Vous êtes la seule. » Seule humaine à posséder la magie, dans un royaume où elle était sauvage, voire dangereuse. Pour ces gens, le Don appartenait à la légende. Son apparence n'y changeait rien. Papillon ou dragon, la magie restait. Son héritage.

– Voilà qui change tout, constata la femme.

Sa voix était légèrement rauque, aux accents doux. Du coin de l'œil, My vit la porte s'entrebâiller. Haute silhouette, Orest se glissa dans la salle.

– Les Darcer sortent de l'ombre, enfin ? J'ai toujours pensé que votre famille avait survécu. Vous voulez reprendre votre trône, Majesté ? J'ai peur que vous vous y preniez au mauvais moment.

Sous sa coiffe, les yeux de la Fauconnière la fixaient, brillants d'effronterie.

– Dame Issana n'a pas tort, dit le Fauconnier brun. On ne peut pas se permettre de braver La Déléane. Car vous voulez notre aide, n'est-ce pas ?

– Sa Majesté n'est pas l'unique raison de votre venue, déclara Haresh. Nous ne nous battons pas uniquement pour remettre les Darcer sur le trône. Notre objectif est d'en chasser le Sanreth.

– Le Sanreth ? répéta l'homme brun que Haresh avait accueilli en premier.

– Oui, Arlos. La Déléane a déjà répliqué. Déjà tenté de remplacer Keagan… et déjà pris le contrôle de Liett.

Haresh désigna le Fauconnier blond et le jeune homme :

– Certains d'entre vous arrivent de loin. Il est temps d'agir. Avec les villes qui échappent au contrôle de Liett, les plus reculées, les plus puissantes… Vous tous. L'Ouest.

– Expliquez-vous, exigea l'homme blond d'un ton dur.

Il s'adressait à Mydria. Elle se souvint de son nom – Meshet. Il s'occupait de la ville la plus importante du Nord.

– Il y a quelques mois, un ambassadeur est venu à Liett, envoyé par La Déléane. Cela, tout le royaume le sait. Ce que vous ignorez en revanche, c'est que cet homme ment. Il n'est pas ambassadeur, mais parent de Keagan. Il est venu soumettre la Cour par la terreur, et à l'heure actuelle, il est peut-être roi.

La jeune fille fit une pause.

– Ce n'est pas la seule menace. Welfendà lui a fait don de quatre monstres chargés de le défendre. Ces Chimères le protègent au cœur de Liett, et il peut les envoyer où il veut. Il y a deux jours, elles étaient à Epeck pour m'éliminer.

– Alors cet homme connaît votre existence ? s'exclama la femme.

Elle posa sa coiffe sur ses genoux. Ses cheveux, dévalant en boucles auburn, dessinaient un visage en forme de cœur.

– Quel est son nom ?

– Le Sanreth. C'est le nom qu'on donne aux bâtards.

– Doublement illégitime, conclut Vahyl.

Le Fauconnier semblait le plus âgé du groupe, à en juger par ses cheveux gris et ses nombreuses rides, qui filaient son visage comme une toile d'araignée. C'était également le plus attentif.

– Nous avons tué l'une des Chimères, reprit My, et les autres ont pris la fuite. Elles peuvent revenir d'un instant à l'autre. Par conséquent, je dois partir. Mais avant cela, il faut organiser une contre-attaque, si vous acceptez de m'aider.

Meshet, le Fauconnier blond, reprit la parole :

– Si nous récapitulons, ce Sanreth est venu usurper le pouvoir à Liett, et les seules choses qui le défendent sont les Chimères ? Trois bêtes seulement ? Nous n'en ferons qu'une bouchée !

– Vous n'en ferez qu'une bouchée ? répéta Orest. Vous pensez que, parce que La Déléane est loin, les Chimères deviennent moins dangereuses ? Détrompez-vous. Nous les avons vues à l'œuvre, et si nous sommes encore en vie, c'est par chance, rien d'autre.

– En ce cas, expliquez-nous ce qu'elles ont de si dangereux, répliqua Meshet.

– Elles sont immortelles, ou presque.

L'annonce jeta un froid.

– Ni les flèches ni les épées n'en viennent à bout, dit Orest. Leur plumage est saturé de magie et absorbe tous les coups. Elles peuvent aussi vivre sous l'eau. Oubliez la noyade.

Dame Issana haussa un sourcil.

– Y a-t-il un moyen de les réduire à l'impuissance ? En les affrontant séparément ?

– Elles sont télépathes.

My sursauta elle aussi. Comment Orest en était arrivé à cette conclusion, elle n'en avait aucune idée. Le jeune homme semblait pourtant sûr de lui.

– Elles sont télépathes, c'est comme ça que le Sanreth nous a trouvés. Il les contrôle à distance. C'est aussi pour ça que la Chimère que nous avons voulu étouffer n'est pas morte : elle a appelé ses congénères…

Et elles l'ont libérée, compléta My en pensée.

– L'une d'elles a essayé de pénétrer mon esprit. Je pense qu'elles peuvent soumettre n'importe qui. Et si le Sanreth utilise cet atout pour contrôler Edrilion… Il a la Cour avec lui, il a La Déléane. Il a… tout. Il faut agir maintenant.

Un frémissement parcourut l'assemblée. My éprouva, elle aussi, un profond malaise. Ainsi exposée, sa quête prenait des airs d'impasse. Orest s'adossa au mur sans rien ajouter. Haresh rompit le silence :

– Les Chimères sont un obstacle, de même que la Cour. Cependant, n'oubliez pas notre grand atout : nous avons Mydria Darcer. Le Sanreth sait parfaitement qu'elle a l'avantage de la légitimité. Il craint qu'elle ne se révèle au grand jour, et il va chercher à l'affronter en secret. Voilà notre chance.

My hocha la tête.

– Nous aurons besoin de vous pour cela. Pour déjouer les monstres, il faudra être aussi astucieux que discrets. Nous allons entrer en guerre en silence.

Dame Issana souleva un sourcil.

– Contre La Déléane ?

– Contre Liett.

2. Premiers postes

Quand le Sanreth était arrivé à Liett, sept personnes siégeaient au conseil : de hauts nobles, choisis parmi la fine fleur de la Cour. Ils existaient pour épauler le roi et l'aider à gouverner son royaume.

Welfendà n'avait trouvé que des êtres très ordinaires derrière leur titre. Des hommes qui, privés de roi, ne savaient comment agir, des hommes qui avaient peur. Décevants, en fin de compte. Deux d'entre eux s'étaient dressés contre elle : Serron et Floan. Le premier avait été tué dans la salle du trône, le second dans les galeries d'Istarion. Tous deux étaient morts sous les crocs d'une Chimère, et c'était cette même créature qui réunissait le conseil ce jour-là.

Le Sanreth la sentait, cette peur diffuse qui s'élevait dans l'air. Ce parfum unique, aux relents de fer et de mort. Quelque part dans son esprit, la faim s'éveilla, ainsi qu'un léger grondement. Il posa la main sur l'échine de sa Chimère et lui transmit en pensée :

– *Pas maintenant.*

Il mentait et la Chimère devait le sentir : les conseillers étaient trop précieux pour qu'il les sacrifie. Il prit son temps pour contourner la table. Les nobles n'avaient pas peur de lui, homme chétif tiré du fin fond de La Déléane par sa reine, parvenu au trône par un caprice du sort. Ils craignaient ses monstres, mais ignoraient que ses Chimères et lui ne faisaient qu'*un*, qu'il les contrôlait. Et ce pouvoir l'emplissait d'une joie enivrante.

Il gratifia d'un signe de tête Ebelior, l'ancien bras droit de Keagan, puis Lanivia, une femme édentée qui remplaçait son époux mort. Beaucoup de conseillers fuirent son regard. Welfendà partagea son amusement.

– Avec un peu d'efforts, même eux vous mangeront dans la main. À vous d'agir à présent.

La Chimère de Welfendà s'arrêta derrière lui. Depuis son arrivée à Liett, la Reine le contrôlait en permanence. Ce qu'il devait dire, ce qu'il devait faire. Quelques mois plus tôt, il ignorait tout d'Edrilion et, torturé par son lien avec les Chimères, n'avait pas su agir. Les choses avaient changé. Néanmoins Welfendà était toujours là, rôdant dans son esprit. Et prête à bondir au moindre écart.

Le siège à la droite du trône était vide : il était réservé à l'ambassadeur et personne n'avait remplacé Serron. Ouvertement, le Sanreth prit place sur le trône. Un frémissement parcourut l'assemblée, mais personne ne protesta.

Les paroles de Welfendà résonnèrent dans son esprit :

– Vous ne parlerez pas du couronnement aujourd'hui. Matez ces Fauconniers, cet Haresh et supprimez-moi la Darcer. Ensuite vous aurez la mainmise sur Edrilion, et assez de pouvoir pour vous faire respecter partout. Aujourd'hui… poussez vos pions.

– Je me réjouis de vous voir au complet, dit le Sanreth, ignorant superbement les sièges vides de Serron et Floan. Je ne vous réunis pas, aujourd'hui, pour parler de La Déléane. Pas davantage de Keagan. Puisque j'ai résolu de gouverner avec le conseil, je tiens à vous en informer dès maintenant : une menace se dresse en Edrilion.

Il guetta une réaction qui ne vint pas. Prudent, le conseil attendait.

– Elle vient de l'Ouest, prend des proportions importantes, et peut nous submerger si nous ne l'arrêtons pas.

« Nous », façon commode d'impliquer le conseil – qui s'éveillait. Le Sanreth n'était pas dupe. La Cour était son alliée uniquement parce qu'elle n'était pas assez forte pour lui tenir tête. Il savoura pleinement les paroles suivantes :

– Les responsables sont les Fauconniers.

Le conseiller assis face à lui, un certain Lecirion, laissa échapper un rictus. Welfendà avait donc dit vrai. Les Fauconniers avaient chassé les nobles des villes, longtemps auparavant. Cela les rendait dangereux, et facilitait les choses : jaloux, floués, humiliés… les nobles les haïssaient.

Ebelior réagit le premier :

– Pour quelle raison, Monseigneur ?

– Je n'en ai pas la moindre idée. Les Fauconniers semblent vouloir étendre leur influence, ces temps-ci. Je sais que les plus grandes villes sont sur le point de s'allier. Dans quel but ? Envahir la Cour ? Nous affronter, vous et moi ?

Il sentit le malaise de l'assemblée, accru par les perceptions des Chimères. La peur éveillait leur instinct de prédatrices, et il eut toutes les peines du monde à prendre ses distances.

– Combien de Fauconniers ? demanda finalement Lanivia. Combien de villes ?

– Epeck, Preen, Aïdrez… sont les premières. La révolte semble passer de ville en ville. Pouvons-nous contre-attaquer ?

Le Sanreth prit appui sur les accoudoirs du trône et se pencha en avant. Il avait cessé d'accorder la moindre importance à Welfendà.

– Les Fauconniers, dit-il à mi-voix, ont accédé au pouvoir par favoritisme. Les Darcer les ont choisis de façon arbitraire. Ils vous ont pris vos villes. Ils vous ont contraints à vous replier autour de Liett, vous faisant perdre ainsi votre ancienne influence. Que sont les Fauconniers ? Les relais du pouvoir. S'ils décident d'agir sans le pouvoir, alors… je n'ai plus besoin de leurs services.

Il ménagea une pause.

– Vous êtes libres de choisir. Je récompenserai ceux qui m'aideront. Je veux rétablir un pouvoir juste, équilibré entre vous et moi. Toute ville prise à un Fauconnier vous sera rendue. Mais décidez-vous vite, car leur attaque a commencé. J'ai besoin d'émissaires à plusieurs endroits, et pour le reste…

Un sourire lui étira les lèvres, semblable au pli des babines de ses créatures.

Pour le reste, il les avait, elles. Dès le début, il en était convenu avec Welfendà : ils enverraient les Chimères à l'Ouest, seules. Partant de là, il leur serait facile d'utiliser leurs pouvoirs de télépathie pour soumettre les plus hauts placés. L'un des conseillers le tira de ses pensées :

– Je suis volontaire.

Il s'agissait d'un jeune homme dont les cheveux noirs, soigneusement tirés en arrière et noués en catogan, brillaient sur ses tempes. Le Sanreth reconnut le fils d'Ebelior, Tënahl.

– Soyez prêts à partir dès que possible, dit-il. Chaque volontaire s'attaquera à une ville.

Tënahl s'inclina, le visage enflammé par l'ardeur. Bientôt, d'autres se proposèrent. Même pour ces nobles qui possédaient déjà la fortune et la renommée, avoir une ville était inestimable.

D'enivrante, la joie du Sanreth se fit féroce. Il se souvenait de son échec dans les galeries d'Istarion. La Darcer s'était jouée de lui, la Kmett l'avait réduit à l'impuissance avec une vulgaire liane de Perhos, cette plante capable de se resserrer sur sa proie et dont les Kmetts avaient fait une de leurs armes. Quant à la grenouille… L'image du talisman en métal qui avait projeté sa Chimère dans le vide demeurait gravée dans sa mémoire.

Il les aurait, tous. Tous. Il les vaincrait. Et avec la Cour dans son camp, la partie s'annonçait délectable…

– *Ne vous réjouissez pas d'avance,* dit sèchement Welfendà. *Les Fauconniers restent une menace.*

Le Sanreth se redressa sans lui répondre.

Le conseil achevé, tous les nobles avaient quitté la salle, le laissant seul face à la table ovale. Les ombres des sièges s'étendaient à sa surface, brunes sur l'or verni du bois. Une nouvelle ombre vint s'y ajouter. Il releva la tête et découvrit une femme. Elle était jeune, assez jolie, avec de longues boucles brunes. Il l'avait déjà vue parmi les autres dames de la Cour. Que faisait-elle au conseil ?

La femme croisa son regard et se détourna. Ses mains étaient blanches à force d'être crispées. La question jaillit, abrupte :

– Qu'avez-vous fait de mon mari ?

Alors, le Sanreth se souvint de son nom : Diriat. La femme de Serron.

– Votre mari n'est plus au conseil.

– Cela, je le sais. Il n'est plus à Liett depuis plusieurs jours. Personne ne l'a vu quitter la capitale et il n'est dans aucune ville ! Où est-il ? Un homme ne disparaît pas du jour au lendemain. Monseigneur, dites...

– Votre mari est mort, madame.

Ce fut la première fois que Welfendà s'exprima par sa bouche : il sentit les mots s'échapper sans avoir voulu les dire. Le Sanreth éprouva un étrange sentiment devant la figure livide de la femme. Elle s'était décomposée à vue d'œil.

– Mort ? Qui l'a tué ? Pourquoi ?

– Trahison.

De nouveau, les mots forcèrent le barrage de ses lèvres. Il les prononça d'une voix sèche, sans âme, comme s'il parlait d'un moucheron écrasé par inadvertance. Diriat recula, sous le choc.

– Je veux sa dépouille. Si vous ne pouvez rien m'expliquer, rendez-moi au moins son corps !

– Serron a été enseveli par mes soins...

Welfendà lui fit ajouter :

– ... dans la plus pure tradition de La Déléane.

– Vous faites dévorer vos morts, fit Diriat d'une voix blanche. Soyez maudit, vous, votre reine et vos bêtes !

Elle fit volte-face et s'éloigna vers la porte. Ses gestes étaient saccadés, ceux d'une personne traumatisée qui avait à peine conscience de ce qu'elle faisait.

Sur une impulsion soudaine, le Sanreth se leva. Ses mots étaient de son initiative mais, devant l'expression horrifiée de Diriat, il réalisa que Welfendà n'aurait pu faire pire :

– Vous serez désormais conseillère à sa place.

3. Départs

La perle roula entre les doigts de Mydria comme une goutte d'eau. Elle en avait la transparence et la fraîcheur et, ouvrant la main, la jeune fille eut l'impression qu'elle allait se fracasser en mille éclats sur le plateau de l'Orbayon. Chaque fois, l'illusion était la même.

Ding.

La perle rebondit, une fois, deux fois, et se noya parmi ses jumelles. Le son cristallin disparut et le plateau supérieur, désormais vide, s'abaissa tandis que l'autre remontait.

L'Orbayon… Ce mécanisme destiné à compter le temps, si régulier et qui, pourtant, la surprenait toujours. My résista à l'envie de plonger ses doigts dans l'amas de perles translucides. Nul ne devait toucher à l'Orbayon : le temps était précieux et, dans son cas, il était compté.

À regret, elle tourna le dos au balancier et passa la courroie de son sac par-dessus sa tête. Il battait contre sa hanche, pour une fois bien rempli : avec les provisions qu'on lui avait données, elle aurait pu tenter l'assaut des monts Baïshdro.

Orest l'attendait dans le couloir, appuyé contre le mur. Il était habillé de pied en cap pour la route. Elle ne le connaissait guère qu'ainsi, réalisa-t-elle, et ne l'imaginait pas autrement qu'avec ses vieux habits, son visage creusé et son air aux abois. Il était à sa place ici… prêt à partir.

Orest l'étreignit et plongea son visage dans le creux de son cou, où quelques mèches s'étaient nichées. My se blottit contre lui, la joue mal rasée du jeune homme contre la sienne. Sentir sa chaleur, leurs cœurs battre à l'unisson lui rappelait Penhata. Ils restèrent ainsi quelques instants, puis elle murmura :

– Qu'arrivera-t-il à Epeck si les Chimères reviennent ?

– Laissez Haresh s'occuper de ça. Depuis l'attaque, il est au point sur les systèmes d'alarme.

L'intéressé n'était nulle part : sans doute les attendait-il aux portes. Ils se hâtèrent de descendre vers le hall. Orest recula dans l'ombre de la voûte, la laissant parcourir la dernière volée. Tout comme Kebren, il devait masquer les apparences. Même si Haresh avait accepté de faire passer Kebren pour l'une de ses soldates, elle devait cacher son statut d'aldhei. Ce qui l'empêchait de faire la route en compagnie du chat.

– Bonjour, Ovriel.

La queue sagement enroulée autour de ses pattes, le chat de Kebren, posté au pied de l'escalier, répondit par un miaulement. Ovriel était toujours là où les choses intéressantes se passaient. Il se frotta contre les jambes de My en ronronnant. Son pelage noir et lustré, ses yeux si verts qu'ils en semblaient lumineux avaient effrayé la jeune fille un certain temps. Elle ne connaissait guère les chats, qui pullulaient dans les faubourgs. Ici, il passait inaperçu.

Elle le repoussa légèrement du pied pour descendre la dernière marche. Le félin bondit au sol et, après un miaulement contrarié, disparut comme par enchantement. Remplacé par Haresh.

– Majesté, je pense qu'ils sont prêts.

Haresh alla au-devant de My et lui proposa son bras, l'accompagnant dans le hall. Aucun Fauconnier ne s'y trouvait : il n'y avait que des serviteurs, occupés à rassembler les derniers bagages de leurs maîtres.

– L'hiver sera bientôt là, dit Haresh. Une longue route vous attend et mieux vaut éviter de faire trop d'escales dans les villes. Vous dormirez sous des tentes. Je suis navré, mais la discrétion…

My fit un petit signe de dénégation. En matière d'abri, elle avait vu pire.

– Quels Fauconniers viennent avec moi ?

– Tous, Majesté.

– Et vous ?

– Je ne ferai pas partie du groupe. Le Sanreth a Epeck en ligne de mire et je ne veux pas l'abandonner encore. Je suis désolé, Majesté.

My avait beau s'y attendre, elle eut un pincement au cœur. Haresh était le premier Fauconnier à lui avoir prêté allégeance et à l'avoir payé au prix fort. Son fils était mort, sa ville avait été atteinte au cœur. Elle aurait aimé qu'ils se quittent dans de meilleures conditions.

Haresh lui sourit. Les rides au coin de ses yeux s'accentuèrent.

– Ne vous inquiétez pas pour moi. Vous êtes une reine surprenante, mais je ne regrette rien de ce que j'ai fait pour vous. Nos chemins se recroiseront peut-être, Mydria… D'ici là, prenez garde à vous.

– Vous aussi, Haresh. J'espère que nous nous reverrons.

Un cheval l'attendait aux portes du château. La jeune fille reconnut l'un des hongres des écuries, mais Haresh avait disparu lorsqu'elle voulut le remercier. Son sentiment de malaise s'accentua. Peut-être assistait-il à leur départ de loin, derrière les vitraux qui paraient ses salles vides. Exactement comme le jour où elle l'avait rencontré.

Chevaux et ânes bâtés se trouvaient attroupés près des grilles. Les montures des Fauconniers n'étaient pas difficiles à reconnaître : un rapace était perché à l'avant de chaque selle. Parmi eux, My identifia un hakroo noir, un rapace au plumage bleuté, et un grand aigle des montagnes. Ce dernier appartenait au plus jeune des Fauconniers, déjà en selle. Il lui sourit d'un air extrêmement engageant, auquel My répondit en tentant de retrouver son nom. Il lui épargna cet effort.

– Je suis Lissei, apprenti Fauconnier pour la ville de Tediac. Je suis très honoré d'accompagner la dernière des Darcer.

– Apprenti Fauconnier ? releva My, étonnée. Mais vous êtes bien l'héritier du précédent Fauconnier ?

Les sourcils du garçon se froncèrent.

– Selon mon défunt père, je suis trop jeune pour être Fauconnier. Un intermédiaire dirige ma ville. Mais je la représente à vos côtés.

Le sujet avait l'air de le contrarier. My tenta de se rappeler l'emplacement de Tediac : une ville frontalière, bordée par les montagnes. Elle détailla le garçon du coin de l'œil. Quel âge avait-il ? Dix-huit ans ? Il avait le teint très clair, une épaisse tignasse dorée et un beau visage.

Un âne passa devant elle, la détournant de son examen. Allian suivait, à pied.

– Ah, Altesse ! Nous n'attendions que vous. Votre garde du corps s'impatiente !

Il parlait de Kebren, reconvertie pour l'occasion. La Kmett attendait aux grilles, ses cheveux bruns coupés court encadrant son visage avec netteté. Déjà la longue file des Fauconniers s'ébranlait, quittant le domaine du château.

My sauta en selle, à regret. Elle jeta un coup d'œil pardessus son épaule, contemplant le château d'Epeck une dernière fois. Kebren s'empara de la bride du cheval et dit tout net :

– Pas de discussion. Puisque je suis garde-chiourme et que vous n'avez rien trouvé de mieux, c'est moi qui vous dirige.

– Kebren, vous êtes à pied ! Nous n'allons jamais avancer !

– Nous allons vers le nord, de toute façon. Avec le temps qu'il fait, ça m'étonnerait qu'on galope.

Elle attrapa Ovriel qui trottinait derrière le cheval en miaulant désespérément.

– Notre petit prince craint pour ses coussinets. Prenez-le avec vous et cachez-le. Je veux qu'il soit en forme quand nous arriverons à Teyres. Nous avons quelques projets, tous les deux…

Eisdreel marchait au côté de Kebren, tête basse. Mydria n'avait pas entendu le son de sa voix depuis des jours. Elle aurait aimé le réconforter, mais il était dangereux de parler de Sabera près des Fauconniers. Plus d'une fois, elle faillit se retourner pour vérifier que Floan les suivait, et qu'ils emmenaient bien deux chats avec eux. Mais Floan et Sabera resteraient au cimetière d'Epeck. Y retournerait-elle un jour ?

My sentit ses yeux s'embuer et battit précipitamment des paupières. Elle ne voulait pas penser à Floan, ni à ce chaton gris qui aurait pu vivre ses neuf vies, comme tout chat kmett. Leur groupe comptait trop de morts et la seule pensée des Chimères lui nouait le ventre. Tant qu'elles vivraient, elles s'en prendraient à n'importe qui. Comment les vaincre, puisque rien n'en venait à bout ? Qui pourrait le lui dire ? Ils étaient seuls avec leurs doutes.

Non, se reprit-elle en étudiant la troupe. Pas seuls.

Lissei marchait avec le petit homme râblé à la tresse blonde, Meshet. Il était le seul à avoir une escorte de cavaliers : au nombre de dix, ses hommes montaient d'imposants chevaux noirs aux membres déliés.

– Menlas, remarqua Kebren avec dédain. Une ville du Nord, près des côtes. Ils ont les meilleurs coursiers du royaume, à ce qu'ils disent… Il faut toujours qu'ils en rajoutent.

– Ils n'ont pas tort.

My tourna la tête : un Fauconnier venait de se rabattre de son côté. Il était très grand, doté de sourcils proéminents ; elle reconnut Arlos, l'homme qu'Haresh avait salué en premier.

– Les chevaux de Menlas sont connus pour leur rapidité. Cette ville est précieuse à bien des égards. Vous avez de la chance de la compter parmi vos alliés.

Il balaya du regard Orest, Allian et les Kmetts, étrange suite à pied, et sa monture s'écarta. My le suivit. Au petit trot, leurs chevaux rejoignirent les autres Fauconniers.

– Une reine n'a rien à faire à l'arrière, commenta Arlos. Vos gens sont à leur place là-bas. Vous, restez au cœur de la formation, ou nous ne pourrons pas vous protéger.

– Ce ne sont pas exactement mes gens, et pour le moment, rien ne menace.

Arlos eut un rire bref.

– Permettez-moi d'en douter. Les routes ne sont plus sûres… encore moins en hiver.

– L'hiver n'est pas encore là.

– Là où nous allons, si.

Était-ce à force de vivre dehors ? Ou grâce à ses habits chauds ? My le remarqua seulement à cet instant : depuis son arrivée à Epeck, les environs avaient changé. Les feuilles craquaient sous le pas des chevaux, l'air était plus vif, presque piquant. Signaux discrets mais révélateurs.

– Nous allons à Teyres, observa My. Nous frôlerons les régions du Nord, mais nous n'y entrerons pas, et je ne compte pas y rester indéfiniment.

– À la bonne heure ! Vous avez un plan ?

My sourit.

– Oui, vous et vos aigles.

– La corporation des Fauconniers est puissante. Choisissez bien vos alliés, cependant. Haresh a appelé les villes les plus grandes, mais leurs dirigeants ne sont pas toujours à leur image.

Il désigna l'un des Fauconniers d'un signe du menton :

– Lissei, le jeune, n'a pas de pouvoir sur sa ville. Vahyl est vieillissant, Fraar, entêté.

– Et dame Issana ?

– Ah, dame Issana ! Méfiez-vous d'elle.

Mydria chercha la femme dans la troupe. Avec sa coiffe, elle n'était pas difficile à trouver. La jeune fille n'avait croisé son regard qu'une fois, un regard sagace et malin. Elle réserva son jugement pour plus tard.

Leur départ précipité d'Epeck avait un avantage : ils devançaient la neige de plusieurs jours. Le vent s'amplifia à mesure que le jour tombait. Le visage fouetté par la crinière de son cheval, My passa la majeure partie de la route à protéger Ovriel, blotti dans ses bras. Déchaînées, de grandes bises glacées passaient et repassaient sur les plaines, comme pour les chasser. Ils renoncèrent à marcher pour la nuit.

Nulle forêt ne s'élevait au milieu des plaines. Ils se réfugièrent près d'un amas de roches qui faisaient obstacle au vent, et dressèrent là leurs tentes. Quand My, frigorifiée et nauséeuse, se rendit dans la tente principale, les Fauconniers l'attendaient, réunis pour leur premier conseil de guerre. La carte d'Edrilion était déployée au centre du groupe et Meshet pointait du doigt l'un des ports de l'Alester : Teyres. Leur destination.

My prit place au côté d'Issana. Son petit rapace gris-bleu, perché sur son épaule, lança un cri rauque et se rétracta. My s'était toujours demandé si la magie qu'elle portait affectait les animaux.

– Selon nos calculs, il faudra deux semaines pour atteindre Teyres, dit Fraar.

Son doigt épais tapota le point. C'était le seul placé sur le fleuve, narguant les autres qui bordaient les rives.

– La ville-port… Un pont pratique pour traverser l'Alester. Teyres n'est pas contrôlée par un Fauconnier. Elle fonctionne comme un relais. Ce qui nous intéresse tout particulièrement. Je pense, néanmoins, que vous marchez au-devant des ennuis.

Issana éclata de rire.

– Sa Majesté cherche les ennuis, puisque la plupart d'entre eux sont concentrés à Liett.

Elle ôta sa coiffe.

– J'en déduis qu'elle sait où elle met les pieds.

– Expliquez-vous, Fraar, exigea Mydria.

– Vous avez dit que les Chimères savent nager. Elles peuvent traverser n'importe où !

– Mais si le Sanreth envoie des hommes, ceux-ci passeront par Teyres, dit Orest.

La carte passait de main en main. Les choses étaient limpides : s'il fallait protéger l'Ouest d'une invasion, Teyres était le premier port à bloquer. My expliqua :

– Les Chimères peuvent aller dans l'Ouest et attaquer vos villes. C'est une possibilité, et je ne peux rien contre ça. Mon objectif, c'est de m'attaquer à Liett, tout en assurant mes arrières : Teyres est parfait. C'est une jonction entre l'Est et l'Ouest, le point de relais idéal pour nos troupes. Nous sommes d'accord, ajouta-t-elle en se tournant vers Arlos : votre ville, Aïdrez, sera le point de rendez-vous des forces armées.

– Nous sommes d'accord.

– Tous ? fit My à l'intention du reste des Fauconniers. À vol d'aigle, vous pouvez avertir vos villes en quelques jours. Le temps d'arriver à Teyres, de nous y installer et de préparer l'invasion.

Le rapace d'Issana glatit, comme pour approuver ses propos.

– Alors faisons ainsi, conclut-elle.

Meshet et Lissei sortirent ensemble de la tente. L'écho de leur conversation à deux timbres, l'un clair et l'autre sourd, se noya dans la nuit. Les deux Fauconniers du Nord n'avaient en commun que leur blondeur et leur teint pâle. Arlos les suivit, après un salut à l'intention de My.

La carte gisait abandonnée sur les tréteaux. Machinalement, My la roula pour l'emporter, notant la présence toute innocente d'Ovriel. Issana le remarqua également.

– Ce chat était déjà là à Epeck.

Elle approcha une main gantée de l'animal. Il se laissa caresser sans ronronner.

– Il y a beaucoup de choses que Haresh a oublié de nous dire sur vous, fit Issana.

Elle se redressa, ignorant soudain Ovriel qui, offensé, se mit à rôder contre ses jambes.

– Je ne sais même pas votre âge. C'est tout à votre honneur, mais vous êtes jeune pour mener une guerre.

– Je suis née Darcer et en temps de crise. On ne choisit pas toujours son rang.

Issana se mit à rire.

– Bien sûr que si. Bonne nuit, Majesté.

Elle contourna le chat et quitta la tente. Malgré sa lourde cape, sa démarche était gracieuse, accordée à ses intonations suaves. Le pan de tissu se rabattit derrière elle, laissant My interdite.

– « Bien sûr que si. »

Elle répéta la phrase à mi-voix, comme si cela pouvait l'aider à mieux la comprendre, puis, impatientée, sortit à son tour.

Le vent rôdait entre les tentes, pareil à un monstre invisible qui faisait grincer les armatures. Les tentes étaient faites d'épaisses toiles et de bois d'Arbrhavre, léger et aussi solide que l'acier : loin de son habitat naturel, la magie se retirait de ses fibres, mais il conservait sa résistance. Les brasiers éclairaient les tentes de l'intérieur, révélant les armatures par transparence. My aurait cru voir les ailes repliées d'immenses dragons. Elle atteignit sa tente quelques minutes avant Orest. Un serviteur avait allumé le poêle, qui brillait avec ardeur. Orest tendit les mains par-dessus, pensif.

– Les Fauconniers et leurs aigles… Il y a toujours des aigles. Sans eux, je me demande à quoi ressemblerait Edrilion. Les Fauconniers, le blason Darcer, le Don… Vos ancêtres contrôlaient le royaume grâce aux ailes. Un joli symbole d'omniprésence. Dommage, ça ne les a pas sauvés. Pourtant, ils avaient pensé à tout.

– Ce ne sera pas la première fois.

– Vous parlez de la Tinàthien ?

My approcha à son tour ses mains du poêle. En effet, les braises évoquaient la Tinàthien. Pierre de mémoire, elle abritait le sifflet qui, combiné au Don, pouvait guider les Darcer jusqu'à l'île protégeant le trésor, de leur famille. My l'avait perdue et Orest espérait la retrouver autant qu'elle.

– Vous avez demandé à Allian où il l'a jetée ?

– Dans la mer d'Olrante. Aucun moyen de remettre la main dessus. C'est tellement stupide ! Nous avions presque le trésor, et maintenant…

– Maintenant, c'est une question de patience : attendez la naissance.

Orest prit ses mains entre les siennes et les porta à ses lèvres. À la lumière des braises, ses yeux semblaient sourire. Le feu avait cette capacité de le transfigurer.

– Vous êtes beau quand vous souriez, dit My. Vous devriez le faire plus souvent.

L'expression d'Orest se modifia. Elle sentit la pression de ses doigts se relâcher, mais fit mine de ne rien avoir remarqué.

– Je ne connais qu'une seule personne à m'avoir déjà dit ça, c'était ma mère.

– Eh bien, vous deviez plus sourire à cette époque, dit My.

Elle regretta aussitôt ses paroles. Mentionner la famille ou l'enfance d'Orest était toujours délicat.

– Je veux dire… votre vie était probablement plus heureuse quand vous étiez enfant.

– Honnêtement, je ne m'en souviens pas. Ma vie est sûrement plus intéressante avec vous. Je n'ai jamais autant cavalé que depuis que je vous ai rencontrée.

Nouveau sourire, cette fois partagé. Orest embrassa doucement ses doigts et, paume contre paume, ils restèrent enlacés, à la chaleur du poêle. Ouvertes, les mains d'Orest recueillaient les siennes tout entières. My les imagina un instant ornées par le même anneau d'union. Impensable. Qu'importait ? Réunies ainsi, elles semblaient façonnées l'une pour l'autre. Petites mains pour grandes mains maigres, blanc pour mat. Les différences s'accordaient si bien.

– Une naissance, murmura-t-elle. Vous savez ce que ça signifie ?

– Une renaissance pour les Darcer, dit Orest en haussant les épaules. Ça signifiera beaucoup de choses.

– Pour vous aussi ! Vous serez père d'un Darcer, donc Darcer vous-même !

– Vous voyez votre enfant avec un père comme moi ? J'ai mal commencé ma vie, côté légalité. Pour ne parler que de ça.

– La manière dont vous la finirez est plus importante.

– Vous êtes réjouissante quand vous vous y mettez.

– Vous vous souvenez de ce que m'a répondu dame Issana avant de partir ? Quand j'ai dit : « On ne choisit pas toujours son rang… »

– « Bien sûr que si. Bonne nuit, Majesté ». Elle sait de quoi elle parle, c'est sûr.

– Comment ça ?

– C'est une courtisane.

My ouvrit de grands yeux.

– Une… quoi ? Qui vous l'a dit ?

– Personne, mais j'ai vécu à Liett, et Krud les employait. La plupart rêvaient de se faire entretenir par un homme riche pour finir à l'abri du besoin. Puis de l'épouser avec un peu de chance, ou d'hériter de tous ses biens. Issana, elle, a carrément récupéré la ville.

– Elle a raison, vous voyez ! Votre précédent métier n'est pas une fatalité.

– My, je n'y connais strictement rien en politique, je ne sais même pas déchiffrer mon nom, et je peux m'estimer heureux si vous voulez encore de moi, parvenue à la cour.

My tressaillit, touchée au cœur. Orest avait fourré les mains dans ses poches, de nouveau muré dans sa réserve. Certaines choses n'avaient pas toujours besoin d'être dites. Certaines choses étaient criantes, même informulées.

Surtout cette phrase que par orgueil, ou par pudeur, il ne lui avait jamais dite : « Je vous aime, et j'ai peur de vous perdre. »

– Orest, donnez-vous votre chance, si vous voulez que les autres vous la donnent.

– Ma chance ?

Orest baissa les yeux sur la carte posée près du poêle. Villes, fleuves, forêts couvraient le parchemin. My eut l'intuition qu'il repensait aux paroles de Floan : « Connaissez-vous les alphabets juridiques ? Les règles en vigueur à la Cour ? Un roi sait tout cela, et il en a besoin pour gouverner. »

Parce qu'une fois à Liett, ils n'auraient plus droit à la moindre erreur.

– Très bien, dit Orest à voix basse.

Il releva la tête et la regarda. Exactement comme un an plus tôt, après les ravins d'Erlett. Exactement comme elle l'avait regardé, lui, avant de lui dire : « Je voudrais que vous m'appreniez à me battre. »

– Je voudrais que tu m'apprennes à lire.

4. Fleurs d'hiver

Un chariot de passage, qui heurta la toile avec un bruit mat, réveilla My au petit jour.

Le poêle s'était éteint. Elle perçut des voix à l'extérieur, des rumeurs, des bruits de pas – on défaisait le campement.

– Grands dieux !

Frissonnante, elle s'habilla rapidement et noua sa ceinture autour de sa taille, son épée bringuebalant dans son fourreau. Orest, quant à lui, ne réagit pas, ses grandes jambes maigres dépassant de sous la couverture d'une façon presque comique. Ils avaient partagé la couche avec peine, et même seul, il ne tenait pas complètement dedans.

Souriante, My s'allongea sur lui et l'embrassa, jusqu'à sentir ses bras l'étreindre en réponse.

– Debout…

Endormi, Orest présentait un autre visage, une expression plus douce, plus sereine. C'était la première fois qu'elle lui voyait ce même visage avec les yeux ouverts. À l'évidence, il s'était réveillé avant elle et My leva les yeux au ciel.

– À ta place, je partirais d'ici avant qu'on défasse la tente. Sauf si tu tiens à te faire surprendre.

– Je dirai que tu me donnais des cours de lecture, voilà tout, fit Orest avec un sourire en coin.

Un éclat de voix brisa leur échange et les bras d'Orest glissèrent de sa taille, tandis qu'il s'asseyait. Le regard dont il la gratifia brillait, lui, d'un feu autrement plus fort.

– Tu tiendras ta promesse ?

Il prenait visiblement leur conversation de la veille très au sérieux.

– Oui. Je pense qu'il est temps de te changer en prince consort sortable – mais ne t'attends pas à connaître tous les alphabets d'Edrilion, ajouta My un ton plus haut, pour l'empêcher d'intervenir. Je t'apprendrai la base.

En quelques gestes, Orest enfila chausses et bottes. Son regard s'était teinté d'un nouvel intérêt.

– Les bases. À partir de quel alphabet ?

– Les runes septentrionales, les plus courantes, que tu connais, indirectement. Elles ont donné le signal du Sonneur, le code des guildes.

Le signal du Sonneur avait la particularité de se décliner à l'écrit comme à l'oral. Appels, signaux de miroirs – sifflets –, tout était possible, et ils le connaissaient bien : ils l'avaient utilisé pour retrouver l'île des Darcer, avec un beau fiasco. La réponse parut satisfaire Orest.

– Parfait. Je le connais par cœur, ça ira vite.

– Il y a beaucoup de différences entre un alphabet et un code, Orest… Et une complication de taille.

– Quoi ?

– Pour lire, il faut un livre. Connaître l'alphabet ne suffit pas.

Orest haussa les épaules.

– Si ce n'est que ça, je m'en charge.

– Je peux savoir comment ?

Sourire.

– Tu verras.

Un pan de la tente se leva et s'abaissa. My se retrouva seule.

Perplexe, elle boucla son sac et sortit. Le campement était déjà presque défait. Plus de traces des tentes élevées au milieu des rochers : chariots et serviteurs les avaient remplacées. La jeune fille passa au milieu d'eux, à la recherche d'un

Fauconnier, d'Allian ou de Kebren, mais ce fut une tignasse rousse qui l'arrêta.

Haletant sous l'effort, Eisdreel tentait de hisser une bâche jusqu'à un chariot. Il eut un mouvement de méfiance lorsqu'elle le rejoignit, comme s'il souhaitait l'éviter. My fit comme si elle n'avait rien vu.

– Je ne t'ai pas parlé depuis Epeck. Comment vas-tu ?

Le visage cramoisi, Eisdreel repoussa la bâche sans piper mot. Ses cheveux tranchaient au milieu du va-et-vient des serviteurs, soulignant sa différence. Il avait déjà tant l'allure d'un Kmett, malgré son jeune âge... Tignasse flamboyante et gestes fluides, comme un jeune chat de gouttière. Une grâce spontanée. Mais cette grâce sonnait creux, sans but désormais. My arrêta le garçon avant qu'il ne s'échappe.

– Je voulais te parler de Sabera, de ce qui s'est passé dans les galeries. Je sais que c'est un sujet délicat, mais c'est essentiel pour ton futur. En as-tu parlé avec Kebren ?

Le petit Kmett fit « non » de la tête.

– Tu devrais. Si Kebren fait ses Preuves, elle pourra retourner au bastion, et Maranta trouvera une solution pour toi. Rien de tout cela n'est ta faute, et puis un Kmett peut travailler... même sans son chat.

Le menton d'Eisdreel se mit à trembler.

– Pas moi.

Il inspira un grand coup et poursuivit sans la regarder :

– Ceux qui travaillent sans leur chat sont des Kmetts âgés. Ils connaissent leur métier, ils ont rendu des services. Moi, je ne suis rien.

My posa les mains sur ses épaules. Le jeune garçon la regarda enfin en face. Les yeux de sa reine avaient le bleu de ses ailes, mi-azur, mi-lumière. Son regard allait droit au cœur.

– Avec ou sans chat, pour moi, tu es un Kmett, lui dit-elle gravement. Tu es dans mon camp, tu joues un rôle, alors non, tu n'es pas rien. Nous trouverons une solution. D'accord ?

– Ça ne fait pas un pli.

Kebren adressa un clin d'œil à son apprenti. Elle amenait le cheval de My, bouchonné et harnaché pour la route. La désinvolture de l'aldhei sonna pourtant faux aux oreilles de My : elle devait savoir, mieux que personne, que pour Eisdreel les chances étaient minces. Mais l'heure n'était pas à la peine.

– Allez, Altesse, en selle ! On a notre paquet de lieues à avaler, aujourd'hui.

Un poing sur la hanche, l'aldhei regarda My grimper à cheval et la guida aussitôt à travers le campement. Les Fauconniers attendaient, disposés en arc de cercle sur leurs chevaux qui ployaient la tête sous le vent. D'Arlos à Fraar, tous montaient des destriers, dont les ombres projetaient d'interminables silhouettes au sol. Dame Issana arriva la dernière, et se porta à la hauteur de My. Le cercle se défit tandis qu'elles ouvraient la marche.

La jeune fille ne put s'empêcher de détailler la femme. Les paroles d'Orest étaient gravées dans sa mémoire. Courtisane… Orest avait souvent de bonnes intuitions sur les gens. Elle préférait tout de même en avoir le cœur net.

– Vous n'avez plus votre faucon ?

Issana rabattit le voile de sa coiffe sur ses cheveux.

– Nous avons décidé de les renvoyer à nos villes, non ? Mon faucon est en route pour Preen.

– Qui le recevra en votre absence ?

– Des gens de confiance…

Elle eut de nouveau son grand sourire. My ne s'y fia pas.

– Pourquoi Arlos a-t-il toujours son aigle ?

– Arlos est le seul, si vous regardez bien.

C'était exact. Issana pinça les lèvres. Arlos marchait derrière elle, mais elle ne baissa pas le ton pour autant :

– Je suis surprise qu'il ne vous l'ait pas dit, d'ailleurs. Arlos est fier de sa ville, très fier, vous pensez – Aïdrez est la deuxième ville de l'Ouest, après Epeck. Elle est située au bord de la rivière Liash, à un croisement idéal… Elle protège Farellea, Sheria, ou même les pauvres petites villes comme Preen. Bref,

Arlos n'enverra pas son aigle, puisqu'il va retourner chez lui, accueillir toutes les troupes et marcher droit sur Teyres. Un rôle sur mesure, pour un homme envahissant.

Elle tira légèrement sur les rênes, déportant son cheval. Arlos, qui les suivait de près, s'engouffra involontairement dans la brèche, l'air furieux.

– Envahissant ? Aïdrez protège les petites villes, et je n'ai jamais compté Preen dans le lot ! Preen sait se défendre par ses propres moyens, n'est-ce pas ?

– Mes moyens ne sont pas les vôtres, et heureusement.

– Nous n'avons pas besoin d'une manipulatrice de plus. Vos moyens, je les vomis !

Issana fit ralentir son cheval sans autre commentaire, passant derrière eux. My saisit l'expression meurtrière d'Arlos, qui disparut quelque part dans les plis amers de sa bouche, sous sa barbe. L'échange avait été aussi bref que violent – mais une violence maîtrisée.

– À la guerre comme à la guerre, non ? Dans ma profession, « manipulatrice » est un compliment, commenta Allian.

– Et quelle profession ?

– Je ne peux pas vous le dire, ça vous choquerait.

Le rire perlé d'Issana retentit.

– Peu de choses me choquent, vous savez !

My pivota sur sa selle. Allian, derrière elle, guidait galamment le cheval d'Issana. Tous deux discutaient avec enjouement, Allian à tue-tête, comme s'il s'agissait de la chose la plus normale du monde.

– Manipulatrice, manipulatrice… Ils le sont tous, non ? Je veux dire, les Fauconniers. Vous êtes tous les mêmes, et si les femmes Fauconniers sont rares, c'est tout à votre honneur de rester dans la lutte…

– J'aurais donc mon premier partisan ?

Kebren se retourna d'un bloc, mâchoires serrées.

– Oh là ! s'exclama Allian, pas si vite. Le Fauconnier idéal, à mes yeux, est Haresh, pour ses bons et ses – très

– mauvais côtés, mais si vous le désirez, vous pouvez vous soumettre à un petit questionnaire de mon invention et je vous classerai parmi les Fauconniers de ma connaissance. À force de voyager, j'en connais un paquet.

Issana laissa passer quelques instants. Quand elle reprit la parole, le ton de sa voix était appréciateur :

– Je vous autorise trois questions.

– Épée ou plume ?

Un crissement retentit, métallique et reconnaissable entre mille. Celui d'une lame, tapie dans un fourreau.

– L'Arbitre ou le Dragon ?

La jeune femme pinça les lèvres, deux fossettes creusant ses joues.

– L'Empreinte…

– Voilà une réponse fort sage et fort intelligente. Et enfin, le Discours ou le Grimoire ?

– Pour parler, il faut déjà savoir.

– Vous vous en sortez magnifiquement. Puis-je vous demander une preuve ?

Issana plongea la main dans une fonte et en sortit un épais volume. Allian le feuilleta d'un geste rapide, souriant sous sa barbe.

– Des lustres que je ne l'ai pas lu. Puis-je vous l'emprunter ?

Issana rit de nouveau, mais My n'entendit pas la réponse : Kebren accélérait, forçant pratiquement le cheval à trotter pour la suivre. My sentait l'aldhei atteinte en profondeur, elle qui avait toujours tenu à son indépendance. Elle qui avait toujours tenu à ce qu'Allian soit libre, même au cœur de leur relation entre amour et camaraderie. La discussion s'estompa derrière elles, comme si elle n'avait jamais existé.

My ne vit pas Allian glisser discrètement le livre à Orest. Pas plus qu'elle ne vit le petit sourire de celui-ci.

– Merci.

Ce n'était pas encore l'hiver. Pas vraiment. Les rafales qui faisaient tanguer les chariots étaient froides et mordantes comme la glace, la lumière du jour se faisait plus diffuse et plus crue. Mais plus ils avançaient vers le nord, plus le monde changeait. Imperceptiblement.

Il grêla pour la première fois ce jour-là.

Les pans des capes claquant au vent, les visages cinglés par la crinière des chevaux, ils s'obstinèrent sous les grêlons qui dansaient dans leurs pieds. Ils avaient rallié une route pavée et le paysage s'était fait succession de bois et de défilés. Le vent brouillait tout, mêlait tout.

Puis, en fin de journée, une pluie de glace et d'eau, patiente et acharnée, se mit à tomber. En un clin d'œil, les environs virèrent au blanc. Ils peinèrent sous l'averse jusqu'à ce qu'un édifice familier, au bord de la route, leur serve d'abri.

Ni fenêtre ni portes pour en protéger l'accès. Bordé par d'imposants piliers, l'édifice se composait d'une salle unique. Un flot de voyageurs se pressaient à l'entrée.

Le temple de Beckell… My le reconnut avant d'en franchir le seuil.

– La salle est entourée par une galerie, dit Arlos. Abritez les chevaux là-bas. On n'avancera pas plus aujourd'hui.

My l'entendit à peine. Dans un état second, elle descendit de cheval. Des lanternes ciselées, serties de lumières colorées, éclairaient les murs. L'ombre de chaque flamme se parait des nuances de l'arc-en-ciel. Cette seule vue suffit à lui faire monter les larmes aux yeux.

Beckell, dieu principalement adoré par la noblesse, sans visage ni symbole. Dieu de la Lumière et de l'Élévation. Beckell n'était pas, pour elle, comme Neryt ou Alàren. C'était le dieu de ses parents adoptifs. Le dieu de sa vie d'avant… quand elle vivait à Siartt.

Elle se tint là, au milieu des voyageurs entassés contre les murs, le visage éclaboussé de lumières. Les souvenirs affluaient par dizaines – le temple du domaine de Siartt, le visage de ses parents adoptifs, le château de son enfance. Une seule voix, peut-être, aurait pu la tirer de ses pensées.

– Beckell… Dieu de la noblesse et des puissants.

Orest avait parlé à mi-voix, personne à part elle n'avait dû l'entendre. Même le sarcasme du ton était discret.

– J'aimerais bien savoir ce que les nobles lui trouvent. Ou ce qu'il trouve aux nobles. Un dieu de la Lumière ! Il leur faudrait plutôt un dieu des Armes.

– Ne dis pas ça, dit My avec vivacité.

Orest lui jeta un regard de côté.

– Souvenirs de jeunesse ?

– Remercie-le. Ce soir, il nous sauve peut-être la vie.

Le mugissement du vent lui donnait raison. Malgré les galeries et la profondeur de la salle, il s'infiltrait jusqu'ici.

– Ce soir, la grêle, dit Orest. Et demain ? S'il neige avant notre arrivée à Teyres, on aura du mal à avancer avec les chariots.

– Il le faudra pourtant. Toi qui es né dans l'Ouest, tu sais peut-être si nous sommes encore loin.

Orest se ferma.

– J'ai quitté l'Ouest à treize ans, My.

– On n'oublie pas l'endroit où on a grandi.

Un silence d'une nature particulière tomba entre eux.

– Teyres se trouve au nord de Siartt, à quelques dizaines de lieues, pas plus. Tu le savais ?

My sentit un léger spasme dans son ventre, comme un sursaut intérieur. Ses entrailles se nouaient sous l'effet d'une émotion soudaine et frémissante. « Au nord de Siartt… »

Elle fit non de la tête. Orest l'observait. Sa question était-elle innocente, ou voulait-il la tester ?

– Tu regrettes Siartt ?

Évoquer le domaine, c'était faire revivre le dernier soir qu'elle y avait passé, celui où elle avait découvert ses origines. Tout avait été si étrange, ce soir-là. Quand Floan l'avait demandée en mariage… quand elle avait reçu le Don… Quand elle était partie, armée de trois robes, d'un vieux livre de contes et de toute sa mauvaise humeur. My sourit tout à coup. Il n'y avait pas de regret dans ces souvenirs-là.

– Non, dit-elle. Non, Siartt ne me…

Passé et présent se catapultèrent alors de la façon la plus étrange du monde. À ce moment seulement, elle réalisa qu'Orest tenait un vieux livre à la main. Couverture brune, pages jaunies… semblable en tout point à son livre de contes.

– Où as-tu trouvé ça ? balbutia-t-elle.

– Cadeau.

Orest souleva le livre avec un haussement de sourcil significatif.

– Toujours partante ?

Une coiffe verte, émergeant des galeries, apparut dans le champ de vision de Mydria. Le reste des Fauconniers ne tarderait pas à suivre Issana. Se faufilant entre les gens et leurs paquetages, le couple se dissimula dans un recoin, non loin d'une lanterne qui les baigna de sa lumière mouvante.

– Orest… Ce n'est pas le moment.

– Pas d'inquiétude, Allian veille. On n'aura peut-être aucune autre occasion pendant ce voyage, et à partir de Teyres, les choses deviendront trop compliquées.

– Je ne peux pas t'apprendre à lire en une leçon !

– Non, mais tu peux essayer.

My leva les yeux au ciel. Orest, pourtant, attendait, une étincelle de défi couvant au fond des prunelles. Elle connaissait bien cet air-là.

Apprendre à lire à un analphabète… le défi était de taille, et elle n'avait aucune idée de comment procéder.

– Bien, essayons. Donne-moi ce livre.

– Quel délicieux enthousiasme. J'espère que j'étais plus aimable quand je t'ai appris l'escrime.

– Tu étais pire, répliqua My en lui arrachant le livre des mains.

Elle le retourna pour voir la couverture, ouvrit de grands yeux et se mit à glousser.

– Où as-tu trouvé ça ?

– Allian, répondit Orest, les paupières étrécies.

– Ça ne m'étonne pas ! Bon, c'est le livre qu'il te fallait pour commencer. Autant procéder dans l'ordre, on va décrypter la première p…

– Attends, dit Orest en lui prenant le livre des mains, pourquoi ça ne t'étonne pas ? Tu parles du titre ?

– On n'avancera jamais si tu m'interromps ! Tu verras le titre quand tu sauras le déchiffrer. C'est un livre de geste… Un très beau livre. Maintenant, rends-le-moi.

Orest s'exécuta avec une docilité louche. Il prévoyait sûrement d'interroger Allian dès la fin de la leçon. Avec précaution, My ouvrit le volume sur ses genoux et tourna la première page. L'odeur unique du vélin lui monta aux narines, éveillant les souvenirs de sa première lecture. Amoureusement, elle passa la main sur la page, recouverte de runes gracieuses qui semblaient parler d'elles-mêmes. La réalité était malheureusement plus complexe.

– Les runes septentrionales, énonça-t-elle. Runes d'Angdaël – leur véritable nom. Quelques considérations de base : il y a beaucoup de runes différentes, et si tu veux déchiffrer un texte, tu devras les apprendre par cœur. Autant commencer par là.

Elle chercha un moment dans son sac avant d'en sortir un parchemin froissé et une plume, souvenirs de la volière d'Epeck : elle les avait gardés après l'attaque des Chimères, ce fameux soir où elle avait voulu partir. Posant l'encrier en équilibre instable sur le livre, elle lissa le parchemin de la main et, d'un trait souple, traça la première rune.

– Un trait, une boucle et une autre boucle. Voilà le son [a].

– D'accord…

– Attention, le son [a] quand il se trouve dans un mot de moins de trois syllabes, sans voyelle dans la syllabe précédente. Le [a] placé dans la première syllabe d'un mot s'écrit ainsi.

Elle inscrivit un trait oblique surmonté d'une arabesque.

– Le troisième ainsi.

Une troisième figure vint s'ajouter au parchemin.

– Ils en ont combien comme ça ? râla Orest.

– Trois, mais tout dépend des sons. À toi.

Orest regarda la plume comme si elle allait l'attaquer, et la prit maladroitement. My ne put s'empêcher de penser au premier jour où elle avait brandi sa rapière.

La rune attendait sur la page, tracée avec la grâce de l'habitude. La première tentative d'Orest projeta une giclée d'encre sur toute la diagonale.

– Mais qu'est-ce que c'est que cette merde ?

– Tiens ta plume de façon inclinée, et appuie plus doucement. Il faut tracer des lignes, pas poignarder quelqu'un.

Orest redressa la feuille et fit une deuxième tentative, étirant un trait pâteux sous la tache d'encre. Sa manche buvait le reste des éclaboussures, mais My jugea plus sage de ne rien dire. Mâchoires serrées, il s'escrima sur la deuxième rune, sa plume butant sur toutes les imperfections du parchemin. On aurait dit qu'il menait un combat à mort contre cette surface, avec ces outils fragiles et malhabiles pour seules armes. Lorsqu'il eut fini, ses runes faisaient deux fois la taille de leur modèle.

– Bien, dit My sans conviction. Maintenant, la forme majuscule…

– Parce qu'il y a une rune pour la majuscule aussi ?

– Évidemment, et tu ne peux pas faire l'impasse. On ne peut pas écrire une seule lettre diplomatique sans elles.

– Il y a combien de runes dans ton alphabet ?

– Quarante. Je t'ai dit que le signal du Sonneur est simplifié.

Elle reprit la plume et traça les deux runes suivantes :

– Le [e] est réduit à deux runes, mais la première ressemble beaucoup au son [p]. Elle est très fréquente.

C'était aussi la plus complexe. Elle regarda Orest s'attaquer de nouveau à l'écriture, et un élan de profond amour l'envahit. Le voir batailler ainsi était drôle, mais aussi fort de sens. S'ils arrivaient à franchir les étapes, l'une après l'autre, alors peut-être qu'un jour…

C'était compter sans leurs caractères à tous deux.

– Bon, ça suffit.

Orest jeta brutalement la plume sur le vélin, à présent couvert d'éclaboussures. Il débordait d'une espèce de rage contenue.

– C'est bon à cracher de l'encre, rien d'autre !

– Qu'est-ce que tu imagines ? rétorqua My, indignée, en reprenant la plume. Que tu vas apprendre sans ratures ? Personne ne peut réussir une rune au premier essai. Réessaye.

Orest la fusilla du regard. Au naturel, celui-ci était déjà difficile à soutenir, mais la colère faisait virer ses iris au noir. Leurs deux volontés s'affrontèrent un long moment, abattues l'une contre l'autre comme deux lances imaginaires. Ce fut Orest qui céda.

Le grattement de la plume sur le parchemin, laborieux et hésitant, reprit sous la voûte, noyé par les murmures et de nouveaux bruits de pas. My n'y fit pas attention. Elle suivait le tracé des lettres, souriant malgré elle. Orest intercepta son expression.

– Dis-le franchement, si ça t'amuse.

– Tu te vexes pour rien !

– Parfait. Continue à pouffer dans ton coin, je m'en voudrais de te déranger.

Dans une autre situation, ou à une autre époque, My aurait sûrement bondi et l'aurait planté là. Sans se départir de son sourire, elle l'embrassa.

Les lèvres rétives d'Orest contre les siennes, son souffle heurté constituaient sa meilleure vengeance. Surpris, celui-ci répondit à son baiser, puis soudain elle rompit l'échange et, gracieusement, se leva.

– Tu as deux runes, du parchemin et tu arriveras sûrement à utiliser l'encrier. Travaille bien.

La mine stupéfaite d'Orest valait son pesant d'or, même si elle disparut en un clin d'œil. La jeune fille ne lui donna pas l'occasion de contre-attaquer et le planta là. Pour sa première leçon, il était sûrement plus prudent de le laisser seul…

– Place ! Place au seigneur Tënahl, envoyé de Liett, et à son escorte !

Liett ?

My se retourna. Elle n'avait pas rêvé : des bruits de pas retentissaient, à l'extérieur du temple. Des pas nombreux et lourds – ceux d'hommes armés. Déjà, les premiers gardes franchissaient le seuil du temple, menés par une silhouette unique.

L'éclat liquide de la lumière sur une armure : voilà tout ce que My vit du noble, à la faveur de la nuit. Il frôla l'une des lanternes en passant le seuil, puis retourna dans l'ombre.

Déjà les voyageurs, comme un troupeau pris d'inquiétude, se repliaient sur les côtés. Les nobles avaient droit d'asile partout où ils entraient. Quiconque ne respectait pas la loi pouvait mourir par l'épée.

– Je réquisitionne cette partie du temple. Lève-toi.

Indistincte, la silhouette du noble l'était, mais pas sa voix. My fut surprise par son timbre. C'était une voix jeune, guère plus de vingt-cinq ans. Il lui tournait le dos, arrêté près de la zone la plus éclairée où les nobles avaient coutume de se recueillir. Celle-ci avait été désertée par les voyageurs, à une exception près, semblait-il.

– J'installe mon camp ici, manant. Qu'attends-tu pour me laisser la place ?

– S'il vous plaît.

– S'il me plaît quoi ? susurra le noble.

– J'attends un « s'il vous plaît ». Ensuite, peut-être, je partirai…

Le noble se pencha brusquement. Sa main gantée se referma sur du vide.

Souple comme un chat, Kebren, car c'était elle, avait prestement reculé. Elle se releva deux pas plus loin, les yeux étincelant de colère. Le temple était assez grand pour tous, et ils n'avaient pas besoin de se mettre un émissaire de Liett à dos…

– Beckell est votre dieu, mais le temple est ouvert à tous. Je ne rends de comptes à personne, que vous soyez noble ou non !

– Je suis Tënahl, fils d'Ebelior, le premier conseiller de la Cour ! tonna l'homme. Nul n'est autorisé à me parler sur ce ton, maraud !

– Keb, c'est bon, intervint Allian, cherchant à l'entraîner. Demande pardon au seigneur, et…

– Arrière, cracha Kebren.

Elle se dégagea d'un coup d'épaule. La rumeur augmenta dans la salle. Le noble avait porté la main à son épée. La lanterne, l'éclairant de biais, révélait de longs cheveux noirs et lustrés, des yeux clairs et une carrure accentuée par son armure. Un jeune paon, mais un paon paré pour l'attaque…

– Il suffit, intervint Meshet.

Il fendit la foule d'un pas calme, jusqu'à rejoindre Kebren. Sa main se referma sur le bras de la Kmett, au poing serré.

– Nous sommes navrés, monseigneur, de l'insolence de notre garde. Cela n'arrivera plus.

Tënahl regarda le noble, puis l'aigle qui ornait sa cape.

– À qui ai-je l'honneur ?

– Meshet, monseigneur, Fauconnier de Menlas.

My comprit qu'il venait de commettre une erreur. Le noble se détourna lentement de Kebren.

– Que faites-vous ici ? Menlas est au nord, sur l'autre rive du Liash.

– Je suis en voyage.

– En hiver ? Pourquoi quitter Menlas à la pire saison ?

– Meshet, dit Vahyl d'un ton d'avertissement.

Il ne sortit pas de la foule, mais Tënahl le repéra aussitôt. Les lanternes éclairaient le visage solennel du Fauconnier, et le haut de sa cape brodé de l'aigle. Il n'en fallait pas plus.

– Un Fauconnier… deux Fauconniers ? Mais combien êtes-vous ici ? Montrez-vous !

L'assemblée demeura immobile.

– Combien êtes-vous ici ? Répondez ! tonna Tënahl.

– Et vous ? répliqua Allian. Pourquoi Liett envoie-t-elle un noble à l'ouest ?

– Je suis chargé de reprendre le contrôle de Preen. Vous avez suffisamment défié l'autorité du roi !

– Mais, susurra Kebren, vous n'avez plus de roi.

My eut juste le temps de voir fuser un éclair blanc. Le son même du métal parut chanter avec un temps de retard. Déjà la lame s'était abattue sur la Kmett – là où aurait dû être la Kmett. Kebren s'était esquivée de justesse.

– Gardes ! hurla Tënahl. Trouvez et tuez tous les Fauconniers de ce temple !

Sa lame fusa, revenant sur Kebren en une volte-face fulgurante. Il n'acheva jamais son mouvement.

Toutes griffes dehors, une boule noire venait de se laisser tomber du plafond et, accrochée à son cou, griffait son visage avec une furie de tous les diables. Alors le chaos commença. Dégainant à leur tour, les dix, vingt, trente hommes de Tënahl se déversèrent dans la pièce, empoignant femmes, hères et vieillards pour exposer leurs visages à la lumière des lanternes, dans leur recherche précipitée d'un Fauconnier.

My réagit sans réfléchir. Le Don monta en elle, comme un élan impérieux, métamorphosant son corps avec une fluidité sans pareille. Elle s'envola d'un coup d'ailes au-dessus de la salle, repéra rapidement Kebren et Allian qui luttaient dos à dos, puis un garde isolé, penché sur un corps prostré. Elle retomba juste derrière lui, et retrouva son apparence humaine assez vite pour dégainer.

Le garde la projeta au sol d'un brusque mouvement de bras.

Le souffle coupé, My prit appui sur ses mains, se releva hors de portée. Elle ramassa son épée, bondit pour esquiver une fente, et se glissa sous le bras de son adversaire. Utilisant son manque de souplesse dû à l'armure, elle le tordit d'un coup sec. Un maître coup de pommeau sur la tête acheva le combat.

Là-bas, Arlos, Vahyl et Lissei se battaient, découverts alors qu'ils tentaient de s'échapper. Mettant l'obscurité à profit, My se changea de nouveau, aussi discrète qu'Ovriel, dont l'ombre bondissait de garde en garde comme un démon noir. Il fallait défendre l'entrée, sortir avant d'être tous identifiés…

Le Don ne lui en laissa pas le temps.

La métamorphose, l'impression de légèreté, la vie nerveuse dans ses moindres battements d'ailes. Tout était là. Toujours fidèle au rendez-vous. Capricieux, le Don la trahit en plein vol, comme dans les galeries d'Istarion. Proche du sol, elle se réceptionna sans dommages mais s'immobilisa un instant, vacillante. Le monde tanguait, reculait. Se brouillait en un mélange de reflets indistincts et d'ombres statiques. Il se concrétisa soudain autour du corps d'un garde, qui l'empoigna par le devant de sa tunique et la souleva comme un fétu de paille. My tenta de se dégager, mais l'étreinte se resserra alors que le garde, d'un geste vif, levait son épée…

L'homme s'effondra sans signe avant-coureur, remplacé par Orest.

– Je ne l'ai pas lu, mais je peux déjà dire qu'il assomme bien.

My écarquilla les yeux en reconnaissant le livre de runes, brandi en lieu et place d'une épée.

– Viens, vite. Ils ont libéré l'entrée.

Il lui tendit la main et l'aida à se relever. Courant à toutes jambes, My s'appuyant sur son bras, ils traversèrent la salle et se ruèrent dehors au moment où l'un des battants de la porte se refermait à toute volée.

Arlos, Vahyl et les autres s'étaient échappés avec une légère avance, et déjà les chariots s'éloignaient sur la route.

– Majesté, vite ! cria Lissei.

Il lui fit la courte échelle afin qu'elle monte à cheval. Terrorisée par le tumulte, la bête piaffait, impatiente de prendre le galop. Orest sauta en selle derrière elle et, à bride abattue, ils désertèrent les abords du temple pour rejoindre la tête du groupe.

La grêle s'était changée en neige. Ils galopèrent un long moment avant que la nuit naissante ne se lave des cris. Le souffle d'Orest dans son cou, My sentit ses battements de cœur s'apaiser, les flocons se déposant dans ses cils et ses cheveux comme les premières fleurs d'hiver.

Puis, de façon irrépressible, alors qu'elle revivait, par éclairs, la bataille qui venait de se produire, le combat, sa chute et son malaise, elle sentit les flocons fondre sur ses joues, dans le sillage de larmes silencieuses.

– Qu'y a-t-il ? chuchota Orest.

– J'ai encore perdu mon épée.

– Voilà.

My reposa sa plume. Autour de la table, le silence était solennel. Elle lissa le parchemin d'un revers de main et lut :

– « À Haresh, Fauconnier d'Epeck, en le… »

– « Troisième fragment du cycle de Neryt », compléta Fraar.

– « Nous avons croisé la route d'un noble en provenance de Liett. Le Sanreth l'envoie prendre possession de Preen, et d'autres nobles sont sûrement chargés de s'occuper des villes voisines. Nous comptons sur vous pour les doubler. »

Issana lui tendit sa bague. Sa coiffe lui donnait un teint verdâtre, fatigué. Preen était sa ville, et My devinait son inquiétude. Il n'y avait hélas rien à faire pour le moment. Rien, hormis attendre. Avec un peu de chance, Haresh manœuvrerait assez bien pour vaincre Tënahl. My appuya la bague sur le cachet de cire, y inscrivant les contours d'un aigle.

– Arlos, vous êtes le seul à avoir encore votre aigle. Pouvez-vous…

– Je peux envoyer mon aigle, Majesté, mais pas ce soir.

Machinalement, My frotta ses mains pour les réchauffer. Ils avaient marché à travers bois et sentiers de terre, quittant la grand-route de peur d'être poursuivis, pour finalement échouer dans une petite auberge isolée. Derrière les fenêtres, la neige tombait sans bruit.

– Et il est hors de question de repartir ce soir également, ajouta Vahyl. Mieux vaut avoir du retard et sauver les chevaux. Quant à votre garde…

Il se retourna vers Kebren, imité par les autres. Kebren ne broncha pas, même si My la sentait sur le qui-vive.

– Vous n'avez pas à tenir tête à un noble, gronda Fraar. Vous n'êtes rien face à lui, est-ce clair ? À cause de vous, notre situation s'aggrave, Liett va être prévenue. Et nos villes ? Majesté, je vous demande de renvoyer votre homme !

– Non, dit My. J'ai une dette envers cet… homme. Je ne chasserai personne en plein hiver. Nous tous, ici, avons notre utilité.

Un spasme tordit soudain ses entrailles, vif et douloureux comme une entaille s'étirant en elle. My rétracta ses mains sur la table, ce qui n'échappa pas à l'assistance. Elle eut un sourire d'excuse.

– La fatigue…

Lissei, qui bâillait sous cape, hocha vigoureusement la tête.

– Il est temps de…

– Un instant.

Fraar s'était penché vers elle, le feu accentuant son teint rougeaud. Il la fixait d'un air extrêmement attentif, et My eut l'impression qu'il cherchait à lire en elle.

– Majesté, quand vous vous transformez, vous prenez la forme d'un papillon, c'est cela ?

– Oui, dit My, étonnée.

– Un papillon coloré ? Très coloré ?

– Vous m'avez vue à Epeck, Fraar.

– C'est ça qui m'inquiète. Lorsque nous avons combattu, dans le temple… J'ai cru voir… C'est ridicule, mais… Une ombre noire, très petite. Je ne l'ai pas vue clairement.

Elle a participé à la bataille, elle a même fait tomber un garde. Je voulais être sûr que ce n'était pas vous.

– Vous devez être fatigué, mon brave, dit Allian – même avec sa barbe, My devinait le grand sourire qu'il essayait de cacher. C'était un démon du Nord, voilà tout.

– Surveillez vos paroles ! s'emporta le Fauconnier, qui vira au rouge brique. J'apprécie moyennement l'attitude de vos gardes, Majesté !

– En voilà un qui repère le second degré, à défaut de l'utiliser, dit Orest.

My passa prudemment une main sur son ventre, guettant la douleur. Elle s'estompait peu à peu. Elle aurait tout donné pour s'assurer que le bébé était indemne. Hélas, même liés comme ils l'étaient, elle n'avait aucun moyen de connaître son état. Elle n'avait pas été frappée au ventre. C'était sa seule certitude, et elle espérait que le voyage n'affaiblirait pas l'enfant. Elle-même se sentait à bout de forces.

– Arlos, je vous confie ce parchemin, reprit-elle. Vous l'enverrez demain dès que possible.

– Majesté, vos désirs sont des ordres.

My demanda sans pouvoir s'en empêcher :

– Passer par les défilés, demain… est-ce une bonne idée ?

– C'est la vôtre, en tout cas, répondit Meshet. Mais c'est aussi la route que je prends quand je vais vers le Sud. Les défilés arrêtent la neige, et les nobles ne passeront pas par là.

C'était tout ce qui importait. Meshet, bien sûr, évitait de dire qu'on ne trouvait aucune trace de vie dans les défilés, et qu'ils étaient à peine moins dangereux qu'une troupe armée. Il fallait bien choisir entre les deux risques.

Un à un, les Fauconniers se retirèrent, laissant My seule à table. Orest attendit que tous quittent la salle, puis s'assit en face d'elle.

– Ça va mieux ?

Devinant qu'il faisait allusion au malaise, la jeune fille fit un geste évasif.

– Un peu de repos et ce sera oublié.

– Sois prudente, demain. Les défilés ne sont pas exactement conseillés pour une promenade de santé.

Sans répondre, My tendit la main vers celle de son compagnon, lui décrispant les doigts comme on défait un nœud. Ouverte, sa main semblait plus vulnérable, toute en os et jointures. De grandes mains maigres, mais pleines d'élégance, curieusement.

– Elles te ressemblent, observa My. Des mains qui se sont battues…

– Et qui sont infoutues de manier la plume.

– En un essai, tu ne vas pas réussir, Orest ! Cela m'a pris des années.

Le feu crépita, comme pour approuver ses paroles. My remarqua à quel point le visage d'Orest était émacié à la lueur du feu. Creusé de cernes, il paraissait avoir trente ans, et non vingt. Son regard, lui, n'avait pas d'âge.

– Je sais. Pouvons-nous continuer ?

My savait ce qui l'incitait à revenir à la charge. Le même sentiment la poussait vers sa rapière, auparavant. Ce n'était pas l'envie d'apprendre, c'était quelque chose de plus âpre : le sentiment qu'un jour ou l'autre il pouvait mourir.

– À deux, on y arrivera bien.

Leurs doigts se démêlèrent, renforçant leur accord. Comme si, à travers cette seule phrase, ils avaient passé un pacte. Un pacte sans concession, avec l'amour, la peur… une profonde envie de se battre.

La plume se remit à courir sur le parchemin, y traçant des arabesques qui semblaient toutes identiques. Un seul battement de flamme paraissait les modifier, bouleverser l'ordre, les rendre vivantes. My avait appris les runes d'Angdaël avec l'un des nombreux précepteurs de son enfance. Elle se souvenait parfaitement de cette impression qu'elle avait déjà petite, de voir les lettres vivre à leur gré.

– Les runes épousent les sons, les restituent. Il n'y a aucune arête dans ces runes, tout est en courbes, en ondulations.

Leurs créateurs ont voulu transcrire les sons… en signes. Avec un peu d'intuition, on peut les retrouver. Trouve le [o].

Orest se pencha sur la feuille, suivant attentivement le tracé des runes. My sentait toute son attention tendue vers le parchemin, vers ce domaine abstrait qu'il était impossible de forcer ou vaincre. Il ne dit rien pendant un long moment. Puis sa voix s'éleva dans la salle vide, entre haut et bas :

– Celle-là.

Le murmure de My fit écho, cristallin.

Appuyée contre le chambranle de la porte, la femme à la coiffe verte écouta l'échange quelques secondes encore, puis se retira sur la pointe des pieds.

Quand My se réveilla, elle était emmitouflée dans une couverture, près du feu. Celui-ci brillait encore. Se redressant, elle chercha Orest dans la salle, mais à l'approche du jour il avait disparu. Dehors ou dans les écuries, peut-être. S'ils voulaient rejoindre les défilés, ils devaient partir rapidement…

Les défilés.

La jeune fille alla à la fenêtre et appuya son front contre la vitre. Au-dehors, le monde était blanc… si blanc. Immaculé. L'auberge paraissait être au centre d'un nuage. C'était évidemment catastrophique pour les chariots, mais à cette vue l'enthousiasme chassa son sommeil. Elle sortit et l'air du dehors lui emplit les narines, doux et piquant à la fois, comme le tapis moelleux qui recouvrait le monde. Kebren l'attendait près de son cheval, jaugeant la couche de neige sans aménité.

– De toute façon, ça ne tiendra pas.

– Ça tiendra, fit Fraar en arrivant à leur hauteur. Malheureusement, ça tiendra, et il va encore neiger dans la journée. Il faut qu'on se dépêche d'arriver dans les défilés.

Ils en avaient parlé la veille, assez longuement. Les défilés étaient une longue passe naturelle, à proximité des forêts longeant Preen. A priori, ils n'avaient rien de dangereux : la magie ne les hantait pas, ils n'étaient bordés par aucun précipice, et beaucoup de voyageurs les traversaient à la belle saison. Non, le danger venait des loups.

Il faudrait bien qu'ils passent.

– Alors, en avant ! conclut My.

La file de chariots s'ébranla lentement. Ils s'enfonçaient dans les bois qui entouraient l'auberge quand, enfin, Allian et Orest les rejoignirent, hilares. Ils avaient de la neige dans les cheveux, les habits trempés et paraissaient avoir laissé dix ans derrière eux.

– Eh bien ! On devrait partir en guerre plus souvent, commenta Issana. Les boules de neige, c'est pour l'entraînement ?

Elle lança un regard appuyé à Allian, et plus particulièrement à sa besace qui flottait allègrement derrière lui.

– Vous êtes sûr que vous n'avez rien fait tomber ?

– Ma foi non.

Allian ajouta avec bonne grâce :

– J'ai peut-être oublié des choses à l'auberge, cela dit.

– Me voilà rassurée.

Issana n'ajouta pas le moindre commentaire. C'était la première fois que My voyait Allian réellement surpris.

– Mais j'aurais quelques petites questions à vous poser, en échange de mon livre.

– Votre livre est entre de bonnes mains.

– Je n'en doute pas... Mais tout prêt se paie, avec moi.

– Oh oh ! Voyez-vous ça. Je ne peux pas répondre à n'importe quelle question.

– Non, dit Issana avec douceur, uniquement sur des choses que vous savez. C'est possible pour un espion, non ?

Elle talonna sa monture et le laissa là, soudainement dégrisé. Allian se tourna aussitôt vers Kebren :

– Qu'est-ce que tu lui as dit ?

– Moi ? Qu'est-ce que j'aurais pu lui dire, à cette merluche ?

– Elle n'a rien dit du tout, fit Orest avec un haussement d'épaules. C'est toi qui parles trop. Fais attention, Allian. On a trop de secrets à cacher.

L'échange jeta un froid. La neige s'était remise à tomber. De lents flocons, fragiles et doux. Ils s'échouaient dans les crinières, fondaient contre les peaux. D'autres les remplaçaient aussitôt. L'hiver leur montrait son visage le plus enchanteur… le plus sournois.

– Nos chemins se séparent ici.

Arlos les arrêta au sortir des bois. Droit devant eux, fissure élevée entre deux collines, l'entrée des défilés se découpait comme une gueule béante.

– Les défilés passent à travers bois et collines, indiqua Arlos. Ils vous mèneront aux abords de Teyres. J'espère vous y retrouver avec mes troupes.

– Mais… et vous ? dit My. Votre ville est au nord, elle aussi !

– J'irai plus vite en ralliant le cours du Liash, Majesté. J'ai des bateaux là-bas. Meshet connaît les défilés, il vous guidera parfaitement. Vous êtes nombreux, les loups ne vous toucheront pas. Mais restez groupés – et surtout, n'avancez jamais sans flambeaux. Ils craignent le feu.

– Et Preen ? intervint Issana. Et Epeck ?

– J'ai envoyé mon aigle ce matin. N'ayez crainte, les deux villes seront prévenues à temps.

– Alors, dit My, rendez-vous à Teyres. Bonne route.

Le grand Fauconnier s'inclina devant elle et, après un dernier adieu, fit pivoter sa monture. My le regarda partir, emmenant avec lui son chariot et ses gens, jusqu'à disparaître…

Immense, le défilé les guettait, tel l'iris vertical d'une créature immense.

– Chaque chariot s'équipe de deux flambeaux, sur chaque flanc, ordonna Meshet. Une torche par cavalier, et avancez groupés ! Il fait noir comme dans un four là-dedans, et le sol est glacé par endroits. On ira lentement, mais restez vigilants. Et gardez vos armes à portée de main !

– On va s'amuser, murmura Kebren.

Distraitement, elle gratta Ovriel sous la gorge. Perché à l'avant de la selle de My, le chat tendait la tête vers le défilé, moustaches en alerte. Lui aussi semblait impatient de fuir cet univers trop blanc pour retrouver les ombres. Lorsqu'ils franchirent le seuil du défilé, il sauta à terre et My cessa de le voir, comme s'il faisait partie intégrante des ténèbres.

Bruit mat de sabots, bruit claquant de sabots, la transition se fit au bout de quelques mètres. L'air était toujours glacial, mais la neige, déjà, n'atteignait plus le sol. Les flocons fondus s'aggloméraient, ici ou là, en plaques verglacées que les chariots évitaient avec soin. My essaya d'évaluer la largeur du défilé. Elle devait avoisiner les vingt mètres, trente peut-être...

– Kebren, mon chou.

D'un même mouvement, My et Kebren tournèrent la tête, puis la levèrent pour constater qu'Allian venait de les rejoindre – non à pied, mais sur le cheval de Vahyl.

– Où tu as trouvé un cheval, toi ? lança Kebren, peu amène.

– Vahyl a des rhumatismes, il préfère voyager sur l'un des chariots. Tu comptes faire toute la traversée à pied ?

– Trouve-moi un cheval, et je reconsidérerai la question.

– Vahyl a emporté ses fontes, je suppose qu'il ne me fait pas suffisamment confiance pour que je les garde. Je suppose aussi qu'il a raison. Par conséquent, il y a de la place pour deux, à moins que tu préfères te geler les orteils pendant toute la traversée.

Parfaitement détendu, Allian attendit une réponse qui ne venait pas, et souligna :

– Pieds congelés et marche rapide sont peu compatibles. Je crois.

– Très bien, fit Kebren, irritée. Vous permettez, Altesse ?

My donna son accord et les laissa s'éloigner. Un virage les engloutit. Ce défilé avait tout d'un tunnel à ciel ouvert. Il zigzaguait de façon aléatoire, tout en courbes ou en coudes. Mais la vie subsistait ici. Des arbres avaient poussé sur les parois qui, loin d'être verticales, s'élevaient par à-coups. My crut voir un oiseau survoler la route. Aucune autre créature ne se montra. Plus ils s'y enfonçaient, plus le défilé semblait vide.

Ils marchèrent encore un long moment avant le premier chant de loup.

Ce n'était qu'une modulation lointaine, un appel mélodieux, que l'écho rendait pareil à un sanglot poussé sur une seule note. Mais si puissant malgré la distance, et si poignant qu'aucun hurlement d'aucun homme ni d'aucune bête n'aurait pu lui ressembler. Il s'éteignit presque aussitôt.

– On est repérés, dit Meshet. Accélérez.

My jeta un coup d'œil aux parois vides. D'appel en appel, les loups pouvaient remonter jusqu'ici, et les cerner en un clin d'œil. Les chariots grincèrent de tous leurs essieux tandis que les attelages forçaient l'allure. My peinait à calculer la distance qui leur restait, mais une chose était sûre, ils n'avaient pas fait la moitié du chemin.

Puis une impression de vide, entre la sensation physique et la pensée, se déploya en elle. Comme s'il manquait… quelqu'un.

Orest avait disparu.

Elle fit pivoter son cheval. Le défilé s'étirait dans son dos, totalement désert. Les parois grises s'enflammèrent lorsqu'elle talonna sa monture, la lueur de sa torche se réverbérant sur la pierre. Tout était trop silencieux… trop vide.

À ce moment seulement, elle le vit.

Le jeune homme était prostré à terre, en une masse indistincte. Il ne bougeait pas. Malgré le silence sépulcral des lieux, elle ne l'entendait même pas respirer. Devant lui, un aigle gisait, fracassé au sol. Un rouleau était attaché à sa patte.

C'était l'aigle d'Arlos.

– Il s'est brisé les ailes.

Sans autre commentaire, Orest ôta sa main du cœur du volatile, palpitant quelques instants plus tôt, détacha le rouleau et le glissa dans sa poche.

– Il s'est fait piéger par la neige. Ce n'est jamais prudent de faire voyager un aigle par ce temps.

– Il faut prévenir Arlos !

– Arlos ne pourra rien faire, il n'a plus d'aigle. On l'alertera quand on sera à Teyres.

Orest retint le cheval de My : tremblant de tous ses membres, la bête se cabrait à moitié.

– C'est un bon indicateur, dit-il gravement. Plus il panique, plus les loups sont proches.

– Alors, montez en selle !

– Je ne suis pas enceinte, aux dernières nouvelles, dit Orest avec agacement.

Un long hurlement déchira l'air, repris par d'autres. Tous deux se figèrent.

– En selle, dit My. Vite !

Elle n'eut pas le temps d'attraper les rênes. Cabré de toute sa hauteur, le cheval se libéra d'une détente. Ses yeux étaient exorbités, ses oreilles plaquées en arrière. Il fila ventre à terre, ses fontes tintinnabulant dans les ténèbres.

– Laisse-le, dit Orest, ça fera un appât.

L'appel des loups lui donnait tort. Le danger se trouvait devant, là où était également leur groupe. Ils se mirent à courir droit vers les profondeurs du défilé, le flambeau léchant les parois d'une lueur saccadée.

Une longue silhouette bondit au-dessus d'eux et retomba au sol, à quelques mètres. Grise comme la brume. Ils freinèrent net.

– Épée, dit Orest d'un ton bref.

– Je l'ai laissée au temple !

Le loup était seul, le pelage abîmé, déjà vieux. Une estafilade rouge barrait l'un de ses yeux, lui donnant un regard halluciné. Il se tint face à eux, babines retroussées. Puis se rua à l'attaque. My brandit son flambeau devant elle. Les babines du loup se refermèrent sur le bois, faisant craquer l'écorce à moitié dévorée par le feu. Dans une explosion d'étincelles, la bête retomba au sol avec la torche, échoua sur le dos et lâcha son butin. La torche s'éteignit sous le choc. Seules quelques flammes subsistèrent, mêlées à son pelage, le dévorant par plaques entières. Une odeur de poil puis de chair brûlés s'éleva dans l'air.

Orest rejoignit le loup qui se tortillait au sol, tentant désespérément d'éteindre le brasier. Son épée se ficha dans son flanc, vibrante.

Un trottinement s'éleva, près ou loin – impossible à déterminer, à cause des échos.

Le chant s'était tu.

My agrippa soudain le bras d'Orest, son cœur bondissant dans sa poitrine. Peur et espoir mêlés. Ce qu'elle voyait là-haut… Ce n'était pas un loup. Ténue, une lueur rouge pulsait trois mètres au-dessus d'eux, entre deux rochers. Quelqu'un s'était tapi là-haut. Avec une torche.

Non, celle-ci n'était pas rouge. Plus My s'en rapprochait, plus elle devenait orange… jaune… bleue, changeant de teinte à chaque seconde. Son espoir mourait de même.

Ce n'était pas un veilleur qui attendait là, ce n'était qu'une flamme, isolée entre deux roches…

My tendit ses mains au-dessus de la lueur. Une étrange tristesse l'envahit.

– Une Elline mourante.

Orest l'avait rejointe. Avec une étonnante douceur, il tendit, à son tour, les mains au-dessus de la flamme.

– Une *quoi* ?

– Une Elline… Tu n'en as jamais entendu parler ? On ne les trouve qu'à l'ouest, ou au nord. Elles se déposent sur les roches en hiver pour fleurir.

– Peu importe, coupa fiévreusement My, elle va s'éteindre ! Les loups…

– Regarde.

Orest retira ses mains et elle l'imita. Son cœur se mit à battre, un peu plus vite.

L'étincelle bleue n'était plus.

Délicatement, une fumerolle puis une autre sortaient timidement de la perle de cendres qui avait été la lumière. Une fleur étrange naissait sous leurs yeux : une fleur de feu.

– Elle s'éteindra quand elle n'aura plus assez de magie, et renaîtra avec le temps. Prends-la, elle ne brûle pas.

Doucement, My réunit ses mains en coupe et cueillit la fleur. Au contact de ses mains, celle-ci grandit brusquement. Le souffle du feu rejeta ses cheveux en arrière.

– Que se passe-t-il ? hoqueta-t-elle.

– Elle perçoit ta magie, elle s'en sert pour renaître. Surtout, ne la lâche pas. On va redescendre.

My abaissa la main, et la lumière de l'Elline tomba sur le sol du défilé. Une, deux, trois... six loups les attendaient, rassemblés en demi-cercle.

Redescendre... C'était de la folie.

– Soit on reste coincés ici, soit on rejoint le groupe, dit Orest, laconique. Choisis.

Pour toute réponse, My avança précautionneusement un pied sur la corniche. Ils n'avaient pas le choix, en réalité – pas s'ils voulaient rester vivants.

Les loups s'étaient mis à déambuler, muscles bandés, pour se lancer à l'assaut des parois dès qu'ils seraient à portée de crocs. Orest ne leur en laissa pas l'occasion : dégringolant le mur à toute vitesse, il bondit du dernier mètre. Se réceptionna de justesse. Sous les yeux horrifiés de My, les loups parurent fusionner en une entité unique, se ruant sur lui en mêlant leurs pelages gris. De toutes ses forces, elle lança la seule arme qui lui restait : l'Elline.

La fleur de feu parut s'envoler. Traversant les airs avec légèreté, elle plana jusqu'à la mêlée. Le résultat fut immédiat : comme s'ils percevaient sa magie, les loups se dispersèrent en un clin d'œil. La fleur se déposa dans la main ouverte d'Orest.

– Bien joué.

– Bien joué ! *À un contre six ?* Qu'est-ce que tu espérais ?

– Faire diversion – attention !

Les yeux opalescents revenaient, fleurissant dans les ténèbres les uns après les autres. Ils brillaient d'une telle férocité que My, machinalement, porta la main à sa ceinture.

Mais elle n'avait pas d'épée. Rien que la fleur qu'Orest posa de nouveau sur sa paume.

Comme emplie d'une nouvelle vie, l'Elline se déploya, tel un soleil miniature.

Les yeux reculèrent.

– Doucement, murmura Orest à son oreille. Vas-y…

Résolument, My se mit en marche, escortée par les loups. Les yeux brillants ne la lâchaient pas. Était-ce le feu, était-ce la magie ? L'Elline les tenait en respect.

Combien de temps marchèrent-ils dans ce défilé hanté par les ténèbres ? Combien de temps, environnés de loups qui, pas après pas, s'enhardissaient, réduisant l'espace entre eux, oubliant leur peur au profit de la faim ? My ne garda que le souvenir de la main d'Orest serrée dans la sienne. Que le contact de la fleur, qui caressait sa peau sans la brûler.

Puis dans le lointain, un hennissement retentit. Celui d'un cheval perdu… le sien.

Un par un, les loups s'arrêtèrent, humant l'air, puis firent demi-tour. Droit vers une proie qui, elle, ne leur opposerait aucune résistance.

L'appât d'Orest avait fait son office.

En dépit des torches, les chariots s'étaient fait attaquer en leur absence. Une attaque brève et concertée, ciblée sur l'arrière du groupe, qui emporta un serviteur. Inférieurs en nombre, les loups se retirèrent à la vue de l'Elline. My la garda en main jusqu'à leur sortie des défilés, plusieurs heures après.

L'aigle d'Arlos mort, Epeck et Preen menacées, il ne leur restait qu'une chose à faire, désormais. Empruntant les routes les plus discrètes et fuyant les curieux, ils parcoururent la dernière étape à bride abattue.

Au matin du quatrième jour, Teyres, enfin, fut en vue.

Teyres… La ville-port.

Floan en avait parlé en ces termes. My n'avait jamais compris l'appellation. Mais Teyres faisait partie de ces villes qu'il fallait voir pour y croire, pour comprendre aussi. Le spectacle était si étrange qu'elle eut l'impression d'un mirage. Mais les mirages naissaient dans la chaleur du désert, pas en hiver…

Teyres n'était pas une ville. C'était un pont. Un pont titanesque – mi-port, mi-pont, une ville installée au beau milieu du fleuve. Un point de relais parfait.

La neige tombait sur la cité, faisant scintiller faiblement les toits des logis, pressés autour d'une énorme forteresse centrale. Les remparts de Teyres plongeaient dans l'eau. Ses rues s'élevaient, dans un étrange entrelacs, entortillées autour de la forteresse. Sous le givre, la ville paraissait irréelle. Les ponts qui la reliaient aux rives ancraient ce rêve à la réalité. Et les portes de bois clair, à chaque extrémité, protégeaient l'accès au rêve.

Le retour à la réalité fut plus brutal que prévu.

Car les portes étaient fermées.

5. Un Akharu

– Tënahl.

Lissei résuma la pensée générale.

– Il nous a vus il y a quelques jours. C'est suffisant pour alerter Teyres !

– L'aigle d'Arlos était en pleine forme, mais il n'a pas résisté à la neige, répliqua Fraar. Avec quoi aurait-il pu avertir Teyres aussi vite ?

Allian se tapotait le menton, l'air songeur.

– Un messager à cheval ? Inutile, au final. Teyres est une ville importante, Tënahl n'a pas forcément donné l'alerte : Liett veut la protéger pour se protéger, *elle*. Ils ont un coup d'avance.

My lâcha lentement les branchages qui se replacèrent devant la ville, entremêlés comme une double barrière.

– Très bien ! J'y vais.

– Minute, papillon ! dit Allian. Vous n'allez pas vous précipiter là-bas, quand même ! Votre Don n'est pas fiable et un papillon en hiver, c'est une rareté.

– Je serai prudente, Allian ! Je veux simplement savoir qui est derrière ça, et comment vous faire entrer.

– Sa Majesté a raison, dit Kebren. Dans une ville portuaire, il y a toujours moyen d'entrer. Dans une ville entourée d'eau, c'est plus qu'une probabilité.

– Alors, j'y vais, répéta My. Les autres doivent trouver un autre passage. Kebren, vous vous en chargez ? Descendez vers les canaux, je suis sûre qu'il y a des entrées.

Le bruit des pas de l'aldhei sur la neige fit office de réponse. My, les yeux clos, se focalisa sur le Don frileusement tapi au fond d'elle et l'invoqua, éprouvant de nouveau la sensation unique de la métamorphose. Comme un papillon au sortir de la chrysalide, son pouvoir se défroissa, se déploya et, en plein hiver, elle s'envola au milieu des flocons.

Découvrir Teyres du ciel accentuait l'étrangeté du spectacle.

La ville-port s'étendait à perte de vue, grouillant de monde à différents niveaux. Un réseau de passerelles avait été construit au-dessus de l'énorme rocher sur lequel le port avait été bâti. La neige était déblayée, révélant les planches aux mille nuances de bois. En revanche, elle s'accumulait sur les toits, arrondissant les angles et donnant au port l'air d'un ours en hibernation. My atterrit entre deux bicoques et se métamorphosa avant que les flocons agglomérés sur ses ailes l'en empêchent.

Trouver leurs adversaires. C'était la première chose qu'elle devait faire. Tant qu'à se jeter dans la gueule du loup, autant voir à quoi il ressemblait.

Elle risqua un coup d'œil dans la rue, puis en contrebas. Ici, la plupart des rues s'enroulaient autour de la forteresse, chaque passerelle maintenue à la muraille. Certaines, très larges, faisaient office de carrefours et rejoignaient d'autres rues qui descendaient dans les profondeurs de la cité. Cette ville était un véritable dédale.

Connaître leurs adversaires…

Elle avait déjà son idée. Pour barricader la ville, il fallait avoir la permission du Sanreth et se faire obéir des habitants. Seul un noble pouvait faire cela. Mais où le trouver ?

Résolue, elle s'éloigna dans la rue, les planches craquant sous ses pas. Les gens passaient, courbés par le froid. Ils l'évitaient machinalement, comme un obstacle gênant. Elle avait pourtant besoin de renseignements. Si l'un d'eux…

– Dame ? Un Akharu ?

Une main agrippa la cape de My, qui se dégagea en poussant un cri.

Sa frayeur s'apaisa lorsqu'elle découvrit son agresseur : une mendiante, enveloppée dans une cape. Assise près d'un carrefour, elle était recouverte de neige, détail qui ne semblait pas la déranger.

– Je n'ai rien à vous donner, dit My. Je suis désolée.

– Je ne mendie rien, jeune fille, je demande. Un Akharu ?

– Non… écoutez, je ne sais pas ce qu'est un Akharu, je n'en ai pas. Je suis pressée et je cherche quelque chose. Connaissez-vous Teyres ?

La mendiante garda un silence méditatif. À bien y réfléchir, elle ne ressemblait pas à une mendiante : elle ne tendait pas la main pour l'aumône et était installée à l'écart. My était trop préoccupée pour s'en étonner. Devant le mutisme de la femme, elle plongea la main dans sa besace, pour payer une information qui tardait à venir.

– Je ne vis pas ici, mais je connais Teyres, dit soudain la femme.

– Alors, vous savez comment on accède à la forteresse ?

– Ce n'est pas une forteresse, mais la tour-mère.

– Peu importe, la personne que je cherche est là-bas.

– Qui est cette personne ?

– Peu importe.

– Je ne pourrai pas vous renseigner si je ne sais rien.

My poussa un soupir d'exaspération, s'adossa à une maison pour laisser passer les badauds et murmura du bout des lèvres :

– C'est un noble. Et il est peut-être accompagné. Avez-vous vu une grande bête, avec un plumage gris et des crocs, dans les parages ?

– Par les Darcer, s'exclama la femme, il y a beaucoup de choses étonnantes à Teyres, mais sûrement pas ça ! Vous devez remonter toutes les rues jusqu'à la tour-mère. Passez la grande salle. Votre noble a probablement ses quartiers dans les étages. Prenez garde à vos ailes, jeune fille…

My demeura bouchée bée, puis lorgna l'extrémité de la rue, où elle s'était métamorphosée. Elle pouvait presque entendre Kebren : « La discrétion est un art. »

– Merci, dit-elle, avant de s'éloigner précipitamment.

Elle sentit le regard de la femme dans son dos, net et perçant comme une pointe de dague. La sensation disparut quand elle tourna au coin de la rue. Le malaise, lui, resta.

Tout était étrange ici. Étrangement et fragilement beau. Les planches craquantes de givre, les petites maisons tassées le long des passerelles. Teyres baignait dans une quiétude frileuse. My, plus d'une fois, eut l'impression d'être épiée. Elle eut beau se retourner à chaque coin de rue, toutes étaient les mêmes. Des maisons de sucre glace, recroquevillées au-dessus du vide. Et le vide, bien sûr. Et ce malaise, doux et insidieux comme la neige.

La jeune fille fut presque soulagée de se retrouver devant la tour-mère, une énorme bâtisse ronde qui plongeait ses fondations là où les rues les plus basses n'allaient pas, et s'élevait plus haut que n'importe quelle passerelle. À tous les étages, les rues s'y greffaient, enroulées autour d'elle comme le lierre autour d'un tronc. My, d'emblée, sut qu'elle mettrait des heures à l'explorer.

« Votre noble a probablement ses quartiers dans les étages… »

Avec un peu de magie, elle gagnerait du temps.

Une inspiration, le contact du mur dans son dos. Impression de légèreté extrême et instinct du vol. La métamorphose se fit sans le moindre bruit et le papillon, éclatant de couleurs, se faufila silencieusement à travers une meurtrière.

Elle ne s'était pas trompée d'étage. Celui-ci abritait le maître des lieux, à en juger par le mobilier luxueux. Un tapis recouvrait le sol du couloir vivement éclairé. My voleta en direction de l'issue la plus proche. Un éclat de voix lointain lui fit faire demi-tour.

Là… à quelques salles de distance. Il y avait quelqu'un – non, deux personnes : une autre voix répondait.

– … dis que vous ne contrôlerez pas l'Ouest en stagnant ici.

C'était la première voix, et sa colère était perceptible. Rasant le plafond, le papillon fila en direction du bruit, ses sens à l'affût.

– Vous savez parfaitement pourquoi je vous ai fait quitter la Cour, Hariost, déclara la deuxième voix. En premier lieu, nous ne cherchons pas à contrôler l'Ouest mais à protéger Liett.

– Mais Monseigneur, si vous me permettez, Liett…

– C'est assez.

Le dénommé Hariost devint muet.

Avec prudence, l'insecte se posa au-dessus de la porte. Les deux hommes étaient dans la pièce voisine, à quelques mètres. Une silhouette passa en dessous de Mydria.

– Je sais ce que je fais, reprit la voix. En plein hiver, on ne peut traverser l'Alester qu'au péril de sa vie. Je suis presque sûr que la Darcer veut arriver à Liett. Mon fils ne se trompe jamais.

My fit le lien entre la silhouette qui venait de passer et celle du temple de Beckell : même carrure, même crânerie. L'interlocuteur d'Hariost n'était autre qu'Ebelior, le bras droit du Sanreth et le père de Tënahl qu'ils avaient combattu au temple.

– Et si malgré tout elle atteint Liett ? demanda Hariost.

Ebelior se tut soudain, le regard fixé sur un coin de la salle. Hariost regarda dans la même direction, et un malaise silencieux s'installa dans la pièce.

– Le Sanreth et moi, nous avons d'autres projets.

– Majesté, avec tout mon respect, vous n'en savez rien.

– Je n'en sais rien mais j'en suis sûre, insista My. Il y a une Chimère dans la ville, Vahyl, que vous le vouliez ou non !

– Je le croirai quand je la verrai.

– Vous avez le goût du risque, lâcha Orest.

Le Fauconnier ne daigna pas répondre. À part Meshet, il était le seul à supporter le froid sans difficulté visible. Le reste du groupe peinait dans l'ascension, chaque passerelle étant plus glissante que la précédente. Kebren les avait fait entrer par les canaux qui s'enfonçaient dans la ville. Évitant l'auberge, ils se rendaient directement à la tour-mère dont le hall abritait les manants pour la nuit. Grouillant dans l'obscurité moite, le petit peuple de Teyres se repliait ici, entre les feux d'herbe allumés sous les piliers et les paquetages dépliés contre les murs. Des clans, déjà, s'étaient formés. Comme dans une vraie ville, chaque mètre carré avait son occupant, et chaque occupant, sa place définie dans un ensemble qui admettait difficilement les nouveaux venus. My nota la présence discrète de sentinelles.

– Ils gardent l'accès aux étages, murmura-t-elle à Orest. Le meilleur moyen de contrôler les manants, c'est de les surveiller.

Orest eut un rictus appréciateur.

– Ils se surveillent mutuellement, tu veux dire.

– Tu crois ?

– Disons que ça nous arrangerait bien si on veut des renseignements. Bon. Je te laisse enquêter toute seule, si tu veux des pistes. Pour une fois, évite les ennuis.

My haussa ses épaules fluettes et lui renvoya :

– Tu me sauveras si ça tourne mal. Tu manies tellement bien le grimoire.

Louvoyant entre les groupes, elle prit la direction opposée de celle de son compagnon. Elle ne savait pas vraiment ce qu'elle cherchait. Des indices, des rumeurs sur la présence d'une Chimère ou sur l'arrivée des nobles. Mais qui, parmi ces pauvres gens, pourrait vraiment l'aider ?

Des enfants jouant dans la neige fondue. Des adultes d'âge indéfinissable, réunis autour d'une marmite fumante. Elle passa de groupe en groupe, sans s'arrêter. Non… Personne ici. Il n'y avait que des familles, des clans ou de petits groupes d'enfants. Plus rarement des voyageurs arrêtés par la neige. Tous repliés sur leur misère comme sur une source de chaleur, les yeux hagards…

Un autre attroupement, plus grand, plus bruyant, attira son attention. Une cinquantaine de personnes encombraient le fond de la salle, mais ne se cachaient pas. Piquée par la curiosité, My écarta quelques épaules, se faufila entre deux badauds et atteignit les premiers rangs. Un grand vide était ménagé au centre du groupe…

Elle ouvrit de grands yeux. Elle s'attendait à une attraction quelconque, un jongleur ou un acrobate, mais il n'y avait qu'un adolescent. Il se tenait debout, tremblant de tous ses membres. Une succession de petits claquements retentit et le garçon se pétrifia.

– L'Arbitre, dit une voix de femme.

Un immense sourire fendit le visage du garçon. Il sortit une piécette de sa poche, la déposa devant lui et disparut dans la foule. Une femme remplaça l'adolescent au milieu du cercle.

De nouveau, une série de cliquètements.

– La Fleur.

La femme disparut. Un homme la remplaça, puis un autre. Sa curiosité piquée au vif, My se faufila jusqu'aux premiers rangs. Au milieu du cercle, une table à trois pieds se dressait, si petite qu'on pouvait tout juste y étaler la main.

Un œuf en bois se trouvait en son centre. Il était tout simple, posé sur un socle. Le nouvel arrivant s'était campé face à lui. Perplexe, My attendit. Le phénomène se produisit au bout de quelques instants : un fluide parut passer entre l'œuf et l'homme, puis l'œuf frémit sur sa base. Alors il s'ouvrit, formant une sorte de fleur à cinq pétales de bois.

– L'Empreinte, dit de nouveau la voix. Pour ce soir, ce sera tout.

– L'Empreinte, répéta My à mi-voix.

Elle se souvint tout à coup qu'Allian et Issana en avaient parlé. « L'Arbitre ou le Dragon ? », avait demandé Allian.

Elle n'avait pas compris cet échange, et fixa la fleur avec insistance, comme si la réponse se trouvait gravée sur le bois.

– Êtes-vous intéressée, cette fois ?

My reconnut enfin la voix de la mendiante. Assise à l'autre bout du cercle, elle posait ses prunelles luisantes sur la jeune fille. Sa cape masquait son corps et dissimulait son visage, mais la voix était facilement identifiable. « Dame ? Un Akharu ? »

– Cet œuf est donc un Akharu ?

– Cet Akharu n'est pas un œuf. Souhaitez-vous tenter votre chance, vous aussi ? Pour une sorcière métamorphe telle que vous, la consultation est gratuite.

La voyante tendit la main vers l'Akharu et releva ses lamelles. Il retrouva sa forme sans la moindre encoche visible et se tint de nouveau à la verticale sur son socle. My fronça les sourcils. Elle était la dernière à s'attarder.

– Pourquoi me le proposez-vous ?

– Je ne vous cache pas que son jugement m'intéresse. Allons, jeune fille. Êtes-vous tentée ?

My se pencha sur l'Akharu, évaluant le grain de son bois, son aspect lisse qui devait tout au sculpteur et non à un vernis. Elle se surprit à trouver l'objet beau dans son extrême simplicité. Pourtant, elle ne le comprenait toujours pas.

– À quoi sert-il ?

– N'avez-vous pas vu tous ces gens ? Cette foule jamais tarie, toujours curieuse. Qu'est-ce qui attire les gens ? Tout ce qu'ils ne contrôlent pas en eux. Tout se joue avec et sans eux – je parle de leur futur, bien sûr, ou du destin. C'est ce qu'ils viennent chercher.

Devant le silence de My, la femme désigna l'Akharu :

– L'Akharu a cinq lamelles, pour cinq symboles. Des signes anciens et très forts. La Fleur, pour l'épanouissement. L'Empreinte, pour une quête longue, ardue, solitaire. Le Dragon, marque de l'ardeur, du combat à corps perdu. L'Arbitre pour les conciliateurs, faits pour harmoniser leur entourage. La première lamelle qui tombe indique votre destinée.

Une vague d'excitation parcourut My de la tête aux pieds. Sa destinée. Était-il possible qu'elle l'ait là, à quelques pas d'elle ?

– Je n'y crois pas.

– Ce n'est pas nécessaire.

Il lui semblait que la femme la défiait du regard… Un défi engageant. Après tout, qu'avait-elle à perdre ?

Confusément consciente de faire une erreur, la jeune fille fit un pas, puis deux, réduisant l'espace entre elle et l'Akharu. Il y eut un frémissement dans l'air, perceptible par elle seule. Comme une tension, un lien établi, infime…

Dans un cliquètement, l'Akharu tomba.

– La Pierre.

La mendiante releva la tête vers My.

– Vous n'avez pas parlé de la Pierre, observa la jeune fille. Quelle est sa symbolique ?

La mendiante resta muette. My franchit l'espace qui les séparait toutes deux.

– Sa symbolique ? répéta-t-elle.

– La Pierre est le renfermement de toutes les destinées.

– C'est-à-dire ?

– Vous le savez aussi bien que moi, jeune fille. La mort.

My fixa la mendiante, les lèvres glacées. Cette phrase éveillait un écho en elle, un écho d'une profondeur et d'une portée qu'elle n'aurait jamais soupçonnées. Sa propre voix la surprit tant elle était forte.

– Vous mentez !

– Je peux mentir, dit la mendiante avec douceur. L'Akharu, jamais.

Son visage. C'était son visage entier qui se décomposait, trait par trait. Un mot réussissait à l'ébranler, la transpercer de part en part. Sa main balaya l'Akharu et l'envoya se fracasser au sol. Fleur de bois aux pétales figés, il roula sur lui-même avant de retomber à ses pieds. Cette seule vue raviva son horreur.

– Vous MENTEZ !

Sans écouter la réponse de la femme, My fit volte-face et s'éloigna à pas vifs.

Son groupe n'avait pas bougé. Peut-être s'était-elle absentée depuis quelques minutes seulement. Tout était flou, imprécis. Elle se laissa tomber plus qu'elle ne s'assit à côté d'Issana. Ses compagnons étaient plongés dans une discussion fébrile, qu'elle comprit au bout de quelques instants.

– Bien, disait Kebren. Si vous voulez absolument vous emparer de cette ville, il faut accéder aux étages de la tour-mère, et je vous prie de croire qu'ils sont bien gardés. De deux choses l'une : soit vous vous lancez à l'aveuglette, soit vous faites appel à quelqu'un qui connaît tout ici, et qui vous fera monter incognito.

– Et qui pourrait faire ça ? laissa tomber Vahyl.

– Un Kmett.

6. La poudre aux ailes

Vibration. Satisfaite et ténue – si ténue que seul un chat pouvait l'entendre.

Ventre à terre, Scele progressa à croupetons vers les intrus, oreille à l'affût.

Il y avait deux personnes, analysa-t-elle. Oh... non. Pas deux, trois. Un chat noir suivait frileusement – sûrement une chochotte des villes, à patauger ainsi dans la neige. Un intrus, sur *son* territoire ? Elle n'allait pas laisser passer ça.

Parvenue au bord du toit, Scele se ramassa sur elle-même et, d'une détente, jaillit dans la rue, toutes griffes dehors.

– Attention !

C'était la femme. Elle avait des réflexes, mais pas suffisamment : Scele bondit sur Ovriel. Elle l'avait sous-estimé. Il esquiva étonnamment vite, pas assez néanmoins pour l'empêcher de bondir sur lui, l'enfouissant dans la neige jusqu'aux moustaches. À son grand désappointement, la bataille s'arrêta là.

– Scele, abrutie ! gronda une voix bien connue.

La chatte miaula désespérément et griffa dans le vide : déjà, elle se débattait entre ciel et terre, saisie par la peau du cou par une main ferme.

– Pardonnez, commença son Kmett, avant de s'interrompre.

Les yeux de la chatte s'écarquillèrent, très semblables à ceux de Rheen dans l'obscurité neigeuse des quartiers désaffectés – *leurs* quartiers, où personne ne passait d'habitude.

– Bien joué, gronda Kebren. Vraiment.

– Qu'est-ce que tu fiches là ?

Chacun flanqué d'un chat, l'un noir, l'autre tigré, les deux Kmetts se firent face, l'air de se préparer à un duel en règle. My grimaça. Rheen était le Kmett chargé de Teyres – le seul. Les négociations commençaient mal.

– Je voyage, lâcha Kebren. Je travaille, aussi, à mon compte, et pas la peine de faire cette tête, Rheen, je sais que tu es au courant. Maranta, coup d'État, l'histoire de mon « bannissement »... Bref. J'ai besoin de ton aide.

Scele bondit dans les bras de son Kmett, qui la reçut sans broncher. C'était un petit homme assez laid, au nez très droit et aux cheveux coupés au couteau. Rien de commun avec son chat déluré, aux longs poils et grandes pattes qui, à peine installé, sauta au sol et s'aventura en direction d'Ovriel.

– Scele vous a espionnés, tu sais. Votre entrée dans la ville... votre groupe. Tu es bien entourée pour une Kmett. J'ai reconnu Allian. Quelques Fauconniers, également.

– Les désagréments du voyage...

– On vous demande simplement un service, intervint My.

Rheen tapota son nez du bout de l'index, visiblement peu impressionné.

– De la part des Fauconniers ?

– Rheen ! Tu crois que je les suis pour m'amuser ? Tu as entendu parler du Sanreth, du fond de ton trou ? Alors s'il te plaît, oublie les Fauconniers, oublie mon bannissement et *aide-nous* !

Scele cracha avec énergie. Le museau levé vers l'aldhei, elle semblait évaluer le saut qu'elle devrait faire pour lui bondir au visage, mais Rheen n'attaquant pas, elle se contenta de tourner autour d'elle, à pas comptés.

– Cela dépendra de la nature de cette aide, murmura le Kmett. Que voulez-vous ?

– Envahir la tour-mère, dit My avec aplomb.

Rheen renversa la tête en arrière et éclata de rire.

– Avec quoi ? Votre petite troupe et un chat ?

– Vous connaissez Teyres par cœur, aidez-nous à rentrer dans les quartiers nobles, incognito, et nous nous chargeons du reste.

– Et qu'est-ce que j'y gagne ?

– Je vous installe à la tête de la ville en attendant mes troupes. Est-ce honnête ?

La nuit tombait en même temps que la neige. Mêlées à n'en faire plus qu'un, elles recouvraient progressivement la ville de leur voile immatériel, comme on tire une couverture sur un enfant. Transie, Teyres disparaissait degré par degré.

Seules dix personnes s'attardaient sous la neige, de tous âges et de toutes conditions, armées et sur le qui-vive – leur groupe.

– Du poison, lâcha Orest avec mépris.

Issana releva la tête.

– Un problème, jeune homme ?

My détourna un moment son attention de la rue. Issana, son épée en travers de ses genoux, regardait Orest d'un air provocant. Elle tenait une fiole dans sa main libre, emplie d'un liquide verdâtre. Orest désigna sa lame d'un coup de menton.

– Acier trempé, légère et affûtée. Elle tue déjà suffisamment bien.

Issana, sourire aux lèvres, exécuta un léger moulinet avec sa lame qui capta la lueur de la pleine lune, révélant son éclat liquide.

– Étant donné la situation, je ne prends pas de risques.

– Il est vrai que ce n'est pas le bon jour pour changer ses habitudes…

– Taisez-vous, intervint My.

Elle se leva en silence. La garde de nuit n'était pas censée patrouiller dans les rues basses, à moitié envahies par l'eau et désertées pour cette raison. Pourtant, quelque chose venait dans leur direction, faisant craquer la neige sous son poids.

Kebren lui serra le bras de manière significative, l'empêchant d'avertir les autres. C'était Scele.

– Il est l'heure, déclara My à voix haute.

La petite silhouette de la chatte fit volte-face alors qu'ils s'enfonçaient dans la rue. Rheen avait refusé de se mêler à eux, leur envoyant Scele pour guide. Ils étaient convenus qu'une fois dans la tour-mère, ils se dirigeraient seuls. S'ils entraient sans alerter personne, ils neutraliseraient les nobles facilement – la Chimère était un autre problème.

Guidés par la chatte, ils remontèrent les passerelles sur plusieurs niveaux, puis, patte de velours sur le velours de la neige, Scele disparut.

– Là, dit Kebren.

Elle désignait une maison désaffectée, à la porte entrebâillée. Les uns après les autres, ils entrèrent : l'endroit était vide. Kebren se dirigea vers le mur du fond, tapissé de planches, et en fit basculer une. Une cavité apparut, pratiquée dans la muraille de la tour-mère : astucieux, les précédents Kmetts avaient reproduit le système du bastion kmett, un donjon communiquant avec les logis voisins.

Débarrassés de leurs capes pour plus de discrétion, Vahyl, Lissei, Allian et Fraar se glissèrent par l'ouverture. Leur objectif était avant tout de trouver Ebelior, qui dormait soit au deuxième, soit au troisième étage : pour augmenter leurs chances, ils se divisaient en deux groupes.

My attendit que le couloir redevienne silencieux, puis fit signe aux autres. Ils s'aventurèrent au cœur de la tour-mère, rasant les murs. La bâtisse semblait plongée dans un profond sommeil, à l'instar du reste de la ville. Aucune silhouette ne se profilait dans les couloirs, aucune salle n'était occupée… Rien. Partout le même vide. Avec le Don, Mydria était plus sensible aux présences, mais elle n'en décelait aucune pour le moment.

Le troisième étage était une succession de vastes salles reliées par des couloirs clairs. My s'y engagea avec prudence. Les lieux étaient sans conteste habités. Ils débordaient de mobilier en tout genre, indiquant que plusieurs personnes y vivaient. Elle était déjà venue ici, réalisa-t-elle. La veille même. Elle venait d'entrer dans le bureau d'Ebelior.

Elle s'arrêta devant la table. De nombreux parchemins y étaient entassés. Piquée par la curiosité, My s'empara d'une lettre, au hasard.

« Conquise ce jour, la ville de Sheria. »

La lettre était signée « Sanreth », comme toutes les autres, s'aperçut-elle après une rapide inspection. Et tout le courrier s'adressait à Ebelior, exclusivement, en un méthodique relevé… Saetr, Farellea… Preen !

My passa de lettre en lettre, son ongle raclant le vélin comme pour en extirper le nom qu'elle cherchait : Aïdrez. Un brusque murmure la fit sursauter :

– Qu'est-ce que tu fabriques ?

Orest venait de surgir à son côté, davantage ombre que silhouette, malgré la lanterne sourde qui baignait les lieux.

Elle poussa les feuilles en direction d'Orest.

– Toutes les lettres annoncent des villes conquises !

– Il dit quelque chose à propos d'Arlos ? Les troupes ?

La jeune fille feuilleta rapidement les dernières liasses. Si une ville devait à tout prix être épargnée, c'était Aïdrez, où toutes leurs troupes devaient se rendre. Par chance, Aïdrez était située au nord, et elle était efficacement défendue. Pourtant, cela suffirait-il, pour une cité de cette envergure ?

– Oh non, murmura-t-elle soudain.

Le nom d'Epeck venait d'apparaître.

– Ils ont… ils ont pris Epeck, dit-elle d'une voix blanche.

– Quelque chose sur Haresh ? demanda aussitôt Orest.

– Rien…

Le visage du Fauconnier passa devant les yeux de My, figé dans la dernière expression qu'elle lui avait vue. Détachée et déterminée à la fois, l'expression des statues. Haresh…

– Epeck était la première cible, dit Orest. On s'en doutait et Haresh aussi. Il a sûrement pris ses précautions, il savait que la ville n'était plus sûre.

– Non, ce n'est pas son genre, Orest, souviens-toi de son conflit avec Kebren, il l'a acceptée contraint et forcé… ça a été la même chose avec l'invasion. Il ne laissera jamais le Sanreth prendre sa ville.

C'était la pure vérité. Elle se souvenait de la peine du Fauconnier lorsque, à leur retour, ils avaient retrouvé Epeck en effervescence et son fils mort. Haresh les avait suivis à Istarion, mais il n'était pas homme à fuir une seconde fois. Encore moins à se rendre. Orest écarta doucement la lettre de ses mains.

– Il faut continuer. On s'occupera de Haresh ensuite, en attendant…

– Je sais, répliqua My vivement. Mais on va enquêter maintenant !

Elle donna un coup d'index sur la pile.

– Le destinataire est toujours le même – Ebelior. J'en déduis que le Sanreth l'a pris comme bras droit, et que dans l'hypothèse où il s'attend à une attaque imminente de ma part, il a dévoilé mon identité à Ebelior. Qui juge sûrement plus prudent de soutenir le plus fort…

– Que dit-il sur Aïdrez ? demanda Kebren.

Les autres venaient d'entrer, lames au clair, devinant à leurs mines défaites que quelque chose de grave s'était produit.

– Rien.

– Alors, allons discuter avec Ebelior, lança Orest en contournant la table. Il a sûrement *beaucoup* de choses à nous dire, j'ai hâte d'entendre ça.

Un minuscule frottement dans le noir. My ne saisit rien de plus.

Lâchée comme un cheval furieux, la flèche traversa la pièce et réapparut à l'opposé, fichée dans une étagère. Elle avait frôlé My de quelques centimètres.

– À terre ! aboya Kebren.

Le groupe plongea à l'instant. Un autre trait venait de déchirer l'air, passant à moins d'un pied d'Eisdreel. La lanterne sourde éclairait les flèches, ombres sifflantes, mais l'archer, posté sous la voûte du couloir suivant, était en dehors de son halo.

Accroupie derrière la table, My tendit l'oreille. Elle pouvait entendre la corde de l'arc se tendre de nouveau, ses fibres grincer sous la friction. Le froissement des habits d'Orest, tout près. Qui s'éloignait de la lanterne, le parquet craquant sous son poids…

Souffle d'air. Claquement.

Un deuxième trait passa au-dessus de la table et se planta dans un imposant grimoire. Avec prudence, décomposant ses moindres mouvements, Orest se fondit dans les ombres pressées contre les étagères, s'éloigna, pas à pas, en direction du couloir.

Une volée de flèches, décochées sans temps mort, jaillit dans la pièce. Le silence revint brutalement.

Tremblant, comprimé, un souffle s'éleva dans la pièce. Un souffle qui bâillonnait un cri de douleur, retenu à grand-peine – hurlement d'un être atteint en pleine chair. Nouveau grincement de la corde, méthodique.

Puis tout se précipita.

En deux foulées, Orest franchit la distance qui le séparait du couloir et attaqua de concert avec Kebren. Sa silhouette noire évoqua Ovriel de façon saisissante quand elle s'élança. L'attaque fut aussi vive et cinglante que celle de l'archer. Dague et épée plongèrent dans l'ombre, suivies par leurs propriétaires, il y eut un bruit de cavalcade, une porte claquée au loin.

Les lames revinrent, brillantes.

– Eisdreel !

Kebren fit volte-face, s'éloigna du couloir sans même tenter de poursuivre l'archer. Ses traits androgynes tendus par l'angoisse, elle traversa la pièce en courant.

Appuyé de tout son poids contre le mur, Eisdreel pressait une main contre sa jambe, blême. Il avait arraché la flèche et, déjà, un liquide sombre et épais coulait entre ses doigts. Kebren s'empressa de l'asseoir et passa la main sur son front, fébrile.

– On va garrotter, ne t'inquiète pas… ce n'est pas grave… ce n'est pas grave…

– Il était seul ? demanda Issana en se dirigeant vers le couloir, sa coiffe verte à moitié défaite.

– Plus pour très longtemps, répliqua Orest. Eisdreel, tu peux marcher ? Ou courir ?

Il jeta un coup d'œil dans le couloir.

– Il va revenir avec du monde. Soit on fait demi-tour, soit…

– Ebelior, trancha My. Je dois le trouver, immédiatement. Eisdreel, rien ne t'oblige à continuer avec nous. Tu peux…

Le petit Kmett releva les yeux vers elle, ses cheveux roux trempés par la sueur. Avec une telle volonté dans le regard, il parvenait presque à faire oublier qu'il était blessé.

– Je sais me battre… à distance. J'ai des couteaux… Je viens aussi.

Appuyé sur Meshet et Kebren, il emboîta le pas à Issana, qui ouvrait la marche avec une bonne avance. Ils avaient une chance d'accéder à la chambre d'Ebelior, si elle se trouvait à ce niveau, avant que l'alerte soit donnée. Un lointain bruit de course anéantit leurs espoirs.

Pierres noircies, échos vagues, course à l'aveuglette… Les couloirs se succédèrent sous leurs pas à toute allure, puis une porte surgit, pivota. Le groupe entier s'arrêta.

Cette salle-là était différente, toute de pierre blanche et polie, avec un bassin de verre au centre.

– La salle d'eau, lâcha Issana, coinçant le voilage de sa coiffe dans son chignon. Demi-tour.

Eisdreel, le dernier à franchir le seuil, s'immobilisa. Derrière lui, la cavalcade enflait, se précisait, gagnant en réalisme, se caparaçonnant de mille autres bruits – respirations, épées tirées...

– Eisdreel, referme ! hurla Orest.

Tous reculèrent en direction des piliers qui soutenaient la salle, ombrageant la pierre blanche. Eisdreel fit exception. Il resta figé près de l'entrée, dissimulé par un battant, tandis que l'écart entre seuil et attaquants diminuait... passant à un mètre... un demi-mètre.

Eisdreel referma un battant à la volée sur le premier assaillant. Il y eut un choc sourd et l'eau du bassin clapota contre le verre, comme une bête immatérielle, soudain éveillée.

– Ferme ! ordonna Kebren. Vite !

Les premiers gardes s'engouffrèrent dans la salle. Tous se plaquèrent vivement contre les piliers. Un pot de chambre était posé tout près. Fébrile, My s'en empara et le balança par l'anse. Il s'envola lourdement, derrière la lame d'Issana. Alliés pour donner la mort, le poison et le métal fauchèrent un garde au niveau des genoux. La Fauconnière esquiva de justesse un nouvel assaillant surgi par-derrière. Les gardes les avaient imités, attaquant de tous côtés, avantagés par leur nombre. Perdant du terrain pied à pied, Issana se replia aux abords du bassin, au côté d'Orest. Leurs lames captaient la lumière, l'une virevoltante, l'autre tout en attaques brutes, étrangement assorties.

Privée d'épée, My se faufila de pilier en pilier, recherchant Eisdreel. Une série de crépitements puis un bruit d'explosion figèrent momentanément les combattants. Submergé par les gardes, Orest venait de frapper le bassin de verre de plein fouet. Cédant à la pression de l'eau, les parois éclatèrent, libérant leur contenu qui s'envola brièvement, puis s'abattit sur la salle.

Le fracas du bassin retombant en mille morceaux sur le sol escamota un instant les bruits de la bataille. My se pétrifia.

L'archer l'avait devancée. Et tenait Eisdreel en joue.

Le petit Kmett jetait autour de lui des regards de bête traquée, en vain : débordés de tous côtés, les autres n'avaient rien remarqué. Oubliant toute prudence, My se métamorphosa et fondit sur l'archer, dans l'intention d'inverser le Don pour dévier son tir. Elle ne vit pas l'archer détendre lentement sa corde, ni la silhouette postée de l'autre côté du seuil qui se rua vers elle.

Ses ailes heurtèrent de plein fouet les parois translucides d'un vase.

– Les armes au sol ! ordonna Ebelior.

Gardes et intrus s'immobilisèrent.

Cheveux filés de gris, noués en un catogan serré, à tel point que son crâne brillait comme un casque, carrure imposante, et quelque chose dans la voix, un grain particulier fait d'autorité et de distinction – la même voix que Tënahl.

– Vous n'êtes que six, constata Ebelior avec déception. Une bien petite armée pour conquérir une ville.

Le noble passa le seuil, depuis lequel il assistait à la bataille.

– Vous avez été rapide, demoiselle, ajouta-t-il en s'adressant au papillon. Mon fils m'avait prévenu, mais je ne vous attendais pas si tôt. Armes à terre.

Orest se contenta de raffermir sa prise sur son épée, un pli ironique aux lèvres. Pas fou au point de se rendre – pas encore. Les autres durent suivre le même raisonnement, car pas un ne bougea. Ebelior se pencha au-dessus du papillon captif, puis posa le pied sur le pot.

– En admettant que votre reine essaie de se transformer là-dedans… Le pot est assez épais pour lui fracasser la cervelle. Donc rien à espérer de ce côté. Et si vous voulez qu'elle respire, vous feriez mieux d'être obéissants.

Orest regarda Mydria, dont les ailes battaient contre le verre en y déposant une poudre colorée. Cette vue lui retourna le cœur. Il ouvrit la main et son épée tomba, la première.

– *Toutes* les armes.

Orest se défit de ses autres dagues. Le désespoir et la rage lui rongeaient le cœur. Il ne pouvait détacher le regard du papillon. Les parois épaisses la réduisaient à une forme floue. Simple reflet, pathétique. Il aurait tout donné pour la sortir de là. La savoir loin, en sécurité avec leur enfant. Cette vue le rendait fou d'angoisse.

– Et après ? attaqua Meshet. Vous nous jetez du haut de la tour-mère ? Vous appelez le Sanreth, comme un bon chien de garde ? Vous devez allégeance à votre reine, Ebelior !

– Eh bien, ma reine est un roi, du moins après quelques formalités qui relégueront les Darcer au rang d'histoire ancienne.

– Un couronnement ?

– Vous comprenez vite. Mais n'inversez pas les rôles : *je* pose les questions.

– Ah ! s'exclama Issana. Donc les questions, et ensuite le grand saut. C'est censé nous rendre coopératifs ?

La Fauconnière croisait les bras, dans une indifférence complète pour les gardes armés jusqu'aux dents qui les entouraient. Orest était assez près pour s'apercevoir que, discrètement, elle s'assurait de la présence de sa fiole de poison, cachée dans sa manche. Ebelior détailla la jeune femme puis s'inclina, moqueur.

– Dame Issana. Mon fils me charge de vous dire qu'il est arrivé à Preen, et qu'il trouve la ville à son goût. Vous aurez un bon remplaçant.

– Et ma ville, un beau spectacle.

Ebelior vissa un couvercle sur le vase et le prit sous le bras.

– Avec vos amis, nous arriverons peut-être à un résultat.

Orest et Kebren échangèrent un regard. *Vos amis ?*

Orest repensa subitement à la Chimère. Il n'en avait affronté qu'une, n'en gardait que le souvenir d'un œil pâle plongeant dans les siens. Elle avait cherché à lire en lui, à lui arracher non des paroles mais des pensées. Si My disait vrai et qu'une Chimère était ici…

Une Chimère n'usait pas de torture, elle n'en avait pas besoin. Du moins, pas de torture physique.

Encadrés comme du bétail, ils furent poussés dans une nouvelle pièce. Hariost, le deuxième noble, s'y trouvait. Et, face à lui, Allian, Fraar, Lissei et Vahyl, les mains liées.

– Je crois que cette fois, nous sommes au complet. Attachez-les.

Orest surprit le regard effrayé d'Issana au moment où on lui liait les mains dans le dos. Le flacon de poison, dernier recours, était à présent hors de portée. Il pivota, asséna un coup de tête dans la poitrine du garde immense qui s'occupait de lui et recula, les poings serrés. Ebelior s'inclina avec un certain flegme.

– J'admire la maîtrise, mais vous feriez mieux de vous méfier des flèches.

Le jeune homme balaya vivement la salle du regard pour détecter l'archer. Celui-ci, un homme râblé aux traits aiguisés, encochait une flèche d'un geste presque tranquille. Orest rejoignit les autres, contraint et forcé.

– Des Fauconniers de Preen, de Dahis, du Nord, même !… La menace était donc sérieuse ! s'exclama Hariost.

Ebelior caressa sa barbe, évaluant le groupe.

– Le Sanreth a vu juste.

Puis, affablement :

– Je vous conseille de répondre, auquel cas je vous promets une mort rapide et sans douleur. Si vous hésitez, n'oubliez pas qu'un pot contient une quantité d'air limitée. Commençons.

Posé au pied du mur, le pot de verre exposait aux regards ses parois maculées de poudre. Bleue, rouge et verte, presque immatérielle tant elle était ténue. Le papillon, lui, ne bougeait plus. Orest scruta fiévreusement les parois. Son corps se crispait, prêt à bondir vers elle pour la libérer. Sa conscience du danger faiblissait à chaque seconde. Il ne pouvait pas la laisser là. Si jamais elle…

– Combien de Darcer sont encore en vie ? lança Ebelior.

Seul un silence étourdissant répondit.

– Quelles villes avez-vous contactées ?

Les visages des otages restèrent fermés. Ebelior haussa le ton :

– Je sais que vous êtes nombreux. Haresh vous a contactés, or, il est en contact avec l'Ouest entier. *Qui* d'autre ?

Impatienté, le noble se tourna vers l'un de ses gardes. Un cri indigné s'éleva dans la salle, émanant d'Allian, traîné devant tous.

– Méthodes archaïques ! Je vous préviens, je suis très mauvais pour émouvoir les gens ! Les réponses sont à Epeck, grands dieux, allez plutôt…

Un garde abattit brutalement sa main sur la bouche de l'espion, étouffant ses paroles.

– Je recommence, dit Ebelior. Combien de Darcer ? Je compte jusqu'à cinq.

Un frémissement parcourut l'assemblée.

– Un.

Kebren, au désespoir, jeta un coup d'œil à Orest. Celui-ci suivait les mouvements de l'archer, qui encochait posément une nouvelle flèche.

– Deux.

Silence.

– Trois.

Allian déglutit. Seul le haut de son visage apparaissait, mais malgré ses efforts pour rester indifférent, son angoisse devenait de plus en plus visible.

– Quatre…

– Une Darcer, s'écria Kebren, une seule !

– Parfait.

L'archer détendit sa flèche, comme à regret. Ebelior, pourtant, n'avait pas l'air satisfait. Il se mit à marcher de long en large, marmonnant entre ses dents :

– Vous interroger point par point prendrait bien trop de temps, et nous n'aurons qu'une idée incomplète de ce que vous savez.

– Alors, appelez-la, fit Hariost.

– Qu'en dites-vous ?

Ebelior s'adressait non pas à Hariost, mais au nouvel arrivant : un homme à l'air hostile et aux cheveux poivre et sel. L'étrangeté de la scène – neuf personnes ligotées, le double de gardes et un bocal posé devant tous, abritant un insecte exsangue – l'immobilisa un bref instant.

– Comme bon vous semble, dit-il d'un ton sec.

– Hariost, allez la chercher, ordonna Ebelior.

Visiblement réticent, le deuxième noble quitta la salle.

– Chercher qui ? lança Allian qui paniquait tout à fait, maintenant. Pas de blagues, hein !

– Non, dit sobrement Ebelior, ça n'en est pas une. Et vous…

La suite de sa phrase se noya dans un gargouillement.

Le nouvel arrivant venait de lui tordre les bras dans le dos, appuyant fermement la lame de son épée sur son cou. Il avait le regard d'un fou, halluciné, comme s'il ne réalisait pas lui-même ses gestes.

– Laissez-les partir, dit-il d'une voix hachée. Tout de suite. Faites !

Surpris, Ebelior pivota, dans une tentative de dégagement. Plaquée à même la peau, la lame s'enfonça dans son cou, se surlignant d'une estafilade rouge qui grandit à vue d'œil.

– Laissez-les partir ! s'étrangla Ebelior avec rage.

Lentement, presque avec indécision, les gardes s'exécutèrent. Orest se dégagea vivement et fondit sur le pot. Étrangement, leur sauveteur fit un geste dans sa direction, comme pour l'empêcher de l'emporter. Orest s'échappa dans le couloir dans une confusion totale – il n'avait rien compris.

hormis que l'homme leur sauvait la mise en se sacrifiant sans raison, sans logique…

Il s'acharna sur le pot et arracha le couvercle qui explosa au sol libérant My. Le papillon s'échappa en battant précipitamment des ailes et s'effaça devant la silhouette d'une jeune fille aux yeux affolés.

– Faites demi-tour ! Cet homme…

– Comment ça, demi-tour ? Il y a une Chimère en approche, My, on ne va pas sauver tous les suicidaires du royaume !

– Orest, c'est mon père !

La main du jeune homme se referma sur le vide.

Souple comme une anguille, My venait d'esquiver son étreinte. Bousculant les autres qui accouraient en sens inverse, elle remonta le couloir, tendit la main vers la porte, s'arrêta, tremblante de nervosité.

Siartt. Siartt ici ! Elle n'avait pourtant pas rêvé. Ce visage si vieilli… Cette voix, cette allure… aucun doute n'était possible ! Elle colla l'oreille contre le pan de la porte. Le silence était, vibrant.

En un clin d'œil, le mince interstice devint passage. Prestement, elle se faufila par l'ouverture. Plus petite que n'importe quel oiseau, plus légère aussi. Elle pouvait traverser cette salle sans que personne ne la remarque – tant que personne ne levait les yeux. Son pouvoir était, à cet instant, l'unique chose capable d'inverser le rapport de force, mais le temps pressait.

Voletant au ras du plafond, elle survola l'escouade. Siartt tenait toujours Ebelior en otage. Face à eux l'archer ajustait posément son tir. Le grincement de la corde de l'arc tirant en arrière, encore, et encore plus, vrillait son ouïe…

– Je vous le déconseille, dit Siartt. Si je pivote, la flèche vous frappera à ma place.

– Siartt… vous êtes… stupide. Qu'est-ce qui vous prend ? Vous avez accepté de collaborer avec moi dans cette ville ! Vous m'aidez depuis le début !

Siartt eut un rire las.

– Accepté ? Ma femme est consignée à Liett, je vous le rappelle. Je n'ai rien accepté. J'étais le noble le plus proche de Teyres, j'ai été désigné. Je n'ai pas eu le luxe de choisir mon camp comme vous. Maintenant, laissez-moi sortir, et je vous laisserai la vie sauve.

Le visage suant d'Ebelior se dérida brusquement.

– Autrement ? Vous me tuez, c'est ça ? *Vous* ?

– Laissons vos gardes choisir, dit une voix fluette.

Une dague prestement ramassée au sol, My s'était matérialisée derrière le capitaine des gardes, molosse à figure humaine. La pointe de sa dague appuyée sur son cœur.

L'archer relâcha aussitôt sa corde. Ebelior était un noble, le chef de tous ces gardes. Mais un lien plus fort les unissait à leur capitaine. L'expression de Siartt, entre ahurissement et soulagement, toucha Mydria plus qu'elle ne s'y attendait.

Il fallait faire vite pourtant. Son otage se contractait, préparant, sans nul doute, une tentative de libération.

– Je ne veux pas provoquer de perte inutile, dit-elle. Posez vos armes, et nous ne vous ferons aucun mal. Refusez, et quatre d'entre vous risquent la mort.

Postés près des portes, Orest et Lissei venaient de prendre en otage les deux sentinelles. Un pli haineux retroussa les lèvres d'Ebelior.

– Menacez, menacez. La Chimère est en route.

– Elle va arriver d'un instant à l'autre ! dit Lissei d'un ton pressant.

Le jeune Fauconnier n'en menait pas large et jetait de fréquents coups d'œil en direction du couloir.

– Où se cache la Chimère, d'habitude ? demanda My à Siartt.

– Sur les toits. Elle ne se montre jamais.

My et Orest échangèrent un regard. À son air concentré, la jeune fille devinait que son compagnon évaluait les forces au même rythme qu'elle. Elle poussa son otage en avant.

– Les cachots d'abord.

– Les *cachots* ? répéta Siartt, regardant alternativement le groupe hétéroclite et My. Laissons-les sur place !

Le capitaine projeta brusquement son coude en direction du visage de My. Le mouvement enfonça la dague dans sa peau, il s'immobilisa. Concentrée sur la réaction de son otage, Mydria lança avec peine :

– J'ai dit, les cachots.

– Je constate, ma chère fille, qu'une année de fugue ne vous a pas arrangée.

My saisit le sourire ironique d'Orest avant qu'il sorte de la salle, poussant son otage devant lui. Son sentiment d'irritation enfla – irritation ou peur, désagréable mélange, avec cette sensation croissante qu'ils faisaient le mauvais choix. Mais l'avaient-ils, ce choix ? Elle voulait Teyres. Pas question de fuir.

Ebelior suivit sans résistance. Son air satisfait augmentait à mesure qu'ils descendaient vers les cachots. Il guettait, tout comme eux. Un bruit, une silhouette. Une présence.

Toujours rien.

– Congédiez les gardes, dit soudain Kebren.

Consciente que le temps jouait contre eux, My s'exécuta. Ils s'étaient arrêtés devant une tapisserie, semblable aux autres – à cette différence que celle-ci cachait l'entrée dérobée de la maison de Rheen. Ebelior tenta une nouvelle esquive, en vain. Sitôt qu'ils furent dans la cache, Kebren déroula une longue corde noire caractéristique – la liane de Perhos, réputée pour son étreinte implacable.

– Rheen m'en a donné d'autres. Laissons-les ici, ajouta-t-elle avec un mouvement de menton dédaigneux pour les otages. Au mieux, ils serviront de monnaie d'échange. Au pire, ils ne nous gêneront pas !

Meshet effaça la crasse de la fenêtre d'un revers de gant.

– On ne se débarrassera pas de la Chimère en se cachant ici. Quelle est l'idée, Kmett ?

– La faire sortir et l'encercler.

– Vous marchez sur la tête, répliqua Fraar d'un ton brusque.

– Non, appuya My. La Chimère n'est qu'un animal, on peut en venir à bout. On a déjà réussi.

– On avait Xyon, rappela Eisdreel d'une petite voix.

Allian approuva :

– Tout à fait. Évitez plutôt qu'elle vous trouve, Altesse. Et si c'est le cas…

L'espion franchit le seuil d'un pas majestueux.

– On improvise.

Une énorme masse grise, chutant des murailles de la tour-mère, s'échoua sur la passerelle inférieure.

La neige avait repris de plus belle, brouillant les contours de la créature, profilée derrière le blizzard comme un fauve prêt à bondir. Une seconde plus tard elle s'était évanouie.

Pétrifié, le groupe scruta la neige à la recherche fiévreuse du monstre, mais en vain. Allian réagit le premier, de la façon la plus sensée : il s'éloigna de leur cache. Il tournait la tête avec les mouvements vifs d'un furet confronté à un prédateur. Kebren et Orest furent les premiers à lui emboîter le pas. Le temps que la Chimère accède à leur niveau, ils devraient avoir le temps de choisir un endroit stable… Mais la passerelle se renversa.

My saisit la première prise venue – une main. Siartt et elle glissèrent à toute vitesse sur les planches, leur chute stoppée par la rambarde. La Chimère avait bondi et, mâchoires resserrées sur le cordage, se débattait comme un diable pour se hisser à leur hauteur.

Nouveau soubresaut. Resserrant sa prise sur la main de Siartt, My se leva. Une silhouette indistincte la dépassa, lui criant quelque chose qu'elle ne comprit pas. C'était Orest. D'un prompt rétablissement, la Chimère bondit sur la passerelle. S'immobilisa, griffes dégainées, plumage vibrant, face au jeune homme. La créature paraissait plus grande que dans Istarion, plus assurée. Le Sanreth l'avait enfin complètement apprivoisée, son esprit ne faisant qu'un avec le corps massif de l'animal.

La Chimère jaugea en quelques instants les failles et les atouts de son adversaire. Rapide et souple, amaigri par des années de lutte, endurci également. Son attaque était tout prête. Elle avança d'un pas, de deux, le fixa droit dans les yeux… portes de l'âme. Une créature télépathe en forçait la serrure sans peine. Presque paisiblement, elle insuffla sa première attaque. L'âme de sa proie se recroquevilla. Pitoyable… Deuxième attaque.

La seule image lisible fut un dessin. Un symbole, rien d'autre que quelques arabesques croisées.

La créature revint à la charge une troisième fois. La rune se troubla à peine. Cet adversaire-là possédait une capacité de concentration étonnante. Assez forte pour focaliser ses pensées sur une image, une seule…

Tout à son assaut mental, le Sanreth ne remarqua pas immédiatement qu'Orest était passé à l'attaque. Mais la Chimère réagit aussitôt et sa patte balaya son adversaire, griffes dégainées, l'envoyant rouler à l'autre bout de la passerelle. Il heurta la balustrade et resta au sol, étourdi. Il s'agrippa au cordage et se redressa – à temps. Corps gris, musculeux sous sa pelisse de plumes, et corps humain presque ridicule en comparaison se lancèrent l'un contre l'autre.

Face à un adversaire qui faisait deux fois sa taille, Orest utilisa la différence de forces. Il esquiva une patte, roula sous le ventre de la créature. L'attaque de la patte postérieure, aux griffes aussi longues que sa main, faillit lui emporter la joue. Il se redressa, planta sa dague dans le flanc du monstre – mais sa lame dérapa.

Emportée par le combat, la Chimère se mouvait comme un grand reptile, aussi souple, aussi retorse. Elle fit volte-face, ses crocs claquant à moins d'un centimètre du bras d'Orest. Vif comme l'éclair, il esquiva d'un bond. Frappa de biais. Les plumes, à présent rigides, recouvraient le corps de la bête comme une armure parfaitement ajustée, à l'exception de la colonne vertébrale : un minuscule espace séparait les plumes, hérissées par la courbe du dos. Orest y enfonça sa dague jusqu'à la garde.

Le brusque mouvement de la bête lui arracha son arme des mains. Fichée dans une vertèbre, elle se maintint en place tandis que la Chimère, se cabrait, hurlant à pleins poumons jusqu'à faire voler l'arme hors de sa chair.

Pantelante, elle s'immobilisa quelques instants. Un sourd grognement, venu du fond de ses entrailles, éclata dans la nuit.

– Cours, Orest !

Allian multipliait les signes, à l'autre bout de la passerelle. À pas mesurés, autant pour éviter de perdre son ennemie de vue que pour ne pas déraper sur la neige, Orest recula, lentement… Une Chimère pouvait franchir plusieurs mètres en un bond. Il n'eut pas le temps de s'esquiver. La bête se réceptionna devant lui et, d'un brutal coup de tête, le précipita au sol. Ses crocs fondirent sur lui et se refermèrent sur sa gorge. La volonté de la bête était contenue tout entière dans sa force. Inexorable. Douleur indescriptible… Le monde perdit ses couleurs et bascula dans le noir.

Vahyl porta la première attaque. Ses cheveux gris mélangés à sa cape grise, il ressemblait à un fantôme, mais son épée s'abattit sur le monstre avec une force bien réelle. La Chimère ne lui fit pas l'honneur de relever le gant. Ses griffes le crochetèrent au ventre. Il s'échoua dans la neige, laissant dans son sillage une traînée rougeâtre.

Orest n'entendait plus rien.

Allian, Kebren, Meshet et Lissei, la deuxième attaque fut concertée. Sans s'écarter de sa proie, la Chimère releva la tête, une lueur de furie dans les yeux. Elle para le premier coup d'un revers de pattes, emmêla ses griffes à la lame et la tordit. Lissei s'écroula à son tour.

– Lâche-le ou je la lâche, elle.

La petite voix furieuse, glissée à son oreille, parut surgir du blizzard même.

Ombre pâlie, abîmée par son emprisonnement, l'insecte s'était faufilé à travers les flocons et se métamorphosait derrière elle. Tout près. Laissant place à un petit visage fouetté par la neige, auréolé par une chevelure qui battait comme une flamme claire.

La Chimère gronda et, malgré elle, desserra les mâchoires. Quelque chose venait lui taquiner les sens, l'odorat, quelque chose d'invraisemblable… Comme de l'inquiétude.

La Darcer n'avait aucune épée. Elle brandissait une perle de cendres qui grandissait à son contact. Devenait fleur de feu aux pétales bleus, écarlates. Nourris par la magie de la jeune fille, mais plus encore par celle qui émanait de la Chimère. Mydria l'approcha brusquement du monstre.

Souffle brûlant. L'Elline se déploya, ravivée comme jamais. My avança d'un pas, d'un autre encore, faisant reculer le monstre pris de surprise. La fleur agissait comme un bouclier, la protégeant momentanément. Mais elle exigeait une nouvelle source d'énergie. Un nouveau combustible, plus fort…

La main de My effleura le plumage et y déposa la fleur. L'Elline recouvrit instantanément le dos de la Chimère, presque amoureusement, la noyant dans une flambée vorace.

La créature se tordit en tous sens, frappée de panique et de rage. Incapable de se défaire de cette adversaire sans force et sans faiblesse, qui se renforçait toujours plus à son contact.

Orest avait perdu connaissance. Secourue par Allian, My passa un bras du jeune homme au-dessus de son cou et ils quittèrent la passerelle en courant, laissant la Chimère à son combat fantôme.

– Est-ce que ça la tuera ?

La petite voix d'Eisdreel s'adressait à tout le monde et à personne en particulier.

– L'Elline est une très belle fleur… mais ce n'est rien d'autre qu'une fleur.

Fraar passa un linge humide sur le front de Vahyl, dont le halètement semblait aspirer tout l'air de la pièce avec un désespoir forcené. My, rien qu'à le voir, peinait à respirer. La Chimère avait plongé ses griffes sous ses côtes, atteignant ses organes vitaux. Sous leurs yeux impuissants, Vahyl vivait ses derniers moments.

– L'Elline se nourrit de magie, murmura My. Quand la Chimère sera trop épuisée, l'Elline ne pourra plus s'accrocher à elle, et redeviendra une boule de cendres. C'est ainsi que j'ai pu la transporter. En évitant un contact direct.

Et c'est ainsi que je nous ai sauvés. Presque tous. La main froide d'Orest dans la sienne et les balafres sanglantes sur son cou en étaient un rappel. Elle avait cru le perdre. Elle en tremblait encore. Seule l'Elline et un coup de bluff l'avaient sauvé. Tout s'était joué à peu de choses… si peu.

– Cela vous laisse quelques heures, déclara Rheen d'une voix veloutée.

Adossé à la porte d'entrée, le Kmett regardait Vahyl mourir sans complaisance. Il leur avait ouvert sa maison, mais ne poussait pas le zèle au-delà.

– Que ferez-vous, ensuite ? Rester à Teyres ? Ebelior est là-bas, Hariost aussi. Vous les avez laissés vivants, perfection dans l'échec.

Vahyl poussa une longue plainte, happant l'air avec la dernière énergie. My se rendit compte qu'il l'appelait. Elle s'approcha du mourant et serra sa main pour lui dire qu'elle l'écoutait. Ses yeux vitreux, déjà, paraissaient ne plus voir.

– Majesté, Edrilion… tout seul… ne pourra rien faire. Vous n'êtes pas assez forts… La Déléane, en face… Il vous faut… Acryak. An'Jas est aux frontières, allez là-bas. Les plaines du Demi-Pas… Parlez aux Acryakiens, demandez leur aide…

– Vahyl, soupira la jeune fille. Acryak n'est…

– Faites ce que je dis ! insista Vahyl au prix d'un suprême effort. Vous l'avez vu ! S'*il* a rallié la Cour, il récupérera les villes… Il vous encerclera, vous réduira à néant ! Il aura toujours La Déléane en dernier recours… ses Chimères !

Sa voix se noya dans une toux déchirante. Quelques gouttes de sang perlaient sur sa barbe. My jugea inutile de gâcher ses derniers moments et se contenta de serrer sa main, jusqu'à sentir son pouls précipité se figer peu à peu.

Une âme venait de quitter la pièce.

– Il a raison, dit Fraar d'une voix enrouée.

Le Fauconnier ôta sa compresse du front moite de Vahyl.

– Vahyl est – était mon voisin. Il sait de quoi il parle. Il a souvent été en contact avec les Acryakiens. Ils sont peu coopératifs et très commerçants, mais ils sont notre dernier espoir.

Il toussa, tentant de s'éclaircir la voix, mais Orest parla avant lui :

– On a des troupes, que je sache. Toutes celles qu'Arlos doit rapatrier.

– Et qu'on devait recevoir à Teyres !

– Du calme, tempéra Allian, du calme. Ne commençons pas à nous éparpiller…

– On *est* éparpillés !

My se mit à faire les cent pas, se prenant les cheveux à pleines mains. Vahyl lui montrait leur échec dans toute sa gravité. Elle avait sous-estimé le Sanreth, son lien avec la Cour, leurs propres forces… Et maintenant, que faire ? Négliger d'importantes troupes et courir à Acryak ? Rejoindre Arlos ? Elle s'assit brusquement, se releva aussitôt.

– Orest, je dois te parler. (Elle hésita). Rheen aussi.

Orest massa son cou en grimaçant. Malgré les compresses, les plaies mettraient plusieurs semaines à cicatriser. Après réflexion, My fit signe aux Kmetts et à Allian de les suivre. Rheen les mena dans une pièce voisine, encombrée de caissons, de fioles et d'autres outils kmetts. Orest désigna la porte d'un coup de tête :

– Devant ton père, ce n'est pas très poli.

– Depuis quand me donnes-tu des conseils de politesse ?

Orest retroussa ses lèvres en un rictus sardonique.

– Pas des conseils, une question. Tu te méfies de lui ?

– Non. Mais il n'y a qu'à toi que je fais totalement confiance.

Le silence envahit la pièce, suspendu comme un souffle retenu. La grande silhouette d'Orest parut perdre en assurance, un peu gauche tout à coup. Son sourire avait disparu.

– Je sais combien c'est précieux. Je te dois la vie, et bien plus encore. Qu'est-ce que tu veux ?

– Je voudrais qu'on se sépare, dit My calmement.

Elle se tourna vers Rheen qui suivait l'échange avec un air de félin en observation.

– Je me souviens du bastion kmett, et de la carte gravée sur le sol du donjon. Maranta garde des… Nel'riand, là-bas, « la pierre qui voit ». Chaque pierre est positionnée sur une ville. Les Kmetts communiquent grâce à elles…

– C'est un mythe, dit Rheen. Peu d'entre nous peuvent vraiment les lire. Et pour ce qui est d'échanger, c'est plus hasardeux que jamais.

– Y a-t-il une Nel'riand à Teyres ?

– Oh, soupira Rheen, oui. Mais je n'ai pas les compétences pour communiquer avec Maranta au-delà de quelques mots. Que voulez-vous ? Une Nel'riand, vous aussi ? J'ai des Nel'riand de rechange, si jamais la première meurt. Mais le problème n'est pas d'en avoir, c'est de réussir à les utiliser.

– Je vous crois, mais on ne peut pas prendre le risque d'échanger des aigles en plein hiver. Quelques mots via une Nel'riand, ce sera assez. Kebren et Eisdreel nous aideront à les comprendre.

– Je ne sais pas… commença Eisdreel.

– Ce n'est pas grave, Allian a des rudiments. À deux, vous vous en sortirez.

Elle suivit du coin de l'œil les réactions d'Orest. Léger scepticisme, tout d'abord. Puis l'éveil d'une étincelle particulière au fond des yeux.

– Donc tu te charges d'Acryak, et moi d'Arlos et de ses troupes. Toi au sud, moi au nord.

– Votre adversaire se divise, approuva Rheen. Le meilleur moyen de vous opposer à lui est de l'imiter. Cela n'égale pas le lien télépathique des Chimères, mais vous vous organiserez plus efficacement.

Eisdreel intervint d'une voix déterminée :

– Kebren, je voudrais partir pour Acryak.

– Tu es sûr ? Protéger Mydria n'est pas la tâche la plus facile.

– Justement ! Si je réussis, peut-être que Maranta…

Eisdreel n'acheva pas. Son visage trahissait son espoir. Kebren secoua la tête avec désolation.

– Maranta ne pourra rien, Eisdreel. Réussir une mission ne te rendra pas ton chaton.

Rheen s'était détourné et cherchait dans les caisses, sa main éveillant une série de cliquètements musicaux. Lorsqu'il la ressortit, elle serrait deux infimes éclats bleus, bosselés comme des larmes de glace. Des larmes qui auraient piégé un morceau d'azur. Il déposa délicatement la première dans la paume de My. Elle aperçut, tout au fond, dans le jeu des reflets, une minuscule lumière bleue qui se débattait. Orest reçut sa jumelle.

– Le lien qui unit deux Nel'riand est unique et fragile. Il est comme l'amour. Personne ne peut mieux abolir la distance que deux amants sincères. Au lieu de cacher votre amour, exploitez-le… Et prenez soin d'elles.

Rheen s'arrêta devant l'aldhei et Allian.

– J'ai des lianes de Perhos et des armes en stock. Servez-vous si besoin est. Quant à toi, mon garçon… Mieux vaut un faux cadeau que pas de cadeau du tout, pas vrai ?

Eisdreel le regarda sans comprendre.

– Chaque être s'appartient. Je ne te donne rien, je peux en revanche créer une nouvelle chance. Elle leur a déjà appris quelques ficelles.

– Qui ?

Pour toute réponse, le Kmett indiqua un recoin de la pièce. Deux yeux jaunes luisaient dans l'ombre, impérieux et princiers.

Scele n'avait pas quitté son recoin et surveillait leurs moindres gestes, fauve miniature à l'affût. Dans ses pattes, une, deux, trois paires de petits yeux jaunes et bleus, chacune porteuse d'une teinte unique, les dévisageaient avec curiosité.

7. En un mot

Le Sanreth prit appui sur ses paumes, et s'arracha du sol. Sa tête tournait, l'empêchant de distinguer le haut et le bas. Il lui semblait que toute la salle du trône, avec ses lourdes dalles de marbre, était tombée sur lui. Puis, en reprenant lentement ses esprits, il se vit tel qu'il était : écroulé à terre, aux pieds de l'immense Chimère de Welfendà. Pitoyable.

Il revenait à lui. Il fallait être lié à une Chimère pour goûter l'expression dans toute sa force. Il avait quitté Teyres, survolé villes et plaines. Il était revenu à lui, à Liett, là où aucune magie ne pouvait l'atteindre. Et Welfendà attendait.

– Elle est partie, murmura-t-il.

– *Qui ?*

– La flamme…

Quelque part dans Teyres, sa Chimère redressa l'échine, seule sur une passerelle dévastée. L'Elline, redevenue boule de cendre, avait glissé de son pelage. Le monstre l'écrasa d'un coup de patte, furieux de nouveau.

Était-ce donc ça ? Simplement *ça* ? Une flamme qui ne brûlait pas et qui se nourrissait de magie ? Aspirant son énergie jusqu'à ce que la Chimère, enfin, s'écroule ? L'homme et la bête s'étaient battus pendant des heures avant de lâcher prise. Il aurait dû céder plus tôt.

– *La Darcer. Où est-elle passée ?*

Le Sanreth passa la main sur son visage. Il n'en avait aucune idée, et Welfendà le savait. Cela ne l'empêchait pas d'attendre, hors d'elle.

– Je… Le feu m'a empêché de voir.

– *Imbécile !*

La Chimère se mit à arpenter la salle du trône à foulées fluides, rapides. Simple aperçu de sa vraie vitesse – quand elle se mettait réellement en chasse.

– *Teyres était un piège parfait, et vous la laissez filer ! Même avec une Chimère, vous n'êtes pas capable de la vaincre ! Quel pouvoir vous faut-il, par le Daj ?*

– Pardonnez, ma Reine, dit le Sanreth d'un ton mauvais. J'avais d'autres problèmes.

La Chimère fondit sur lui et empoigna à pleines griffes le devant de sa tunique. Ses iris avaient l'épaisseur d'un fil.

– *Ne commencez pas à me parler sur ce ton. Vous êtes lent, inefficace. Vous n'avez pas su éviter cette flamme, vous avez échoué à tuer le garçon. On ne joue pas, Sanreth. À cause de vous, nous perdons l'avantage. Pistez la Darcer, retrouvez-la !*

– Ma Reine… Il a neigé, il neige encore, elle est partie depuis des heures !

– *Alors, interrogez le noble !*

Docile, la Chimère du Sanreth fila vers la tour-mère, indifférente aux habitants de Teyres qui la surveillaient depuis les fenêtres. Négligeant les portes, elle se mit à escalader la muraille, trouvant ses prises sans hésiter. Elle atteignit bientôt le toit. Une porte était laissée ouverte à son intention. Elle se mit aussitôt en quête d'Ebelior, pilant net dès qu'elle pensait l'avoir trouvé. Mais Ebelior, maître des lieux, était dans toutes les salles : partout, elle retrouva son odeur, vieille de plusieurs jours. Il lui fallut retourner dans la salle où il avait réuni les otages. Elle suivit son odeur à partir de là. Cette piste la mena droit jusqu'à la cache de Rheen.

Ligoté par une corde noire, le noble gisait sur le parquet, en compagnie d'un garde. Le Sanreth ne prit pas le temps de le libérer et sa Chimère plongea ses yeux gris dans les siens, cherchant avidement dans ses souvenirs.

Le papillon, luttant contre le bocal de verre... Le jeune homme aux yeux durs, qu'elle avait affronté dans les galeries d'Istarion... Siartt et sa trahison.

La piste s'arrêtait ici, dans cette maison vide.

– *Alors ?* demanda froidement Welfendà.

Sous le coup de la fureur, le Sanreth laissa libre cours aux instincts de sa Chimère. Les planches qui cachaient l'accès à la tour-mère volèrent en éclats. Ebelior, les yeux exorbités, chercha à s'échapper – le Sanreth l'épargna de justesse.

– Alors, rien !

– *Pas de surprise,* ronronna Welfendà. *Tant pis pour cette manche. La Darcer ne peut pas attaquer Liett sans Teyres. Ou alors elle devra passer par le Sud. Cela prendra du temps. On mettra les ports sous surveillance.*

Le Sanreth se détacha de sa Chimère et revint dans le palais. Il se laissa tomber sur le trône, massant son front douloureux. Son échec n'en était pas un. Pas vraiment. Mais il avait perdu contre *elle*, de nouveau, et son humiliation était vive. Lui qui, toute sa vie, avait plié devant les puissants, découvrait la force de son orgueil. Vorace, haineux, il remplaçait son ambition.

Il ne remarqua pas que la Reine étudiait ses expressions avec mépris.

– *Le conseil va commencer, Sanreth. Vous feriez mieux d'y aller.*

Le Sanreth essuya la sueur de son front et gémit :

– Le conseil... oui... Le conseil ! Qu'est-ce que je vais leur dire sur Teyres ?

– *Rien ! Ebelior est loin, Siartt, en fuite. Le reste nous regarde.*

La Chimère sortit devant lui. Elle était la seule à rester au palais. Étrangement, cela rassurait les gens, comme si une unique Chimère devenait inoffensive : une sorte de molosse qui n'aboyait pas, ne mordait pas, se contentant d'envahir les conseils de son énorme présence.

Les conversations se turent dès son entrée.

– Tënahl, Ebelior, Hariost, dit le Sanreth.

Il prit place sur le trône, posa ses mains sur les accoudoirs. Leur velours était pâle, usé par les règnes précédents. Le regard du Sanreth passa sur les sièges vides et s'arrêta sur l'un d'eux.

– Ces trois nobles sont en mission à l'Ouest. Pourquoi manque-t-il une quatrième personne ?

Lanivia, la femme édentée vêtue de violet, s'agita, mal à l'aise. Les autres ne bronchèrent pas. Le Sanreth allait reprendre la parole quand la porte s'ouvrit.

Diriat traversa la salle au milieu d'un silence hostile. Elle avait manqué les conseils précédents, défi qui n'avait pas été au goût du Sanreth. Apparemment, on l'avait avertie du danger. Elle s'installa à la place de Serron, et joignit les mains. Il nota qu'elle était habillée de noir de la tête aux pieds. Deuxième provocation, mais il ne put s'empêcher de penser que le deuil lui allait bien. Sous ses boucles noires, son visage ressortait, révélant une carnation délicate. Elle ne lui accorda pas un coup d'œil.

– À présent que nous sommes réunis, il est temps de parler de l'Ouest. J'ai plusieurs nouvelles.

Le Sanreth se carra dans le trône et poursuivit :

– Des nouvelles encourageantes, grâce à la Cour. Beaucoup de nobles sont partis à l'Ouest, et la répression des Fauconniers est en bonne voie. Les villes conquises…

Il baissa les yeux sur son parchemin, attendant que Welfendà déchiffre.

– Les villes… de Preen, Sheria, Saetr et Farellea sont conquises. Comme promis, elles vont aux nobles vainqueurs. Teyres est également surveillée.

– Et les Fauconniers ? demanda Lecirion, le trésorier. Ont-ils résisté ?

– Pas tous. Certains se sont rendus, d'autres… ont disparu.

Un murmure s'éleva dans la salle. Le Sanreth réalisa son erreur, un peu tard. Le conseil ne connaissait pas l'existence de la Darcer, ni les vraies raisons de la révolte des Fauconniers. Leur disparition semblait étrange, voire suspecte.

– Nous les retrouverons, assura-t-il. Normalement, ils ne traverseront pas l'Alester. Il est toutefois plus sûr de garder un œil sur les deux rives.

– Je peux envoyer des gens de confiance surveiller Saetr et Ourissan, proposa Lecirion.

D'autres nobles renchérirent. Tous avaient intérêt à l'aider, et espéraient peut-être récupérer les ports en guise de récompense. Seule Diriat s'abstint. Le Sanreth ne put s'empêcher de guetter ses réactions, mais jusqu'à la fin elle garda les lèvres serrées et les yeux vissés sur le dossier du trône. Il lui fallut un peu de temps pour éprouver, depuis longtemps, sa première émotion *humaine*. Plus âpre que le regret ou la peine… De la culpabilité.

Mais pas seulement.

– Dame Diriat, attendez.

Diriat, qui se levait déjà, s'immobilisa. Les autres conseillers quittèrent la pièce, la laissant seule. Le Sanreth était descendu de son trône. Il voulut la rejoindre, mais elle recula d'un pas, effrayée par la Chimère.

– *S'il vous plaît… Laissez-moi.*

Welfendà s'exécuta sans bruit.

– Je regrette de vous avoir annoncé si brutalement la mort de votre époux, l'autre jour. Je tenais à vous faire mes excuses.

Diriat hocha la tête. Pas un mot.

– Croyez-moi, je ne viens pas ici en ennemi, et je veux que les choses se passent au mieux.

En le disant, il y croyait presque lui-même. Il se rapprocha de quelques pas, enhardi par son silence. Avec ses lèvres pleines et son grand front, Diriat ressemblait un peu aux femmes de La Déléane. Aucune, cependant, n'égalait son élégance.

– Je voulais vous demander… Pouvez-vous vivre sans Serron ? Financièrement ? Rester à Liett, et payer vos gens ?

Sa voix diminua jusqu'à s'éteindre. Propulsé au pouvoir, il ignorait toujours tout des finances ou du train de vie d'un noble. Diriat répondit froidement :

– Mon mari appartenait à l'une des plus grandes familles d'Edrilion. La mienne est honorable. Avec sa fortune, j'aurai de quoi vivre, je vous remercie.

Elle fit une brève révérence et quitta la salle, sa robe noire traînant derrière elle dans un froufroutement de soie. Le Sanreth se retrouva seul, empêtré dans sa gaucherie et sa rage.

– *Qu'attendez-vous d'elle ? Elle est veuve, certes. Elle est riche, de haute naissance... et vous avez tué Serron.*

– Sur votre ordre, murmura le Sanreth, poings serrés.

Il claqua la porte. Diriat n'était plus dans le couloir, envolée comme un rêve qu'il avait laissé échapper. Il ne voulait plus y penser. C'était si stupide... et il n'avait rien demandé. Rien voulu !

Il remonta quatre à quatre les escaliers. Welfendà le guida mentalement à travers le dédale du palais, entrelacs de couloirs élégants et de marbres aux veinures colorées. Enfin ils s'arrêtèrent devant les appartements d'Ebelior. Sa femme, une opulente matrone serrée dans une robe à volants, les y attendait. Une jeune personne d'à peine seize ans était avec elle.

– Je vous présente Perlena. Notre dernière fille, et la plus jolie !

Perlena esquissa une révérence et un sourire. Jolie, elle l'était en effet. Elle ressemblait à un cygne, tout en longueurs et en ondulations, de sa nuque gracieuse aux lignes de son corps, dessinées par une robe évasée. Le Sanreth s'inclina devant elle, mais son esprit était ailleurs.

Perlena. La sœur de Tënahl et la dernière enfant d'Ebelior. Héritière d'une prestigieuse famille... Fille à marier, mais au plus haut placé. Ebelior lui avait proposé sa main avant son départ. Tous n'attendaient que sa réponse.

Il se remémora son bref échange avec Welfendà, celui qui avait tout déclenché. Celui qui allait battre la Darcer, en un seul mot.

« … Pour cela, il faudrait qu'elle usurpe son propre trône. Et pour vous donner la nationalité edrilienne, Sanreth, il y a une solution toute trouvée. Vous allez vous marier. »

8. Fantômes

Chariots et serviteurs les attendaient hors de Teyres, dans un petit port des environs. Ils partagèrent les attelages et les vivres, puis Orest, Issana, Kebren et Meshet partirent.

My emmenait Fraar, Lissei, Allian, Siartt et Eisdreel. La division du groupe s'était faite de façon très rapide : Fauconniers du Nord pour Aïdrez, Fauconniers du Sud pour Acryak. Désormais, la seule chose qui la reliait à Orest était sa Nel'riand. My la garda serrée dans son poing pendant les premières lieues. Par un phénomène étrange, la pierre resta froide et lourde dans sa main, comme un éclat de glace éternelle. La neige semblait éternelle, elle aussi. Comme si elle avait toujours été là, enveloppante, omniprésente. Au bout de quelques heures, My cessa d'admirer la blancheur du paysage et les branches noires surlignées de blanc comme d'étranges ombres inversées.

Fraar s'était replié sur un chariot, tout comme Eisdreel. Mydria avait perdu Allian de vue, mais Siartt chevauchait non loin d'elle. Parfois, son profil altier surgissait entre deux salves de flocons. My n'avait oublié aucun de ses traits. Le nez un peu fort, le menton carré. Et ses tempes qui, autrefois grises, étaient devenues blanches. Le constat la choqua.

– Vous pouvez vous abriter dans un chariot, dit-elle par compassion. Vous serez au chaud.

Siartt tourna lentement la tête vers elle. Ces prunelles pâles, qui la détaillaient sans indulgence mais sans dureté, n'avaient pas changé. Une étincelle était seulement apparue – tristesse à peine montrée. Avec un temps de retard, My se rendit compte qu'elle ne l'avait pas appelé « père » comme avant.

– Je croupis à Teyres depuis des semaines. Je suis très bien à cheval.

Il pointa un doigt ganté sur elle :

– C'est plutôt à vous de voyager à l'abri, Mydria.

Ses sourcils froncés avaient exactement le même arc que les siens. À défaut de lui léguer son sang, il lui avait transmis ses expressions.

– Je suis solide, vous savez, répliqua My.

– Il faut être prudente quand on attend un enfant.

Un ange passa.

– Pourquoi dites-vous ça ?

– Mydria, s'il vous plaît. Je suis peut-être gâteux, mais pas aveugle.

My jeta un coup d'œil à son ventre : sa bosse était presque invisible. Mais elle avait combattu sans cape à Teyres, persuadée que personne ne devinerait son secret. Personne, sauf un parent, adoptif ou non. Elle se réinstalla sur sa selle, gênée.

– Je vous…

– Vous n'avez rien à expliquer.

Siartt talonna son cheval, doublant un chariot. Quand il reprit la parole, sa voix était crispée :

– Je vous retrouve en vie, dans une situation qui, sans moi, aurait tourné au *drame,* en compagnie d'une horde de Fauconniers et à deux pas de Siartt ! Qu'avez-vous fait pendant tout ce temps ? Où étiez-vous ?

– Je n'ai pas voulu revenir à Siartt…

– Et pourquoi ? Parce que nous ne sommes pas vos vrais parents ? Je ne sais pas ce qui vous passe par la tête ! Vous avez toujours été fougueuse, mais j'espérais que vous valiez mieux que ça ! Fuir Siartt et vous faire passer pour morte…

Siartt inspira profondément, et poursuivit comme s'il ne pouvait plus retenir ses mots :

– Peredan, votre père, vous a abandonnée – vous entendez, *abandonnée* – quand vous aviez quelques mois. Pour une quête louable, certes, mais il ne vous a jamais élevée, jamais vue grandir. Vous êtes ma fille et celle de ma femme, et Peredan lui-même l'a voulu en vous déposant à Siartt. Votre fuite, nous la comprenons, votre silence, non. Vous comprendrez peut-être à votre tour quand votre enfant naîtra.

My éprouva un terrible mélange de gêne et de culpabilité. Elle n'avait pas pensé aux Siartt ni envisagé qu'ils puissent avoir de la peine. Son égoïsme lui sauta aux yeux : elle avait refait sa vie en les contournant, ni plus ni moins.

Puis elle se rebiffa :

– J'avais mes raisons ! Vous savez très bien pourquoi j'ai fui. Remettez-vous un peu en question aussi ! Si je n'ai pas donné de nouvelles ensuite, c'est parce que je ne pouvais pas. Je ne voulais pas non plus que vous me retrouviez. C'est tout.

– C'est tout.

Le silence tomba comme un couperet.

Avec son catogan et son maintien impeccable, Siartt était l'image du noble parfait. My guetta sa réaction avec un pincement au cœur. Elle avait toujours admiré cet homme, une admiration teintée de fierté, à l'époque où elle pensait être sa fille. Depuis l'arrivée du Don, les choses avaient changé. Irrémédiablement.

– C'est du passé, reprit Siartt d'une voix crispée. Vous avez choisi de ne pas revenir, libre à vous. Et puisque je vous trouve à la tête de cette… armée, j'en déduis que vous avez accompli votre quête.

– Eh bien…

– Qui est votre époux ? Un Fauconnier influent, sans doute ?

– En fait, Orest n'est pas mon époux.

My s'attendait à tout, à l'effroi, au silence, mais sûrement pas à l'explosion qui suivit.

– Éblouissant ! Vraiment ! On peut dire que vous employez les grands moyens, avec un consort et dix pouilleux ! Et ces chariots, qu'est-ce que c'est ? Des chars d'assaut ?

My s'emporta :

– C'est facile de nous critiquer ! Vous aviez les moyens de contrer le Sanreth à son arrivée, et qu'avez-vous fait ? Les Fauconniers ont eu ce courage. La Cour devrait les imiter !

Elle n'écouta pas sa réponse, probablement cinglante. Elle talonna son cheval et s'éloigna de Siartt.

Comme d'habitude, Allian ouvrait la marche, loin devant, et elle n'était pas d'humeur à supporter ses plaisanteries. Elle finit par rejoindre le chariot d'Eisdreel et s'y abriter. Avec une certaine appréhension, le petit Kmett contempla ses yeux étincelants et ses cheveux en bataille.

– Un problème ? demanda-t-il timidement.

– Siartt !

– Ah.

My s'adossa au banc du chariot et glissa au fond, pressant son visage contre ses paumes.

– J'étais sûre qu'on en viendrait là. Il sait tout maintenant, Orest, la contre-attaque… J'espérais qu'il réagirait mieux que les autres. Malheureusement…

– Il nous a sauvés, rappela Eisdreel.

– Parce qu'il n'aime pas le Sanreth non plus ! Entre sauver et se rallier, il y a un monde. De toute façon, je ne veux enrôler personne.

My s'interrompit en sentant un souffle d'air passer sous ses jambes. Exception dans ce monde neigeux, ce souffle-là était tiède, et doté d'un mode de locomotion unique : perché sur quatre pattes duveteuses, un chaton émergea de l'ombre. Il était tout en rondeurs, des oreilles aux pattes, perdu dans une fourrure crème aux longs poils soyeux. My lui gratta la tête, ce qui le fit bondir. Il courut se cacher derrière Eisdreel et revint vers elle, soupçonneux. Le chaton choisi par Eisdreel – ou qui avait choisi Eisdreel, ils hésitaient encore – était le portrait miniature de Scele. Même pelage doux, même caractère aléatoire. Eisdreel le couva du regard.

– Je l'appellerai Flocon, déclara-t-il fièrement.

– Flocon ? Ça lui va bien.

Le chaton grimpa maladroitement sur l'épaule d'Eisdreel. Le garçon parut lire dans ses pensées.

– Tu sais pourquoi « Flocon » ?

– Non.

– J'ai grandi à Feleòn jusqu'à la mort de mes parents. Feleòn, c'est au sud... tout au sud. Il ne neige pas souvent. Alors on dit que la neige, c'est un cadeau envoyé par les dieux pour tous ceux qui espèrent.

Il gratta la tête de son chaton.

– Je n'y croyais plus. J'avais peur de devoir quitter les Kmetts, mais les dieux m'ont répondu. Et j'ai eu mon flocon. Tu vois, je suis comme toi : moi aussi, j'ai eu ma deuxième chance.

Au-delà des défilés, des forêts clairsemées se trouvaient sur leur route. Ils décidèrent de couper à travers pour éviter les nobles. Les pins étaient méconnaissables, leurs formes aiguës adoucies par la neige.

La première journée après Teyres fut aussi longue que pénible. Les chariots fendaient la neige comme une mer solide aux vagues figées. Le soir venu, ils cherchèrent en vain une auberge pour abriter bêtes et hommes. La nuit tomba sur un paysage blanc, vide de toute présence humaine, hormis la leur.

My rejoignit les autres pour le dîner. Dès le seuil de la tente, elle sentit la tension qui planait sur le groupe. De dos, tous se ressemblaient, voûtés sous leur cape. Le seul qu'elle identifia d'emblée fut Siartt : il s'était mis à l'écart. Le ton était donné.

Elle s'assit au côté de Fraar, qui touillait machinalement la marmite, et se mit à manger sans enthousiasme. Penchés sur les gamelles, ils gardèrent le silence pendant un insupportable moment. My finit par ne plus tenir.

– J'ai quelque chose à vous dire.

Elle posa son écuelle. Une mixture fumante s'en dégageait, mélange de viande séchée et d'herbes d'Epeck. Lissei, Fraar et Siartt relevèrent la tête. Allian, lui, se servit une deuxième portion.

– Oh, oh, commenta-t-il. Règlement de comptes ?

– Mise au point. Écoutez, je vous remercie pour tout ce que vous avez fait jusqu'ici. Risquer vos vies, quitter vos villes... Je sais que rien de tout cela n'est facile. Seulement, si vous ne vous sentez pas à votre place, ou si vous ne voyez pas l'intérêt d'être là, je ne vous retiens pas. Nous avons quelques chevaux supplémentaires.

– C'est un peu cavalier, comme renvoi...

– Allian ! S'il vous plaît, pour une fois, bouclez-la !

Lissei s'essuya la bouche et reposa son écuelle à son tour. Hérissés par la neige, ses cheveux lui donnaient l'air d'un coucou en colère, mais son expression était plutôt perplexe.

– Je n'ai pas l'intention de vous abandonner en cours de route, et Fraar non plus, je crois. Vous avez déjà fait un sacré exploit, à Teyres, avec cette Chimère... J'ai confiance.

Fraar approuva d'un grognement. My sentit une bouffée de gratitude l'envahir. Ils risquaient leurs villes et la suivaient sans espoir de récompense personnelle, tout cela pour une dynastie. Elle s'étonnait du pouvoir des Darcer, deux siècles après leur mort officielle.

Mais Siartt resta muet.

Elle avait au moins brisé la glace. Ses compagnons relancèrent la conversation sur d'autres sujets. Ils avaient relevé les pans de la tente pour la désenfumer et lorsqu'ils terminèrent leur repas, un tapis duveteux envahissait déjà le sol. En sortant pour rejoindre leurs tentes, Fraar et Lissei parurent se dissoudre dans la neige.

– Je ne suis pas mécontent d'aller dans le Sud, finalement, bâilla Allian.

My acquiesça pensivement.

– Nous laissons le plus dur à Orest et aux autres. Mais si Acryak accepte de nous aider, c'est nous qui changerons la donne. Pour ça, je suis prête à marcher trois fois plus.

Un souffle d'air lui effleura les cheveux. Elle se tourna, s'attendant à découvrir Flocon. Enveloppé dans sa grande cape bleue, Siartt quitta la tente sans autre bonsoir que son baiser.

Allian prit la louche de bois et se mit à racler la marmite.

– Je ne connais pas votre paternel, mais il devrait éduquer le mien. Ah, ça va être difficile maintenant… Il est mort.

– Alors, pourquoi n'avez-vous pas l'héritage ?

– Belle-mère et compagnie. Vous verrez, reprit Allian en pointant la louche vers son ventre, personne ne plaisante avec les héritages, surtout pas les rois. Vos enfants vont s'entretuer.

– Allez donc ! Il faudrait déjà des enfants. Quant à l'héritage…

My croisa les bras sur sa poitrine pour se réchauffer, soudain muette. Allian attendit, louche en l'air.

– L'héritage ?…

– Allian, vous ne vous êtes jamais dit que si l'île revenait maintenant, en pleine guerre, nous pourrions gagner ? Tout revendre à Acryak, en échange de troupes…

– Mmm. Ça vous ferait mal dans la région du cœur, Mydria. On ne vend pas des trésors de famille.

– Sauf en dernier recours, murmura My. De temps en temps, il faut savoir faire des sacrifices. J'ai une question à vous poser.

Allian posa la louche, soudain très attentif.

– Ne m'en veuillez pas, mais en quittant Epeck, je vous ai entendu parler avec Issana… Bon, pour être exacte, j'ai écouté. Vous lui avez posé plusieurs questions, comme : « L'Arbitre ou le Dragon ? » Alors, je me demandais… Que savez-vous sur l'Akharu ?

L'espion frotta sa barbe, avec une série de grimaces difficilement interprétables.

– Des choses et d'autres. C'est un outil de divination utilisé par les charlatans itinérants, un œuf de bois très sensible aux énergies, surtout celles qui émanent des gens. Il a un merveilleux succès dans les foires. On dit qu'il révèle aux gens leurs destinées.

– Vous avez déjà fait appel à l'Akharu ?

– Connaître son destin n'est pas très rassurant. J'ai beau être espion, je préfère ne rien savoir sur l'avenir. Vous imaginez qu'on me prédise un destin abominable ? Non.

My posa son menton sur ses mains, laissant la fumée envahir ses yeux. Ceux-ci s'embuèrent rapidement, et elle cilla, évacuant vraies et fausses larmes. Allian ne remarqua rien. Il relança la conversation sur un autre sujet, et peu à peu, le sourire lui revint.

Elle connaissait Allian depuis aussi longtemps qu'Orest. Il l'avait suivie jusqu'au trésor, les avait sauvés à Penhata. Pourtant, elle savait peu de choses sur lui. Sous son exubérance, il cachait l'essentiel. À première vue, Allian semblait un homme sans failles, sans peurs. Rien à voir avec la personnalité si intense et tout en contrastes d'Orest. Orest lui apprenait la combativité, la valeur du silence. Allian, c'était plutôt la valeur de la parole ininterrompue, et une personnalité aussi chaleureuse qu'un feu follet. Son départ, à la minuit, laissa un vide.

My se retrouva seule devant le feu mourant.

Non, pas seule, se corrigea-t-elle en passant la main sur son ventre. Les mouvements du bébé étaient de plus en plus sensibles. Les mois avançaient, mais par chance le renflement de son ventre restait modeste. My imagina le tout petit être blotti en elle, éprouvant une envie profonde de le prendre dans ses bras, minuscule et si fragile. Tout à elle. Son secret.

Elle sortit la Nel'riand, contemplant la petite lueur affûtée que la nuit rendait plus vive. Ailleurs en Edrilion, Orest faisait peut-être de même…

Solitude partagée.

La Nel'riand resta muette, le jour suivant et celui d'après. Éclatante de nuit, fragile en plein jour, sa lumière ne changea pas, et malgré tous ses efforts My fut incapable de la décrypter.

Rheen s'était montré très vague sur son utilisation. La réussite résidait dans la complicité entre les deux possesseurs, s'était-il contenté de dire. Par moments, My se sentait découragée. Elle connaissait Orest sans le connaître : l'amour se passait du par cœur, c'était là son charme et son danger. Elle touchait du doigt la frontière entre complicité et connaissance. Mais si Orest, à ce moment précis, tentait de lui transmettre un message… et qu'elle n'entendait pas, ne comprenait pas ?

Autant en revenir aux pigeons !

Contrariété et sentiment d'impuissance. La Nel'riand provoquait en elle un mélange qui lui rappelait ses leçons d'escrime. Il fallait qu'elle se sépare d'Orest pour réaliser à quel point elle lui était attachée, complètement et aveuglément. Mais la Nel'riand se taisait. Plus elle s'éloignait vers le Sud, plus sa confiance devenait fragile. L'image d'Orest vaincu par la Chimère était gravée dans sa mémoire. Elle avait peur pour lui et ne pouvait rien faire. Cette fois, le Don ne viendrait pas l'aider.

Bien sûr, les routes qui menaient à Acryak étaient dangereuses, elles aussi. Les brigands n'hibernaient pas : l'hiver était une saison rude et idéale pour les voleurs, où les villes se repliaient sur elles-mêmes, bardées de piques à la façon de hérissons géants, laissant toute possibilité de dévaliser tranquillement les voyageurs. Par conséquent, leur groupe se montrait très prudent. Les rivières gelées leur évitaient d'emprunter les ponts, généralement surveillés.

Fraar leur fut d'une grande aide : sa ville, Jial, bordait l'Alester plus au sud, et il connaissait bien la région. Il connaissait aussi les bandes de détrousseurs et leurs habitudes. Le soir, ils attendaient que la neige tombe en quantité suffisante pour effacer leurs traces, et s'arrêtaient pour la nuit. Il neigeait tous les jours, et beaucoup. Ils passaient des heures à déblayer le terrain et My avait l'impression que, dans ce paysage uniforme, ils n'avançaient pas.

Au fil de leur voyage, pourtant, elle nota une progression. Pas sur la route, mais dans son groupe. En réunissant un noble, un Kmett et deux Fauconniers, elle s'était demandé s'il fallait s'attendre à un meurtre, tant ces trois classes se détestaient. Par chance, Siartt mettait un point d'honneur à rester courtois, et Eisdreel et Lissei étaient encore trop jeunes pour avoir des préjugés. My les observait tous les deux, amusée. Cinq ans les séparaient, mais Eisdreel avait une maturité étonnante, et Lissei avait oublié d'être hautain. Grâce à eux, l'ambiance se détendit. Fraar mit sa réserve de côté, Siartt décrocha de sa hauteur, et les premières vraies discussions débutèrent.

Conformément aux règles kmetts, Flocon, toutefois, resta caché.

Allian décida un beau jour de commencer l'apprentissage du chaton. Eisdreel était un Kmett modèle, et Flocon avait appris les bases avec sa mère. Allian les aida à s'apprivoiser et à se coordonner. My se demandait pourquoi il n'était pas devenu kmett : à l'évidence, les félins n'avaient pas de secrets pour lui. Elle restait souvent pour assister aux leçons. Eisdreel et Flocon formaient un duo improbable, l'un calme et attentif, l'autre aussi agité que sa mère. Eisdreel finissait souvent la soirée au bord des larmes, persuadé de ne jamais retrouver la même symbiose qu'avec Sabera : son chaton n'écoutait absolument rien.

– Il ne va pas devenir kmett en un jour ! J'ai mis des mois avant de pister quelqu'un correctement. C'est la même chose pour Flocon : il faut du *temps*, répétait Allian.

Du temps. My comptait les jours et les centimètres sur la carte. Du temps, ils ne pouvaient pas se permettre d'en perdre. Mais Epeck se rapprochait, et, même s'ils la longeraient à plusieurs lieues de distance, l'occasion était trop belle.

« Conquise ce jour, la ville d'Epeck. »

Ce passage de la lettre la hantait. Trop catégorique et trop vague. Rien sur Haresh, sur ses gens… Pourquoi ? Ne pas savoir était insupportable. Et puis, au fond d'elle-même, My ne pouvait s'empêcher d'espérer. On ne se débarrassait pas si facilement de Haresh.

Un simple crochet à Epeck, et elle en aurait le cœur net.

Les ombres lumineuses du feu rôdaient sur la toile de tente et transperçaient sa trame comme de petites braises. Assise sur sa couchette, My patienta, guettant les bruits de pas. Minuit approchait et le groupe n'allait pas tarder à rentrer dans les tentes.

Le silence tomba sur le campement.

Rejetant sa couverture, My agrafa sa cape et se faufila dehors. La nuit d'hiver débordait d'étoiles. Jamais elle n'avait vu un firmament pareil, incrusté d'astres de toutes tailles, de lumières nacrées pour les plus grandes, argentées pour les plus petites. Le velours du ciel en gagnait mille nuances, comme si les étoiles illuminaient ses plis.

Une émotion poignante l'étreignit. Instinctivement, elle chercha son étoile…

– La nuit de la Chance. Vous l'avez déjà vue, près des Bois.

My bondit, tourna sur elle-même puis aperçut une silhouette près du feu éteint.

– Vous m'avez fait peur, Allian !

– On n'a pas la conscience tranquille ?

– Ma conscience se porte très bien. Vous pouvez dormir en paix, bonne nuit !

Allian croisa les bras. Une façon comme une autre de lui dire qu'il n'était pas dupe. My sella son cheval, puis reprit, impatientée :

– Allian, je ne vais pas vous faire l'affront de vous demander ce que vous attendez. Que ce soit clair : j'irai toute seule.

– Oh, My, bon sang !

Enveloppé dans sa cape, Allian traversa le campement et fila vers elle comme un fantôme sans pieds.

– Vous faites une folie ! Qu'est-ce que vous espérez trouver à Epeck ? Une gemme marquée « Haresh, Fauconnier tué par deux carreaux et un javelot pour services rendus à la couronne » ?

– Je veux savoir. Haresh…

– Haresh était un Fauconnier modèle, qui vous a aidée, qui s'en est mordu les doigts et qui mange les pissenlits par la racine. Voilà. Est-ce que ça justifie d'aller à Epeck ?

My inspira profondément.

– Allian, il n'y a pas *que* ça.

– Oh, dit Allian après un silence.

Puis, après réflexion :

– On passera entre les flèches.

Galamment, il l'aida à monter en selle. Telles deux ombres échappées du feu, les chevaux quittèrent le campement au petit galop, leurs foulées étouffées par la neige.

Malgré l'heure tardive, Epeck brillait de toutes ses fenêtres. On aurait dit que la terre reflétait les cieux. À distance, elle ressemblait à n'importe quelle ville, en plus silencieuse. Ni My ni Allian ne s'y trompèrent.

D'ordinaire, les auberges, les tavernes ou les lupanars restaient ouverts toute la nuit. Cette fois, le climat n'était pas à la fête. Il régnait un mélange de peur et de fébrilité dans les rues, et puis… Trop de foyers allumés, trop de chevaux de guerre dans les rues. Quant aux portes, elles gardaient les traces de coups violents. L'un des battants, hérissé d'échardes, battait mollement contre ses gonds.

Allian et elle s'étaient faufilés par là, sans personne pour les arrêter. Du temps de Haresh, cela aurait été impossible. Mais Haresh n'était plus au pouvoir et, manifestement, on avait conquis Epeck avec les armes – et avec peine.

Allian avait mémorisé le plan de la ville et les guida habilement à travers venelles et grandes artères. Pour une fois, il était silencieux, tout à son objectif. Clairement réprobateur aussi. Aux carrefours et au pied des fameuses tours de guet qui faisaient la fierté de Haresh, on voyait encore des traces de combat. Flaques d'eau rougies par le sang, flèches brisées, éclats de portes. On s'était contenté d'enlever les cadavres. Plus ils se rapprochaient du château, moins My reconnaissait la ville.

Les grilles du cimetière interrompirent leur progression. Ils y attachèrent les chevaux, invisibles dans l'ombre. Conséquence de la bataille, le cimetière était ouvert. À cause des va-et-vient, la neige avait presque entièrement fondu. Les couleurs des gemmes filtraient sous la couche de givre avec un éclat trouble. C'était sous la neige que ce lieu, finalement, évoquait le mieux la mort.

– Vous vous souvenez de la route ? chuchota Allian.

My fit un signe affirmatif. Son cœur battait un peu plus vite. Comment aurait-elle oublié ?

– Dans ce cas, je vous suis.

Louvoyant entre les gemmes, ils progressèrent silencieusement vers le château. Il était faiblement éclairé. My le trouva sinistre, presque menaçant. Un éclat de voix lointain les rabattit vivement derrière une gemme.

– … là… terre. Aussi… or.

My et Allian échangèrent un regard. La voix se rapprochait. Le vent portait d'autres échos, rendant le timbre plus distinct. Sourde aux avertissements d'Allian, la jeune fille se redressa lentement et ouvrit des yeux ronds.

Cette silhouette et cette voix... C'était impossible. Pourtant elle le distinguait nettement, crûment éclairé par sa lanterne... Même profil arrogant, le portrait de son père : Tënahl.

– Le fils a la folie des grandeurs, on dirait, murmura Allian.

– Il est censé être à Preen !

– Justement. Deux villes, c'est toujours mieux.

Que faisait-il là, en pleine nuit ? Une poignée de gardes l'accompagnait, et seule une lanterne sourde guidait leurs pas, comme s'ils voulaient passer inaperçus. My n'eut pas l'occasion d'y réfléchir. Le petit groupe bifurquait, leur tournant le dos – momentanément. Allian saisit sa main et ils reprirent leur progression vers le château, moitié courbés, moitié courant.

La petite porte les attendait, fidèle au poste. Et fermée à double tour. Maugréant tout bas, Allian se lança à l'assaut du panneau et le fit céder à coups d'épaule. Ils s'engouffrèrent rapidement dans la cache de Haresh, rabattant la porte du mieux possible.

Le miroitement doré de la vasque dansa sur les parois, trahissant la panique des Loribials. My se pencha sur le bassin, cueillit quelques-uns des poissons-coquillages, et les enfouit dans un bocal.

– Vous êtes sûre de vous y retrouver, là-dessous ? dit Allian, inquiet.

Grâce aux griffures jadis laissées par Xyon, le Gardien, le défi était facile. Elle haussa les épaules.

– On va essayer.

Elle prit les devants, levant le bocal pour éclairer les marches irrégulières. En réaction à la magie ambiante, son cœur battait à petits coups rapides, comme un papillon captif. Ils descendirent jusqu'à la première caverne, leurs pas rythmés par le mystérieux goutte-à-goutte qui hantait les lieux. Les traces les attendaient, cristaux brillants sur la noirceur des parois. Avec un mélange d'impatience et de crainte, My pressa le pas.

Le bocal crissa désagréablement contre la pierre lorsqu'elle se faufila à travers la mince entrée de la Voûte.

Le Verre sauvage du plafond brillait avec force de mille petits éclats blancs. On aurait dit un ciel plein d'étoiles. My s'avança de quelques pas, cherchant parmi les pierres qui encombraient la grotte. Elle recula avec un hurlement.

Lancé à l'attaque, l'immense corps de Xyon se figea au-dessus d'elle, les reflets de ses écailles oscillant à la lumière du bocal. L'une de ses pattes était levée, prête à la transpercer d'un coup de griffes.

– Xyon ! s'étrangla-t-elle. C'est moi !

La paroi de la grotte lui rentra dans le dos. Xyon se pencha au-dessus d'elle, formidable machine de mort en mouvement. Dans un geste de protection désespérée, My leva le bocal à bout de bras, révélant son visage.

L'âme de Xyon voyait à travers deux diamants transparents. Deux simples pierres, pourtant aussi expressives que des yeux. L'horreur les envahit quand il la reconnut. Repliée derrière le bocal, My vit le dragon se cabrer, allant jusqu'à frôler les fausses étoiles de la Voûte. Elle savait pourquoi Xyon réagissait ainsi. Il les avait trahis face aux Chimères, le remords le poursuivait sûrement. My attendit qu'il retombe, lourdement, sur ses antérieurs. Alors elle prit sa gueule entre ses mains.

– On ne vient pas pour te punir. On vient…

My déglutit, prenant conscience de la taille titanesque du faux dragon.

– On vient te chercher.

– C'est bon, laisse-les, dit une voix bourrue.

Xyon se redressa de toute sa taille. Son cou était d'une telle longueur qu'il bougea à peine tandis que sa tête se tournait vers l'extrémité de la Voûte. My n'eut pas besoin de plisser les yeux pour identifier la silhouette qui émergeait de son abri.

– Je le savais ! s'écria Allian. Voilà pourquoi ils n'ont pas parlé de vous dans la lettre !

Haresh répondit par un grognement. Ses habits étaient fripés et sa barbe lui mangeait les joues, mais il semblait en forme. Ni blessé ni malade. Une vague de soulagement déferla sur My. Haresh, cependant, semblait aussi aimable qu'Orest dans ses mauvais jours.

– Vous êtes censés attaquer Epeck, dit-il en guise de bienvenue. Qu'est-ce que vous faites ici ? Et où sont les autres ?

– À Aïdrez.

Haresh la fixa comme si elle lui annonçait le retour de Madael. Au côté de Xyon, il avait l'air particulièrement miteux, mais c'était lui que le dragon regardait.

My noua ses doigts avec embarras. Haresh avait refusé que Xyon quitte Istarion. Il avait été clair sur le sujet. Allian vint à son secours :

– On vient chercher Xyon pour la guerre.

– Pour la *guerre* ? Xyon n'a rien à voir avec tout ça !

– Je ne vous apprendrai rien si je vous dis que Xyon est la seule arme de destruction massive de notre camp. Le seul également à pouvoir, peut-être, *tuer* une Chimère ? Pas seulement la mettre hors d'état de nuire. La tuer, Haresh ! On ne sait toujours pas comment vaincre ces monstres. Xyon est peut-être la solution. Il ne peut pas mourir, il ne connaît pas la fatigue. Alors…

Haresh secoua la tête. Il dépassait l'espion de cinq bons centimètres, et sa colère lui donnait un air féroce très convaincant.

– C'est hors de question, Allian. Majesté, écoutez-moi, vous aussi ! Xyon est un esprit fragile dans un corps de pierre. Ce n'est pas une arme de destruction, c'est une âme prisonnière !

– Venez avec nous, dit My. Tous les deux.

Xyon baissa la tête vers elle. Ils se contemplèrent un long moment, jusqu'au fond de l'âme. À travers la transparence parfaite des deux diamants, My distinguait l'intérieur de la créature brouillé par la présence de l'âme, comme le feu brouille l'air.

– Le plus célèbre de mes ancêtres était un dragon, et il a fini son règne dans la disgrâce. Tu es le dernier dragon de ce monde, et tu vis caché parce que tu crains les hommes. Il est temps de renverser l'ordre, ne crois-tu pas, Xyon ?

Elle caressa son museau du bout des doigts, éveillant un crissement musical sur ses écailles.

– Si tu sors, les gens te verront, bien sûr. Mais pourquoi te cacher ? Qu'attends-tu ici, la mort ? Elle ne viendra pas. La fin du monde ? Si elle arrive, tu seras le dernier survivant. Tu resteras seul et tu vivras des souffrances qu'un mourant n'endure pas. Tu attends de mourir, je le sais. Quand tout sera fini, nous chercherons une solution.

Les diamants des yeux devinrent plus purs, plus transparents, comme si l'âme de Xyon s'apaisait. Bras croisés, Haresh avait assisté à la scène sans intervenir. Aucun mot n'était utile.

Sa queue serpentant dans son sillage, Xyon se coula à travers l'ouverture. Le bruit de ses pas décrut rapidement dans le tunnel. Se remémorant Tënahl et son étrange escorte, My se mit à courir, abandonnant Haresh et Allian. Xyon s'engageait dans l'escalier, quand enfin elle le rattrapa.

D'un même mouvement, la jeune fille et le dragon plongèrent à terre.

La lueur de la lanterne sourde filtra sous le seuil, survola le sol et s'en fut.

My posa la main sur l'échine de Xyon, aux aguets. Tënahl était encore là, pour une raison qui lui échappait. Que cherchait-il dans le cimetière ? Ou… qu'attendait-il ?

Qui attendait-il ?

Allian lui tapota l'épaule.

– Haresh propose de passer de force. Ils s'éloignent, profitons-en. Je pars en éclaireur.

– Non, attendez…

L'espion sortit, courut à l'angle du château et se tapit contre la muraille. De là où elle était, My devina son profil, délimité par sa courte barbe. Elle l'avait rarement vu aussi sérieux.

Inquiète, elle se faufila jusqu'à lui. Alors elle comprit son silence.

Lanterne à la main, Tënahl s'était arrêté quelques mètres en contrebas. Sa cape flottait derrière lui, rendant sa silhouette immense. Une rangée de gemmes précieuses, les plus belles du cimetière, étaient face à lui. Déjà, trois d'entre elles gisaient, déracinées, aux pieds du noble. Elles étaient maculées de terre, certaines rayées par des coups de pioche. My reconnut la zone : celle des anciens Fauconniers.

Tënahl pillait le cimetière, arrachant les Fauconniers d'Epeck à leur propre ville.

Elle ressentit un écœurement, immédiat et intense. Un éclat vif louvoya entre elle et Allian. Le dos luisant de Xyon érafla sa main au passage. Elle tenta de le retenir, par réflexe plus que par conviction.

Le dragon dévala la colline, se redressa de toute sa taille au-dessus du groupe. Il passa à l'attaque dans un silence de mort.

Lances brisées, cris, râles. Sifflement et corps à terre. Sa queue cinglant l'air, ses griffes labourant terre et chairs, Xyon ne laissa aucun homme debout. Les râles des mourants succédèrent aux coups sourds de l'attaque.

My retrouva soudain l'usage de ses jambes et dévala la colline – trop tard. Xyon, haletant, dardait sur Tënahl sa gueule de pierres. Il n'y avait pas de mots pour exprimer la fureur de son regard.

– Monseigneur Tënahl, murmura My.

Elle posa sa main sur l'échine du dragon qui tremblait de la queue aux pattes. À l'intérieur de sa coquille de pierre, l'esprit se ruait contre les parois, tâchant de se libérer. My regarda Tënahl avec dégoût.

– Deux villes, c'est trop peu pour un seul homme, Tënahl ? Il vous faut de l'argent ? Il vous faut passer par des pierres précieuses ? Apprenez une chose.

Sa voix se durcit.

– Les morts ne se vendent pas.

Elle saisit l'un des piquants sur le dos de Xyon et tira en arrière. À regret, le dragon recula, laissant Tënahl effondré au milieu des gemmes. Sans un regard, ils quittèrent le cimetière, leurs silhouettes glissant comme des ombres. D'un appui, Xyon bondit par-dessus les grilles.

9. Aïdrez

Dans sa main, la Nel'riand brillait faiblement. D'un azur translucide à sa surface, elle avait des profondeurs si foncées qu'il les devinait à peine. Chaque mouvement en changeait les reflets. D'une certaine façon, elle lui rappelait My. Son regard si expressif…

« La pierre qui voit. » Pour qu'elle fonctionne, devait-il y croire ? Mais la magie était l'affaire de My, pas la sienne.

Orest tenta de chasser sa méfiance et se concentra sur la pierre. Message simple, d'esprit à esprit. Un esprit qu'il connaissait bien – ou qu'il croyait connaître.

Pour la énième fois, il échoua. My était à l'autre bout d'Edrilion et son message se perdit loin d'elle.

– Vous n'y croyez pas.

Les effluves d'un parfum familier flottèrent jusqu'à Orest.

– Qu'est-ce qui vous fait dire ça ?

Il jeta un coup d'œil à Issana. Difficile de décrypter ce visage mobile, cette voix aux intonations neutres. Issana désigna la Nel'riand de sa cravache :

– Vous n'y croyez pas vraiment, mais vous aimeriez. Sinon, vous n'en seriez pas à votre cinquième essai.

Orest souleva un sourcil.

– Cinq ? C'est précis. Vous m'espionnez ?

– J'essaie de comprendre, c'est très différent.

Son deuxième sourcil se souleva. Issana le rejoignit en trottant. Elle paraissait captivée par la Nel'riand. Il finit par la lui tendre, moqueur.

– Essayez vous-même, vous comprendrez mieux.

– Vous vous trompez sur mes intentions. De toute façon, la magie n'est pas mon domaine.

– Le mien non plus.

– Je vois ça !

Le cheval d'Issana enjamba une souche d'arbre. Ils étaient entrés dans cette forêt peu après leur départ, désireux d'éviter les nobles. Trop encombrants, les chariots continuaient sur les routes, sage précaution puisque le réseau dense des pins laissait à peine passer un cheval. Dans cet univers noir et blanc tapissé de neige, chapeauté de branches noires, ils semblaient les seuls êtres vivants. Seule la garde de Meshet les accompagnait. Ses chevaux noirs passaient comme des ombres. Au milieu de cette marche monotone, Orest était plutôt content de pouvoir parler à quelqu'un – même s'il s'agissait d'une personne aussi inquisitrice qu'Issana. Il s'apprêtait à répliquer quand son cheval renâcla. Orest sauta à terre. La neige s'affaissa sous son poids, sans bruit, ou presque. Un craquement trahissait la vraie nature du sol.

– Glace, signala-t-il. On fait un détour.

Son cheval repartit sur le côté, doublant Kebren. Ovriel, caché dans les fontes, lui lança un long regard soupçonneux. Orest ne s'était jamais entendu avec les chats. Ils avaient des choses en commun, les silences expressifs, la façon de se mouvoir. Mais quelque chose en Orest de dur et d'intransigeant déplaisait aux félins. Ce n'était pas nouveau. Il rejoignit Meshet, qui attendait sa garde.

– Ça vous fait combien de chevaux ? fit-il d'un ton traînant.

Question de pure forme – ils étaient dix, déjà comptés. La vraie question n'était pas là. Meshet releva le menton avec morgue.

– Un problème avec mes chevaux ?

Même comme ça Meshet lui arrivait au nez.

– Le problème, c'est qu'on essaie d'arriver à Aïdrez, et que vos chevaux nous retardent. Leur place est près des chariots. Les routes ne sont pas sûres. Ce n'est pas la première fois qu'on a cette conversation, Meshet, et ce serait vraiment…

– Qu'est-ce qui vous échappe, dans « garde personnelle » ?

Petit, chevelu et teigneux. Le sourire d'Orest disparut.

Avec My, les choses se seraient passées autrement. Mais il remplaçait My pour l'expédition, ce que les Fauconniers n'appréciaient pas. Il le voyait à leurs airs suspicieux ou à leur difficulté à obéir. Se voyait dans leurs yeux tel qu'il était vraiment. Un presque anonyme, sauvé par My. Un amant surgi de nulle part – fatalement, les soupçons fusaient. Et il commençait à en avoir plus qu'assez.

– Vous n'avez pas besoin de garde personnelle ici. La pire chose qui peut vous tomber dessus, c'est un sapin.

Issana écoutait, ravie. Elle et Meshet se supportaient par principe. Le Fauconnier ne prit pas la peine de lui répondre. D'un claquement de doigts, il regroupa sa garde et reprit la marche.

Dépité, Orest resta en arrière. Une partie de lui souhaita férocement que Meshet disparaisse sous la glace. Le Fauconnier contourna Issana. Haussant les épaules, il remonta en selle, doublé par Kebren. Elle lâcha au passage :

– Vous voyez pourquoi je ne peux pas les supporter.

My lui avait donné rendez-vous à An'Jas. La distance entre Aïdrez et cette ville était considérable et, pressés par le temps, ils poursuivirent leur route jusqu'à Gaenn, un petit village où ils devaient retrouver les chariots.

La nuit recouvrait Gaenn depuis longtemps lorsqu'ils frappèrent à la porte de l'auberge, sobrement nommée *La Halte*. C'était un bâtiment aux vitres crasseuses, aussi accueillant que son propriétaire qui leur cria depuis l'étage que les trois chambres étaient prises. Il restait l'écurie. Meshet récupéra un matelas et partit dormir là-bas. Orest, lui, resta dans la salle principale avec Kebren, Issana et quelques serviteurs. La Kmett, les cheveux en bataille et les yeux cernés, s'accouda à la table devant une chopine de bière éventée qu'elle vida cul sec. Ce fut elle qui brisa le silence :

– Les chariots devraient être là.

Issana ôta les épingles de sa coiffe et passa les jambes par-dessus le banc, un verre à la main. Orest reconnut de l'essence de Calnë, une sève utilisée pour la guérison et qui, mêlée à l'alcool, faisait office de fortifiant. Contrairement à Kebren, Issana semblait peu inquiète.

– On a coupé à travers bois, les routes les contournent. Je ne serais pas étonnée qu'ils mettent plus de temps que nous.

Kebren secoua la tête.

– Non. Leur route à eux était dégagée.

– Admettons, dit Issana de bonne grâce. Ils seront là dans quelques heures, c'est tout. Profitez du libre accès aux tonneaux, c'est rare en mission.

– Sérieusement, nous sommes en mission ?

Orest effaça la poussière d'une vitre, mais la rue enneigée était déserte – aucune trace de roues. Il était de l'avis de Kebren. Un tel retard n'avait rien de normal.

– Soit ils ont été bloqués par le temps…

– … soit on les a bloqués, compléta Kebren. Laissons-leur une journée. Bonne nuit.

La Kmett remballa sac, cordages et manteau, et les entassa près de la cheminée, où elle se roula en boule. En rogne, visiblement. Un sentiment qu'Orest partageait. Les chariots abritaient des victuailles et des combattants. Partir sans eux était un échec : il en était responsable et avait l'impression désagréable de les avoir abandonnés.

Résolu à veiller toute la nuit, s'il le fallait, il sortit le livre de son sac et le posa sur la table. Le froissement des pages éveilla l'attention d'Issana.

– Qui vous a donné ça ?

– Allian.

– Ce n'est pas commun, de lire en pleine guerre.

Orest ouvrit le livre et s'arrêta. Quelques runes devenaient familières, quelques sons émanaient de la première page. Des sons, mais pas des mots. Le vieux problème revenait.

– Vous connaissez le titre ?

– Non.

– *La Geste des galériens.*

– Quoi ?

– C'est un livre qu'on donne aux apprentis lecteurs. Juste pour leur réaction quand ils déchiffrent le titre.

Orest se souvint du rire de My. Un rire franchement moqueur, maintenant qu'il l'évoquait.

– Hilarant, en effet, dit-il sèchement.

– C'est moi qui ai donné ce livre à Allian. Le choix du titre lui a beaucoup plu.

Issana s'accouda à la table. Elle avait des yeux uniques, en amande. Ses paupières étirées laissaient filtrer un regard railleur, un peu trop au goût d'Orest.

– Oh, je me doute. Très approprié.

Il reporta son attention sur la page. Issana ne disait rien, mais il devinait son sourire. Elle le testait, il ne savait pas pourquoi. Peut-être trouvait-elle amusant de jouer avec ses nerfs – elle s'y casserait les dents.

Une idée lui traversa l'esprit et il sortit la Nel'riand. Il attendit que sa lumière se stabilise, puis se concentra sur l'image de la première rune d'Angdaël. Le plus fort qu'il put. Jusqu'à ce que la rune se détache, seule, sur son esprit, avec ses déliés et sa forme unique. Il superposa cette image sur la Nel'riand et se concentra jusqu'à sentir la rune *exister.*

À sa grande satisfaction, elle fut absorbée.

– Bien vu, commenta Issana. Mais répondra-t-elle ?

– Qui ça, « elle » ?

– Mydria a une autre Nel'riand. C'est le seul moyen que Rheen a trouvé pour que nos deux groupes restent en contact.

Hélas, ce système est déficient, les Kmetts eux-mêmes le disent. Et puis…

Elle fit une petite moue.

– Envoyer des runes, c'est ingénieux. Forme simple, envoi court. Mais comment les transformer en message, puisque vous ne pouvez pas lire ?

Orest referma le livre dans un claquement.

– Bon. En quoi ça vous concerne ?

– En rien, dit Issana. Mais je vous remercie de réagir.

Orest revint à son livre sans autre commentaire. Le silence retomba entre eux. Issana le dévisagea, rapace : pour une fois, la Fauconnière et l'intrigante se partageaient son visage.

– D'ordinaire, je n'ai pas beaucoup de mal à comprendre les motivations des gens. Je n'ai même pas besoin de les interroger. Néanmoins, lorsque vous êtes entré dans la salle du conseil, à Epeck, je me suis demandé s'il y avait un gramme d'humanité chez vous. Vous êtes assassin de métier, c'est criant.

– Vous êtes courtisane et vous ne le cachez pas mieux.

Issana inclina la tête comme devant un compliment.

– Le cacher n'est pas mon but. Mais passons.

– Pourquoi passer ? rétorqua Orest. Vous avez empoisonné votre concubin et pris sa place à la tête de Preen. Ça ne vous fait rien d'autre ?

– Arrêtez d'écouter Arlos ! Je n'ai pas empoisonné le Fauconnier de Preen. J'ai attendu mon heure. Comme vous le faites avec ce livre. Mais dites-moi…

Elle se pencha vers lui. Son front blanc brillait à la lueur des flambeaux.

– Si cette petite vous aime – et elle vous aime, c'est flagrant – pourquoi perdre votre temps ? Pourquoi ne pas l'épouser ?

Devant son mutisme, elle insista :

– J'ai mis du temps à vous cerner, vous, votre silence, votre implacabilité… Votre couple. Je ne la comprends plus quand elle est avec vous. Je ne vois pas ce qu'elle attend de vous et je ne vois pas ce que vous, vous attendez encore. La seule explication, c'est qu'elle vous aime. Utilisez ça. À quoi jouez-vous en usant son amour ?

– Je ne joue pas. Je n'épouserai pas My, exactement pour ça.

Il soutint le regard d'Issana, aussi sombre que le sien à la faveur de la nuit. Celui de la dame exprimait une incrédulité mesquine. Rien ne filtra du sien. Rien. Son amour, ses doutes, ses peurs pour My, il les garda pour lui.

– Vous connaissez le défaut de la glace ? Si on la touche, elle fond. My est le défaut de votre petit cœur de glaçon, jeune homme…

Issana repoussa sa chaise et sortit, appelant ses gens. Elle avait un port élégant, une voix bien timbrée. Difficile de lui donner un âge… difficile de la percer à jour.

Il médita un instant sur ses derniers mots. Kebren faisait semblant de dormir, mais il sentait qu'elle l'observait entre ses paupières. Rien à lire dans son silence. Une personne le pouvait. La seule qui pouvait lui apprendre à décrypter ce livre ouvert devant lui.

Il s'abîma dans ses pensées. La neige délayait les heures, bloquait le temps dans cette petite salle miteuse.

Le matin venu, aucun chariot n'était présent.

Les portes d'Aïdrez s'ouvrirent, livrant passage à Orest.

Toit d'ardoises bleues, rues sinueuses : la ville ressemblait au fleuve qu'elle bordait. On entendait le Liash. Les toits des maisons formaient des capuchons bleus qui, à distance, évoquaient les écailles d'une énorme tortue endormie. Aïdrez cachait bien son jeu. Qui aurait pu croire qu'elle abritait en secret l'armée des Darcer ?

Il ne neigeait plus, mais Aïdrez semblait saisie par la glace. L'hiver avait repris ses droits sur l'une des principales villes du Nord. Des gens, pourtant, sortaient des maisons, et les badauds s'arrêtaient pour les voir passer. Pas d'armures dans leur troupe. Ni de chariots. On ne voyait que d'immenses chevaux noirs encadrant les cavaliers et, à leur tête, un homme jeune au visage austère. Ni Fauconnier ni noble.

Orest avait tenu à arriver à visage découvert : à la veille d'une entrée en guerre, l'anonymat n'était plus utile. Et anonymes, Meshet et Issana ne l'étaient absolument pas. Des vivats éclatèrent à leur vue, se propageant dans la foule à la vitesse du feu. Dans cet hiver glacé, l'enthousiasme des gens, même aveugle, faisait plaisir à voir.

– Des gens vous aiment, on dirait, dit-il à Issana.

– Parfois, les gens vous aiment sans vous connaître.

La dame lui décocha son sourire en coin.

– Ce doit être rare, pour vous aussi.

– Les deux parias, hein ? Si vous aviez caché vos antécédents, Arlos vous aurait supportée. Enfin… Peut-être.

– Sage bémol. Nul ne connaît vraiment Arlos. S'il avait meilleur caractère, je m'inquiéterais moins pour ma ville.

Aucun des deux n'avait oublié leur conversation de Gaenn. Par un accord tacite, ils n'en reparlaient pas. À cette condition, ils se comportaient comme deux vieux complices, habités par une méfiance persistante. Cela faisait partie du jeu. Issana, elle aussi, avait fait de la méfiance un mode de vie. Et Kebren, qui lui jetait des regards de plus en plus insistants, ne comprenait pas la nature de leur lien. Ni amitié ni affrontement – complicité acide. Orest laissa tomber :

– Pourquoi vous compliquer la vie ? Épousez Arlos.

– Moi vivante, jamais. Donc, jamais tout court.

– Alors vous perdrez Preen.

– Mais Preen *est* perdue, jeune homme !

Le château d'Arlos jaillit au détour d'une rue. C'était un édifice en ardoise, doté de quatre tours carrées. De hautes marches menaient aux portes, franchissant une pelouse soignée. Des douves devaient se trouver là autrefois. Arlos, apparemment, n'en avait pas besoin pour se sentir à l'abri. Issana poussa un sifflement.

– En fait, je vais reconsidérer le mariage…

– Bienvenue à vous.

Arlos descendit les marches pour les accueillir. Il était vêtu d'un habit brodé d'argent et sa cape de Fauconnier flottait derrière lui, le rendant encore plus grand. Il ordonna aux palefreniers d'emmener les chevaux, puis fronça les sourcils.

– Nous avions des chariots.

Orest grimaça.

– On vous raconte à l'intérieur.

– Vous n'avez quand même pas perdu les chariots !

– Ces petites choses s'égarent facilement, dit Issana. Si on entrait ?

Elle prit la tête. Les couloirs du château étaient en pierres bleutées, les sols couverts de tapis grèges et de fleurs odorantes. Arlos semblait encore plus riche que Haresh. Les serviteurs quittaient les salles à leur arrivée, mais le Fauconnier semblait se méfier. Il les emmena au premier étage, dans une salle désaffectée, et ferma la porte avec soin.

Aussitôt, il attaqua :

– Bon sang, qu'avez-vous fait des chariots ?

Meshet gratta sa barbe, signe d'agacement qui se confirma très vite.

– Arlos, on a des jours de route dans les pattes. Alors si tu pouvais nous accueillir autrement…

– Je veux savoir.

– On pense qu'ils ont été pris en embuscade ! Voilà ! Tu veux partir les chercher, ou tu nous dis où tu en es, toi, avec l'armée ?

Le regard d'Arlos devint vague.

– On avait des serviteurs. Du matériel, des chevaux. Tout ça dans les chariots. Et vous arrivez à les perdre…

– Oui, dit Issana. On est passés par les bois et on a fait partir les chariots sur les routes. C'était une erreur. Et *vous*, où en êtes-vous avec l'armée ?

Arlos s'approcha de la fenêtre. Elle donnait sur l'arrière de la ville. On devinait le Liash derrière les maisons.

– Elle campe près des rives, trop importante pour occuper le château. Je pense qu'on pourra partir d'ici deux jours, mais… j'ai une autre question.

Il se retourna vers Orest.

– La Darcer devait venir, où est-elle ?

– Une autre histoire, grogna Meshet. On s'est fait attaquer à Teyres, et on a dû se séparer en deux groupes. Mydria est partie avec les autres, à…

– Stop ! coupa Orest.

Meshet s'interrompit. Sans prêter attention à son air d'incompréhension, Orest s'approcha d'Arlos.

– C'est une drôle d'idée, Arlos, de nous cacher ici dès notre arrivée. On n'a rien à cacher pourtant, à la veille d'un départ en guerre. Ou alors votre cas est différent ?

– Qu'est-ce que vous voulez dire ?

– Mydria est appelée différemment selon les camps. Pour nous, c'est Mydria, notre reine. « La Darcer », c'est pour le Sanreth.

Arlos devint muet.

– Pourquoi vous tenez tellement à savoir où elle est ?

Tout se passa très vite. Le bras droit d'Arlos jaillit de sous sa cape, épée en main. Orest la vit fondre sur lui, trop vite pour qu'il ait le temps de parer. Au dernier moment, elle pivota.

Le pommeau heurta son crâne. Le visage douloureux et hanté d'Arlos fut la dernière chose que vit Orest avant de sombrer dans les ténèbres.

Agrippée à la façade, la Chimère gronda doucement et guida sa marionnette vers Meshet.

10. Tue-souffle

Ses mains, croisées dans son dos. Les menottes, refermées sur sa peau dans une poigne implacable.

Et cette douleur à la tempe, qui pulsait comme un prédateur prêt à bondir…

Orest releva la tête. Des serres invisibles enserrèrent son crâne, à l'en broyer. Il resta la tête droite, tâchant d'oublier le goût du sang qui emplissait sa bouche. *On* avait frappé fort. Le pommeau et le visage d'Arlos lui revinrent soudain en mémoire.

– Le salaud !

Il voulut se relever, mais on l'avait attaché au mur. Le frottement du métal réveilla brusquement toute sa rage. Il se débattit contre les liens, tordant ses poignets ou les écartant brusquement, le genre de méthode qui pouvait fonctionner avec des cordages, mais pas avec des menottes. Le fer entailla sa peau jusqu'au sang.

– Vous pouvez essayer, vous n'en viendrez pas à bout.

Orest détourna ses coups. Ses poings liés raclèrent le mur, tentant de briser le verrou avec la pierre. Le bruit bondit de mur en mur, dense et sonore, prisonnier d'un espace trop petit.

– Orest ! dit une nouvelle voix.

Le jeune homme s'arrêta. Kebren était assise face à lui.

– Vous les ferez venir plus vite. C'est tout ce que vous gagnerez.

– Alors on attend gentiment, c'est ça ?

Orest s'éloigna de la muraille. Le sang coulait de ses plaies, maculant ses mains et le métal. Ses yeux s'habituant à l'obscurité, il évalua les dimensions du cachot : une grande salle, faite pour abriter plusieurs prisonniers. La voix de Meshet s'éleva du cachot voisin :

– Ils sont passés tout à l'heure. Ils attendaient votre réveil.

– Qui ça, « ils » ?

Kebren haussa les épaules.

– Ils veulent vous interroger en priorité. Rien dit d'autre.

Orest asséna un dernier coup de poing sur la muraille.

– C'est à cause de My. Évidemment.

– On aurait dû anticiper.

Issana avait une voix cassée qu'il ne reconnut pas. Son visage apparut derrière les grilles de l'autre cachot. Elle avait été frappée et du sang maculait sa pommette droite.

– Réfléchissez. Une ville comme Aïdrez, échappant au contrôle du Sanreth ? Ce serait une énorme faute de sa part. Il a envoyé une Chimère en éclaireuse, et elle a découvert l'armée. Elle s'est contentée d'attendre le retour d'Arlos et a utilisé sa télépathie pour le contrôler. C'est plus économique que d'envoyer des troupes, plus sournois. Jugez plutôt…

– Piégés comme des bleus.

– Mais vous êtes un bleu.

Orest ravala la réplique qui lui montait aux lèvres. Sa première mission ne pouvait, effectivement, pas plus mal se passer. Il tira sur les liens qui le retenaient au mur. On avait attaché les chaînes à un anneau. Avec de la force et du temps, il pouvait faire sauter l'anneau. Avant tout se libérer. Ensuite…

Kebren se leva soudain.

– On vient !

L'air vicié de la prison parut s'épaissir. Des pas d'homme, lourds et énergiques, remontaient le couloir. Orest tenta de se libérer une nouvelle fois, mais l'anneau semblait fondu dans le mur.

Un visage, aux yeux humides, apparut aux barreaux de la porte. Inerte et indifférent, comme les murs autour d'eux. Un visage de prisonnier volontaire.

– Vous, grogna-t-il. Il veut vous parler.

Il ouvrit la porte d'un tour de clé et entra. Orest avait sous-estimé sa carrure, l'homme était un véritable molosse. Il déverrouilla les chaînes qui l'attachaient à l'anneau. Une main lourde tomba sur son épaule.

– Un seul coup vicieux, mon gars, et je te fais bouffer tes dents. C'est clair ?

Pourquoi n'emmenait-il pas les autres ? Orest voulut appeler ses compagnons, mais il n'en eut pas le temps. Les yeux de Kebren, éclairés par la lumière falote du couloir, furent les derniers qu'il croisa. Poussé par le garde, il monta l'escalier, attendit les dernières marches et envoya un violent coup d'épaule dans le ventre de son geôlier. Les habits s'effacèrent sous le coup, mais pas la bedaine, protégée par un plastron. Furieux, le garde lui empoigna la nuque et brandit son poing libre, visant la figure du jeune homme.

Le coup, étourdissant, lui fit perdre momentanément la vision. La douleur crépita dans son crâne et ses globes oculaires. La voix glaireuse lui souffla à l'oreille :

– Réessaye ça, et tu rentres aussi démoli que t'aurais dû sortir.

Orest s'immobilisa. Sa rage enflait, destructrice, le genre d'accès qui, avec une arme en main, faisait des ravages. Il n'avait pas d'arme. La colère le rongeait de l'intérieur, se retournait contre lui, faute d'autre cible.

La faire reculer. L'oublier. Même un moment – s'il perdait sa lucidité, il perdait la partie. Mais une petite voix lui disait que la partie était déjà perdue.

– Et où vous m'emmenez ?

– À la question.

La question.

Orest se contraignit à respirer lentement. « La question », quand on était prisonnier, était précisément le mot qu'on ne voulait pas entendre. Un mot abstrait pour désigner machines à chair humaine et pratiques de tortures d'une infinie variété. Il en avait vu, de ces engrenages reclus dans les caves. Il avait vu leurs enfants. Demi-monstres façonnés par leurs rouages, aux membres distordus ou brisés, qui vivaient dans l'ombre des grandes villes. Les engins de torture créaient les hommes à leur image.

La question.

Il la répéta en lui, comme pour mieux l'appréhender, mais à ce mot, ce fut comme si toute sa force vitale se révoltait devant l'inévitable. Une lame de fond jaillit du plus profond de lui-même, qui envahit ses entrailles, son cœur, ses poumons. Chassait les étincelles de douleur et l'emplissait d'une autre force. Il se déchaîna contre la poigne qui lui broyait l'épaule, se dégagea d'une torsion du buste. Trop tard.

Sans ménagements, le garde le poussa en avant et claqua la porte. Orest tomba sur les dalles et se redressa vivement. Une main l'empoigna par sa tunique et le remit sur ses pieds.

Arraché du sol, il croisa une nouvelle fois le regard d'Arlos.

C'était Arlos, et ce n'était plus lui. La Chimère avait vidé son regard de toute expression. C'était le même visage, mais plus pâle, tiré par la fatigue. Il avait perdu sa prestance et se tenait voûté, pitoyable entre les pattes de la Chimère qui se trouvait derrière lui. Depuis combien de temps l'avait-elle asservi ? Que restait-il de l'Arlos d'avant ? Cet homme n'offrait pas de réponse.

– Vous êtes ici pour me dire tout ce que je veux savoir, débita Arlos d'une voix atone.

Orest se dégagea. Son épaule buta contre la porte. Le garde l'avait fermée à clé et ils se trouvaient dans une petite salle ronde sans issue.

– Qu'est-ce qui vous dit que je peux répondre ? cracha-t-il.

La Chimère suivait ses moindres gestes, son cou déployant ses rangées de plumes dans un mouvement ondulant.

– Elle vous reconnaît. Vous étiez dans Istarion. Vous étiez à Teyres aussi. Cette fois, vous ne vous en tirerez pas avec une rune.

Presque délicatement, la Chimère avança d'un pas, de deux, puis masqua Arlos. Ses plumes s'étaient plaquées sur son corps, la protégeant d'une éventuelle attaque. Sa silhouette était plus nette, presque sinueuse. On aurait dit un serpent qui reculait pour frapper.

Orest détourna les yeux. La question. C'était donc ça. Elle allait puiser les réponses directement dans son âme. Mais pour cela, il fallait qu'il la regarde. Ne pas lui laisser cette chance…

Arlos apparut devant la Chimère et saisit le visage du jeune homme entre ses mains froides. Le cou d'Orest pivota malgré lui, centimètre par centimètre. Il croisa les yeux de la Chimère et s'en détourna aussitôt – trop tard.

Les yeux gris plongèrent en lui comme deux couteaux.

Brume sans couleur. Il perdit brutalement conscience de son corps, d'Arlos, de la Chimère. Un gouffre vertigineux venait de s'ouvrir sous ses pieds. L'esprit de la Chimère s'était étroitement chevillé au sien, mais le monstre avait perdu toute consistance. À la place, Orest entendit une voix. Non, deux voix superposées. La première était celle d'un homme, fêlée et nasillarde. L'autre, appartenant à une femme, était bien plus forte, plus précise.

– *Dans quelle ville attend la Darcer ?*

La voix l'atteignit au fond du gouffre où il se débattait. C'était son premier repère et Orest s'y appuya de toutes ses forces. Son silence était son seul bouclier et Welfendà s'en aperçut.

– *Votre reine est au sud, mais je ne sais pas dans quelle ville. Un seul mot. C'est tout ce que je vous demande. Je peux vous faire beaucoup, beaucoup de mal…*

Une vague de haine le secoua. Obstinément, il refusa la peur. La voix ronronna un moment dans le vide, le faisant vibrer comme une vulgaire feuille morte. Elle attendait, pesant sur ses frontières.

– *Les lâches cèdent. Les plus forts se brisent.*

L'attaque mentale survint de tous les côtés, énorme vague de volonté pure. Tout ce qu'il avait tenu à cacher sur My, sur lui, sur leur camp vola en éclats.

Une étincelle minuscule au milieu des débris. Ce fut tout ce qu'il resta de lui. Sans ses souvenirs, il était perdu en lui-même. Au plus fort de sa vulnérabilité, Orest agit d'instinct. Se concentrer sur cette paillette de vie…

Welfendà le frôla, l'ignora. Elle fouillait dans ses souvenirs, sans égards, tout à sa recherche d'une information précise. Il sentait sa joie lorsqu'elle découvrait, soudain, un souvenir plus intense. Elle s'attarda sur la mort de son frère avec un délice pervers. Survola ses premières années d'assassin. Cadavres blêmes, petits matins puants, dégoût toujours ignoré et toujours présent.

– *Vous êtes voué à la mort, jeune homme. Bel instinct de survie.*

La voix de la femme s'arrêta. Un souvenir venait de s'ouvrir. Le souvenir le plus vivant de tous, peut-être parce que celui-là n'était pas triste. C'était un soir comme les autres, au fond d'une taverne banale. Liett. Et une silhouette de jeune fille, arrêtée sur le seuil. Elle portait une robe de soie, et ses longs cheveux dégringolaient jusqu'à sa taille. Elle regardait la salle avec un mélange de hauteur et de peur. Une fille débarquée d'un autre monde. La première fois, elle n'avait pas tourné les yeux vers lui. C'était bien lui qui, le premier, l'avait remarquée.

Mydria, My. Siartt, Darcer. Tant de noms pour la personne la plus importante, la plus bouleversante de sa vie…

– *Ah,* murmura Welfendà. *La poussière dans l'engrenage.*

Le souvenir se brisa.

De nouveau, la Reine s'éloigna dans ses souvenirs, les piétina sans égard. Seuls ceux de My l'intéressaient. My se transformant, My lame au poing, My face à lui, visage tendre ou furieux lors d'une énième discussion. My tout contre lui, sa peau douce sous ses mains. Il ne s'agissait pas là de souvenirs. Ceux-là étaient vivants, ils n'appartenaient qu'à eux.

Sa fureur s'abattit sur la Reine.

Welfendà vit venir l'attaque trop tard. Elle vacilla sous le choc. Orest avait agi par réflexe, sans rien préméditer, mais sa contre-attaque était d'une amplitude égale à celle de Welfendà. Il se rendit compte qu'ils étaient désormais à armes égales. Sa conscience avait repris du terrain, son terrain légitime.

Il n'attendit pas pour frapper de nouveau. Welfendà se rétracta et attaqua au dernier moment.

Il avait rassemblé ses souvenirs, les agglomérant en une sorte de bouclier qui le protégeait, lui, étincelle brillante dans ce magma de sensations, de pensées parasites. Welfendà explosa son bouclier en un assaut, sa volonté pour fer de lance. Elle poursuivit sa trajectoire jusqu'à l'étincelle.

Toucha en plein cœur.

Un spasme agita son corps, échoué au sol pendant l'attaque.

Éclair. Deux éclairs, puis une infinité. Une image se forma. La salle réapparut, et la gueule de la Chimère, à deux centimètres de lui.

– *Pour me vaincre, il faut des années d'entraînement. À présent réponds-moi, ou par le Daj, je te montrerai tout ce qu'« anéantissement » veut dire.*

– Allez vous faire foutre.

Un poids énorme l'interrompit. La Chimère se pencha sur lui, ses griffes entaillant profondément sa peau.

– *Un nom.*

Orest se débattit, cherchant à reprendre son souffle. Les pattes du monstre appuyaient sur sa cage thoracique, le clouant au sol comme un vulgaire insecte. Il ouvrit la bouche, cherchant à happer une bouffée d'air. Ses os approchaient du point de rupture et la douleur n'avait plus de nom. Elle était lui. Elle hurlait dans chacun de ses nerfs.

– *An'jas.*

Sa pensée était si faible qu'il n'eut pas l'impression, tout d'abord, de l'avoir eue. La Chimère la happa au vol. Orest se retrouva, pantelant, aux pieds d'Arlos.

– An'jas, où votre armée doit se rendre, dit le Fauconnier. Si Acryak aide la Darcer, ils le regretteront amèrement.

Il marcha vers la porte et l'ouvrit. La Chimère se faufila à travers l'ouverture, après un dernier regard à Orest.

– *Vous la garderez dans votre mémoire, bien au chaud. Merci pour votre aide.*

Orest entendit la porte se refermer, et le trottinement de la bête décroître dans le couloir. Il reprit son souffle à grandes goulées et s'appuya au mur, blême. Un seul mot échappé. Il lui avait livré My. Elle allait se faire attaquer par surprise. Elle n'aurait plus l'Elline pour la protéger, aucun gouffre entre elle et la Chimère comme dans Istarion…

Il l'avait livrée.

– Vous allez rentrer au cachot et attendre mes prochaines questions.

La voix d'Arlos était molle mais sa poigne, d'une force rare. Il hissa Orest et le remit sur ses pieds. Le jeune homme considéra le visage du Fauconnier, y cherchant une trace d'humanité. Il n'exprimait qu'une tristesse sourde.

– Arlos, réagissez, bons dieux ! aboya-t-il. Débarrassez-vous d'elle !

Sa voix explosa sous la petite voûte de la salle. Un tic parcourut le visage d'Arlos.

– Elle vous utilise ! Elle a pris possession de votre âme ! Vous ne voyez pas ? C'est la Reine de La Déléane, elle tient le Sanreth comme ça, elle peut étendre son influence n'importe où ! Vous n'êtes pas un faible, ni un vaincu, pas même maintenant ! Libérez-vous et *combattez-la* !

Arlos cligna des yeux, peinant visiblement à comprendre ses paroles, puis l'entraîna en avant. Ses gestes avaient l'assurance mécanique d'une marionnette guidée à distance. Combien de jours sous l'influence de la Chimère ? Trop, beaucoup trop…

My. Ses pensées se retournèrent vers elle. Un nom, un visage, un danger immense… Peut-être n'était-elle pas déjà à An'jas – c'était son seul espoir. Les entailles de ses mains s'étirèrent alors qu'il se débattait contre les menottes pour atteindre sa poche. Ça lui était égal. Atteindre la Nel'riand… Lui hurler le danger qu'elle courait, la prévenir, la protéger… Cette fois, cette foutue gemme lui obéirait. Il ne lui laisserait pas le choix !

Il ne parvint même pas à l'attraper.

– Arlos, faites quelque chose ! Elle va mourir. S'il vous plaît, aidez-moi. Aidez-moi…

Les larmes étaient loin. Il avait dépassé ce stade. My menacée, c'était Edrilion qu'on menaçait, son passé et son futur. Ensemble, My et l'enfant étaient plus importants que tous les trésors du monde.

Arlos avait-il déjà aimé ? Orest n'en savait rien. Un frémissement agita sa grande carcasse, mais ce fut tout. Il continua à marcher sans desserrer sa poigne.

Non. Le cœur d'Orest bondit soudain.

Un cliquètement infime venait de retentir au creux de la main d'Arlos, où gisait un trousseau de clés.

Arlos s'escrima sur les menottes, les mains tremblantes. Au bout de la troisième tentative, les menottes tombèrent au sol, dans un bruit éclatant. Sans oser y croire, Orest se retrouva libre. Devant lui, le visage entier d'Arlos semblait reprendre vie. Une vie désordonnée, qui tordait ses traits en tics nerveux. Il balbutia :

– Je ne peux… Je ne peux pas vous aider, elle est trop forte, je ne peux pas…

– Vous venez de m'aider, Arlos.

Les mains d'Arlos se raccrochèrent aux siennes. Leur force était décuplée par une peur panique.

– Écoutez, l'armée… Elle est au bord du Liash, partez tout de suite, partez… Je ne peux pas la chasser, elle me tient, mais vous, partez… Les autres…

– Non, on vous emmène, coupa Orest. Allons-y !

C'était lui, désormais, qui entraînait Arlos. Le Fauconnier le suivit docilement. Tiraillé entre Welfendà et lui-même, il avait perdu toute capacité à réfléchir. L'inquiétude d'Orest, à l'inverse, aiguisait ses sens, ses réflexes. Il se lança à la recherche des cachots. Le château était soigneusement gardé, mais la présence d'Arlos était le meilleur des passe-partout. Il poussa plusieurs portes, déboucha sur des impasses. Tous les couloirs se ressemblaient.

– Où sont les cachots ? Je ne pars pas sans les autres.

Arlos ne réagissant pas, Orest l'abandonna momentanément pour jeter un coup d'œil par-dessus une rampe. Couloir anonyme. Rien.

– Attention ! cria une voix de femme, derrière lui.

Orest se retourna juste à temps. S'effaça de justesse.

La lame d'Arlos passa à quelques centimètres de son torse, cingla et revint à la charge. Orest esquiva. Seul le déplacement d'air le toucha. Arlos multipliait les moulinets, le regard fou. Avisant le garde du couloir qui assistait à la scène, indécis, Orest fondit sur lui et lui arracha sa lance des mains. Il eut à peine le temps de se retourner et de parer. L'épée d'Arlos mordit le bois de la lance, s'en arracha, repartit à la charge de biais pour la scinder net. Orest le laissa s'avancer suffisamment, notant ses mouvements désordonnés, puis fit pivoter sa lance.

La pointe s'enfonça profondément dans l'épaule d'Arlos, le faisant basculer sous le choc.

– Vous êtes la première victime à qui je dis ça, mais... désolé.

– Pas de remords ! Il s'en remettra.

Orest tourna la tête. Essoufflée, Kebren courait dans sa direction, libérée des menottes et des chaînes. Ses cheveux hérissés lui donnaient un air épouvanté qu'elle était visiblement loin de ressentir. Elle s'empara de l'épée d'Arlos et l'abandonna, jugeant sans doute ses lames kmetts, récupérées à la sortie, plus efficaces. Orest haussa un sourcil.

– Ovriel ?

– Ces abrutis ont deux jeux de clé, dont un au clou, pile à l'entrée.

Le chat bondit sur son épaule, découvrant une petite gueule rose. Une deuxième cavalcade retentit derrière eux, et Meshet et Issana apparurent, hors d'haleine. Issana poussa Arlos du pied, puis secoua la tête.

– Sous contrôle… Ça change.

– Non, il vient de contrer la Chimère à l'instant. Je suis même étonné qu'il ait réussi. Plus d'une minute, je veux dire…

Un silence de mauvais augure tomba sur le petit groupe. Orest se rendit compte qu'il était le seul à voir la situation sous un angle positif. C'était la vie de My contre la sienne, d'une certaine façon. Mais lui, au moins, était prévenu du danger.

– Alors, vous voulez dire qu'elle a tout vu ? dit Meshet. Elle va revenir pour le libérer !

– Elle nous cherche déjà. Meshet, vous connaissez le château ? Il faut sortir d'ici en vitesse !

Le Fauconnier leur fit un signe impérieux et ils s'engouffrèrent dans le couloir adjacent, poursuivis par les exclamations du garde. Meshet lui cria par-dessus son épaule :

– Filez d'ici et cachez Arlos ! Donnez l'alerte !

Issana le dépassa, remontant ses jupes pour courir plus vite. À eux tous, ils faisaient un vacarme considérable, mais Meshet semblait savoir où les emmener. Ils dégringolèrent un escalier, traversèrent une enfilade de pièces. Plusieurs couloirs. Ils déboulèrent dans une salle d'armes. Orest se servit au passage, troquant une hallebarde contre sa lance brisée. Il commençait à reconnaître l'étage.

– Meshet, qu'est-ce que vous fichez ? La sortie est à l'opposé !

– J'en cherche une autre, il faut l'affronter à cheval !

– Non mais vous plaisantez ? Vous pensez qu'un cheval peut résister à ça ?

Leur entrée dans les écuries l'interrompit. Meshet poussa un sifflement strident. Un concert de hennissements s'éleva à l'autre bout du couloir, bordé de stalles baignées par la chiche lumière du dehors. Guidés par les hennissements, ils s'avancèrent pour découvrir, amassés dans un coin, les dix chevaux de Meshet. Leurs cavaliers avaient disparu, emprisonnés eux aussi dans le meilleur des cas. L'apparition de Meshet parut frapper de folie les chevaux noirs. Impressionnés malgré eux, Kebren, Issana et Orest ralentirent. Dans la pénombre, les animaux gagnaient une taille titanesque. La lumière frappait leurs robes d'ébène et leurs longues crinières qui cinglaient l'air. Jambes noires, fracas de sabots, hennissements, tout parut se démultiplier. Meshet se glissa parmi eux sans peine : toute la fureur des bêtes était tournée contre leurs liens.

– Prenez-en chacun un et sortez d'ici. On se retrouve dehors !

Orest se faufila sous une encolure, évita un coup de sabot. En taille et en énergie, les dix bêtes se valaient. Il s'écarta pour laisser passer Meshet et un cheval à qui, comme tous les autres, on avait laissé les rênes. Un corps noir heurta le sien avec violence. Une grande bête aux yeux furieux avait arqué l'encolure vers lui. Il recula, méfiant. Les quatre sabots solidement plantés au sol, le cheval l'étudia puis se cabra à demi, sans préavis.

Face à la Chimère, il lui fallait une bête téméraire, ou à la rigueur bien teigneuse. Elle tombait du ciel.

Orest bondit sur son dos sans lui laisser l'occasion de se cabrer encore. L'animal bouillonnait d'énergie et de colère, piaffant sous son poids. Il lui ressemblait. Orest le poussa en avant d'un coup de talon, satisfait de voir l'animal réagir au quart de tour.

– Attendez !

C'était Issana. Conscient du temps qu'ils perdaient, Orest rebroussa chemin et lui tendit la main. La dame se hissa agilement en selle et s'accrocha à lui, expirant bruyamment.

– Merci de votre aide. Je ne peux pas approcher ces chevaux…

– Puisque vous êtes là, on combattra à deux. Vous avez une arme ? Poignard ? Parfait. Vous défendrez à droite.

Les autres chevaux les attendaient près des portes. Baignés par la lumière de l'hiver, ils semblaient taillés dans un bloc de bois noir. Sculptures parfaites et aussitôt vivantes : le cheval de tête partit au premier coup de talon.

Au-delà de la petite place proche du palais, les rues s'enfonçaient dans un dédale inextricable. Au galop, elles devenaient résolument trop étroites. Les trois chevaux s'y engagèrent sans ralentir. Le cheval d'Orest se rassembla sous lui et bondit. Issana hurla et se raccrocha à lui de justesse. Le corps d'un vieil homme, renversé par le cheval de Kebren, gisait au milieu de la rue. Ils avaient failli l'écraser pour de bon. Orest entendit les cris des badauds sur leur sillage, mais ce fut à peine s'il y fit attention.

Courir. Galoper. Gagner mètre après mètre – c'était autant de gagné pour My.

Le cheval de Kebren stoppa brusquement.

Ils étaient arrivés sur une place noire de monde. De nombreuses échoppes la bordaient et la population d'Aïdrez refluait devant eux en vagues confuses. Certains se faufilèrent entre les jambes de leurs chevaux pour s'échapper : ils bloquaient la seule issue possible. La Chimère était dans la rue opposée.

Orest rassembla vivement ses rênes pour empêcher son cheval de s'emballer. Les flancs de la Chimère se soulevaient et ses narines étaient dilatées, seules traces des efforts qu'elle avait faits pour les rattraper et les prendre à revers. Elle ne regardait qu'eux, mais à cette distance la voix désincarnée de la Reine ne pouvait les atteindre.

– Ne la regardez pas dans les yeux.

Sa propre voix éclata à ses oreilles. Ils étaient trois cibles, voire une foule entière. Danger immense, aucune marge d'erreur. Cette fois, il la tuerait.

Il abaissa sa hallebarde d'un coup sec et talonna son cheval. Meshet s'élança au même moment. Les bras d'Issana autour de son torse, le serrant à lui en faire mal. Le bourdonnement de la foule. La Chimère lancée face à eux, si vite qu'il ne voyait plus ses pattes… Une foulée… deux…

Son cheval bondit sur le côté. Il sentit le frôlement du monstre, tira sur les rênes, fit face à nouveau. Entraînée par son poids, la Chimère griffa les pavés pour stopper sa trajectoire, laissant derrière elle des sillons d'une profondeur inquiétante. Elle repartit sitôt stabilisée, ses plumes brillant d'une lueur mate.

– À droite ! *À droite !*

Orest tira sur les rênes, obéissant à Meshet. Son cheval obtempéra à l'instant. Ses oreilles pointées vers l'avant et sa réactivité prouvaient qu'il n'en était pas à son premier combat. Il galopa vers Meshet, s'écartant de la Chimère. Furieuse, la bête exécuta de nouveau un virage serré.

C'était lui qu'elle prenait en chasse, aucun doute possible. Par volonté de se venger, ou parce qu'elle lui prêtait une importance plus grande. À ce stade, cela n'avait plus d'importance. Il chercha le visage de Meshet. Celui-ci brandissait sa lance d'une façon significative. Orest bifurqua à l'instant. La Chimère serpentait à travers la place, ses mouvements se faisaient plus vifs, plus précis. Chaque foulée la propulsait plus loin et plus vite : elle commençait à comprendre la logique de leurs déplacements et cherchait systématiquement à leur couper la voie. Il leur restait peu de temps pour donner le coup de grâce.

D'un même élan, Meshet et Orest rompirent leur trajectoire, filant droit vers le centre de la place.

Avec n'importe quels autres chevaux, une telle attaque eût été impossible. Orest raffermit sa prise sur la hallebarde, ajusta son coup et la plongea dans le flanc du monstre. Il eut l'impression qu'il venait de s'écraser contre un pan de roc. Les crocs de la Chimère manquèrent sa jambe de peu : le choc l'avait rejetée en arrière. Ce fut le seul et unique effet de l'attaque.

Un tintement retentit : risquant le tout pour le tout, Meshet, lui, avait lancé son arme. Il s'agissait d'une épée, plus lourde, mieux aiguisée. Le Fauconnier l'avait envoyée de biais : elle se ficha entre deux plumes, détachant l'une d'elles, comme s'il s'était agi d'une écaille.

Le monstre releva vivement la tête. Orest sentit d'instinct sa panique, ou plus exactement son état d'alerte. L'épée chuta à son premier mouvement. D'une détente, la Chimère se rua à la gorge du cheval de Meshet. À moitié cabré, le cheval tenta de lui échapper. D'une torsion du cou, elle le précipita au sol.

Le hennissement aigu, proche d'un hurlement de détresse, s'étouffa dans un jaillissement de sang. Meshet n'avait pu s'échapper à temps et gisait sous le cheval, la jambe coincée.

Les bras d'Issana se refermèrent sur Orest, avec une force impérieuse. La Chimère lui faisait face. Elle haletait, les babines dégoulinantes de bave et de sang. Elle bondit droit vers lui.

Une myriade d'images passa devant ses yeux, sans lien apparent, sans logique – une forêt enneigée. Allian. Les Bois. Liett. Le cadavre d'un adolescent tué la nuit. My surtout, My – partout, dans une succession d'expressions, toutes celles qu'il l'avait vue prendre depuis leur première rencontre. Le tout dura moins d'une seconde.

Il revint à la réalité lorsqu'un chuintement retentit. Très doux, presque feutré. Ce son, il le connaissait mieux que personne : une lame quittant son fourreau et fendant l'air pour se tailler, un peu plus loin, un nouveau fourreau à même la chair.

La foule s'était abritée dans les boutiques ou plaquée contre les murs. Certains s'étaient même réfugiés sur les toits des échoppes. La morsure de la dague parut déchirer la chape de silence qui l'entourait. Personne ne criait vraiment, mais il entendit des trépignements, quelques pleurs d'enfants. C'était le hurlement de la Chimère qui dominait tout. Face à elle, Kebren venait tout juste de refermer la main. Sa dague légèrement incurvée de Kmett s'était plantée dans le flanc de la Chimère, là où Meshet avait arraché une plume. Et cette fois, du sang coulait du flanc de la Chimère – *son* sang…

Deux tirs réussis, deux adversaires invaincus. Le monstre gardait toute sa force, mais Welfendà, à la surprise d'Orest, se déroba soudain. Elle se replia vers le mur le plus proche et, d'un saut léger, bondit sur la muraille. De prise en prise, elle se hissa jusqu'au sommet et son immense silhouette disparut.

– Ovriel ! cria Kebren.

Le chat noir bondit de son tonneau et se lança à l'assaut du toit. Jugeant le moment opportun pour vider les lieux, la populace se déversa alors dans la place, courant en tous sens.

Orest se dressa sur sa selle pour voir Ovriel, mais le chat avait disparu. D'un signe de tête, Kebren leur fit signe, à lui et Issana, de continuer, et fila prêter main-forte à Meshet. Çà et là des gens tombaient, piétinés sans égard par les autres. La foule était devenue une marée aveugle et meurtrière. D'autorité, Orest se fraya un chemin vers l'issue opposée. Issana lui agrippa l'épaule.

– Vous n'allez quand même pas lui donner la chasse ? C'est ridicule !

Le cheval s'engagea au grand galop dans la ruelle.

– Faites-moi descendre ! hurla Issana. Vous ne savez même pas où elle est !

– Je pense que si.

Ovriel venait d'apparaître au bord du toit. Sa tête se retira dès qu'il les vit. Orest talonna le cheval de plus belle. Quelque chose le poussait en avant, droit devant le danger. Rien à voir avec le goût du risque. Se brûler les ailes était auparavant un exercice de prédilection. Cette fois, non – pas face à elle. Le cheval noir obéit à ses directives avec une rapidité qui laissait presque à penser qu'il savait déjà où aller. Il déboula à toute allure hors de la ville.

Ses eaux frémissant sous le vent d'hiver, moins imposant que l'Alester et tout en méandres, le Liash apparut. Des dizaines de tentes parsemaient ses rives, monticules rendus indistincts par leur nombre. Des fumées de feux de camp s'élevaient ici et là, achevant de fondre la neige.

L'armée.

Le cœur d'Orest bondit. La Chimère venait de réapparaître en contrebas. Elle se faufilait entre les tentes, bondissait par-dessus les soldats. Sa silhouette étirée, profilée par sa course, s'arquait quand elle bondissait, avec une incroyable aisance. Il talonna le cheval de plus belle.

– On la coince sur les rives, siffla-t-il entre ses dents. Il ne faut pas qu'elle parte !

Ahuris, les soldats de faction les virent débouler, le cheval, Issana et lui, fondus dans un éclair noir. Les plus réactifs s'emparèrent de leur arme mais le cheval avait déjà atteint le fleuve. Il se cabra sur les rives, retomba lourdement sur ses pattes.

La Chimère était descendue dans le lit. La métamorphose s'opérait déjà : chaque plume se transformait en écaille, ses pattes postérieures s'affinaient pour devenir de longues nageoires striées.

– Alors, on fuit ? lança Orest. On craint pour sa peau ?

– Arrêtez ça, dit Issana d'une voix blanche.

Le cheval recula. Babines tremblantes et crocs dégainés, la Chimère dégageait une haine presque palpable.

– Une blessure et on se défile. C'est ça, vos monstres invincibles ? Plus la peine de vous cacher, Welfendà. Et au cas où…

Il clama d'une voix forte :

– Les Chimères sont le lien télépathique entre la Reine Welfendà et le Sanreth. Tuez les Chimères et vous tuez le lien. Plus simple encore : tuez le Sanreth et vous battez la Reine à plate couture. Pas de bâtard, plus de droit sur le trône !

Attirés par le bruit, les soldats quittaient leurs occupations pour se regrouper autour de lui et de la Chimère. Sa révélation ferait le tour du campement, puis se propagerait à la ville. À tout Edrilion, si les gens faisaient le relais. La Chimère pouvait le tuer, mais on ne rattrapait pas une rumeur.

Sans quitter le fleuve, la Chimère se mit à avancer parallèlement à Orest. Il poussa son cheval en avant, résolu à ne pas la laisser s'échapper. Mais elle ne faisait pas mine d'attaquer ni de fuir. Nul besoin de lire dans les pensées de Welfendà pour comprendre : blessée, elle craignait le coup de grâce. Une Chimère en moins était une perte inimaginable. Mais le laisser vivre était une trop grande concession, maintenant qu'il était si près.

Un silence lourd s'abattit entre eux. Du coin de l'œil, Orest aperçut certains archers bander leurs arcs. Son cheval tremblait de nervosité. Issana, elle, se cramponnait à lui. Si la créature attaquait, il avait une chance de l'atteindre…

La Chimère se retourna lentement. Son flanc ne présentait plus la moindre faille. Une nouvelle plume avait remplacé l'autre.

L'attroupement recula en catastrophe.

– Par Beckell ! souffla Issana, horrifiée.

La Chimère ouvrit grande la gueule dans un simulacre de sourire. Avant qu'Orest ne réagisse, Issana prit son poignet et y glissa un petit objet. Il identifia du verre…

Une seconde d'inattention. La Chimère s'en empara, comme elle s'était emparée de son aveu sur An'jas. Dans une gerbe d'eau, elle quitta le fleuve et s'élança contre le cheval de tout son poids. Orest eut le réflexe de sauter avant sa chute, entraînant Issana. Il roula sur le sol pour attirer la Chimère loin de la Fauconnière, se redressa au moment où elle fondit sur lui. Il approcha la main de sa gueule et y déversa le liquide du flacon, de justesse…

Griffes fichées en terre, la Chimère se mit à haleter, ses flancs se soulevant avec une ampleur impressionnante. Deux gouttes de Tue-souffle suffisaient pour provoquer la mort : la fleur de Tue-souffle était connue pour paralyser les poumons en quelques secondes.

Regard transparent, étincelant. Une âme à fleur de peau, derrière une bête qui ne comprenait pas. Ce fut la dernière chose qu'Orest eut d'elle sur les rives du Liash.

Sans la moindre éclaboussure, la Chimère recula sur la rive, les plumes redevinrent écailles, les pattes, nageoires. Elle s'enfonça dans l'eau et s'éloigna, nageant avec force dans son deuxième élément, où des branchies pouvaient la maintenir en vie.

Orest resta sur les bords du Liash, la fiole de poison à la main. Le campement éclata en acclamations. Des hommes inconnus vinrent le congratuler, le regard brillant d'admiration. Il ne se doutait pas encore que sa victoire ferait le tour d'Aïdrez en une journée, que l'armée se mettrait sous ses ordres avant même la proposition d'Arlos. Il ne voyait qu'une chose.

Cette eau filait droit vers le Sud.

11. Négociations

Les plaines du Demi-Pas.

Un nom étrange pour un endroit qui l'était aussi. Une immensité murmurante et ondoyante, trop vallonnée. Trop vaste, aussi : les plaines du Demi-Pas s'étendaient de l'Alester aux monts Baïshdro, et d'An'Jas à la mer d'Olrante. Une région entière laissée libre après la seule bataille d'Edrilion contre Acryak.

Au début de son règne, un Darcer trop ambitieux avait déclaré la guerre à Acryak, paisible voisin, dans le but d'agrandir son territoire. Les deux armées s'étaient battues des semaines entières à l'actuel emplacement des plaines du Demi-Pas. De force égale, Edrilion et Acryak avaient fini par signer l'armistice, cédant chacune une part de son territoire pour créer une frontière symbolique : deux demi-pas pour la paix et un espace sans maître, où les marchands de tous horizons se réunissaient régulièrement en foires immenses. Depuis ce jour, la paix perdurait.

Si seulement les choses étaient aussi simples avec La Déléane…

Une truffe humide se colla contre la main de My. Elle caressa le poil argenté du chien des lieux, qui leva vers elle un regard humide de gratitude. Il n'appartenait à personne, ornant la maison au même titre qu'un meuble. À An'Jas, il n'y avait ni Fauconnier ni nobles. Cinq maisons occupaient le cœur de la ville, mises à la location pour les voyageurs de marque. Elles contenaient tout le confort nécessaire : fauteuils profonds, tapis moelleux, un garde-manger débordant, du foin plein les stalles et des carreaux de verre aux fenêtres. Un luxe qui lui rappelait Siartt… un peu.

Après leur long périple et quelques difficultés pour cacher Xyon, ils s'étaient confortablement installés ici. À peine arrivée, My n'attendait qu'une chose : reprendre la route. Orest lui manquait terriblement. Il ne se passait pas un jour sans qu'elle s'aventure dans les Plaines, guettant son arrivée. Dans le Sud, il ne neigeait pas et elle avait l'impression qu'ils s'étaient quittés depuis plusieurs saisons.

– Voilà, vous ressemblez à une reine.

Le menton sur son poing, My leva le visage vers Allian.

– Pardon ?

– Le fauteuil, la robe et l'air blasé. Le rouge fait très royal aussi.

My baissa machinalement les yeux vers la robe que Kebren lui avait achetée à Berias, ajustée à son nouveau tour de taille. Elle lui rappelait de mauvais souvenirs mais elle n'en avait pas d'autre. Une fois de plus, elle allait devoir faire bonne impression en partant de presque rien – elle-même. Siartt avait loué la maison, mais tout l'argent qu'il avait emporté y était passé. Ils étaient au bord de la ruine avec un joli toit au-dessus de la tête.

Elle haussa les épaules : après tout, ils avaient connu pire…

– Le rouge a-t-il une symbolique particulière pour les Acryakiens ?

Siartt avait demandé une entrevue avec le roi d'Acryak. Trop occupée par leur voyage, My s'était peu renseignée sur un royaume qui, pourtant, pouvait les faire gagner. Acryak. Voisin cordial… Voisin commerçant. Oui, c'était bien le commerce qui cimentait son alliance avec Edrilion.

– Le rouge convient. La couleur capitale en Acryak, c'est l'or, dit Siartt.

Il venait d'entrer dans la salle de réception, vêtu de neuf, ses cheveux noués en catogan brillant sur son crâne. Il pinça légèrement les lèvres à la vue d'Allian – il semblait osciller entre l'agacement et une certaine estime vis-à-vis de l'espion – et tapota la tête du chien qui bondissait à ses pieds, comme s'il reconnaissait d'instinct le vrai locataire de la maison. Allian opina d'un air entendu.

– Ooooh oui, appuya-t-il. L'or ! L'or et l'argent.

– L'or, contra Siartt. Il s'agit de la couleur de leur blason. On la trouve peu en Acryak : elle est sacrée. Le rouge ira très bien.

Il adressa un bref sourire à sa fille adoptive, qui tenta de le lui rendre. Après leur brutale séparation, tous deux recollaient les morceaux, prudemment. Mais sous ses attentions, My devinait sa tristesse : le nom de Darcer creusait entre eux une frontière invisible, faussait les rapports. De père, il devenait allié. Et ni l'un ni l'autre n'avait l'hypocrisie de jouer le jeu comme avant.

– L'or symbolise Jetri, précisa Allian à l'intention de My.

Il se laissa tomber sur le siège face à elle.

– Cette place est réservée à Paldere ! gronda Siartt.

Allian agita la main.

– Je lui chauffe la place. Jetri, reprit-il à l'intention de My, est l'unique dieu des Acryakiens. Il est symbolisé par leur monnaie. Il passe de main en main et s'introduit ainsi dans les maisons. Une excellente manière de voir le vrai visage des hommes ! En Acryak, plus on est riche, plus on se croit protégé par Jetri – et plus on l'est, fatalement, puisque personne n'ose rien tenter contre vous. Là-bas, l'or est sacré. D'où une combinaison très curieuse de l'avidité et de l'honnêteté. Négociez donc avec vigilance. Paldere est un roublard.

– Vous êtes renseigné, remarqua Siartt, qui faisait les cent pas, laissant une traînée sombre sur le tapis à force de faire des va-et-vient. Vous y avez été ?

Allian gloussa.

– Ressorti très vite. Les Acryakiens sont des gens charmants. Vraiment. Il est juste suicidaire de tenter des vols ici – c'est puni de mort, expliqua-t-il à My. Voler un coffre-fort chez eux, c'est comme piller un temple.

– Mais alors, fit My, comment peuvent-ils négocier avec Edrilion ? Ils n'ont sûrement pas le droit de nous donner leur monnaie !

– Non, dit Siartt, en effet. C'est pourquoi les plaines du Demi-Pas sont si importantes ; il n'y a pas d'achats ici, seulement du troc. En revanche, ils acceptent parfaitement notre monnaie à nous, ils la fondent en nouvelles pièces. Ne vous inquiétez donc pas.

Il ôta sa cape et la suspendit à une patère, gêné par le chien qui sautillait, exalté, dans ses jambes. L'animal fit un bond surprenant à l'entrée d'Eisdreel. Incapable de cacher Flocon plus longtemps, Eisdreel s'était arrangé pour que tous croient qu'il était un chat d'An'Jas. Avec un aplomb étonnant, le chaton feula à l'intention du chien, qui aboya avec fureur puis se replia derrière My. Celle-ci s'était redressée, vivement intéressée.

– Du nouveau ?

– Ils arrivent ! s'écria Lissei en doublant le Kmett. Ils seront devant la maison d'un moment à l'autre, Siartt, venez !

Le soulagement déferla sur My, ainsi qu'une soudaine excitation. Lissei repartait déjà.

Siartt avait contacté Paldere, le roi des Acryakiens, dès leur arrivée. Par définition, ces derniers étaient en paix avec tout le monde, mais La Déléane était suffisamment inquiétante pour qu'ils s'intéressent de près à la guerre. Or, la guerre – et My comptait là-dessus – ne pouvait démarrer sans leurs armées.

Le paiement était une autre histoire.

– My, surtout, sauvez les apparences, dit Allian. D'accord ? On a assez d'or pour les abuser, mais ne dites rien sur les Chimères ou sur le... hum... véritable état des choses.

– Je dois mentir, donc ?

– Sur les finances, oui. Pour le reste, mentez par omission. Inutile de me regarder comme ça ! Paldere ne se « ralliera » jamais à nous, il va juste nous louer ses troupes. Si Paldere apprend que des monstres se promènent en Edrilion, il va augmenter les prix, et malgré l'excellence de ses troupes, c'est déjà assez cher, croyez-moi. Bon. Et ne vous levez pas à son arrivée, c'est très mal vu. En fait…

Allian bondit et s'accouda au dossier, derrière elle.

– Je vais vous guider.

Toute cette prudence, surtout venant d'Allian, commençait à mettre My sérieusement mal à l'aise. Elle avait encore des questions à lui poser, mais un assombrissement progressif du couloir les fit taire tous deux. Leurs pas étouffés par les tapis, Siartt, Lissei et Fraar entrèrent dans le salon, suivis par un petit détachement d'hommes et de femmes casqués et armés. Leurs protections avaient une belle couleur cuivre – la plus proche de l'or, sans en être –, incrustées de pierres qui formaient un cercle brisé et entouré d'étincelles sur leurs poitrines. Dégainant ouvertement, ils allèrent se placer près des fenêtres et des portes, deux d'entre eux montant la garde près du fauteuil.

– Bienvenue, dit My.

Une telle entrée lui semblait à la limite de l'impolitesse, à croire qu'elle avait placé des assassins dans les coins. Elle comprit, ou crut comprendre en voyant Paldere.

– Désignez son siège avec le pied, lui glissa Allian. Pas de questions. Conventions.

My se recomposa une expression impassible et fit glisser son pied vers le siège face à elle. Paldere s'y assit pesamment.

La première pensée qui lui vint, ce fut que Paldere était une bijouterie à lui tout seul. Même à la Cour, aucune personne de bon goût n'aurait osé superposer autant de richesses sur un seul corps, si gros fût-il. Fascinée malgré elle, My détailla les grosses bagues qu'il portait à chaque doigt, son collier orné d'un diamant si étincelant que sa couleur était difficilement identifiable – il semblait briller de l'intérieur, ce qui était peut-être le cas. Paldere portait un manteau de velours bleu brodé de brillants, et ses cheveux, si noirs qu'ils étaient probablement teints, tombaient sur ses épaules en boucles savantes. À cause de sa corpulence, il était difficile de lui donner un âge. L'ensemble étincelait au milieu du salon, de façon presque agressive. My cligna des yeux.

– Je vous remercie d'avoir répondu si vite à mon appel, dit-elle.

– À vous.

– Formule de politesse, souffla Allian.

Paldere considéra les poutres du plafond, un air rêveur plaqué sur ses traits mous.

– Je ne suis pas revenu à An'Jas depuis très longtemps, dit-il.

Légèrement nasillard, son accent étirait les mots et faisait claquer les syllabes. Haresh entra au fond de la pièce, provoquant une légère alerte chez les gardes. Paldere poursuivit :

– C'est une ville qui a été épargnée par la bataille du Demi-Pas. Pour nous, en Acryak, c'est une porte ouverte sur Edrilion. Les battants d'une porte sont comme les lèvres d'une même bouche, jointes sur le même silence, ouvertes sur la première parole.

– Certes…

– Embrayez, souffla Allian.

– Vous êtes le bienvenu en Edrilion même au-delà d'An'Jas, Paldere.

Le roi haussa ses épaules massives, faisant onduler les pans de sa cape.

– Nous autres Acryakiens, nous voyageons en Edrilion à travers nos œuvres et nos outils.

Le roi lui évoquait un crapaud méfiant qui, sous ses paupières lourdes, l'étudiait avec une cordialité hypocrite. My vint au fait sans plus attendre :

– J'en suis heureuse. J'ai besoin de vos ressources pour mon royaume.

Haresh grommela et Paldere se redressa sur son siège. Attaque trop frontale, déduisit My. Les Acryakiens mettaient leur point d'honneur à marchander courtoisement. Elle arrondit les angles :

– Des ressources particulières. Acryak est un royaume admirable par bien des côtés, à commencer par ses marchandises. Ce que je vous demande est tout aussi important, mais il ne s'agira que d'un prêt. Et j'espère que vous serez aussi honoré de répondre à ma demande que je le serai si vous m'aidez. Une nouvelle ère s'annonce pour Edrilion, et elle ne se fera pas sans Acryak.

La lueur de méfiance disparut des yeux de Paldere, comme s'ils revenaient sur un terrain familier.

– Siartt – il inclina le buste vers le noble – m'a expliqué votre situation. Mais, si vous êtes sur le point de reconquérir Liett, avez-vous vraiment besoin de mes troupes ?

Allian et Haresh se tournèrent d'un même et minuscule mouvement vers Siartt, qui ne broncha pas. My s'abstint de réagir : Siartt avait voulu l'intérêt et la confiance d'Acryak en même temps. Elle ignorait qu'il avait déformé la réalité à ce point.

– Oui, déclara-t-elle tout net. Je veux une action d'éclat et une déclaration de guerre rapide, avec des troupes déjà prêtes. Et j'y mettrai le prix, bien sûr.

Sa voix décidée jaillit dans la pièce, étonnante venant d'un si petit corps. Paldere opina pensivement.

– Combien de troupes ?

– Dix mille hommes, dit soudain Haresh.

My entendit distinctement Allian lui glisser un coup de pied. Elle-même tressaillit en entendant le chiffre. Dix mille ? Fallait-il autant d'hommes pour Liett ? Haresh ne se démonta pas :

– Acryak loue ses mercenaires à prix élevé, mais vous faites des réductions sur les troupes, il me semble.

– À partir de cinq troupes, corrigea Paldere, les doigts joints.

– On ne prendra que des spadassins, s'empressa de préciser My. Pas de cavaliers, pas de chevaliers assermentés… Une force de frappe sommaire suffira.

– Vous y gagneriez avec des chevaliers. Plus de visibilité sur le champ de bataille. Meilleure organisation. Croyez-moi. Ils ont suivi un enseignement en stratégie. Et chaque chevalier est prêté avec un étendard.

– On peut choisir la couleur des chevaux ?

– Allian ! persifla My, avant de se rendre compte que l'espion était sérieux.

Siartt, lui aussi, suivait l'échange avec attention. Acryak louait ses armées en gros et en détail, système qui aurait paru aberrant dans n'importe quel royaume. Pas pour Paldere, ni pour les autres assistants. Seul Eisdreel, posté entre l'armoire et la table, suivait le dialogue avec étonnement.

– Pas de chevaliers, dit My avec fermeté. Des gardes équipés pour un siège rapide, avec armure, casque, épée ou lance. Nous ne nous encombrerons pas de machines de guerre.

Pas assez d'argent, compléta-t-elle en pensée, mais Paldere avait parfaitement compris. Ses bras posés sur son ventre, recouverts du même velours rouge, semblaient avoir disparu et il évoquait une grosse boule brillante. Sa voix glissa jusqu'à elle, suave :

– Je n'ai pas encore mentionné la prime à verser pour chaque perte. Deux cents grammes de votre monnaie.

Les Acryakiens pesaient la monnaie étrangère, étant donné qu'ils la fondaient.

– Nous verrons après le siège, dit My posément. Combien demandez-vous, en attendant ?

– Cela fait plusieurs tonnes d'or, Majesté. Êtes-vous sûre de pouvoir payer ?

La réponse était un « non » clair et net. Paldere se pencha en avant sans lui laisser le temps de parler :

– Majesté, j'aime Edrilion, et les Darcer ont une place importante dans l'histoire d'Acryak. Sachez cependant que je suis impitoyable avec ceux qui ne tiennent pas leurs promesses. Ne réglez pas la guerre contre La Déléane en défiant Acryak. Les plaines du Demi-Pas ne doivent pas avoir été créées en vain.

Pour la première fois, il semblait sincère. Oubliés les courbettes et les détours. Ils parlaient de guerre dans ce salon, et quelle qu'elle soit, Edrilion serait compromis. My hésita, un terrible moment. Mais sa décision était prise depuis longtemps.

– J'ai de quoi vous payer, dit-elle en le fixant droit dans les yeux. Sur les Darcer, je le peux, et je le ferai.

– My… commença Siartt.

– Par des circonstances indépendantes de ma volonté, je ne peux pas le faire aujourd'hui. Ma fortune est protégée par un sortilège qui ne se rompra que… dans quelques années.

– Prouvez votre bonne foi, dit Paldere d'un ton égal.

– Un acompte ?

Joignant le geste à la parole, My porta la main à sa ceinture, où se trouvait accrochée une bourse, et la tendit au roi. La réaction fut immédiate. Paldere se rejeta en arrière avec effroi, et ses gardes firent volte-face, poings serrés sur leurs armes.

– Rangez ça ! s'écria Siartt.

Sidérée, My se figea, la main tendue. Les Acryakiens étaient blanchis par la peur, comme si elle se préparait à leur lancer une boule de feu. Elle finit par baisser la main, cachant la bourse aux yeux de l'assistance. Le soulagement fut immédiat.

– Pardonnez-moi, dit-elle, avec un coup d'œil implorant à Siartt.

En pleines négociations, une faute diplomatique était inexcusable. Quelle offense risquait-elle encore de faire ? Haresh se pencha au-dessus du fauteuil et déclara :

– En Acryak, il est sacrilège de payer sans un rituel précis. Il faut le savoir.

Paldere se courba, ce que My supposa être un geste d'indulgence. Soulagée que l'incident s'arrête là, elle reprit :

– Combien demandez-vous pour acompte ?

– Je veux une preuve de votre bonne foi. Pas d'acompte.

Sans le sifflet, l'île des Darcer n'était qu'une étoile. Même si elle la retrouvait, My n'était pas sûre que cela convaincrait Paldere. En Acryak aussi, la croyance en la magie avait ses limites. La demande était importante, pourtant. Décisive. À l'étonnement général, elle se leva.

– Suivez-moi. Il est préférable d'emmener votre escorte, ajouta-t-elle.

Paldere tendit les bras, attendit que les deux gardes les plus proches le hissent et la suivit. Au final, ce fut l'assistance entière qui quitta la salle, Haresh et Allian en tête.

– Si vous pensez à ce que je pense… commença Haresh à mi-voix.

– C'est brillant, gloussa Allian. J'ai hâte d'entendre vos explications.

– Des explications ? gronda Haresh. En pleine foire, vous voulez donner des *explications* ? Une chose est sûre, elles ont intérêt à convaincre ou nous frôlons la crise diplomatique, Majesté !

– Vous dramatisez. Si Sa Majesté pense à la même chose que moi, elle n'aura pas besoin d'expliquer quoi que ce soit.

Le calme de la maison contrastait vivement avec le vacarme extérieur. La foire des Plaines se déroulait à chaque saison : une réunion aussi régulière qu'impressionnante de tous les marchands, colporteurs, artisans d'Acryak et d'Edrilion. Apprenant qu'ils devaient sortir d'An'Jas, Paldere exigea de faire le trajet en carrosse. My monta avec lui tandis que les autres s'entassaient dans le carrosse d'escorte.

Comme son nom l'indiquait, la foire des Plaines se tenait hors d'An'Jas, étalée sur l'immensité des Plaines en une profusion de tentes bariolées, d'estrades et de charrettes débordantes de marchandises. Les herbes des Plaines étaient si denses que les traces de passage s'effaçaient en un coup de vent. Seuls les attelages, plus lourds, laissaient leur empreinte, s'efforçant à chaque nouvelle foire de suivre le même chemin pour éviter de défigurer les Plaines : les habitués des lieux nourrissaient envers elles un sentiment proche de la vénération.

– Où doit-on aller, Majesté ? demanda Paldere.

Les calèches quittaient la ville, se faufilant entre la foule et les tentes. Plaqué contre le dossier de son siège pour éviter de se faire voir, le roi respirait bruyamment, à l'évidence peu habitué aux bains de foule.

– À la Couronne, dit My.

– La Couronne, dit Paldere avec un petit rire sifflant. Vous choisissez votre endroit.

La Couronne était un cratère, ainsi nommé en raison de ses bordures dentelées. On racontait que pendant la bataille des Plaines, l'un des dragons de la charge aérienne d'Acryak s'était écrasé là. La mort d'une telle créature était une chose si rare, elles qui ne périssaient ni par le feu ni par les armes, qu'elle avait interrompu des hostilités. Personne n'en approchait et My avait trouvé l'endroit très approprié pour cacher Xyon. Étant donné le rôle qu'elle voulait lui faire jouer – un échantillon du trésor des Darcer –, elle se félicitait de son choix.

Paldere donna l'ordre d'accélérer. Les deux carrosses avaient des moulures dorées et des incrustations de verre qui étincelaient au milieu de la foule. Le soleil frappait leurs vitrages comme les facettes d'énormes pierres précieuses. Pour un observateur posté sur les toits, ils étaient les choses les plus visibles de la foire. Tout autour, les tentes s'étalaient comme des champignons. Elles avaient beaucoup de points communs avec eux : toutes avaient un toit arrondi et poussaient en une nuit, n'importe où. Les carrosses durent s'arrêter pendant qu'on dégageait les caissons entreposés entre deux tentes. Le souffle sifflant de Paldere envahit l'habitacle capitonné.

– Je contourne la foire quand je vais chez vous, dit-il. Je n'ai pas l'habitude…

Un choc violent projeta My en avant.

Elle n'eut que le temps de se rattraper à la poignée tandis que Paldere, éjecté de la banquette, roulait au sol. Le carrosse hoquetait et vacillait sur ses essieux, comme lancé à pleine vitesse sur une route bossuée.

– Qu'est-ce que c'est ? cria My, paniquée.

Elle entendit un craquement et vit, très distinctement, le plafond se fissurer, créant mille échardes effilées comme les mâchoires d'un monstre.

– Non, Paldere – *non* !

Elle saisit le bras du roi, qui tentait fiévreusement d'ouvrir la porte.

– Ils sont sur le toit, ils vous tomberont dessus dès que vous sortirez !

Le roi la repoussa, hagard.

– C'est une embuscade ! Vous m'avez fait venir pour me tuer ! Trahison ! Trahison ! Que Jetri vous maudisse…

D'autorité, My agrippa le bras du roi et le tira vers l'autre porte. Le toit s'enfonçait de plus ou plus sous les chocs répétés de leur adversaire. Stratégie pour les faire sortir, qui ne leur laissait pas le choix.

– Tant pis ! Il faut qu'on se sépare. On sort en même temps, vous par cette portière, moi par l'autre ! Dégainez, je vous rejoins !

Le toit vola en éclats au moment où elle sortit.

Mydria ne s'était pas rendu compte de l'affluence autour d'eux, ni de l'état de panique. Marchands, badauds, sentinelles refluèrent en catastrophe, se cachant derrière les étals ou fuyant à toutes jambes. My contourna la calèche en courant, un dérisoire poignard en main. Si quelque chose arrivait à Paldere… Si elle laissait faire ça…

Paldere était sorti en même temps qu'elle et courait, son épée battant l'air. Leur assaillant avait sombré avec le toit. Cela leur laissait un peu de temps… My rejoignit Paldere et s'adressa à la foule hagarde :

– Acryakiens, votre roi est menacé ! hurla-t-elle. Prenez vos armes et protégez-le !

Personne ne bougea.

Haletante, la jeune fille se plaça devant Paldere. La calèche s'effondra lentement, sa fragile structure broyée par la chose qui se débattait à l'intérieur, arrachant ses armatures. Sans la voir, elle savait déjà…

Une roue se brisa et la calèche perdit l'équilibre, se renversant au centre du cercle hâtivement formé. Aucun garde ni aucun badaud ne les rejoignit. La calèche des autres s'était enfuie. Risquant le tout pour le tout, My quitta alors Paldere, l'exposant face à la Chimère qui bondissait au sol.

– Paldere, fuyez ! C'est moi qu'elle veut – décampez d'ici ! aboya-t-elle, mais sans effet.

Le roi, comme l'assistance, fixait la Chimère, fasciné. Magnifique machine de mort aux muscles affûtés, à la silhouette ramassée, prête à se délier en un bond. Pour l'avoir déjà vue, My, pourtant, remarqua un changement. Elle respirait plus vite, ses yeux transparents injectés de sang.

La Chimère marcha vers elle, hésitante. Exténuée, à n'en pas douter, mais toujours mortellement dangereuse. My était prête. Une clameur s'éleva quand elle s'évanouit dans les airs, métamorphosée en un papillon aux couleurs aussi bariolées que les tentes de la foire. Les mâchoires de la Chimère claquèrent à quelques centimètres de ses ailes.

Paldere s'enfuit enfin, mais les badauds s'agglutinèrent autour de la scène, pris par une fascination morbide. Le combat était si inégal – l'insecte contre la créature de légende, les deux frêles pétales des ailes contre la montagne de muscles – que l'issue semblait se dessiner d'elle-même. Logique et sobre. Ni sang ni cri.

Un bruit de piétinement se fit entendre et quelques personnes, enfin, encerclèrent la Chimère. Sentant le Don faiblir, My se posa hors d'atteinte. Le chaos était désormais indescriptible. Non loin, Lissei et Eisdreel combattaient ensemble. Plusieurs fois, la patte de la Chimère fusa pour les projeter au sol.

– Flocon ! cria Eisdreel au milieu de la mêlée. Les lampes !

Perché sur un cordage, le chaton lui lança un regard implorant. Les lampes étaient remplies de bois de Lekêri. Cela n'aurait jamais l'efficacité de l'Elline, mais le feu pouvait déconcentrer la Chimère.

– Attention, Majesté ! cria Fraar.

Il y eut un cri et un mouvement d'esquive collectif. Dans un éclair de couleurs et d'étincelles, Xyon bondit par-dessus le Fauconnier, Allian et Haresh sur son dos.

Dans Istarion, la beauté de la créature illuminait les choses et les âmes. En plein jour, elle vous coupait le souffle. La ressemblance avec un dragon était quasi parfaite, les mouvements étaient les mêmes. Seules les gemmes induisaient en erreur, une fois vos yeux accoutumés.

La Chimère, elle, ne s'y trompa pas. Les griffes de Xyon la cueillirent au vol, l'arrachant de terre. Le sol trembla sous l'impact. Au même moment, une contraction soudaine assaillit My.

– Majesté ? Majesté, vous m'entendez ?

La main de Fraar se posa sur son front. My s'était recroquevillée au sol, blanche comme un linge, les mains plaquées sur son ventre. Le bébé se débattait sous sa peau, avec une frénésie nouvelle, douloureuse.

Le sol trembla de nouveau. Xyon venait de se poster devant elle. La Chimère recula en grondant. Dans un brouillard, My entendit d'autres pas, perçut d'autres silhouettes qui venaient se placer devant elle. Siartt. Eisdreel. Lissei, Allian, des gardes, et des gens, encore et encore…

Après un rugissement de colère, la Chimère de Welfendà battit en retraite, sa respiration rendue sifflante par la Tuesouffle. Vaincue… en apparence.

Horrifiée, bel et bien.

– Elle attend un enfant.

12. Messages

– Elle attend un enfant.

Le Sanreth se réveilla, couvert de sueur.

– … *enfant.*

La voix dégringola au fond de sa conscience, trop faible pour recouvrir ses propres pensées.

Il s'assit lentement, guettant un nouvel appel. Il ne s'agissait pas d'un cauchemar. En se concentrant, il retrouva la Chimère de Welfendà. Elle courait dans la nuit, la Reine répétant inlassablement la même phrase. Elle lui fermait son esprit depuis son départ, mais, pour une raison inconnue, semblait vouloir renouer le contact.

L'homme hésita. Welfendà, apprenant l'agression de Tënahl à Epeck, avait quitté Liett dans l'espoir d'intercepter la Darcer. Elle s'était rendue à Aïdrez, où leurs informateurs avaient remarqué un arrivage massif de troupes. Il avait perdu sa trace là-bas, mais loin de sa Reine et de ses propres Chimères, il redevenait libre. Welfendà éveillait désormais en lui une répulsion mêlée de haine.

Il lui ferma brusquement son esprit.

– *Je reviens à Liett.*

Les pensées avaient leur timbre propre. Lorsque Welfendà revint à la charge, le sien était métamorphosé. Plus de froideur étudiée. C'était une pensée brutale, faite pour disloquer ses barrières. Se développer à toute vitesse dans son esprit, se répandre, s'accrocher. Elle le figea comme un moucheron dans une toile.

– *Ne refaites jamais ça. Un tel affront se paie par la mort, au Daj.*

La pensée de Welfendà se regroupa, tendit de nouveaux tentacules.

– *Le marché est clair entre nous : je vous donne le pouvoir, vous me donnez votre obéissance. Écoutez-moi et exécutez.*

La voix se tut un bref instant. La tête du Sanreth palpitait de douleur. En pressant les mains sur ses tempes moites, il les crut couvertes de sang. Mais seule la sueur trempait sa peau, piètre trace d'un combat auquel il ne pouvait pas se soustraire.

Il céda et, sans restriction, lui rouvrit l'accès à son âme. Welfendà s'y engouffra.

– *Elle attend un enfant : la relève des Darcer est assurée. Après la naissance, elle va nous attaquer de front. Il faut vous marier et vous couronner immédiatement. Demandez la main de Perlena aujourd'hui.*

Elle disparut.

L'individu était petit et voûté, de rares cheveux couvrant sa tête en une couronne blonde. Il était rasé de près, à la mode edrilienne. Son front bas, légèrement bombé, rendait ses yeux plus enfoncés encore. Ses épaules et sa poitrine étaient musclés par une vie de voyage, mais ne masquaient pas une constitution plutôt chétive.

Cet homme, c'était lui.

Son reflet le fixa avec insistance, comme s'il voulait absolument son approbation.

Je ne suis pas sans atouts.

Le Sanreth secoua la tête et arracha son regard du miroir. Il avait les Chimères, Liett et le conseil à ses ordres. Mais ces possessions n'étaient pas des atouts. Pas pour gagner la seule chose qui ne s'achetait pas.

Diriat.

Ce n'était pas son reflet qui le préoccupait, c'était ce nom. Il faisait enfler dans sa poitrine un souffle étouffant. Il y avait trop de choses dans ces quelques syllabes. Des choses dérisoires ; son dernier regard empli de ressentiment, le regret de la mort de Serron – mais pas de remords. Il n'y arrivait pas.

« Demandez la main de Perlena aujourd'hui. »

Le Sanreth se détourna du miroir et se mit à marcher de long en large. Sans ses Chimères et l'impression de puissance qu'elles lui donnaient, il redevenait comme avant. Mais il avait laissé La Déléane derrière lui, à jamais. Il n'était plus un Sanreth parmi d'autres, Welfendà l'avait *choisi*...

Une femme d'ici le rendrait edrilien. Mais pourquoi Perlena ? Et s'il en choisissait une autre ?

L'espoir et la fièvre le consumaient. Il ne se reconnaissait plus. C'était une idée folle, incontrôlable. La seule femme dont il voulait l'amour le méprisait profondément. Mais il lui suffisait d'évoquer cette femme pour que son espoir repousse sa honte. En noblesse, en beauté, elle dépassait toutes celles qu'il avait connues.

– Et si je lui demandais, à elle ?

Formuler cette phrase à voix haute lui fit presque mal. Fissure nécessaire. Le temps pressait et Welfendà était trop loin pour lui imposer quoi que ce soit.

Ce serait Diriat ou personne.

Il se vêtit à la hâte, noua ses cheveux en catogan. Au moment de quitter la pièce, son reflet lui renvoya l'image d'un homme aux gestes frustes et aux habits trop riches. Mi-roi, mi-bâtard : un cercle vicieux.

Il était trop tôt pour lui rendre visite. Pour son malheur, il ne s'en fit la réflexion qu'après avoir frappé à la porte de ses appartements. Diriat vivait dans une grande suite qui occupait toute la moitié du couloir. Un serviteur somnolant vint lui ouvrir et s'effaça avec effarement. Le Sanreth fut introduit dans l'antichambre, l'esprit en pleine confusion. Un instant, il pensa à repartir, mais c'était ajouter une impolitesse à une autre. Mieux valait rester et s'expliquer, mais qu'allait-elle penser ? Qu'il profitait de son statut d'usurpateur pour la mander n'importe quand ? Qu'il la défiait, peut-être ? Il était trop tard pour faire demi-tour.

– Bonjour, Monseigneur.

Le Sanreth se retourna d'un bloc.

Diriat était vêtue ce jour-là d'une robe grise à crinoline, signe que la période de deuil touchait à sa fin. Les cheveux relevés en un chignon torsadé, elle ne portait qu'un collier très simple et pas le moindre fard. Associé au fait qu'elle le recevait dans l'antichambre, cela montrait assez bien le peu de cas qu'elle faisait de lui. Sa démarche lui parut plus ridicule que jamais, et un sentiment de honte fit vaciller ses fondations les plus profondes. En surface, pourtant, sa résolution resta.

– Je vous prie de m'excuser pour ma visite imprévue.

Diriat fit un geste de la main, qu'il pouvait interpréter à peu près de toutes les manières. Le silence s'abattit entre eux. Il se rendit compte qu'il la dévorait des yeux, détaillant tous ses gestes minuscules, comme autant d'informations sur elle. Il la connaissait si peu. Fallait-il obéir à Welfendà et précipiter le mariage à ce point ? Mais le camp adverse l'y obligeait.

– Je…

Il s'interrompit. Elle attendait.

– J'ai des nouvelles de l'Ouest. Le conseil s'est mépris sur la nature de la révolte. J'ai envoyé l'une de mes Chimères les espionner et elle a découvert que les Fauconniers ne sont pas les responsables.

– Le conseil est-il prévenu ?

Sa perplexité était évidente : pourquoi l'avertir, elle, alors que d'autres conseillers s'étaient ralliés à lui ? Le Sanreth éluda :

– Les choses sont plus graves que prévu. Je dois succéder à Keagan au plus tôt, donc acquérir la nationalité edrilienne.

Le Sanreth inspira et s'efforça de dire le plus naturellement possible :

– Je vais me marier.

Diriat inclina la tête, mais sa réaction ne fut pas celle qu'il espérait.

– Perlena est un parti très avantageux.

– La fille d'Ebelior n'est pas encore ma fiancée, malgré les bruits qui courent. J'épouserai une femme de la Cour, mais Perlena n'est pas la seule.

Il fit une pause, cherchant ses mots.

– J'y ai beaucoup réfléchi, dame. Vous êtes la femme la plus brillante de cette Cour, la plus digne de siéger à mes côtés. Accordez-moi votre main et je... Je romprai mon engagement avec Ebelior. Perlena est encore libre.

Un silence encore plus lourd tomba sur le vestibule.

Diriat ouvrit la bouche, la referma. Elle se recomposa un visage serein en quelques secondes, mais pas assez vite pour masquer une expression de répugnance révoltée. Quand elle parla, sa voix était égale :

– C'est une demande très inattendue, Monseigneur, que je ne comprends pas. Perlena fera une bien meilleure reine que moi. Elle est jeune et intelligente, extrêmement belle... Ce sera un soutien précieux.

– Dame, je ne cherche pas un simple soutien. Mon épouse est la seule alliée que j'aie besoin d'aimer.

Au moment précis où ce mot franchit ses lèvres, il le regretta. Face à cette femme méfiante, il sonnait de façon affreuse, comme un juron ou une parole déplacée. Les pupilles de Diriat rétrécirent.

– Vous me parlez d'amour ? *Vous*, le meurtrier de mon époux ? Et pourquoi une demande en mariage si précipitée ? Les Fauconniers sont loin d'être une menace directe.

Elle mettait le doigt sur ce qu'il voulait cacher à tout prix. Le Sanreth hésita. Il voulait qu'elle lui fasse confiance. Il voulait qu'elle l'écoute avec une autre expression sur les traits. Tout plutôt que cette haine refoulée. Tout plutôt que repartir d'ici avec un refus définitif... Mais la menace de Welfendà restait présente, mur de verre entre eux. Il opta pour une semi-vérité :

– Les Fauconniers obéissent à une certaine Mydria. Elle semble vouloir monter le royaume contre moi. Une guerre civile serait une catastrophe. La Déléane la réprimerait dans le sang. Je ne veux pas commencer mon règne ainsi.

– Qui est cette Mydria ? Une noble ?

Le Sanreth secoua la tête. Le passé de sa rivale était aussi mystérieux que la jeune fille elle-même.

– Elle s'est installée à An'Jas, se borna-t-il à dire. Elle a réuni des troupes et Acryak l'aide peut-être. Le couronnement me légitimera en tant que roi et la fera battre en retraite. Quant à mon épouse, elle sera un médiateur précieux entre la Cour et les Fauconniers. On gouverne toujours mieux à deux, n'est-ce pas ?

– Je le pense aussi.

Diriat se mordilla les lèvres. Son hostilité battait en retraite. Elle parut un peu plus intéressée, sa mine préoccupée attestant de sa pleine conscience du problème. Problème dont elle ne connaissait qu'une facette, mais peu importait.

Ils firent silence, face à face. Le Sanreth reprit :

– Vous comprenez l'urgence de la situation. Je regrette une demande aussi brutale, croyez-le. Cela ne change rien aux sentiments que j'ai pour vous. J'aurais voulu vous laisser plus de temps, et à moi aussi.

– Je suis encore en deuil, Monseigneur. Laissez-moi deux jours pour y réfléchir, et je vous donnerai ma réponse.

Diriat quitta ses appartements par la porte de derrière.

Le Sanreth était parti à l'opposé. Elle pressa le pas, désireuse de mettre entre eux le plus de distance possible. L'homme était imprévisible. Inutile de s'opposer à lui ouvertement, même si elle en mourait d'envie. Il y avait plus pressé.

Elle descendit un étage et se rendit vers la suite immédiatement située sous la sienne. Celle-ci était habitée depuis peu puisque le Sanreth, désireux de garder tous les nobles sous contrôle, leur avait ordonné de revenir au palais. Diriat frappa deux coups légers, vérifiant que personne ne l'observait depuis le couloir. Une dame de compagnie vint lui ouvrir. C'était une jeune personne avec une chevelure d'un blond pâle et un minois de poupée, ravissante. Avec un pincement au cœur, Diriat étudia sa robe, bien plus précieuse que celles des autres courtisanes. La comtesse n'avait jamais totalement accepté la mort de sa fille.

– Dame Siartt est-elle réveillée ? J'ai une nouvelle importante.

– Elle est encore couchée. Elle vous recevra…

Diriat entra d'autorité. Sans être une intime des Siartt, qui vivaient habituellement hors de Liett, elle connaissait assez bien leurs appartements. Le bois blanc et l'argent dominaient et, même encombrées, les salles étaient meublées avec goût. La comtesse semblait être venue avec tout le mobilier de son château et l'avoir abandonné au hasard des pièces. Diriat frappa à la porte de la chambre conjugale, attendit quelques instants et entra.

Un immense lit à baldaquin occupait un bon quart de la pièce. Une coiffeuse le jouxtait à droite et les rideaux tirés baignaient les lieux d'une lumière azurée. La comtesse était au lit, son service à thé sur les genoux. Elle renversa la moitié de la théière sur les draps.

– Dois-je verrouiller ma porte pour avoir la paix ? Je ne reçois pas encore en chemise de nuit, Diriat !

– Mydria n'est pas un nom fréquent, lança Diriat. En fait, la seule que je connaisse, c'est votre fille.

Elle s'assit au bord du lit, rattrapa le plateau et poursuivit :

– Je pense qu'elle est en vie.

La comtesse se vida de toutes ses couleurs. Elle avait beaucoup vieilli ces derniers temps. Une araignée semblait avoir tissé sa toile sur ses cheveux bruns et sur ses traits. C'était une vieillesse très particulière, aussi fragile qu'un fil. Elle donnait l'impression de pouvoir se briser et libérer sa victime, suspendue dans une attente désespérée depuis trop longtemps. Diriat reprit avec plus d'égards :

– Une certaine Mydria dirige la révolte des Fauconniers. Elle menace directement le Sanreth, je ne sais par quel biais. Je ne connaissais pas beaucoup votre fille, mais elle avait un certain caractère. Est-il possible qu'elle ait fui Siartt pour se retrouver à An'Jas ? Qu'en pensez-vous ?

La comtesse se redressa sur ses oreillers, tragique.

– C'est elle !

Ses cheveux hérissés lui donnaient un air dément. Une mère anxieuse était prête à croire n'importe quoi. Diriat tempéra :

– Ce serait un hasard surprenant.

– Ce n'est pas un hasard ! s'écria la comtesse.

La dame de compagnie vint ôter le plateau de thé, qui oscillait sur les draps. Elle recula vers le seuil où elle s'attarda, ne perdant pas une miette de la conversation.

– My est une Darcer ! Nous l'avons adoptée peu après sa naissance, et nous avons découvert ses origines seize ans plus tard. Elle a fui Siartt pour cette raison, et si elle est à An'Jas, c'est qu'elle a l'intention de défier le Sanreth !

– Mais… commença Diriat.

Elle était si abasourdie qu'elle n'alla pas plus loin. La comtesse de Siartt, le visage enflammé, renaissait littéralement sous ses yeux. La pauvre femme n'avait plus toute sa tête. Quelle fable, quelle merveilleuse fable… De Keagan, ils passaient à un bâtard surgi de nulle part, et maintenant, les Darcer entraient dans la bataille ?

– Vous parlez sérieusement ?

Elle n'y croyait pas un instant.

– Diriat, ouvrez les yeux ! La seule chose qui puisse menacer le Sanreth, c'est une héritière légitime ! Pourquoi vous a-t-il parlé d'elle ?

Le ton de la comtesse était devenu soupçonneux.

– Il vient de me demander en mariage.

Diriat ne s'appesantit pas. L'aplomb du Sanreth l'avait stupéfiée. Il trahissait le peu de cas qu'il faisait du meurtre de Serron. Plutôt mourir que de devenir l'épouse d'un tel homme. Mais, à la lumière des révélations de la comtesse, elle comprenait mieux sa demande.

– Un mariage lui donnerait la nationalité edrilienne. Il compte se faire couronner dans les prochains jours.

La comtesse repoussa ses draps. Elle rafla une imposante robe de chambre aux broderies turquoise, et lança d'un ton décidé :

– Il faut la prévenir.

– Et comment ? rétorqua Diriat. Avec un aigle du palais ? Il n'arrivera jamais assez vite, c'est une question de jours, Oreyn ! Comment voulez-vous qu'elle tente quoi que ce soit depuis An'Jas ?

– Ma fille a des ressources ! Et moi aussi !

La comtesse passa de salle en salle, Diriat sur ses talons, avant de déboucher sur une pièce plus petite. Une cage de belles proportions en occupait le centre, remplie de faucons et autres rapaces. La comtesse y plongea la main, et en ressortit un volatile au bec très court, aux ailes extrêmement pointues. L'oiseau dansait sur son poing, vibrant d'énergie.

– L'Arpies, claironna la comtesse. Réputé pour être l'oiseau d'un seul voyage. Il brûle ses forces dès la première mission, et va deux fois plus vite qu'un aigle normal. Alors, qu'en dites-vous ?

An'Jas bruissait et crépitait de bruits. Froissé, le parchemin produisait le même son, en plus ténu. Menace d'une rupture proche ou d'une fracture définitive.

Appuyée à la porte, My relut la lettre qu'elle venait de recevoir.

Le contenu était succinct : deux menaces, un mariage et un couronnement. Et un nom, vaguement connu : Perlena. Réputée pour sa beauté et l'ampleur de sa dot, Perlena dominait déjà à la Cour quand My était à Siartt. My l'avait férocement jalousée pour cette raison. Mais cela, c'était avant. Le puéril se changeait en péril, et la rivale en adversaire sérieuse.

« Empêchez ce mariage et vous détruirez le couronnement. La comtesse et moi partons vous retrouver à An'Jas. »

Ainsi, ses seules alliées à Liett quittaient la capitale.

My plongea la main dans sa poche. Elle se calfeutrait dans la maison en attendant ses troupes, le combat de la foire ayant eu un impact considérable. Elle ne pouvait pas bouger d'An'Jas et le roi Paldere était reparti en Acryak – ils avaient frôlé l'incident diplomatique. Le seul moyen, c'était…

La Nel'riand se nicha dans sa paume, ses reflets bleus se croisant sur sa peau. My inspira profondément, approcha son visage et se concentra. Cette fois, elle n'avait pas droit à l'erreur. La seule chose capable d'inverser les choses en leur faveur, c'était cet éclat de pierre bleue. Elle tâcha d'oublier la gemme, et y substitua le visage qu'elle connaissait le mieux au monde. Fichés au centre, les yeux noirs insondables d'Orest étaient deux puits.

Choisissant les runes qu'ils avaient étudiés tous deux, My forma en pensée un mot unique, « couronne ». Elle y ajouta une rune complexe, emmêlée sur elle-même. Son message se perdit dans le néant.

Jamais elle n'avait autant regretté de ne pas pouvoir lui parler d'âme à âme.

La Nel'riand était glacée contre sa cuisse. Froideur inhabituelle, presque fantomatique.

Orest la sortit de sa poche et la fit sauter dans sa paume. Dans le froid piquant du Nord qu'ils quittaient, sa main se glaça à son contact.

– Un message ? dit-il à mi-voix.

Le coursier noir fit un brusque écart. Meshet le lui avait donné en quittant Aïdrez. Orest tapota l'encolure incurvée de sa monture et ouvrit les doigts. Au cœur de la Nel'riand, le petit éclat bleu faiblissait et grandissait tour à tour, se muant lentement en blanc. La magie picota sa peau. Il eut juste le temps de saisir, flottant à mi-hauteur, un mot et une rune. Tous deux se gravèrent dans son esprit, un peu comme s'il s'était approché trop près d'un message en lettres de feu.

Ce fut tout.

– Bien…

Il reconstitua péniblement le mot « couronne ». La rune resta hermétique.

Comment My était-elle arrivée à lui envoyer ça ? Il supposa que son Don, peut-être, l'aidait à maîtriser la magie, mais la Nel'riand ne reposait pas uniquement sur la magie. Il fallait connaître la personne, s'adresser à son esprit même. Que la pensée de My ait pu ainsi traverser des centaines de lieues avait quelque chose de troublant.

« Couronne ». Un couronnement ? Pourquoi le prévenir, lui ? La menace était à Liett, et ils allaient au sud !

Orest se concentra sur l'autre symbole. My lui envoyait la rune la plus compliquée de l'alphabet alors qu'il n'en était pas à la moitié. Alors pourquoi cette impression de la connaître, et même très bien ?

Soudain, il talonna son cheval et remonta la file au galop. Il stoppa près de Kebren.

– Dites, vous pouvez contacter Maranta avec la Nel'riand ?

L'aldhei pinça les lèvres.

– Maranta m'a bannie, vous vous souvenez ?

– Le symbole de l'ordre kmett, c'est bien la rune du son [k] ?

– Oui, mais…

– Donc c'est bien ça. Il faut qu'un Kmett aille à Liett et intervienne avant le couronnement du Sanreth. Si vous pouvez demander à Maranta d'intervenir…

– Je passerai par Rheen.

« Laissez-moi deux jours pour y réfléchir, et je vous donnerai ma réponse. »

Le Sanreth déchira l'enveloppe. Un serviteur la lui avait apportée avant de disparaître. Au terme des deux jours, Diriat lui répondait enfin.

Le papier était moiré, l'écriture, haute et lancée. Troublant de voir à quel point sa personnalité se retrouvait dans ses objets. Le souffle coupé, il secoua l'enveloppe. Un parchemin d'une extrême finesse tomba dans sa paume, comme une plume.

Monseigneur,

Serron, que vous avez bien connu, a fait une erreur autrefois en me prenant pour épouse : j'ai le malheur d'être stérile. Bien que je ne doute pas de la sincérité de vos sentiments, je pense qu'il est préférable de vous tourner vers une femme qui, à défaut de vous aimer, saura faire renaître une dynastie à partir de rien.

Diriat.

P-S : Inutile de revenir me voir, j'ai quitté Liett.

La patte de velours sortit ses griffes.

Blotti contre Maranta, Shekeri émit un ronronnement minuscule. Ses griffes de métal étaient enduites de poison pour sa prochaine mission. Tous les venins avaient leur antidote. On ne guérissait de celui-ci qu'en croquant une pomme, si on en avait le temps : il vous tuait en quelques instants.

On l'appelait l'Étreinte.

13. La déclaration

– C'est l'heure.

Le Sanreth se leva. Son costume de sacre, pourpre aux attaches d'argent, se tendit au niveau des épaules. Dans cette gangue trop étroite, ses mouvements étaient contraints, mécaniques, et quand il passa devant le miroir, son reflet lui glaça le cœur.

Cet homme terne, usé, était-ce vraiment lui ?

Une puissante rumeur fourmillait dans l'air et la fébrilité semblait avoir envahi tout le palais, se faufilant jusque dans les endroits déserts. Au jour décisif, elle saturait l'atmosphère. Ils avaient tous répondu à l'appel. Une foule considérable attendait aux pieds du palais, et les nobles s'amassaient dans la salle du trône où, dans quelques instants, il lierait son destin à Edrilion et à sa femme.

Et lui n'éprouvait rien.

En sa qualité d'imminent beau-père, Ebelior vint le chercher, suivi par des gardes en tenue d'apparat. Les deux hommes prirent la tête de l'escorte. Ebelior marchait d'un pas ferme, tête droite. Qu'éprouvait-il à présent que son rêve de toujours – intégrer la famille royale – allait se réaliser ? Regrettait-il, se réjouissait-il ? Ils étaient deux statues de cire jouant leur rôle à la perfection.

Ne rien montrer, surtout. Encore moins qu'ils étaient humains, faillibles. Et surtout pas qu'à l'heure de sa consécration il se sentait comme condamné à vie. Intérieurement, il était en morceaux, une pièce de porcelaine aux éclats grinçants. Welfendà lui parlait, cherchant à le faire sortir de son apathie. Chaque assaut mental faisait tressauter les tessons entassés en lui. Pouvait-on, à l'heure d'épouser la femme la plus accomplie de Liett, en regretter une autre qui vous haïssait, qui vous avait trahi et qui n'aurait jamais pu vous rendre père ? Le pouvait-on, raisonnablement ? Mais rien dans l'amour n'était raisonnable. Diriat l'avait piégé en lui-même, plus sûrement que Welfendà. Si belle que soit Perlena, il ne pourrait jamais l'aimer.

Les portes s'ouvrirent sur la salle du trône, colorée de monde. Le Sanreth ferma les yeux, ébloui par la lumière chatoyante des vitraux. Quand il les rouvrit, il marqua une pause sur le seuil.

Robes, capes, tuniques, tissu, voilages, velours. Pourpre, mauve, bleu, jaune se mêlant les uns aux autres. Une marée d'hommes et de femmes se pressaient entre les colonnes de la salle, débordant dans les couloirs. Les visages se tournèrent vers lui comme une hydre à cent têtes. Il renoua brusquement avec l'instant présent, tout absurde, tout irréel qu'il fût. Ebelior le rattrapa discrètement et lui désigna quelqu'un près du seuil.

Alors, seulement, il se souvint de Perlena.

Il ne l'avait vue que deux fois. La seconde lors de sa demande en mariage. Il l'avait vue sans vraiment la regarder. Beauté parfaite selon les canons d'Edrilion, elle portait une robe pourpre qui gainait sa silhouette mince, aux courbes idéales. Comme Diriat, elle était brune, à la différence que ses boucles avaient des reflets noisette. Sa peau mate ressortait magnifiquement sur sa robe. Elle s'efforçait de rester impassible, mais il voyait qu'en secret elle triomphait. Ce jour était son sacre à elle.

Comme dans un rêve, le Sanreth la rejoignit et prit son bras. La foule se fendit sur leur passage. Sa robe à longue traîne, sa cape imposante les rendaient tous deux plus grands qu'ils ne l'étaient.

– *Remontez jusqu'au trône, lentement.*

Le Sanreth accorda son pas à celui de sa fiancée. Des fleurs jetées au sol exhalèrent leur odeur acidulée, légèrement savonneuse sous leurs pas. Flétries, elles ressemblaient à des touches de couleur tombées des vitraux. À l'odeur succéda le son, en provenance d'un orchestre invisible. Il jouait une mélodie solennelle et claironnante, typique de l'art edrilien auquel il ne comprenait rien, mais qui avait le même tempo que leurs pas.

– *Moins vite.*

Le bras de Perlena contre le sien était doux et ferme. Elle marchait avec grâce à son côté, comme si elle l'avait fait toute sa vie. Le Sanreth entrevit, en un éclair, l'avenir de leur couple. Très semblable à cette allée qu'ils remontaient épaule contre épaule, le trône en ligne de mire…

Une prêtresse les attendait, enveloppée dans sa cape bleue rituelle. Comme tous les rois d'Edrilion, ils seraient unis sous la bénédiction de Beckell. Elle s'inclina à leur arrivée. Le Sanreth vit derrière elle deux alliances, une couronne dorée et un diadème d'argent aux reflets de nacre. Il repensa à l'enveloppe moirée et quelque chose craqua en lui.

– Deux êtres pour une union, deux couronnes pour un royaume. En ce second fragment du cycle de Neryt, Edrilion verra soudé, de nouveau, la chaîne d'une dynastie âgée de deux siècles. Vos alliances en sont les nouveaux maillons.

La prêtresse parlait d'une voix claire et sonore. Welfendà s'irrita devant son discours. Une chaîne pour Edrilion : il s'agissait bien de cela. Mais une chaîne pour lui aussi, et pas de celles qu'on brisait. La prêtresse avança vers eux, sa cape au camaïeu de bleus flottant autour d'elle. Un silence absolu tomba sur l'assistance.

– Perlena, fille d'Ebelior, maître des terres de Nalis, accepte en ce jour le bras et la couronne de Sanreth, cousin de Keagan, vassal de la Reine Welfendà. Sanreth, acceptez-vous cette alliance, et promettez-vous de la respecter tous les jours de votre règne et de votre vie ?

– Je le promets.

– Cette alliance est le lien qui vous unira à votre épouse. Elle consacre votre union aux yeux d'Edrilion. Le don que vous lui ferez la scellera dans son cœur.

Le Sanreth s'avança vers le coussin et y prit la couronne moirée. Un orfèvre l'avait façonnée sur son ordre, travaillant nuit et jour pour la finir à temps. Argent, nacre et cristaux s'entremêlaient sur sa structure, évoquant de minuscules gouttes de rosée déposées sur une toile d'araignée. L'armature d'argent avait été conçue pour être la plus fine possible et le résultat était somptueux.

– À vous, Perlena, j'offre ce qui sera désormais l'emblème de votre rôle à mes côtés, et un hommage à votre personne. À l'aube de votre vie, je vous souhaite de la porter toujours avec grâce.

Perlena inclina la tête, et il y déposa la couronne. Son poids était imperceptible. Quand elle se redressa, son sourire estompait ses pommettes un peu trop hautes, étirait ses sourcils arqués. La joie métamorphosait sa beauté altière en quelque chose de plus doux. L'espace d'un instant, il oublia Diriat…

… frôla une robe, rampa quelques mètres. Le chat reprit sa course silencieuse, ses pattes caressant le sol avec légèreté. Reptilien volontiers. Ombre d'or toujours. Les brocarts et les velours s'accrochèrent langoureusement à lui, le laissèrent partir à regret. Les humains, eux, ne virent rien. Ils ne voyaient *jamais* rien.

Un jeu d'enfant, vraiment.

Shekeri se coucha, étudiant les mouvements de ses cibles. Toutes deux étaient rouges. Sensiblement de la même taille. Ils avaient joint leurs mains et les tenaient entrelacées au-dessus du sol. La salle retenait son souffle et les oreilles de Shekeri se dressèrent : la musique s'était tue.

À son tour.

Fixées autour de ses vraies griffes, les bandelettes de métal enduites de poison se déroulèrent en spirale alors qu'il s'étirait les muscles des pattes. Elles se bloquèrent lorsqu'elles atteignirent leur extrémité. Ses antérieurs étaient désormais ornés de griffes de fer : ses armes de tueur. Elles produisirent un minuscule crissement sur le dallage. À dessein. Sous sa pelisse d'or, Shekeri était un chat des rues, un bagarreur, et il répugnait à tuer sa proie sans la voir se débattre ou sans, au moins, l'avoir prévenue. Un peu.

À pattes de velours, il quitta la foule.

La jeune humaine était la plus proche. Autant commencer par elle. Il arqua le dos, pour le simple plaisir de sentir son pelage se hérisser, captant la lumière en mille étincelles quand il passa sous un vitrail. La foule bruissa, mais n'eut pas d'autre réaction. Il adorait ce moment. Quand personne n'intervenait. Une respiration, deux respirations. Ça ne durait jamais plus longtemps…

Maintenant.

– Attention ! Le chat !

Shekeri regroupa ses pattes et bondit sur l'épaule de Perlena. Doucement, il passa une patte sur son coup, en un simulacre de caresse. Le poison s'infiltra dans la plaie. L'humaine poussa un cri d'effroi et se débattit, sa température corporelle baissant à une allure vertigineuse. Glacée, elle entoura sa poitrine de ses bras, les jointures blanches à force de serrer…

Foudroyé net, le corps de Perlena s'abattit sur les dalles.

– *Sanreth ! RECULEZ !*

Sa queue battant de droite à gauche, Shekeri quitta l'épaule de sa victime, sa fourrure dorée glissant contre la peau délicate de l'humaine. À l'autre, maintenant.

L'épée du Sanreth l'éventra avant qu'il ait le temps de s'enfuir.

– Restez en place ! explosa une voix. Que personne ne sorte d'ici !

Le Sanreth se rendit compte que la voix était la sienne. L'épée au poing, il occupait tout l'espace vide. Shekeri bougea faiblement, émettant un miaulement d'agonie auquel il mit fin d'un second coup d'estoc.

– PERSONNE… NE SORT !

Le Sanreth s'écarta de Perlena, hagard. Sa promise était recroquevillée, les bras serrés autour d'elle et sa robe déployée comme une immense tache de sang. Les veines bleues qui saillaient sous sa peau pâlie rendaient son jeune âge encore plus évident… Si jeune…

Sa botte souleva le cadavre flasque du chat et le laissa retomber sur les dalles.

– Je n'accepterai pas qu'une deuxième caste s'oppose à moi. Ni qu'elle détruise mon mariage et mon règne ! hurla-t-il d'une voix déformée, démente.

La rage monta en lui à gros bouillons, irrépressible. Ils dévastèrent les derniers restes de son indécision, les questions sans réponse, le visage de Diriat. Chauffée à blanc, son âme retrouva la paix. Une paix qui n'attendait que la guerre pour durer.

– Les Kmetts nous narguent sur notre territoire ! Les Fauconniers nous défient à l'Ouest et complotent avec les Acryakiens ! hurla-t-il, son épée prolongeant son bras levé. Il y a trop longtemps que la Cour les laisse faire ! Trop longtemps qu'ils prolifèrent en méprisant notre autorité ! Combien de temps avant qu'ils ne viennent assiéger cette ville ?

– À mort ! cria une voix.

– Supprimons les Fauconniers et les Kmetts !

Deux étincelles déclenchèrent l'incendie. Enfermé dans sa propre colère, le Sanreth observa, satisfait, la colère et la peur passer de noble en noble. Welfendà revint à la charge, tâchant de le museler, mais il était loin de son contrôle à présent, si loin…

– Je déclare la guerre à l'Ouest !

14. Les Archivistes

– Paldere nous a refusé son soutien. Il dit que vous l'avez entraîné dans un guet-apens. Il prétend aussi qu'il n'a pas vu Xyon, et que la paix entre nos deux pays n'est pas un prétexte pour nous prêter ses troupes gratuitement.

Siartt replia la lettre avec soin.

– Rien d'étonnant, donc.

Les épaules de My se voûtèrent. Elle était assise contre Xyon, qui, les pattes repliées sous lui et la queue ondulant sur le sol, ressemblait à un serpent scintillant. La Couronne était le seul lieu capable de le cacher, idéalement située en dehors des Plaines. Depuis l'attaque de la foire, il n'en était pas sorti, et elle-même y passait plus de temps que dans leur maison.

– Il va falloir songer à une autre stratégie, Mydria.

– Mais si on paye Acryak…

– Ne rêvez pas, intervint Haresh. Cette fois, ils ne nous font plus confiance, il faudra les payer d'avance. Nous n'avons pas la première pièce pour ça. Et nous n'avons aucune nouvelle d'Orest et des autres. Ils devraient être là depuis plusieurs jours !

Un spasme tordit les entrailles de My. Le Sanreth bientôt couronné, Acryak hors jeu et Orest surtout, Orest qui ne répondait pas, se murant dans un silence de plus en plus suspect… Dire qu'elle avait peur était un euphémisme. S'il ne tenait qu'à elle, elle serait partie pour Aïdrez, mais voilà, elle n'était pas seule.

– Mais il nous faut Acryak ! dit-elle en désespoir de cause.

Elle avait beau retourner le problème dans tous les sens, elle ne voyait pas d'autre issue. Il leur fallait une armée pour marcher sur Liett et en finir enfin. Et une énorme armée.

Siartt s'éloigna dans le cratère, sa cape flottant au rythme de ses pas. Haresh, Allian et Fraar se trouvaient également à la Couronne, les autres surveillant la maison pendant leur absence : l'histoire de l'attaque avait fait le tour de la foire et beaucoup cherchaient la jeune fille qui avait combattu la Chimère, ainsi que le dragon qui l'avait secourue. Cela avait eu pour conséquence d'attirer un grand nombre de marchands, qui escomptaient à juste titre que la population suivrait. Un tel attrait pour le danger surprenait My, un peu moins les autres. Pour Allian, la classe marchande était la plus suicidaire du royaume. Il soutenait mordicus qu'avant la fin du cycle la taille de la foire aurait doublé.

– Ça fait longtemps qu'il n'y a pas eu une petite guerre par ici. Les gens ont oublié ce que ça signifiait. Rien que pour ça, j'aimerais bien voir la Chimère revenir, ils seraient capables de vous mettre une zone de bataille et des stands à côté.

– Très drôle…

– Vous pariez ?

My arracha une touffe d'herbes et la regarda se déliter dans les airs. Xyon redressa la tête quand elle sauta sur ses pieds. Elle frotta son museau bosselé du bout des doigts et recula quand la créature, oubliant son poids, appuya sa grande tête sur ses épaules.

– Merci pour l'accueil, Xyon, et pour ce que tu as fait face à la Chimère. Tu es notre allié le plus précieux, mon beau. Je vais tout de même écrire à Paldere.

– Il ne vous répondra pas, dit Allian en haussant les épaules.

– Alors j'irai le voir en Acryak. Non – vous n'êtes pas d'accord, c'est votre choix, ajouta-t-elle alors qu'il ouvrait la bouche. Moi, je ne vois pas de meilleure solution. Rentrons.

Ils franchirent la haie d'arbres qui entourait la Couronne et regagnèrent les Plaines. On comptait ici, en tout et pour tout, une seule route pavée. Large et sinueuse, elle allait jusqu'à An'Jas et se poursuivait au hasard des collines. Comme les Plaines n'abritaient pas de villes au-delà d'An'Jas, c'était un point de repère pour les flâneurs égarés et une route directe pour les marchands acryakiens. Pas fous, beaucoup d'entre eux s'installaient à ses abords.

La foire battait son plein, mêlant ses chapiteaux ronds ou pointus, certains atteignant la taille d'une maison. L'affluence du jour était exceptionnelle. Par endroits, on ne distinguait plus le vert de l'herbe, tant les badauds grouillaient. Ils ralentirent de plus en plus à l'approche d'An'Jas. Et pour cause : il était devenu impossible d'y entrer, un flot continu se pressant à ses portes. Un murmure de surexcitation bourdonnait depuis l'intérieur de la ville. Pourquoi une telle affluence à An'Jas, qui n'était habituellement qu'un lieu de passage ?

Se faufilant tel un chat, grâce à sa petite taille, My passa les remparts, laissant les appels de Fraar loin derrière elle. Les rues étaient littéralement noires de monde. Il était difficile de suivre les mouvements, mais il lui sembla qu'une grande partie de la foule refluait à partir d'un certain point. Une autre masse considérable s'agglomérait dans la place principale, débordant dans les rues. L'attroupement de la place ne bougeait pas. My se rapprocha un peu, son pressentiment se transformant en certitude.

Ils s'étaient donné rendez-vous à An'Jas…

Les troupes. C'étaient leurs troupes ! Ils avaient réussi !

Plus elle s'en approchait, moins le doute était permis. De nombreux chevaux étaient présents et la majorité de la foule portait des armes. La foule était si dense que Mydria craignait de passer près d'Orest sans le voir.

Puis un regroupement de silhouettes noires attira son attention et elle reconnut les chevaux de Meshet. Rassemblés près d'une rue, ils piaffaient nerveusement, incommodés par la foule. Un seul faisait exception. Stupéfaite, elle vit alors qui le tenait par la bride.

Sa tête tout près de celle du destrier, Orest semblait lui parler sans paroles. Ce fut du moins son impression, tant l'entente qui régnait entre eux était tacite.

La deuxième chose qu'elle aperçut fut Issana. Elle parlait avec animation au jeune homme, sa chevelure auburn rougeoyant au milieu des chevaux noirs. Orest se tournait pour lui répondre. À cause de l'affluence, ils se parlaient presque front contre front. Issana éclata de rire, d'une façon si spontanée et communicative que My en sursauta. Pour des gens encombrés d'une armée et coincés en pleine ville, ils avaient l'air de très bonne humeur.

Ainsi, tout se passait bien. Tous en vie, mission accomplie. Et il ne trouvait même pas le temps, ne faisait *même pas* l'effort de lui répondre avec la Nel'riand ? En admettant qu'il ait décrypté son message ! C'était un comble !

Elle réussit à s'approcher et jaillit comme un diablotin hors de sa boîte.

– Qu'est-ce que je t'ai dit ?

Le cheval d'Orest se cabra en entendant sa voix, qui, bien que haut perchée, détonna sur le bruit de fond. Le rire d'Issana s'éteignit soudain.

– Bravo ! Vraiment, choix stratégique ! s'emporta My. Fais entrer une armée entière en pleine ville, surtout, ne te demande pas si c'est plus prudent de regrouper les troupes ailleurs !

Orest haussa les sourcils.

– Bonjour, My.

Plus de deux mois de séparation ne l'avaient pas changé. Quelque chose d'indescriptible se fana en elle. Elle avait tant espéré ces retrouvailles, mais qu'espérait-elle au juste ? Qu'il laisserait son côté glaçon bien au frais, là-bas tout au nord ? Mais c'était le même Orest. Même stoïcisme, même ironie au coin des lèvres. L'expression qui avait illuminé son visage à sa vue s'était éteinte très vite.

– Tu m'as donné rendez-vous à An'Jas, il me semble.

– À *toi* ! Pas aux troupes, enfin !

Un remous se fit près d'eux. Meshet s'éloigna discrètement, l'air gêné. On commençait à se tourner vers eux, et à regarder cette jeune fille haute comme deux pommes qui, les poings sur les hanches, invectivait si énergiquement le vainqueur de la Chimère. Orest lâcha :

– Un peu tard pour les sortir de la ville. Tu veux la guerre, oui ou non ?

– Oui, mais pas ici ! siffla My. Si Acryak apprend que je mobilise mes troupes à ses frontières…

– Tu t'es brouillée avec Acryak ?

– La Chimère nous a attaqués quand le roi était en visite…

Le masque d'Orest se fissura. Il pâlit.

– La Tue-souffle ne l'a pas tuée ? Tu n'as pas reçu mon alerte ?

– Tu ne reçois même pas les miennes !

Issana s'éclaircit la voix. Appuyée contre le cheval d'Orest, elle attendait la fin de leur conversation, affichant son habituel air de politesse railleuse. Le moment était mal venu pour des explications en règle. Au même instant, Kebren apparut. La mission semblait avoir épargné tout le monde. Et, à en juger par la façon dont elle s'adressa à Orest, tous deux s'entendaient nettement mieux.

– Qu'est-ce que vous fichez à les laisser plantés là, jeune homme ? Vous cherchez l'émeute ? Altesse ! Vous êtes là. Vous avez un quartier général dans cette ville ?

– Bonjour, Kebren ! Siartt a loué une maison, mais elle est un peu petite pour une armée. Il y a de la place pour camper dans les Plaines.

– Je m'en occupe.

Arlos venait de les rejoindre, monté sur son grand cheval. My ne l'avait pas revu depuis les défilés, et le trouva changé. Il avait perdu sa belle assurance. Il se tenait droit et son regard restait franc, mais quelque chose semblait… émietté en lui. Orest se pencha vers elle et lui glissa entre ses dents :

– On a des choses à vous expliquer.

– J'espère bien.

Issana les dévisageait tour à tour. Elle ne manifesta aucune réaction claire, mais My eut l'impression qu'elle savait tout.

– Ah ! claironna une voix. Pas trop tôt ! Vous êtes passés par les monts Baïshdro pour mettre autant de temps ?

Allian déboula de la rue, Eisdreel sur ses talons. Un sourire barrait son visage d'une oreille à l'autre. L'espion paraissait sincèrement heureux, bien que l'enjouement fût habituellement pour lui ce qu'était l'hypocrisie pour d'autres : un voile pour masquer l'essentiel. Pas cette fois.

– Tu plaisantes ? répliqua Orest. On s'est fait attaquer, séquestrer et on n'a qu'un jour de retard. Et bravo pour votre efficacité à vous. C'est toi qui as fâché Acryak ?

Allian éclata de rire.

– On vous racontera !

Irritée de voir le problème survolé d'une telle manière, My s'éloigna. Kebren venait de retrouver Eisdreel et, à la façon maternelle dont elle le serrait contre elle, elle avait dû s'angoisser pour lui depuis leur séparation. Elle gratta Flocon sous le menton, rit quand Eisdreel raconta son attaque manquée contre la Chimère. My s'écarta pour laisser passer un escadron : menée par Arlos et ses capitaines, l'armée s'écoulait par les rues pour quitter An'Jas. La ville retournerait bientôt au calme.

– Suivez-moi, dit-elle aux autres. Je vous emmène à la maison.

Les cinq maisons d'accueil étaient bâties autour d'une petite place verdoyante. Deux arbres immenses en ombrageaient la façade et, situées en vis-à-vis, des écuries permettaient d'accueillir une trentaine de chevaux.

Siartt les attendait. Il dégageait une telle majesté que les Fauconniers ralentirent à sa vue, avec une sorte de révérence. Il s'effaça sur le seuil sans sourire ni saluer quand

Orest passa devant lui. Celui-ci eut le tact de ne pas relever la provocation, mais son expression en disait long. Au temps pour d'heureuses retrouvailles.

Machinalement, My posa la main sur son ventre, désormais très bombé. Elle le cachait du mieux possible, s'enfouissant sous une tunique et une cape aux formes floues. Cela non plus ne trompait plus grand monde.

– Bien, commença-t-elle.

Les Fauconniers, les Kmetts, Orest, Allian et Siartt firent silence.

Ils s'étaient réunis dans le salon qui avait accueilli Paldere. Le chien gris, lassé de faire le tour de la pièce, s'allongea aux pieds de Siartt et laissa échapper un long soupir. My attaqua bille en tête :

– Qui vous a piégés ?

– Une Chimère, dit Orest, quelle question !

– Mais comment a-t-elle su ? insista My.

Issana devança Orest :

– Ce n'est pas très difficile, Majesté : nos soldats viennent de nos villes. Toutes ont été conquises. Le Sanreth a dû faire son enquête et réaliser que leur destination commune était Aïdrez. Arlos en témoignera à son retour, il a été un complice involontaire de la Chimère.

Elle désigna Orest :

– Nous devons la vie sauve à un assassin. Joli paradoxe, non ? Remercions aussi les coursiers de Meshet. Nous avons affronté la Chimère avec eux, et Orest a pu lui faire avaler du poison de Tue-souffle. Il s'agit d'une fleur qui, accommodée correctement, bloque les fonctions respiratoires.

My se souvint de la respiration légèrement haletante de la créature. La Tue-souffle expliquait ceci, mais pas tout.

– Elle vivait encore quand elle nous a attaqués.

– Comment ? dit Issana.

– Je ne comprends pas, fit Orest en écho.

Il la fixa droit dans les yeux, avec un air très significatif. La jeune fille comprit qu'il avait dû l'alerter avec la Nel'riand dès que la Chimère avait fui Aïdrez. Alerte qu'elle n'avait jamais reçue. Ses derniers espoirs s'effondrèrent : son message avait dû se perdre, lui aussi. My inspira un grand coup.

– J'ai une mauvaise nouvelle à vous annoncer. J'ai reçu une lettre de Liett, émanant de la comtesse de Siartt. Le Sanreth était, disait-elle, sur le point de se marier. C'était il y a déjà quelques jours. Je crains…

Orest secoua vigoureusement la tête, de manière encore plus significative. My s'interrompit, perplexe. Il désigna discrètement Flocon. Tout s'éclaira.

– Ah ! Un espion a été envoyé sur place. Oubliez ça.

Issana croisa les jambes, sceptique.

– Il y a tout de même un problème à régler : ces fameuses Chimères. Orest, vous dites que pendant votre interrogatoire, vous avez entendu une voix de femme.

Orest fit un signe affirmatif.

– On sait déjà qu'elles fonctionnent par télépathie. Elles ne peuvent pas nous retrouver systématiquement juste parce qu'elles courent vite. Oui, c'était une femme, et plus précisément la Reine Welfendà. J'en suis sûr et certain. Donc le Sanreth n'est pas le seul à contrôler ses Chimères, ils sont deux. C'est encore pire.

– Et alors ? dit Kebren. Nous sommes douze. Treize, avec Xyon.

– On sait que tu cours très vite, mon chou, mais de là à te comparer à ces bestioles…

– Allian, fit remarquer Meshet, Kebren a touché une Chimère dans le mille à Aïdrez. Mes chevaux sont également de bons combattants. Les Chimères sont efficaces, il est vrai, mais nous leur avons tenu tête par deux fois.

– Entre tenir tête et liquider, il y a un grand fossé.

– Assez, dit Siartt.

Le chien sursauta.

– Venons-en à l'essentiel. Qui a de l'argent, ici ?

Un silence éloquent répondit.

– Faisons donc une croix sur Acryak. Nous nous débrouillerons avec nos troupes. Il me semble que le plus simple est de tuer le Sanreth, ce qui brisera le lien télépathique. Je ne vois pas comment vaincre les Chimères autrement.

– Rien ne garantit que ça les calmera, lâcha Kebren.

Siartt pianota sur les accoudoirs et remarqua avec courtoisie :

– Madame, actuellement, nous faisons avec le peu que nous avons. Réfléchissons. Le Sanreth se calfeutre à Liett depuis son arrivée. Si, cette fois encore, il envoie ses monstres faire le sale travail, les choses risquent de mal tourner pour nous. Il faut l'attirer hors de Liett, mais comment ?

– Un combat singulier ? proposa My.

– Ma chère fille, en avez-vous d'autres du même genre ?

– Je suis sérieuse. Vous n'avez pas idée de l'efficacité du Don.

– Mydria, gronda Orest, tu es enceinte jusqu'aux yeux ! Et il se débrouille sûrement très bien avec une épée. Tu n'es pas en état de le battre !

– Et comment savoir ? On ne l'a jamais vu ! S'il se cache, c'est pour une bonne raison, non ? Ce n'est qu'un faire-valoir pour Welfendà, une option sur le trône ! Vous ne voyez pas que depuis le début, notre adversaire, c'est elle ?

Elle passa de Siartt, réprobateur, à Orest, clairement excédé. Assise près d'Allian, Kebren se contentait d'écouter, le menton sur le poing. Les autres semblaient indécis, pesant le pour et le contre.

– Si vous aviez un roi, dit Allian, ce serait lui qui se battrait, mais là… Vous n'êtes pas en état de défier le Sanreth, Mydria. Pensez au bébé. Et n'oubliez pas que vous êtes la seule et unique personne qui nous permette de nous élever contre La Déléane. Il faut trouver autre chose.

Le soir tombant enveloppait l'écorce des arbres. Elle semblait plus unie et veloutée, s'accordant à l'herbe qui ondulait en vagues bleues. Tout immobile et déserte que fût la place, elle dégageait quelque chose d'aérien. Une vie muette.

Orest s'arrêta derrière elle et passa les bras autour de sa taille. My ferma les paupières et la vision de la place disparut. Le souffle d'Orest à son oreille ressemblait au bruissement des feuilles, l'effleurant avec une tendresse qui se passait de mots.

Elle le retrouvait enfin.

Entrelacés, formant une silhouette unique, ils s'attardèrent sur le seuil de la maison, savourant le calme de la place. Après plusieurs heures de discussion, l'endroit avait des airs de paradis. Orest brisa le silence :

– My, je voudrais te présenter quelqu'un.

– De l'armée ?

– Oui.

Il lui prit la main et l'entraîna. My s'attendait à aller vers les Plaines, mais ils traversèrent simplement la place. Une lanterne éclairait le seuil de l'écurie. Amusée quoique perplexe, My se laissa guider à l'intérieur. Une grande tête noire jaillit au bout de l'allée, oreilles pointées dans leur direction. Orest gratta le chanfrein du cheval qui dansait dans son box, apparemment persuadé qu'ils venaient l'en sortir.

– C'est l'animal le plus courageux que je connaisse, dit-il. Meshet n'exagère pas sur la valeur de ses chevaux. Il me l'a donné.

– Parce que tu as combattu la Chimère avec lui ?

– Son cavalier est mort, comme la plupart, d'ailleurs. Le piège d'Aïdrez était bien préparé. Si les choses tournent mal, tu partiras avec lui en Acryak, d'accord ?

Il fallait qu'il trouve le moyen de tout gâcher.

– Ah, ça ne va pas commencer ! Tu veux que je fuie alors que tu en serais incapable ? C'est pareil pour moi !

Elle enfonça un index dans sa poitrine et dit tout net :

– Et ne me ressors pas l'excuse du bébé. Le Don me permet de combattre. L'important, c'est que nous piégions le Sanreth. Cela nous laissera le loisir de préparer le combat.

– C'est ta vie, après tout.

S'il voulait la faire réagir, Orest en fut pour ses frais. Après une dernière caresse au cheval – qu'Orest refusait catégoriquement de nommer, disant qu'il s'agissait de la pire humiliation à faire à un animal –, ils regagnèrent la place. My crut entrevoir un chat, mais l'ombre passa sans s'arrêter. Les Kmetts étaient sortis et les Fauconniers, partis voir l'armée. De nouveau, Orest brisa le silence :

– My, je voudrais savoir quelque chose. Quelque chose d'important.

– Oui ?

Le jeune homme enfonça ses poings dans ses poches. Au bout d'un moment, il en ressortit un, la Nel'riand nichée à l'intérieur. My prit la sienne et, comme dans un rituel tacite, ils rapprochèrent leurs mains. Les gemmes semblaient jumelles, brillant d'une même lueur, leur vacillement battant à l'unisson. Orest ouvrit la paume et My y posa la sienne. Les Nel'riand se heurtèrent avec un petit crissement lisse.

– Pourquoi tu n'as rien reçu ? murmura Orest. Et comment as-tu réussi à m'alerter ? On a utilisé le même système, avec les runes. Ça aurait dû marcher dans les deux sens.

My passa le pouce le long de la gemme, lisse comme du verre et vibrante de magie. Elle se posait la même question. Quelque chose leur échappait à tous les deux, mais elle ne comprenait pas quoi.

– À quoi pensais-tu en créant ton message ?

– Au message, tiens ! J'ai déjà assez de mal avec ces foutues runes.

Elle le sentit irrité, mal à l'aise.

– Moi, je pensais à toi.

Un oiseau de nuit lança son cri du haut de l'arbre. C'était un cri clair et mélancolique, qu'on ne s'attendait pas à entendre au cœur d'une ville. Il peupla le vide entre eux, l'espace de quelques secondes. Ils ne savaient plus quoi penser. Rheen leur avait donné des Nel'riand, pas l'assurance qu'ils sauraient s'en servir. Mais ils sentaient l'effet sournois de ses dernières paroles : « Personne ne peut mieux abolir la distance que deux amants sincères. » Le doute s'insinua en eux, froid et furtif comme un courant d'air. My n'aimait pas cette sensation. Comme si les Nel'riand les nivelaient, les confrontaient l'un à l'autre.

– Ça suffit, dit-elle soudain, et elle eut l'impression d'entendre Siartt. Je n'ai pas d'explication, mais ce n'est pas un concours. Ces pierres ont été un moyen de communiquer. Un *moyen*, Orest, pas une fin. Un amour parfait aurait facilité les échanges, mais il n'est pas parfait. Soyons honnêtes : si j'avais voulu ça, je ne t'aurais jamais choisi. Et réciproquement.

– C'est ta plus belle déclaration d'amour.

De nouveau, Orest fourra ses mains dans ses poches. La Nel'riand disparut dans leurs profondeurs. Il paraissait soulagé quand il la prit dans ses bras, relâchant son étreinte lorsque son ventre bombé se pressa contre lui. My posa la tête sur l'épaule d'Orest. Elle vibra contre sa joue lorsqu'il reprit :

– Toute créature, même la plus puissante, a un point faible. Je ne peux pas croire que les Chimères échappent à cette règle. Le Sanreth est un ajout, il ne fait pas partie de leur nature profonde. On est exactement là où il faut être : le meilleur endroit où trouver des informateurs, c'est une foire. Alors, puisqu'on est si efficaces à deux, on ira chercher nos réponses demain.

Le lendemain matin, un silence de mauvais augure planait sur la maison. Comme le conseil de guerre s'était mal terminé, My en vint à croire que les autres avaient passé la nuit ailleurs. En quittant leur chambre, Orest et elle ne croisèrent que le chien, qui dormait en haut de l'escalier.

Ils l'enjambèrent sur la pointe des pieds. L'animal ouvrit un œil ennuyé et les laissa partir.

Dès qu'ils eurent quitté la place, le tapage de la foire envahit la rue. My essaya de déterminer sa taille grâce au bruit. Même à distance, elle semblait écraser An'Jas.

– Tu as une idée de par où commencer ?

Orest fut sobre :

– Non.

Ils n'étaient pas les seuls à partir tôt. Un flot de gens quittait la ville, composé de gros clients qui séjournaient à An'Jas le temps des négociations. Ils suivirent le mouvement vers les premiers étals.

C'était un spectacle étrange que toutes ces tentes bariolées au milieu de cette immensité émeraude. Quand on tournait le dos à An'Jas, la foire semblait au milieu de nulle part. Les couleurs se détachaient sur l'herbe de façon saisissante, et même les odeurs changeaient, tantôt familières, tantôt venues d'ailleurs. Les premiers étals vendaient des spécialités culinaires : d'énormes amandes d'Acryak, des baies translucides récoltées sur les plages du littoral de l'Ouest, où poussaient les Ferili, des arbres jaunes aux racines profondes. Orest lui envoya un léger coup de coude.

– Quoi ? dit-elle.

– Ça rappelle des souvenirs, hein ?

Les fruits avaient laissé place aux armes et Orest lui montrait une lame d'Elvianthal. Celle-ci était ornée d'une pierre jaune et non pas bleue, mais elle était exactement semblable à son ancienne rapière. My s'en approcha et la soupesa, surprise de voir qu'elle n'avait oublié ni son poids ni son étonnant équilibre. Cependant, elle la reposa sans regrets. Le Don était devenu une arme plus précieuse.

– Taupe des montagnes ! Taupe des montagnes ! Labourez votre champ en un cycle !

My se rejeta en arrière avec un cri. Le marchand voisin lui brandit sous le nez un gros animal à la fourrure crème, doté de dents aussi imposantes que ses joues, et aux oreilles quasi inexistantes. L'animal posa ses yeux – qu'il avait très noirs et auréolés de cercles sombres – sur eux.

– C'est une marmotte, rétorqua Orest en l'entraînant. Bonne journée.

Esquivant le marchand, ils se fondirent dans la foule et quittèrent la travée. Il n'y avait rien d'intéressant ici, en dehors de la nourriture et des bestiaux en tout genre. Ils croisèrent une mégère qui traînait un Pygmalion réticent par la laisse.

La foire redoublait d'activité hors des travées principales. Main dans la main, Orest et My flânèrent entre les étals. La profusion des produits et des couleurs était étourdissante. Il semblait à My qu'on trouvait véritablement de tout ici. L'unique point commun de tous ces commerces était la monnaie : aucune pièce acryakienne ne passait la frontière et tous les Acryakiens payaient par le troc ou l'argent edrilien.

Ils parcoururent près d'une lieue, mais pas une fois n'aperçurent la moindre silhouette encapuchonnée ni la moindre pancarte « Ici magicien ». Si magie il y avait, elle se faisait encore plus timide que d'habitude. Tous deux s'enfoncèrent davantage dans le labyrinthe des tentes. Seules des personnes familiarisées avec la magie pourraient leur parler des Chimères.

Le malaise survint de façon très progressive. Les bruits s'atténuèrent. La vue de My se brouilla. Puis le ciel devint vert, l'herbe bleue et elle se retrouva brusquement au sol, privée de ses forces. Elle ne sentit pas Orest l'allonger près d'une tente. Ne réalisa pas non plus qu'un attroupement se formait autour d'eux, de plus en plus dense. On l'avait reconnue.

– Ça va… dit-elle d'une voix pâteuse. Je vous dis que ça va !

– Non, ça ne va pas ! Ne bouge pas.

Orest rabattit son capuchon sur son visage, le cachant à la curiosité de la foule. My frotta ses mains l'une contre l'autre. Elle les savait glacées et ne les *sentait* pourtant pas.

Impression déstabilisante, comme si elle n'était qu'une coquille vide. Elle inspira profondément à plusieurs reprises, constatant avec soulagement que son cœur retrouvait un rythme régulier. Pourtant, quelque chose n'allait toujours pas.

– My, dis-moi que ça va, murmura Orest.

Il tenait sa main, surveillant son pouls. S'attarder plus longtemps allait finir par être dangereux. Elle referma les doigts sur son poignet et, répondant au signal, il la hissa sur ses pieds. Ils s'évadèrent par la travée la plus proche et s'engouffrèrent dans une tente. Quelques curieux essayèrent de les suivre, puis, constatant leur absence, se dispersèrent, déçus. Orest reporta son attention sur elle.

– Je n'aurais pas dû t'emmener aussi loin. Est-ce que tu préfères qu'on rentre ?

My secoua la tête. La sensation d'étourdissement s'accrut à ce mouvement et elle s'assit sur l'un des caissons entreposés dans la tente. Au bout d'un moment, sa vue s'éclaircit. Orest entourait ses épaules, prêt à la rattraper.

– On a passé la foire aux bestiaux, les victuailles et les bijoux, dit-elle. Continuons : s'il y a des commerces magiques, ils sont près d'ici.

C'était un grand mot, puisque la seule vraie magie subsistait dans les lieux où les gens normaux ne mettaient pas les pieds. Par le biais de certains matériaux, quelques personnes aux petits talents obtenaient cependant des résultats. Orest et elle misaient sur les Archivistes. Orest pianota sur ses genoux, en pleine réflexion.

– Ce n'est pas très bien vu ici, mais on trouvera peut-être près de la Tenple.

– De la tente, tu veux dire ?

– Non, la tente-temple. Pour ne pas faire de jaloux, elle regroupe Beckell, Neryt, Alàren et Jetri. L'inconvénient, c'est qu'elle est en plein cœur de la foire.

– Alors, allons-y.

Ils sortirent par l'autre issue.

Aller vers le cœur de la foire, c'était s'approcher de l'unique route des Plaines. Celles-ci étant vallonnées, elles la cachaient par endroits, mais il n'était pas difficile de la retrouver : il suffisait d'aller là où il y avait le plus de tentes. La Tenple dominait l'ensemble, pointue et surmontée d'une flèche argentée, elle était faite d'un somptueux et lourd tissu rouge. Toute la misère humaine semblait s'être rassemblée près d'elle, exilés, mendiants, vagabonds, tous ceux qui ne pouvaient aller nulle part. Là résidait le piège : tel pauvre hère pouvait cacher un mage. Il suffisait de voir ce qu'ils exposaient devant eux – gemme, papier, voire animal. Les possibilités étaient infinies, et aussi hasardeuses les unes que les autres.

– Qu'est-ce que vous faites ici ? dit une voix rocailleuse.

My et Orest se retournèrent. Un groupe les dévisageait avec suspicion, Haresh en tête. My reconnut Allian, Lissei et Kebren, qui semblaient aussi surpris qu'eux. Orest souleva un sourcil.

– Je pensais qu'on était les seuls à avoir eu l'idée. Vous avez trouvé quelque chose ?

– On vient d'arriver, déclara Kebren. Venez avec nous ! Plus on est de fous…

Ils se dispersèrent dans l'allée.

My reçut pour la deuxième fois un coup de coude et se retourna vers Orest, irritée. Le coude appartenait à Allian. Il lui désigna discrètement un homme à leur droite. Un montreur d'Akharu.

– Ça vous dit d'essayer ?

– Non, dit My précipitamment. Allian, on ne vient pas pour…

– Qu'est-ce que c'est encore ? lança Haresh.

Il regarda par-dessus leur épaule, l'air intéressé.

– Un Akharu ? Très vieille tradition divinatoire, ça. Enfin, divinatoire… On m'a toujours dit qu'il devinait seulement ce qui était ancré en nous. Ça vous dit d'essayer, Allian ?

L'espion parut rechigner, mais la curiosité fut la plus forte. Il s'approcha du montreur pour lui parler. L'Akharu trembla sur sa base lorsqu'il fut proche d'un mètre et s'abattit.

– L'Arbitre.

– Mais… dit Allian.

Les autres se rapprochaient, curieux. My pouvait prévoir sans peine ce qui allait se passer. Les regarder, les uns après les autres, passer devant l'Akharu… Elle n'était pas venue pour vivre ça. Quand Orest, le premier, se porta volontaire, elle s'éloigna précipitamment. Elle ne voulait rien connaître de son destin. Fascinés par l'Akharu, les autres ne remarquèrent pas son absence.

Non loin, deux hommes se trouvaient assis côte à côte. Ils étaient rigoureusement semblables et très vieux, à en juger par leurs rides qui creusaient de profonds sillons sur leurs visages tannés. Un parchemin cloué sur une planche et couvert de ratures était posé devant eux. My se dirigea vers eux.

– Vous êtes des Archivistes ?

– Oui, répondirent-ils d'une même voix.

– Parfait.

Elle s'assit difficilement face à eux. Les Archivistes étaient toujours jumeaux. On les appelait ainsi à cause de leur méthode de divination, très différente de celle de l'Akharu. Le client posait une question, et l'Archiviste-scripteur entrait dans une sorte de transe, couvrant le parchemin de lettres et de signes que son jumeau traduisait au client. De nombreux jumeaux utilisaient ce filon sans avoir le moindre don, ce qui engendrait une méfiance instinctive à l'égard des Archivistes mais certains étaient authentiques. De toute façon, aucun arnaqueur, même bon acteur, ne pouvait mimer parfaitement une transe.

– Je n'ai qu'une question, dit My.

Aussitôt les deux paires d'yeux se focalisèrent sur elle, l'une attentive et l'autre déjà vague.

– Je combats des Chimères. Elles vivent sous l'eau, courent à une vitesse incroyable, résistent aux flèches, au poison, au feu. Rien ne semble en venir à bout. Je veux savoir comment les vaincre.

L'Archiviste de droite s'empara du parchemin et d'une mine noire. Fascinée, My regarda sa main courir sur le vélin, à mouvements tantôt saccadés, tantôt harmonieux, couvrant la surface sans souci d'ordre. Parfaitement normal l'instant d'avant, il paraissait obéir à une volonté impérieuse, et n'exprimait plus rien. Toute sa vie concentrée dans sa main. Il s'arrêta brusquement.

Son jumeau saisit la planche et lut méthodiquement les messages jetés dans toutes les zones de la feuille.

– « Vous aurez la réponse dans les mots. »

Il tendit la main, paume ouverte.

– Je… Quoi ? fit My, interloquée.

– « Vous aurez la réponse dans les mots. » C'est ce qui est écrit. Maintenant, il faut payer.

– Hé là ! Attendez !

My sauta sur ses pieds, à mi-chemin entre l'indignation et la stupeur.

– Il n'est marqué que ça ? Quels mots ? Il faut m'en dire plus !

– Nous n'apportons pas de réponses, juste des pistes. Rien d'autre n'est marqué. Maintenant, demoiselle, payez.

Son ton était devenu vaguement menaçant. Elle aurait dû s'en douter. My lui donna trois pièces à contrecœur, et s'en fut.

La réponse dans les mots. Quels mots ? Un livre ? Une formule ? Il y en avait tant… Tant de mots possibles pour tant de runes existantes ! Elle en aurait pleuré de rage et de déception. Naïvement, elle espérait un mot, très simple, comme un antidote à un épineux problème, qui aurait éliminé les Chimères sans autre complication. Si seulement…

La douleur surgit, agressive. Mille épines plantées dans son ventre, mille mâchoires invisibles compressant son corps et ses entrailles. Suffoquant, elle s'abattit au milieu de la travée. Quand les autres, alertés par ses gémissements, la rejoignirent enfin, My sombra dans le néant.

15. Aux frontières

Murmure confus… Une ombre, rapide.
Lumière à nouveau.

La lumière, seule chose à pouvoir l'atteindre, même derrière ses paupières closes. Sa conscience flottait dans une zone floue, à mi-chemin entre son corps et le monde réel. Étrange sensation. Elle revenait de loin, de très loin. Mais les ténèbres se changeaient en un rouge lumineux, signe de son retour à la vie.

My ne se redressa pas immédiatement. La pièce sentait le renfermé et les fleurs. Elle identifia sa chambre, dont la fenêtre était entrouverte sur une petite ruelle. Les voix, elles, étaient plus faciles à reconnaître. Siartt, Eisdreel, Issana… Même s'il ne parlait pas, elle sut qu'Orest était là aussi. Près du lit, appuyé contre le mur. Elle demanda dans un brouillard complet :

– Depuis combien de temps ?

Sa voix lui parut très rauque, mais elle surprit davantage les autres. Les murmures se turent et quelqu'un se précipita vers elle, vérifiant son pouls. Alors qu'elle se sentait lourde comme une pierre, Orest, lui, tremblait légèrement.

– Ça fait trois jours.

Pour le coup, elle ouvrit les yeux.

De grandes fleurs mauves recouvraient le parquet, ce qui expliquait l'odeur. Elle ne s'était pas trompée sur les personnes présentes, mais il y en avait d'autres. Un soigneur somnolait dans un coin, un baluchon ouvert sur son ventre, et Flocon était au bout de son lit. Elle le trouva beaucoup plus grand qu'avant, peut-être parce qu'il dormait toutes pattes dehors. Un peu à l'écart, une femme la dévisageait, appuyée contre la porte. Elle était très belle, ses cheveux noirs retenus par un ruban de soie, avec un front lisse et haut et des lèvres à l'arc parfait. Elle dégageait ce quelque chose d'indéfinissable qui l'établissait immédiatement comme noble. My reconnut sa voisine avec un coup au cœur.

– Mais…

La comtesse de Siartt se précipita vers elle et prit ses mains entre les siennes.

– Mydria, j'ai eu si peur ! Comment vous sentez-vous ? Vous avez faim ? Froid ? On a fait appel à un soigneur, il a des potions pour vous remettre sur pied…

My fixa la comtesse, puis l'autre femme. À peine revenue sur terre, elle perdait pied.

– Que faites-vous ici ? Je croyais que vous étiez à Liett !

– Nous sommes vos informatrices, déclara la femme. À propos du Sanreth, ajouta-t-elle avec un regard lourd de sens. Nous sommes venues vous rejoindre pour la guerre.

Tout lui revint d'un seul coup. Le mariage, les troupes qui ces dernières paroles entendues…

– « Vous aurez la réponse dans les mots. »

Il y eut un léger flottement. Orest lâcha sa main.

– Ah ! Je ne savais pas que tu étais au courant. On a dû interroger les mêmes Archivistes. On a plusieurs théories pour le moment, mais rien de très solide.

My fronça les sourcils, essayant de se concentrer, de retrouver la scène dans son exactitude. Tout était net, sauf ce qui s'était passé ensuite. Il fallait retrouver les Archivistes… demander une autre réponse, des précisions, n'importe quoi. Elle bondit hors de son lit, taraudée par l'urgence. Orest l'intercepta au moment où elle chavirait.

– Pas si vite !

– Je dois sortir ! Il faut que je les retrouve…

– Il est hors de question de quitter cette maison, surtout en ce moment.

Étonnée par le ton grave de Siartt, My demanda :

– Pourquoi ?

– Parce que la foire bat son plein, que nos troupes sont sur les Plaines depuis des jours, et que les gens vous cherchent. En outre, nous avons déjà interrogé les Archivistes. Cela n'a rien donné. Croyez-moi, rester ici est le plus sage.

My retomba sur ses oreillers, déçue et agitée, drôle de mélange qui n'avait rien d'apaisant. La chambre se vida peu à peu sur l'ordre de la comtesse. Flocon fut le dernier à sauter du lit, rejoignant l'épaule d'Eisdreel qui lui adressa un signe de main. Lui aussi avait l'air plus grand. Ou alors, c'était elle qui se sentait, d'un coup, exceptionnellement vieille.

– Tu tires une de ces têtes pour une miraculée, fit Orest.

Lui seul était resté. Assis sur le lit, il prit l'une de ses mains et la serra, désavouant son ton sarcastique. My, qui ne se sentait pas spécialement miraculée, mais vidée de ses forces, embrassa sa main en retour. Elle se figea quand il lui dit, d'une voix étranglée :

– On a cru que tu avais perdu le bébé.

Le cœur de My se glaça.

– On t'a retrouvée près des Archivistes, livide. My, je n'ai jamais eu aussi peur. On t'a soignée comme on a pu. Heureusement que la comtesse est arrivée à temps. Elle a pu payer le soigneur, mais il dit que le bébé court un risque. Et toi aussi. Dans le meilleur des cas, il naîtra… tôt.

Orest baissa la voix.

– Trop tôt.

Avec une infinie précaution, My posa sa main libre sur son ventre. Celui-ci avait encore gonflé. Elle guetta un mouvement, mais le bébé ne bougeait pas. L'effroi l'envahit. Portait-elle un enfant mort ? Se pouvait-il que son premier-né… C'était un drame fréquent, très fréquent…

Non. Cela ne lui arriverait pas à elle, ni à son bébé !

– Il naîtra. Je ne veux rien entendre d'autre, Orest, regarde où nous sommes ! An'Jas est une ville riche, on aura ce qu'il faut pour le protéger dans ses premiers jours !

La pression des doigts d'Orest se fit insensiblement plus forte, dénuée de chaleur. Il ne lâcha pas sa main et se reprit, en apparence. Son rôle à lui était de l'avertir et de s'inquiéter, son rôle à elle, de nier et d'avancer. Elle se doutait que les autres les avaient laissés pour cela. Même les Siartt, ce qui était étonnant.

– Tu leur as parlé ?

– Siartt est un homme très bien. La comtesse... Enfin, bref, tu verras ça avec elle, dit Orest avec froideur. De toute façon, ce n'est franchement pas notre priorité.

– Vous vous êtes disputés ? demanda aussitôt My.

Il leva les yeux au ciel. À peine réveillée, elle voulait tout savoir. My se hissa sur ses oreillers, guettant les bruits en provenance de la rue. Il y avait du passage en bas, beaucoup de voix indistinctes et des charrettes roulant sur les pavés. La foire ne désemplissait pas. En effet, on avait vu meilleure époque pour cacher une armée.

Elle s'apprêtait à dire quelque chose lorsqu'un nouveau bruit retentit, cette fois en provenance de la maison. Orest se leva avec agacement, mais Arlos et Kebren apparurent au fond du couloir avant qu'il ne ferme la porte. Kebren ouvrait la route, les cheveux en bataille et l'œil étincelant. Arlos n'avait pas l'air de meilleure humeur, mais au moins il se contenait. Ils entrèrent en trombe dans la chambre.

– Majesté, commença Arlos, excusez-moi pour cette entrée.

Kebren claqua la fenêtre et fit volte-face, pointant un doigt accusateur :

– Une fois de plus, vous refusez d'écouter, Arlos ! Je vous répète depuis notre arrivée que les troupes sont trop visibles et qu'il faut les cacher *loin d'ici* ! Vous étiez prévenu, payez les pots cassés !

– Je n'ai pas de conseils à recevoir d'une Kmett ! lança Arlos d'une voix de stentor.

My et Orest échangèrent un coup d'œil. Kebren faisait d'énormes efforts pour supporter les Fauconniers, et Arlos n'avait jamais montré de haine envers elle. Ce devait être grave. Orest alla droit au but :

– Vous vous êtes fait repérer. Ça devait arriver… Par qui et où ?

– Pas nous, les troupes, répliqua Kebren. On ne sait pas par qui. Une Chimère, peut-être, de nuit…

– Ce n'est pas le plus grave, dit Arlos. De nouveaux marchands sont arrivés du Nord, et ils disent qu'il y a des problèmes près d'Epeck. On enrôle des gens de force, on vide les garnisons des villes. D'après les rumeurs, le Sanreth est en route vers les Plaines. On dit qu'il veut tuer les Fauconniers rebelles et leurs meneurs : une démente et un assassin. Désolé, ce sont les mots.

Il y eut un grand silence dans la chambre. Orest se mit à arpenter la chambre, le grincement ténu du parquet meublant le malaise ambiant. My, elle, croisa les doigts et les appuya sur son ventre. Jamais elle ne s'était sentie aussi lucide. Son cerveau fonctionnait à plein régime, analysait la situation, cherchait les failles. Orest, à sa manière, faisait sûrement de même. Le Sanreth les avait dévoilés au grand jour tous les deux. Il avait mis fin à leur sédition cachée, pouce par pouce et ville par ville.

Il fallait répliquer très vite. Deux armées prêtes à combattre, ce n'était pas le genre de chose qu'on stoppait facilement.

– Vous pensez qu'on a assez de soldats, Arlos ? demanda-t-elle.

– Si le Sanreth enrôle les nobles et les villes de l'Ouest, Majesté, j'ai peur que non. Nous pouvons seulement choisir où les recevoir. Les Plaines qui bordent les monts Baïshdro se changent en collines, nous pouvons nous déplacer là-bas et utiliser le terrain. Mais ça ne compensera pas l'inégalité numérique.

Orest se retourna, sourcils froncés. My déclara :

– S'il tombe les masques, à nous de faire de même. Je vais me déclarer officiellement comme Darcer, et faire en sorte qu'Edrilion soit averti. Et nous annoncerons également la naissance à venir du nouveau Darcer, Orest. Tous les deux.

Le jeune homme inspira profondément.

– My, franchement, ce n'est pas une bonne idée. Tu vas provoquer un énorme scandale si tu me mêles à ça.

– Tu te défiles ?

– Ce n'est pas une question de courage, c'est une question de bon sens ! Tu crois vraiment qu'ils vont nous accueillir d'un bon œil, passé cette porte ?

– Alors comment veux-tu que j'explique cette naissance ? Je dois déclarer l'enfant sans père ? Réfléchis !

– C'est tout vu.

Le plancher cessa de grincer. D'un pas rapide, Orest quitta la chambre en claquant la porte.

Ils restèrent tous les trois à fixer la porte, puis Kebren lui tapota l'épaule avec un « Attendez ici » et se lança à la poursuite d'Orest, furieuse. Elle pouvait courir, rien n'avait raison d'Orest quand il avait décidé quelque chose.

Interloquée, My resta toute droite dans son lit. Puis elle se rendit compte qu'Arlos la surveillait avec inquiétude, comme s'il craignait une crise de larmes. Elle lui sourit. Même pour elle, son sourire sonnait faux.

– Vous pouvez disposer.

Elle compta jusqu'à trente, vérifia qu'il avait bien quitté le couloir et, avec précaution, sortit du lit. Elle se vêtit d'une tunique et de braies, prises dans le premier placard venu, et s'en fut à son tour. Parler immédiatement à Orest ne ferait qu'aggraver les choses : mieux valait prendre un intermédiaire avant. Allian était tout désigné.

Elle descendit l'escalier et poussa la porte du salon où elle avait accueilli Paldere. C'était un lieu de passage obligé entre différentes zones de la maison. Elle tomba nez à nez avec Haresh, qui arrivait en sens inverse.

– Je cherche Arlos, dit Haresh. C'est très urgent.

– Vous l'avez manqué d'une minute, dit My. Vous vouliez le prévenir pour le Sanreth ? Il sait déjà. En fait, je crois que tout le monde est au courant.

Les épaules de Haresh s'affaissèrent.

– Je suis content que vous soyez debout, Majesté. Je regrette que ce soit le jour de cette nouvelle.

– Il n'y a pas que cette nouvelle-là, dit My avec amertume.

Et, puisque Haresh avait été le premier à apprendre pour l'enfant et le rôle d'Orest dans la mort de Keagan, elle lui raconta tout. L'impasse où ils se trouvaient, son idée, le refus d'Orest. La naissance prématurée qui pesait comme une menace. Et Haresh, comme il l'avait déjà fait, l'écouta avec attention, commentant d'un marmonnement de temps à autre. Lorsqu'elle eut fini, il poussa un profond soupir et déclara :

– Mydria, je vais vous le dire très franchement. Votre principal obstacle, dans tout ça, ce n'est ni le bébé, ni le Sanreth, c'est Orest.

– Vous… !

– Écoutez-moi : il n'a pas tort quand il dit que vous allez frôler l'émeute. Il faut se mettre à la place du peuple. Votre retour comme Darcer, on commence à le soupçonner, mais le rendre officiel, c'est autre chose. Annoncer que vous attendez un enfant, c'est une bonne nouvelle. Mais dire que votre amant est un assassin, c'est du suicide diplomatique.

Il fit une pause, l'air sincèrement désolé pour elle.

– J'ai vécu ce genre de choses avant d'épouser Nelia. Vous n'imaginez pas toutes les pressions que vous allez subir, tous les chantages qu'on va vous faire pour que vous le *quittiez*. Simplement ça, le quitter. Alors, il n'y a qu'une chose à faire…

My leva la tête, soudain en colère. Elle éprouvait autant de déception que de dégoût – c'était le dernier conseil qu'elle attendait venant d'Haresh. Celui-ci haussa les épaules :

– Épousez-le.

Diriat ôta les épingles qui retenaient son diadème et le posa sur la table. Sa coiffure se défit peu à peu, modifiant singulièrement son visage. Son front parut moins haut et ses yeux, plus sombres, phénomène minuscule mais qui retint l'attention d'Orest une seconde de trop. C'était ça ou regarder l'autre harpie.

– Il va falloir prendre une décision, jeune homme !

Impeccable dans sa robe saphir et coiffée avec soin, la comtesse de Siartt avait dans la voix une petite note hystérique. Orest s'efforça d'ignorer Allian et Issana qui gloussaient derrière. Kebren l'avait coincé dans la salle où, précisément, se trouvait la majorité de leur groupe. Informée du problème, la comtesse s'était jetée sur lui comme une corneille sur un asticot.

Elle le haïssait. Elle l'avait haï , dès qu'elle avait deviné la nature de sa relation avec My. Une rupture avant la bataille, c'était exactement ce qu'elle voulait. Et lui haïssait l'idée de lui donner raison. Une part de lui-même n'avait qu'une envie, rester aux côtés de My, mais c'était la part la plus égoïste et la moins rationnelle. L'autre part…

Dommage, elle aurait fait une belle-mère idéale. Selon les critères des contes. Mais il était hors de question de plier trop vite devant elle. Il contre-attaqua brusquement :

– On peut savoir en quoi ça vous regarde ?

– Mais… Mydria est ma fille !

– My n'est pas votre fille. Elle est libre de ses choix, elle a quitté Siartt pour ça. Ayez donc l'amabilité de la laisser décider toute seule.

Diriat haussa les sourcils, appréciant visiblement très peu de voir son amie malmenée.

– Merci de montrer plus de respect envers la mère adoptive de votre maîtresse.

– Je ne vois pas pourquoi ça devrait être en sens unique. Allian, la ferme.

Allian, qui ouvrait la bouche d'un air inspiré, la referma. Non loin, Kebren écoutait la discussion, bras croisés, et manifestement déchirée. Ils savaient tous très bien ce qu'impliquait une séparation : c'était son départ. Ou, au moins, la fin de son combat aux côtés de My. Il avait fait beaucoup à Aïdrez, et cela, Kebren s'en souvenait, tout autant qu'Issana. Ils lui devaient l'arrivée de l'armée. Seulement, les priorités avaient changé, et la reconnaissance n'était d'aucune utilité.

D'un geste faussement distrait, Issana enroula une mèche autour de son index et lança :

– Ça nous ramène à une vieille conversation, Orest.

– Quelle conversation ? fit aussitôt la comtesse.

D'un ton légèrement plus insistant, Issana reprit :

– C'est tout bénéfice.

« Je ne la comprends plus quand elle est avec vous. Je ne vois pas ce qu'elle attend de vous et je ne vois pas ce que vous, vous attendez encore. La seule explication, c'est qu'elle vous aime. Utilisez ça. »

Orest se souvenait du moindre mot. Issana n'avait eu aucun scrupule à épouser, puis tuer. Elle existait pour elle-même, elle n'avait besoin de personne pour être entière. Ce n'était plus son cas.

Son expression se durcit.

– Issana, je ne…

Le grincement de la porte les interrompit. Sans dépasser le seuil, My regarda Orest et, lorsqu'elle s'adressa à lui, ses pires craintes basculèrent dans la réalité.

– Il faut que je te parle.

La maison défilait au rythme de ses couloirs coquets, recouverts de tapisseries et parquetés de bois. Chaque salle avait ses odeurs, son ambiance. C'était troublant. Une maison créée pour accueillir des voyageurs, capable de prendre de tels airs de foyer…

My effleura le motif d'une tapisserie en passant. Il représentait une scène champêtre, dans laquelle un petit personnage s'inclinait très bas devant une femme tout aussi petite, vêtue d'une robe bouffante. Elle écarta vivement sa main. Il s'agissait de la représentation naïve et candide d'un mariage. Si la maison lui envoyait un signal, elle ne savait pas comment le prendre.

Se marier. Avec Orest. Ces deux éléments-là étaient incompatibles, tout le disait depuis le début. Les conventions le disaient, Orest aussi. Mais l'amour n'était plus seul à peser dans la balance, du moins plus maintenant qu'ils étaient engagés si loin dans la lutte contre le Sanreth. En viendraient-ils à regretter l'époque maudite de Penhata, où le jugement d'Edrilion ne pesait pas sur eux ?

Il fallait en finir. Ça n'avait pas de sens, mais c'était un passage obligé. Ni plus, ni moins.

– Orest, commença-t-elle.

Elle s'interrompit. Elle avait préparé son discours, mais face à Orest, il paraissait vain, hypocrite. Son amant semblait dans l'expectative, son expression insondable et une petite étincelle aiguë au fond des yeux. Les mots sortirent tout à coup, sans préparation, sans saveur :

– Veux-tu m'épouser ?

Orest ferma les paupières un instant. La silhouette de My se grava sur sa rétine, extrêmement nette. Quand il les rouvrit, elle avait croisé les bras, comme un rempart contre l'inquiétude. La scène de la tapisserie intercepta un brusque rayon derrière elle, faisant surgir le couple aux couleurs brillantes.

« La seule explication, c'est qu'elle vous aime. Utilisez ça. »… « Utilisez-la » ? Ça sonnait de la même façon, mais Issana avait oublié un élément dans son calcul. Il ne pouvait pas utiliser quelqu'un qu'il aimait lui-même.

My attendait, déchirée. Elle ne comprenait pas son silence. Elle était Darcer, c'était elle qui lui faisait la demande.

Il y avait de quoi rendre n'importe quel homme de sa condition heureux ou fou d'orgueil. Est-ce qu'elle considérait la question réglée, juste pour ça ? Il voyait bien que non.

– L'idée vient de toi ?

– Peu importe de qui elle vient, répondit-elle. C'est la seule solution.

« Solution ». Soudain, il haït ce mot. Comme si leur couple représentait un problème à déguiser sous un jour plus accommodant. Qu'elle l'épouse ou non, il ne deviendrait pas pour autant noble de sang. Tout ça n'était qu'une énorme mascarade. Il détestait l'idée qu'on veuille leur forcer la main.

– Parce que c'est une solution, ça ? Tu le penses vraiment ?

– Je t'aime et tu m'aimes aussi : c'est un aboutissement logique.

– C'est un aboutissement forcé. Nous n'avons pas besoin d'alliance pour nous enchaîner, je l'ai toujours refusé, My.

– Tu refuses de t'engager ?

– Je suis engagé à tes côtés depuis le combat contre Keagan, depuis Penhata et depuis Epeck !

– Dans ce cas, ça ne changera rien. Au contraire. Plus besoin d'agir dans l'ombre, plus d'enfant à cacher !

C'était tentant, bien sûr. Et ça s'arrêtait là. Orest se demanda un bref instant si cette idée de mariage venait de Siartt, mais ce dernier était un homme averti. Il connaissait la Cour et le danger d'une union mal assortie. Non, l'idée venait sûrement de Haresh. Et ce mariage-là avait pour seul but de forcer la main à de possibles alliés, en commençant par le peuple.

– My, je suis désolé. Je ne peux pas t'épouser par simple calcul.

Le rayon qui traversait le couloir disparut, masqué par un nuage. Le brun doré du bois, les broderies de la tapisserie virèrent au gris, et le visage de My se creusa sous ses yeux.

– Alors tu ne vois que ça ? Une stratégie ?

– Mais c'en est une.

– Tu es… d'un orgueil sans nom.

Elle se ranimait tout à coup. Il connaissait cette intonation. C'était une colère mêlée d'humiliation et, plus grave encore, de mépris. Un venin qui frappait vite, en quelques mots, fissurant ses défenses.

– Moi aussi, je m'engage à tes côtés depuis Olrante. J'ai tout quitté, j'ai affronté le pire pour toi, je croyais que notre combat *à deux, jusqu'au bout,* était clair ! Et tu me parles de stratégie ? C'est une stratégie de t'offrir ma main ? Tu m'écœures !

– Ne joue pas avec les mots, tu veux ? répliqua Orest sèchement. Ça fait un moment que tu m'as offert ta main et plus. Je ne veux pas d'un mariage dans ces conditions, c'est tout. Je refuse qu'on nous utilise. C'est une question d'amour-propre, et pas uniquement pour mon intérêt !

My recula d'un pas, agrandissant le vide entre eux. C'était une barrière de verre : elle pouvait le voir, mais ne l'entendait plus, ne pouvait plus le toucher. Ils se parlaient sans se comprendre.

Il ne pouvait pas faire ça. C'était impossible... Ils étaient ensemble, depuis le début. Ils avaient tout fait ensemble. Sans lui, ce qu'elle entreprenait n'avait plus de sens. Il ne pouvait pas s'effacer maintenant, la laisser et retourner... mais retourner où ? Il n'avait ni maison ni famille, et ses amis ne quitteraient pas la guerre. Elle ne comprenait pas ce qui l'entravait ainsi. Elle se sentait déçue, au-delà de toute expression.

Elle chercha une faille dans ses expressions, une fausse note dans son attitude. La lumière du jour longeait son profil maigre, sa mâchoire anguleuse. Le grain de sa peau apparaissait incroyablement net, tandis qu'une moitié de son visage disparaissait dans l'ombre. Une statue de glace derrière un mur de verre. Non, il ne céderait pas.

Alors elle prit les devants.

– Tu es libre.

Déchirure nette, rapide, sans bavure. Tu es libre. Libre de faire ton choix. Libre de partir.

Va-t'en.

La barrière de verre était toujours là. En trois mots, elle la fissura. Orest était de l'autre côté, sa grande silhouette figée au milieu du couloir, soudain gauche, lui qui avait toujours montré cette élégance involontaire et si caractéristique. My tourna les talons et pressa l'allure, fuyant le couloir, fuyant sa colère et son chagrin ancrés dans son ombre et son cœur, emplissant sa bouche d'un goût amer.

Orest prononça son nom, une unique fois.

Ce fut tout.

16. Le cœur de la foire

On l'appelait « le cœur de la foire ». Il s'agissait d'un espace vide, entouré par les roulottes des plus gros marchands. Les badauds l'emplissaient sans discontinuer, errant d'un étal à un autre. À la fin de la foire, la terre battue remplaçait l'herbe sur toute cette zone libre.

Et en son centre, il y avait l'estrade.

De haut, Ovriel la voyait distinctement. Un alignement de planches soudées entre elles et posées sur des tréteaux en bois. Des humains paradaient dessus plusieurs fois par jour : des annonceurs ou des individus vêtus d'intéressante façon, qui cabriolaient jusqu'à ce qu'on leur jette des pièces et qu'ils s'en aillent. Il n'y comprendrait jamais rien.

Le chat s'étira de tout son long, yeux compris. L'espace d'un instant, il ne fut plus que noirceur rayonnante, telle une statue vivante chapeautant le toit de la roulotte. Il s'était installé là parce que le boucher ne se trouvait pas loin, et aussi parce que la vue d'ensemble était imprenable. Or aujourd'hui, un bon poste d'observation était une chose précieuse. Il peinait à comprendre les humains, même Kebren. Mais quand quelque chose de fort se préparait, il le sentait jusqu'au bout des griffes.

Il y avait du monde, beaucoup de monde. Habituellement, les humains faisaient le tour des roulottes et s'en allaient, laissant la place à d'autres. Ce jour-là était différent. Ils s'entassaient tous ici, badauds, marchands, habitants d'An'Jas. Il y avait aussi beaucoup d'Acryakiens. Et le plus étrange, c'est que personne ne regardait les étals : tous se tournaient vers l'estrade vide.

Ovriel passa une patte sur son oreille et commença sa toilette à petits coups de langue. Sa patte s'immobilisa à mi-hauteur et il se leva, alerté par un remous en contrebas. Celle qui fendait la foule, écartant les gens avec fermeté pour créer un mince couloir, était sa Kmett. Les gens s'effacèrent devant elle avec une sorte de crainte. À moins que cette crainte soit due à la présence du grand Fauconnier qui marchait avec elle.

Il connaissait les règles à suivre en public : ne pas la rejoindre – pas comme le stupide chaton du rouquin –, alors il resta en hauteur, bondissant de roulotte en roulotte pour ne pas la perdre de vue.

Arlos n'était pas le seul Fauconnier. L'humaine antipathique, celle à la coiffe verte, suivait, puis Allian, Eisdreel et d'autres. La jeune fille blonde qui se métamorphosait de façon si surprenante marchait près de Kebren. Elle était la plus petite, mais c'était pourtant devant elle que les gens battaient en retraite. Un murmure continu la suivait, à la fois faible et dense.

Le chat se tapit sur le toit, son intérêt piqué au vif.

Mydria se détacha du groupe et s'approcha de l'estrade. Elle avait demandé à Arlos de la réserver : il était aussi connu que Haresh, mais il était surtout le dernier grand Fauconnier libre. C'était également lui qui avait abrité les troupes, celles-là mêmes qui campaient dans les Plaines et qui intriguaient tant. Dès qu'il avait annoncé qu'il réservait l'estrade, les gens avaient accouru. Mais Arlos resta dans la foule. My monta seule les marches, la tête bourdonnante.

La hauteur n'écrasait pas la foule : elle la révélait. Plusieurs centaines de têtes tournées vers elle, dont elle ne voyait pas les visages. La foule se changeait en une entité informe, parquée au milieu du cercle des roulottes. C'était elle, Mydria, qui était écrasée par ce parterre humain, par les dimensions de l'estrade. Trop de regards à soutenir. Trop de tout.

Les jambes flageolantes, My s'avança. Son groupe était à ses pieds, étrangement lointain : les Kmetts, les Fauconniers, les Siartt. L'absence d'Orest créait un trou béant, qu'elle seule percevait. Un vide immense dans son courage. Elle n'avait rien fait pour se masquer, de quelque façon que ce soit. Elle avait laissé sa robe rouge au placard. Aucune cape ne camouflait son ventre bombé. Malgré l'insistance des Siartt et des Fauconniers, elle avait refusé toute forme de mise en scène. Elle voulait parler à la foule le plus directement possible. Elle inspira un grand coup et se força à la regarder.

– Je parle au nom des Fauconniers et de tous ceux qui sont prêts à se battre pour devenir libres.

Sa voix résonna avec force. Le bourdonnement de la foule se suspendit.

– Il se passe quelque chose de grave. Dans l'Ouest, à Liett, et tout près des Plaines. Bientôt, le Sanreth arrivera avec ses troupes et ses monstres pour déclarer la guerre à ses seuls opposants, les Fauconniers et moi-même. Vous avez entendu les rumeurs. Vous avez aussi entendu parler de l'attaque à laquelle j'ai fait face avec le roi Paldere.

L'heure décisive était venue, et elle l'affrontait seule. Parce qu'il n'y avait qu'elle pour le faire.

– Il est temps de vous dire la vérité… une vérité ancienne.

La vague de magie, si familière, parcourut ses membres jusqu'à ses extrémités, comme un courant électrique mettant à vif la moindre parcelle de son corps. Le Don l'enveloppa des couleurs qu'elle n'avait pas mises, du luxe qu'elle n'avait pas voulu montrer.

Déployé entre ciel et terre, le papillon étendit ses ailes, renvoyant la lumière en mille nuances. La foule s'agita dans un remous immense.

– C'est elle ! cria quelqu'un au loin. C'est la Darcer !

La voix s'éteignit, solitaire. D'autres firent écho. Un grondement indistinct, mille timbres et mille tons. My reprit son apparence humaine, épuisée, les jambes tremblantes. La foule réagissait. Il n'y avait pas ce silence assourdissant qu'elle avait redouté. La vague de bruit enflait, se suspendait, impossible à saisir ou à comprendre.

Puis elle s'apaisa, l'espace d'une respiration. À ce même moment, la main d'Orest prit la sienne.

Mydria répondit à son étreinte de toutes ses forces. La texture de sa peau, le contour de ses doigts, les siens les connaissaient. Par cœur.

Ils firent face à la foule, seuls sur l'estrade, sans séparer leurs mains. Parce que leur place était ici, l'un à côté de l'autre. Parce que la présence de l'autre leur donnait à chacun l'étincelle de courage qui leur manquait.

– Je veux annoncer à Edrilion un retour que je tais depuis trop longtemps, dit My d'une voix forte.

Les derniers échos s'échouèrent contre les roulottes qui encerclaient le lieu, formant un immense réceptacle.

– Je suis la dernière héritière vivante de Madael, le dernier souvenir d'une époque où Edrilion vivait libre. La Déléane nous oppresse depuis trop longtemps. Combien de taxes prélevées, de vivres pillés pour La Déléane ? Tous les ans, vous êtes nombreux à voir le fruit de votre travail partir sans être payés en retour ! Dans votre propre royaume, vous êtes réduits au silence ! La tyrannie de Welfendà a assez duré. Aujourd'hui, il est temps de lui déclarer la guerre à notre tour. Il est temps, cette fois, de la vaincre, ensemble. Elle, son Sanreth et ses monstres !

Elle fit une pause. Mille paires d'yeux les transperçaient, elle et Orest. Le grondement reprit, doucement, comme une lame de fond.

– Le Sanreth s'approche des Plaines, il n'aura aucun scrupule à s'en prendre au roi Paldere s'il nous aide. Il l'a déjà fait. Il tuera sans hésiter. Je suis Darcer par le sang, mais il y a deux siècles qu'on a pris son trône à ma famille. Deux siècles que votre royaume n'est plus vraiment à vous !

Sans lâcher la main d'Orest, elle marcha jusqu'à l'extrême bord de l'estrade. Le grondement changeait de ton, se faisait plus attentif. Un lien se tressait entre eux, et elle avait beau frémir sous le coup de la nervosité, toute peur l'avait quittée. S'avancer, c'était réduire la distance, renouveler le lien entre la couronne et le peuple, un lien brisé depuis trop longtemps. Orest prit la parole à son tour :

– Nos troupes partent pour stopper l'armée du Sanreth. Joignez-vous à nous. Prenez les armes. Défendons-nous ensemble. Sachons le recevoir et le vaincre une bonne fois pour toutes !

Il haussa le ton pour couvrir le vacarme :

– Les Darcer ne viennent pas vous enrôler sous une nouvelle tyrannie. Mydria Darcer ne vous demandera pas d'allégeance : votre soutien suffit. Je suis cet exemple. Ni contrat ni contraintes. Une alliance libre.

Ses dernières paroles flottèrent au-dessus de la marée humaine, quelques instants. Les mots étaient dits. Leur décision, officielle. Leurs mains jointes se serrèrent plus fort. Il y avait quelque chose de vertigineux, proche de la chute libre, à s'exposer ainsi face à cette multitude. Mais pour rien au monde My n'aurait cédé sa place.

La réaction de la foule fourmilla, gagna l'assemblée d'un bord à l'autre, avec une vitesse et un silence invisibles.

Quand le vacarme des acclamations explosa jusqu'au ciel, leurs mains se serrèrent avec force, signature d'un pacte dont l'un et l'autre connaissaient l'issue.

Pour toujours, ils seraient deux.

17. La bataille du Demi-Pas

Xyon se tenait bien d'aplomb, son long cou formant un arc au-dessus des arrivants. La vision semblait irréelle. De loin, on ne distinguait plus le rouge du bleu, la topaze du mauve. Être créé de toutes pièces, Xyon s'unifiait à la lumière. Vert de la tête à la queue, comme entièrement fait de malachite.

L'espace d'un instant, My crut voir son ancêtre, mais la ressemblance entre Madael et Xyon s'arrêtait là. Xyon vibrait d'impatience, inconscient de son corps gigantesque et de la force qu'il lui donnait. Il n'avait d'yeux que pour les combattants qui venaient les rejoindre et se penchait sur eux avec curiosité. Insignifiants en comparaison, les gens passaient en files serrées, mal à l'aise.

Haresh avait redouté la cupidité des hommes à l'égard de Xyon. Il s'était passé l'inverse : le dragon provoquait la crainte, et My pensait savoir pourquoi. À l'aube de la bataille, il était devenu un symbole troublant, presque une réincarnation du Darcer le plus regretté, le plus controversé, le plus célèbre de tous les temps.

Elle recula dans l'ombre de la tente. Leur campement était installé sur la colline et la tente royale, idéalement disposée, donnait sur l'est des Plaines. Les combattants arrivaient d'An'Jas depuis le matin. Réunis, ils ressemblaient à une file de fourmis : un ensemble de points sombres, se mouvant lentement. My avait beau savoir que beaucoup d'entre eux mourraient, elle faisait ce constat avec un étrange détachement.

Il y avait des hommes, bien sûr : des petits artisans d'An'Jas, des marchands, des voyageurs venus des quatre coins d'Edrilion. Des femmes aussi, de tous âges, commerçantes, saltimbanques et, plus rares, des soldates. De très jeunes gens étaient là, enfin, souvent seuls. Orphelins ou engagés contre l'accord de leurs tuteurs, supposa-t-elle. Tant d'histoires et de destin réunis dans une même marche...

Tous, ils l'avaient entendu à An'Jas, ou avaient entendu parler d'elle : cette étonnante Darcer qui se montrait au grand jour, exposant son amant au vu et au su de tous, le revendiquant comme son meilleur soutien. C'était cela qui avait plu. My le sentait confusément, mais elle n'avait pas de doute. Ce n'était pas le nom de Darcer qui avait remporté l'adhésion, ni Orest, ni elle. C'était leur alliance. Et celle-ci se renforçait d'heure en heure, encouragée par le ralliement des Fauconniers, puis des marchands.

Quand cette même foule redescendrait la colline, elle serait devenue une armée.

Pourquoi venaient-ils ? Par curiosité, par loyauté, par esprit de révolte ? Le mystère restait complet. En montant sur cette estrade, My avait réussi une chose qu'elle ne s'expliquait pas. Un exploit assez fort pour pousser les gens du peuple à quitter métier et maison afin de la rejoindre, armés de tout ce qui leur tombait sous la main. Les couteaux de boucher voisinaient avec les maillets, les poêles à frire, avec les lances d'entraînement. My était bien placée pour savoir que l'arme comptait beaucoup moins que la façon de s'en servir. Toutefois, la présence de bonnes épées faisait cruellement défaut.

– C'est trop tard pour rappeler Acryak, dit Kebren avec amertume. Même pour avoir des armes.

Elle se pencha et souleva Ovriel qui miaulait à ses pieds. Le chat grimpa sur son épaule, observant la foule grouillante qui se dispersait entre les tentes.

– Qui sait ? dit Orest. Ces gens se battent pour leur royaume. Ils se sentent plus concernés que les mercenaires d'Acryak. C'est l'état d'esprit qui compte, et on pense tous la même chose ici : il est temps d'en finir.

Le voir armé fut un choc. Il ne portait pas d'armure mais une simple cotte de mailles, dont l'éclat mat rappelait le plumage des Chimères. Une épée, des gantelets d'acier et un casque complétaient son équipement, ainsi que sa vieille dague d'assassin glissée dans sa botte. Armé sommairement, mais armé en avance.

My frémit. La foule sans nom et sans visage des arrivants n'avait pas su l'ébranler. Devant Orest, la menace de la bataille prit tout son sens. La mort devenait un élément concret, et la personne à qui elle tenait le plus au monde était en première ligne.

– Je m'occupe de l'aile droite de l'armée, dit Orest. Meshet dirige l'autre. Il faut que j'y aille.

My le regarda, si différent dans sa tenue de guerre, et inchangé en profondeur. Et soudain, ce fut comme une évidence : il était à sa place ici et n'attendait que l'affrontement. Elle fit un mouvement pour s'écarter, puis révisa son jugement. Son expression n'était pas celle de quelqu'un pressé de partir. Même s'il n'en dirait pas un mot, il était probablement aussi déchiré qu'elle. Alors, elle brusqua les adieux.

– Fais attention à toi.

– C'est toi qui auras les Chimères aux trousses, répliqua Orest.

My prit son visage entre ses mains, l'embrassa. La tente était remplie de monde, des Fauconniers aux capitaines venus quérir des ordres. Leur baiser estompa le brouhaha, quelques délicieuses secondes, puis Orest se dégagea doucement et sortit. My résista à l'envie de le rattraper. Le pas nerveux d'un cheval frôla la tente et diminua en contrebas.

My imagina le cheval noir piaffant d'impatience, et son cavalier parfaitement calme. Elle avait peur pour Orest, mais elle savait qu'avec cette monture il ferait des ravages.

– On garde le même plan ? glissa Kebren.

– Naturellement.

Avec un regard entendu, la Kmett partit à son tour. Trois lanternes de Lekêri illuminaient la tente, rougissant la pénombre au lieu de la chasser et rendant les silhouettes indistinctes. Toutes étaient rassemblées autour de la table. Un amoncellement de cylindres en bois s'éparpillaient autour d'un schéma de la colline.

– D'après nos éclaireurs, l'armée vient directement d'Epeck, dit Haresh en posant le doigt en haut du parchemin, dans la direction symbolique de sa ville. Ils contourneront An'Jas et viendront ici. Bien sûr, nous pouvons compter sur les Chimères pour venir en éclaireur et savoir où nous sommes.

Siartt disposait les cubes symbolisant les tentes. Il approuva la dernière phrase d'Haresh avec un rictus critique.

– Le Sanreth peut, en ce cas, choisir d'attaquer sur un autre front. On a une idée de la taille de l'armée ?

– Beaucoup de gens enrôlés à Epeck ou des environs, les garnisons d'Epeck et Jial, sans compter les recrues de la Cour, répondit Issana. C'est un nombre considérable, un tiers de plus que nos troupes. Trop difficile à manœuvrer pour nous attaquer par-derrière, à mon avis. Mais la plupart des hommes se battent contre leur gré.

My fendit l'attroupement pour accéder au plan. La disposition des troupes lui fit froncer les sourcils : les escadrons avaient été postés devant la colline et derrière, près de la tente royale montée en retrait.

– Qu'est-ce que c'est que ça ?

– Votre protection rapprochée, Majesté, dit Haresh.

– Je n'ai pas besoin d'autant de troupes !

– Majesté, vous plaisantez ? fit Fraar. Il faut bien une surveillance autour de votre tente !

– Si les Chimères décident de s'attaquer à moi, ce n'est pas votre surveillance qui les arrêtera. Ne gaspillons pas nos forces, placez tous les détachements devant la colline et faites barrage à l'entrée. Force de frappe. Tant pis pour les lignes arrière.

Issana hocha la tête.

– Je suis d'accord.

Haresh semblait beaucoup moins convaincu. Fourrageant dans sa barbe, il déplaça un cylindre, en aligna trois autres. Chaque cylindre équivalait à cent hommes. Sans ceux des lignes arrière, l'armée peinait à s'étendre sur toute la base de la colline.

– Que diriez-vous de remplacer votre protection rapprochée par Xyon ? dit-il à la surprise générale.

Il y eut un remous dans l'assemblée, puis un murmure sourd. Xyon représentait un cylindre à lui tout seul. Et un cylindre indestructible, qui avait toute sa place en première ligne. Issana pianota sur la table et répondit la première :

– Le Sanreth vient ici pour Mydria et le Darcer à naître. Nous pouvons bloquer ses troupes, mais les Chimères ont libre passage. On ne peut rien contre ça. Si Xyon reste avec Mydria, je veux dire sa Majesté, il a une chance sur trois de lui sauver la vie. C'est plus encourageant qu'une chance sur trente.

– Mettez Xyon en protection rapprochée, intervint Fraar. Et vous, Majesté, allez dans une autre tente, n'importe laquelle. Celle-ci servira de leurre ou de piège. On ne peut pas les tuer, mais on peut s'arranger pour qu'elles ressortent en mauvais état. Vous avez du poivre ?

Devant les regards, il se justifia :

– Personne ne résiste à ça.

Siartt replaça les cylindres devant la colline, signant implicitement son accord. La tente se vida peu après, les Fauconniers partant relayer les ordres à l'avant.

My, elle, s'attarda devant le schéma. Seule Kebren partageait son secret : elle utiliserait le Don pour suivre la bataille et informer la Kmett du déplacement des troupes adverses. Du ciel, toutefois, rien n'était pareil : My voulait avoir une idée précise de la configuration de leurs troupes avant la bataille. Il lui sembla qu'Issana et Siartt soupçonnaient quelque chose, mais eux aussi cachaient bien leur jeu. Quand le conseil prit fin, la lanterne de Lekêri avait faibli, concurrencée par la lumière du couchant qui se faufilait par l'ouverture en tissu. My quitta la tente et s'éloigna du campement, contemplant les Plaines du haut de la colline. La nuit s'avançait sur ses grosses pattes de velours, cachant son noir derrière l'écarlate et le rose. Elle tombait vite dans cette région : encore quelques instants, et le ciel passerait du pourpre au bleu.

Demain.

Comment croire qu'une bataille allait se livrer ici ? Que deux camps edriliens allaient s'entredéchirer ? Elle l'avait voulu. Ces gens enrôlés et ces chausse-trappes préparés, cette immense machine humaine qui courrait au combat à l'aveugle. Elle était l'étincelle, l'élément déclencheur...

My releva la tête. La beauté des monts Baïshdro chassa momentanément sa détresse. La chaîne de montagnes frôlait les Plaines, immense et rude. Il neigeait là-bas. L'hiver n'était pas passé. Il s'accrochait très bas, jusqu'à la frontière entre Plaines et versants, à l'endroit précis où une montagne commence à naître. My eut l'impression qu'en marchant un peu plus loin, elle retournerait dans l'Edrilion blanc et froid des derniers mois.

Si proche...

Le museau de Xyon se posa délicatement sur son épaule. Sans se retourner, elle passa la main sur le front de la créature. Ce n'était pas une caresse. Xyon ne ressentait plus ces contacts, ses écailles étaient son armure, sa barrière. C'était une présence et ça ne pouvait pas être davantage.

Elle laissa retomber sa main et ils firent face aux Monts, deux solitudes serrées l'une contre l'autre.

La route bondit et vira derrière la colline. C'était le seul repère dans la nuit, cette route si blanche, presque phosphorescente. En fait, il n'y avait qu'elle. Tout autour, le monde était noir.

My continua de courir, mais elle n'arrivait pas à atteindre le virage. Elle faisait du surplace, les pavés défilant inlassablement sous ses pieds. La route la narguait. Lorsqu'elle explosa en mille galets ronds, My plia les genoux et sauta. Légère comme une plume, elle se déposa sur un gros galet blanc. Avec un « plop », le galet se changea en visage, avec de gros yeux et des lèvres charnues.

C'était Paldere.

– Vous n'êtes pas autorisée à passer en Acryak.

My recula son pied, mais trop tard. Furieux, le visage gonflait ses joues, encore et encore, jusqu'à se transformer en sphère blafarde. Hurlant, My tomba. Elle agita les bras en vain : le Don n'était pas là. Et la route avait disparu. Tous les galets flottaient dans le vide… et elle tombait, tombait…

Quelque chose crocheta brusquement sa tunique.

– My ! My, debout !

Le visage de Kebren remplaça celui de Paldere.

Suffoquant, My se redressa. La Kmett la secouait par le col. La jeune fille mit quelques instants à se rappeler où elle était. Les monts Baïshdro… Oui, elle s'était endormie face aux Monts… Elle les chercha et n'entrevit que les cols enneigés. La lumière était grise, l'air, froid, autant de signes annonçant l'aube.

Kebren l'arracha énergiquement du sol.

– Allez dans la tente, My ! Dépêchez-vous !

Xyon se leva à son tour, sa gueule pointée vers l'est. Un vacarme sourd agitait le campement. Le sol tremblait jusqu'ici. Kebren s'élança, portant pratiquement My. La clameur se précisa. Elle venait d'en contrebas. Elles s'engouffrèrent dans le campement. Les tentes surgirent de nulle part, une à une. La lueur tourmentée des torches les esquissa sauvagement puis les replongea dans l'ombre. Kebren souleva la tenture de la première tente venue et asséna une claque sur la croupe de Xyon.

– Tous les deux, vous restez là. Pas un bruit, pas un geste.

– Ce n'est pas ce qu'on a dit.

My saisit le bras de la Kmett, l'empêchant de partir.

– J'observe en haut, vous attaquez en bas. Vous n'allez pas vous défiler ?

– My, ce n'est pas le moment ! Vous verriez ce qui se passe en bas, c'est... indescriptible. Le Sanreth nous a attaqués en pleine nuit, on n'arrive même pas à les faire reculer ! Inutile de faire appel au Don dans un coton pareil, c'est trop dangereux. Cachez-vous. S'il vous plaît. Pensez au bébé.

La Kmett se dégagea et disparut dans l'ombre. Xyon et My tendirent l'oreille. Le ciel était clair mais il ne projetait aucune lumière. Ils n'étaient ni dans le jour ni dans la nuit.

– Orest.

Son souffle était si faible que My le sentit à peine franchir ses lèvres. Le sol tremblait. Des bruits lointains entamaient, peu à peu, la chape de silence qui pesait sur la tente. Son cœur se mit à battre à une vitesse anormalement rapide et elle s'appuya sur Xyon, livide.

L'heure de la bataille était venue. Mais ce moment si redouté se déclenchait de nuit, sans cors et sans alerte. Et elle savait pourquoi. Quelque part, les Chimères s'aventuraient dans leur camp, grises comme le crépuscule, silencieuses comme la mort...

– On ne va pas attendre de se faire piéger ici !

Sa main quitta l'épaule de Xyon et se posa sur son ventre. Elle ne tremblait pas. Contre la peur, la colère fonctionnait mieux qu'une herse.

Elle avait mis le feu au campement de Keagan, un jour. À elle de limiter les dégâts sur son propre terrain.

– Xyon, à toi de jouer. Je repère les Chimères, tu les coinces. Il faut les faire entrer dans la tente royale. Ne quitte pas les allées principales, je te guiderai.

Elle accueillit le Don et s'envola à tire-d'aile. Xyon jaillit de la tente à sa suite. Cuirasse diaprée, écailles chamarrées, leur seul point commun s'évanouit : leurs couleurs. Ils n'étaient plus que deux ombres dans la nuit, isolées de la fureur du combat qu'ils entendaient à peine.

Un hurlement se détacha sur le fracas. Suraigu, empli de terreur. Une voix de femme.

My sentit la vibration du bruit faire trembler ses ailes. Xyon, lui, se statufia littéralement.

Craquement. Chaleur. Les flammes d'un brasier léchèrent la nuit, dévoilant brièvement les tentes en contrebas. Elles ricochèrent sur Xyon. Aussitôt, My plongea. Le dragon, lui aussi, les avait vues, les deux silhouettes reptiliennes qui rasaient le sol, s'approchant de la tente royale... My pria de toutes ses forces pour que Siartt ait prévu suffisamment d'hommes. Xyon fit un nouvel arrêt.

Le cri ne venait pas de la tente royale. Et, réalisa My avec horreur, la troisième Chimère était absente.

Elle descendit devant les yeux de Xyon pour le guider, mais le dragon avait déjà identifié l'origine du cri. Il venait d'une tente plus éloignée. Xyon leva le museau très haut, le temps que le papillon s'accroche à son cou, et partit d'une détente, les pierres de ses articulations crissant entre elles. La Chimère avait arraché les tentures. Le dragon s'engouffra à travers l'ouverture et s'arrêta, pantelant.

La tente était déserte, ou presque. Diriat reculait lentement, renversant les sacs et les provisions, un épieu à la main. Son chignon s'était défait et ses mèches brunes dévalaient dans son dos, sur ses épaules, pour se perdre dans les ténèbres. La Chimère n'attaquait pas. Elle était pourtant prête, dévoilant ses crocs dans un rictus presque humain. Pas à pas, elle réduisait l'espace entre elle et la femme, mais ses griffes se fichaient au sol à chaque foulée. Ses propres muscles se liguaient contre elle. Pour la première fois, la parfaite machine à tuer faisait face à un obstacle de taille : le Sanreth l'empêchait d'agir.

– Allez ! s'écria Diriat. Tuez-moi, qu'on en finisse !

La Chimère se recroquevilla, une fraction de seconde.

– Gagnez cette manche. Au moins celle-là ! dit férocement Diriat. Faites preuve de courage, pour une fois !

Elle le provoquait, attaquant deux orgueils. Celui de l'homme et celui de la Chimère. Folle ou inconsciente de leur différence de gabarit, de force, de résistance à la douleur…

Furieuse, la Chimère repoussa, l'espace d'un instant, la mainmise du Sanreth et bondit, s'arquant en une courbe parfaite pour retomber toutes griffes dehors sur sa proie. Xyon la cueillit au vol. Le monstre heurta un mât, effondrant la structure de la tente sur eux.

Un nuage de poussière envahit l'espace. My reprit forme humaine, se rua vers Diriat et agrippa sa main, quelques secondes avant que la toile retombe sur le contenu de la tente, étouffant les bruits. Toutes deux tendirent l'oreille avec angoisse. La toile était lourde et poussiéreuse, les isolant du reste du campement. Retenant son souffle pour ne pas tousser, My, étourdie et épuisée, tenta de s'éloigner à quatre pattes, Diriat respirant précipitamment derrière elle. Sortir d'ici, avant tout. Ensuite…

La toile de tente fut écrasée sous une patte massive. Diriat poussa un cri. My et elle s'éloignèrent doucement, se faufilant tant bien que mal là où la toile ne touchait pas le sol pour éviter de se faire repérer.

Deux autres pattes s'abattirent à l'endroit qu'elles venaient de quitter. La toile se déchira dans un bruit sourd.

My perçut une silhouette à travers la trame. Elle posa la main sur l'épaule de Diriat, lui intimant de ne pas bouger. Telles deux souris prises au piège, elles tendirent l'oreille, haletantes.

L'ombre bougea et la toile se tordit de nouveau, liquéfiant le cœur de My. La trame grinçait de tous ses fils. Elle se déchira largement, faisant apparaître une tête cornue sur l'aube. Le soulagement envahit My.

Xyon.

– Diriat, montez, souffla-t-elle. On file !

Diriat posa le pied sur l'antérieur de Xyon et se hissa sur son dos. My saisit sa main et monta à sa suite.

– Vas-y !

Xyon prit un tel élan qu'elle faillit être éjectée. Elle se cramponna à Diriat, qui entourait des deux bras le cou du dragon. Xyon bifurqua dans la travée principale. Ses foulées étaient gigantesques et lourdes, pilonnant l'herbe à chaque pas. Cahotées en tous sens, ses cavalières raffermirent leur prise, l'air des Plaines leur cinglant le visage. Des larmes filèrent sur le visage de My, brouillant les environs. Le sifflement du vent masquait la bataille. Elle sentit néanmoins qu'ils dévalaient la colline.

– Pas là ! cria-t-elle. Aux monts Baïshdro, vite !

Xyon changea de direction, écrasant à moitié une tente. My entendit la Chimère grogner dans leur dos. Par réflexe, elle bourra les flancs de Xyon de coups de talon, mais le dragon semblait déjà au summum de ses capacités. Abandonnant toute prudence, il cessa de suivre les allées et bondit au-dessus d'une tente pour atteindre les Plaines. L'atterrissage fut si rude que My sentit ses mâchoires s'entrechoquer. Une douleur sourde la saisit, tenaillant le creux de son dos.

Le campement était derrière eux. Il restait à atteindre les Monts, se perdre dans la neige et brouiller les pistes. Il n'y avait rien d'autre à faire. Le Sanreth ne les laisserait pas vivre, ni elle ni Diriat.

Les mâchoires de la Chimère claquèrent à deux centimètres de ses chevilles. My arracha le bâton des mains de la jeune femme et envoya un revers énergique dans la gueule du monstre. Il se rétracta dans un grognement.

– Plus vite ! hurla Diriat.

Elle ne cessait de regarder par-dessus son épaule. Xyon força encore l'allure. Il se hissait maintenant de roche en roche, attaquant les versants. Diriat et My hurlèrent quand il dégringola de deux mètres, sa chute stoppée par un piton rocheux. Mettant sa faiblesse à profit, la Chimère bondit sur sa croupe. Ne trouvant nulle prise sur le dos lisse de Xyon, la Chimère griffa le dragon, en vain. Une volte-face de celui-ci l'envoya s'écraser un peu plus bas. Elle bondit aussitôt sur ses pattes.

– Continue ! Monte !

My désigna les sommets, couverts de blanc, enveloppés de brume. Ils semblaient terriblement éloignés. Derrière le rideau de neige, ils avaient pourtant une chance de disparaître. Xyon se remit à bondir de roche en roche.

Était-ce le froid, de plus en plus intense ? Au bout d'un moment, My ne sentit plus la peau de son visage. Elle s'accrocha plus fort à Diriat, au bord de l'évanouissement. Ses forces déclinaient à toute vitesse. Un coup d'œil en arrière lui confirma que la Chimère avait repris sa chasse. Elle compensait son retard en allongeant ses foulées, plus vive que Xyon, plus souple…

Ils quittèrent la zone rocheuse. Une vaste étendue plane, mélange d'herbes rudes et d'arbres rachitiques, s'étendait à perte de vue. My serra les dents, se focalisant sur la ligne blanche des cols.

Ne pas s'évanouir, pas maintenant. Pas ici. Elle se sentait partir, les paysages se mélangeant devant ses yeux, dans sa tête…

Tous ses muscles se contractèrent. Arc-boutés. Autour de quelque chose, là, à l'intérieur. Douleur, pendant quelques secondes d'intolérable supplice…

My rouvrit les yeux. Le sol défilait sous elle. Mille nuances de gris, ininterrompues. Son ventre se durcit une nouvelle fois. Des forces se jouaient en elle, des forces qu'elle ignorait, qui la broyaient. Elle ne tiendrait pas une minute de plus sur Xyon.

– Arrête ! cria-t-elle. ARRÊTE !

Mais Xyon n'entendit pas. Elle se mit à trembler violemment. Chaque cahot devenait une torture. Une caresse glacée dévala sur sa joue. Le flocon fondit contre sa peau, mais déjà d'autres tombaient, denses et légers, comme autant de fleurs éphémères. Le paysage se brouilla autour d'eux. My distinguait à peine les arbres. La Chimère, elle, avait disparu.

Elle cessa d'entendre Xyon courir. Chaque coup de patte envoyait voler des myriades de flocons. Xyon franchit la dernière barrière de rochers qui les séparait des hauteurs. Ils se retrouvèrent au milieu de nulle part, incapables de distinguer la moindre parcelle du paysage. La neige recouvrait tout, même le vide.

– Continue, dit la voix étouffée de Diriat. Monte jusqu'au col !

My agrippa ses épaules, la forçant à se retourner. À cause du vent, sa voix s'échappait loin derrière elle : Diriat ne pouvait pas l'entendre. My guetta, angoissée, la prochaine contraction, sentait ses muscles se resserrer, lentement…

Diriat vit sa pâleur, ses traits crispés, et comprit. Elle s'affola.

– Vous choisissez votre moment ! Xyon, demi-tour !

– NON ! Pas maintenant, vous êtes folle !

Une nouvelle salve de contractions la plia en deux. My se redressa aussitôt. Xyon ralentissait, accentuant les cahots. Elle ne réfléchit pas davantage et se laissa tomber de son dos. La neige emplit ses narines, ses yeux. L'énorme patte de Xyon la frôla. Elle se releva.

– Continue, sème-la ! Je ne peux pas continuer… Je vais…

Un nouveau malaise lui fit oublier la fin de sa phrase. Le vent emportait tout, la neige masquait tout. Diriat sauta à terre, et aussitôt Xyon s'écarta d'elles, continuant la course-poursuite. Elles restèrent seules. Leurs capes claquaient au vent, comme animées d'une vie propre. My s'enveloppa dans les plis glacés de la sienne. Diriat l'entraîna. Elles s'éloignèrent avec difficulté, la neige se dérobant sous leur poids.

Marcher… marcher, tout droit. Un pied devant l'autre. C'était son repère, avec le bras de Diriat autour de ses épaules. Elle scrutait fiévreusement le sol.

– Regardez, Diriat… Ils doivent être là. Haresh l'a dit…

Diriat la regarda avec inquiétude sans comprendre. My n'y fit pas attention. Elle cherchait à transpercer la barrière de neige. Là-haut, des buttes blanches, au pied des cols. Elle entraînait Diriat désormais. Elle n'avait pas le choix. Mais « ils » étaient là, elle en était sûre…

Son pied buta sur quelque chose. Elle s'effondra dans la neige. Son contact était d'une douceur glaciale. Diriat la releva énergiquement.

– C'est là, dit My d'une voix oppressée, c'est là… Regardez !

Elle dégagea la neige d'un coup de pied. Les racines se faisaient plus nombreuses. C'étaient elles qui rendaient le terrain instable. My se remit en marche, cherchant un arbre. L'air resta saturé de flocons.

Sans signe avant-coureur, ses mains heurtèrent un tronc invisible.

Fébrile, My chercha à passer à travers l'obstacle, mais c'était bien un tronc, elle sentait l'écorce recouverte de glace. Elle le contourna et buta contre un autre, tout aussi invisible. Puis un autre, un autre encore…

Six troncs réunis en cercle. Parfaitement, totalement blancs. Imperceptibles dans la tourmente. Elle passa les doigts entre deux troncs. Les flocons sur sa peau fondirent doucement.

Elle l'avait trouvé… Elle avait trouvé l'Arbrhavre…

– Entrez, Diriat.

Elle se faufila entre les troncs. La neige collée à sa cape fondit en quelques pas. Elle passait de l'hiver au printemps. L'air était doux ici, parfumé, il avait la couleur verte des sous-bois. L'Arbrhavre se révélait de l'intérieur. Ses arbres mêlaient leurs feuillages, jusqu'à former une voûte compacte. Les feuilles transparentes, aux nervures vertes, laissaient passer la lumière en la teintant. My interrompit là son examen. Tapi dans les branches blanches, entièrement blanc lui-même à l'exception de ses yeux rouges, un animal la regardait.

– Un Lanvox, souffla Diriat.

Elle tendit la main vers le Lanvox, qui grimpa sur une autre branche. Son pelage nacré accrochait les reflets verts des feuilles. Malgré son étrangeté, l'animal était beau. Il semblait avoir confiance, car il ne quitta pas l'Arbrhavre, espérant peut-être que les intruses allaient repartir. Diriat essaya de voir à travers les troncs.

– Je ne vois pas Xyon ! s'exclama-t-elle, éperdue. C'est impossible avec cette tempête. Je ne sais même plus d'où nous venons !

– Diriat, dit My, blême.

Les contractions reprenaient de plus belle.

– Je… Je crois que ça commence !

Diriat la rattrapa de justesse. My sentit à peine qu'elle l'allongeait, qu'elle passait la main sur son front. Elle avait oublié l'Arbrhavre, la neige. La douleur formait une terrible barrière. Elle avait l'impression de se déchirer de l'intérieur.

– Il va naître, dit-elle d'une voix rauque. Il va…

– Chut, chut. Ne vous affolez pas.

L'enfant dans son ventre semblait réveiller ses propres forces contre elle, faisant travailler ses muscles activement pour sortir à tout prix, comme un élément désormais étranger, lui qui avait fait partie d'elle pendant si longtemps. Elle pensa à Orest, qui se battait pendant que son enfant naissait. Des larmes envahirent ses yeux.

– Diriat…

– Le travail a commencé. Tout ira bien, Majesté. Ne vous inquiétez pas… Tout ira bien.

Diriat paniquait. My ne s'en rendit pas compte. Sa terreur folle étouffait le reste.

– Diriat, dites-moi que vous savez accoucher quelqu'un ! Vous l'avez déjà fait, n'est-ce pas ? Vous avez eu des enfants ?

– Je suis stérile. Ne vous inquiétez pas, je suis là, tout ira bien…

Un liquide chaud se mit à couler entre les jambes de My, accentuant son désarroi. Était-ce du sang ? Que se passait-il ? Elle n'avait jamais rien entendu sur la naissance, elle n'avait jamais su comment cela se passait… Diriat lui dit d'une voix rassurante :

– N'ayez pas peur. Vous perdez les eaux.

– *Les os ?*

Ses propres accents hystériques étaient étrangers. Diriat s'agenouilla à côté d'elle et serra ses mains dans les siennes. Elles étaient perdues au milieu de nulle part, et ailleurs dans la tourmente, Xyon livrait contre la Chimère un combat qui n'aurait pas d'issue.

My broya les mains de Diriat, cherchant un exutoire à sa douleur. Elle aurait tellement aimé qu'Orest soit à ses côtés. Tellement aimé que pour cette naissance, il y ait autre chose que ce havre au milieu de la tempête, et cet animal aux yeux rouge sang recroquevillé sur son arbre. Faute d'autre point à fixer, elle se concentra sur son regard. Était-ce ce rouge inhabituel ? Était-ce la forme de ces pupilles allongées, si sages ? My eut l'impression de lire en elles l'acte de naissance de son enfant.

Un nouveau Darcer arrivait. Elle n'était plus la dernière, la quête du trésor ne lui appartenait plus.

Son enfant allait naître, et cela, aucune force au monde ne pourrait l'empêcher.

Orest se plaqua contre l'encolure de son cheval. L'épée frôla sa nuque. Dans son sillage, l'air était un prolongement du métal, sifflant et acéré.

Il rassembla les rênes. L'autre revenait au galop. Son propre cheval dansait sur place, piaffant de fureur. D'un cri, il le lança contre l'autre. Le cavalier s'était penché sur sa selle, son panache bleu flottant derrière lui. Son épée rutilante décrivit un arc de cercle – un gaucher. Orest nota le détail et pivota.

Les épées se heurtèrent dans une gerbe d'étincelles, se séparèrent. Se firent face à nouveau. Moqueur, le chevalier fit repasser l'épée dans sa main droite. Surpris, Orest ne para qu'au dernier moment.

Cri du métal, cri lointain des armées. Tout se fondit dans cette passe d'armes – infructueuse encore.

C'était leur quatrième face-à-face, et l'autre s'obstinait à vivre.

Serrant les mâchoires, Orest força le cheval noir à s'écarter. Les deux adversaires s'éloignèrent l'un de l'autre, se jaugeant à distance. L'armure n'entravait pas l'aisance de l'autre chevalier, qui rajustait son haubert avec décontraction. Celui-là savait se battre. Le cheval noir, lui, devenait de plus en plus incontrôlable. La hâte d'en finir, Orest l'avait aussi. Ou la hâte de commencer une bonne fois pour toutes.

– D'accord, dit-il entre ses dents.

Il piqua des deux. L'écume aux lèvres, le cheval bondit, devançant la réaction du destrier adverse. Surpris, ce dernier se cabra, manquant déstabiliser son cavalier. Orest l'attaqua sans préavis. Un coup de biais trancha le plumeau, mais l'épée manqua sa nuque et buta sur le haut de son armure.

Le heaume vola dans les airs, révélant le visage du noble. Orest haussa les sourcils.

– Tiens ! Salut.

C'était Tënahl.

Il lui donna un coup d'estoc en plein cœur. Ebelior devait bien équiper son fils, car la lame ricocha. Au même moment, Tënahl lui abattit sa lame sur la cuisse. Une douleur crue et intense se diffusa sur toute la largeur de la plaie, envahit sa jambe, brouilla sa vue. Orest fit reculer sa monture, serrant les dents pour ne pas hurler. L'autre lança d'un ton belliqueux :

– Je te défie à terre, si tu l'oses !

Orest l'ignora. La douleur remontait le long de sa jambe. Chaque mouvement du cheval faisait jaillir le sang à flots. Il risqua le tout pour le tout, repartit au galop et leva son épée le plus haut possible. La lame retomba non sur Tënahl, prêt à parer, mais sur la sangle de sa selle. Le coup la scia net.

Le regard insondable, Orest regarda Tënahl disparaître avec son haubert, sa belle épée et son plumeau tranché.

– À terre, c'est fait.

Il fit avancer son cheval d'un coup de tibias. L'animal piétina Tënahl en quelques coups de sabot méthodiques et mortels, le réduisant en un amas de pulpe sanglante et d'os brisés.

Orest quitta les lieux du combat sans s'attarder. Tënahl n'était qu'un pion dans l'armée du Sanreth : sa mort passerait inaperçue. Il épongea sa cuisse avec un bout de cape, découvrant une profonde entaille sous le sang. Par chance, l'artère n'était pas touchée.

Il leva le bras et enfonça son épée dans la poitrine d'un soldat. Cette fois, l'armure se plia sous l'impact et l'homme tomba à genoux. Son adversaire, un villageois au casque trop grand, décampa sans demander son reste. Plusieurs assaillants voulurent stopper le cheval noir, qui se ramassa et sauta au-dessus d'eux. La blessure d'Orest parut se fendre en deux quand l'animal se réceptionna lourdement.

Se blinder, serrer les dents. Une armure sous l'armure. Sa peau devait devenir armure. Il laissa sa monture galoper. Autour de lui, les combats se livraient par dizaines. Le soleil de midi éclairait sans complaisance les chevaux aux jambes tranchées, les tentes brisées déversant leurs entrailles et les blessés qui se traînaient au sol. Orest notait tout cela avec une nausée familière, indifférente. Il avait vu bien pire, bien plus injuste. Mais cette vision d'un Edrilion qui se déchirait lui-même, camp contre camp, en une lutte sauvage et absurde… non, ce spectacle-là, il ne l'avait jamais vu.

Il avait grandi en tuant. Il ne savait rien faire d'autre. Son camp allait être balayé sous ses yeux, tout cela parce qu'il n'avait pas su anticiper. Alors, tuer, il allait en faire son point d'honneur. Il s'attaquerait à une seule personne, le responsable.

Orest dévia brusquement de sa trajectoire. Une silhouette étincelante, surmontée d'un panache écarlate, s'engageait au galop dans une travée gardée par deux tentes encore d'aplomb. Orest était bien placé pour savoir qu'il s'agissait d'une embuscade, mais le noble était suivi d'une troupe entière, signe que le piège avait été détecté. Le cheval trébucha sans raison et son cavalier passa par-dessus son encolure, aussitôt accueilli par une salve de flèches et de cailloux. Orest remarqua une corde noire tendue entre les deux tentes, et Eisdreel et Kebren chacun à une extrémité. Les deux Kmetts disparurent en un clin d'œil.

Orest reporta son attention sur le noble, qui gisait au milieu des projectiles, remuant faiblement. Il mit pied à terre et l'empoigna par le col.

– Où est le Sanreth ?

Il écarta le heaume, révélant le visage du chevalier. Ses sourcils étaient séparés par une ride profonde. Il avait l'air buté de ceux qui assument pleinement d'être condamné. L'homme secoua la tête.

– Pas la peine de vous… fatiguer pour ça…

Le gantelet de fer se resserra.

– *Où ?* Réponds !

L'homme rendit l'âme sans un mot. Orest le lâcha.

Lissei s'approcha. Il était dans un sale état : sa joue droite était lacérée sur toute sa longueur, et son bouclier avait disparu.

– Où est passé Meshet ? demanda Orest.

Le Fauconnier fit un signe d'ignorance. Plusieurs combattants s'étaient regroupés autour de lui. Orest considéra ses soldats, ou ce qui en tenait lieu. Des villageois, des marchands, des voyageurs, aucun n'était capable de combattre vraiment. Il dit abruptement :

– Restez ensemble, on va avoir besoin de vous.

– Pourquoi ? dit aussitôt Lissei.

– On se réorganise.

Ils avaient prévu de se disposer autour de la colline pour interdire l'accès au cœur du campement et à leurs vivres, mais ils avaient sous-estimé les effectifs adverses. Protéger le campement ne servait plus à rien. Mieux valait se rassembler en un arc plus compact, pour prendre en tenaille les meneurs ennemis. Abattre les nobles avant tout.

– Je vais chercher Meshet. Rassemblez tous ceux que vous pouvez trouver, contournez le champ de bataille et attaquez sur les ailes !

Meshet. Où était Meshet ? Aux dernières nouvelles, il combattait avec ses chevaux noirs, quelque part à l'avant. Orest quitta Lissei et se dirigea vers le cœur du combat. Les lignes s'étaient défaites, les détachements, éparpillés. Combien d'hommes à terre dans leur camp ? Rien ne ressemblait plus à un mort qu'un autre mort.

Un soldat fondit vers lui en hurlant. Il le décapita sans sommation. Un cadavre de plus. L'herbe disparaissait sous les corps. Chevaux, hommes, femmes… Une mer humaine. Et si Meshet était là-dedans ? Mais comment savoir, comment trouver…

– Orest…

La voix était si basse, si fragile, qu'il crut avoir rêvé.

– Orest…

Un frisson lui parcourut l'échine. Il ne reconnaissait pas cette voix. Son premier réflexe fut d'examiner les corps à terre, y cherchant My, sa chevelure blonde, son visage. Mais My n'était pas là. Un corps bougea aux pieds de son cheval. C'était une femme. Il ne la connaissait pas.

La voix reprit. Elle marmonnait des mots indistincts, d'un timbre fêlé. Elle était plus terrifiante qu'un cri d'agonie. Elle laissait filtrer le trop-plein de douleur, juste le trop-plein. Le reste restait enfoui dans le corps, et il devinait ce reste immense.

– Orest… C'est moi…

Épuisée, la voix se tut. Orest mit pied à terre et contourna son cheval. Il marcha sur une cape. La femme bougea de nouveau. Il reconnut la cape, et, alors seulement, il identifia la femme. C'était Issana. Étendue sur l'herbe en une posture distordue, le visage maculé de sang, elle était méconnaissable.

Ils se regardèrent une terrible, interminable seconde. Puis il se précipita vers elle, s'agenouilla, arracha son gantelet pour prendre sa main. Le pouls battait et refluait, insaisissable. Issana le repoussa faiblement.

– Inutile. C'est le dos…

Orest la dévisagea. Un goût amer envahit sa bouche.

– Issana, qu'est-ce qui s'est passé ?

– Une bêtise… J'ai voulu… attaquer Ebelior. Gros morceau…

L'expression d'Issana se modifia. Elle voulut parler, mais sa respiration s'était faite hachée, bloquant les mots dans sa gorge. Orest perçut le râle qui sifflait, annonciateur de ses derniers instants. Sa gorge se noua et il serra sa main, incapable de parler, de trouver quoi dire.

– Tu pleures, dit la voix minuscule à son oreille. Il fallait au moins ma mort pour te faire pleurer…

Elle lui sourit, de ce sourire à fossettes qui découvrait ses incisives. Mi-féminin, mi-prédateur. Orest voulut parler, mais sa voix refusa d'obéir, de répondre, de remercier, tant de mots banals qui n'avaient plus de sens dans les derniers instants. Alors il lui murmura :

– Je viens de tuer Tënahl. Preen est libre.

– Ce sera sans moi…

Très lentement, l'étincelle de vie glissa de son regard et disparut. Le sourire d'Issana salua son oraison, railleur jusqu'au bout.

Leurs sourires se ressemblaient.

Orest ferma ses paupières, cachant à jamais son regard.

– Je reviendrai te chercher, murmura-t-il.

Se lever lui demanda une force inhumaine. Il remonta en selle comme un automate. Il tenait toujours fermement son épée. Cette force-là ne l'avait pas quitté. Il tenait debout, parce qu'il fallait tenir…

Il laissa le cheval courir, errant au hasard des plaines, enjambant les corps et les pièces métalliques fichées au sol. Un bond. Une esquive. La terre rouge volant sous les sabots.

Pour le faire revenir à lui, il fallait le hurlement d'un être torturé à mort.

Au milieu des armées décomposées, il vit une troupe au loin. Le cri venait de là-bas. L'homme qui le poussait était invisible, noyé dans la large tache noire qui se dessinait sur les Plaines. Ce cri rappelait trop Issana, sa voix brisée qui demandait de l'aide. Orest ne sut pas comment, mais aussitôt il eut l'intuition que l'homme qui hurlait était de son camp. Et qu'il était seul, voué, lui aussi, à une morte imminente.

Il talonna sa monture et galopa droit vers la troupe, mais plus il s'en approchait, moins la troupe ressemblait à une troupe. Les soldats étaient disposés en cercle, laissant un grand espace vide. Personne ne se battait. Tout le monde regardait, avide. Pour quelques instants de répit, un seul être payait.

Du haut de sa monture, il vit Haresh.

Cette unique vue l'électrifia. Toutes ses sensations, disparues depuis la mort d'Issana, emplirent ses veines comme un poison fulgurant. La fureur était la plus forte. D'un vigoureux coup de talon, Orest lança le cheval vers la haie de guerriers. Il s'élança à travers la brèche et marqua un arrêt.

L'épée de Haresh avait volé à l'autre bout du cercle. Il avait perdu sa protection au bras gauche, et une plaie barrait sa manche du coude au poignet. Leurs regards se croisèrent, et Orest lut sur le visage d'Haresh un mélange de soulagement et d'horreur.

Profilée comme une arme vivante, une Chimère était près de lui. Elle ne regardait ni Orest ni Haresh. Son attention était braquée sur un petit homme maigre aux yeux déments. Orest l'aperçut à ce moment seulement.

– Tu viens sauver ton chef, manant ? criailla l'homme.

Il tourna vers lui un visage minuscule au sommet de son armure. Celle-ci appartenait visiblement à Keagan : elle était ornée de gravures dorées, avec l'aigle frappé sur le plastron. Elle s'adaptait mal à son nouveau porteur. Orest détailla le Sanreth, son expression chafouine, sa barbe pelée. N'était-ce que ça ? *Ça*, leur adversaire ?

– Partez d'ici, Orest !

Haresh avait mis toute sa force dans cette phrase. Le Sanreth se tourna d'un coup vers lui.

– Orest ?

D'un claquement de doigts, il appela la Chimère. Le monstre obéit avec docilité.

– Je suis ravi de vous voir, je vous cherche depuis si longtemps ! J'ai retourné ce camp pour mettre la main sur vous... Enfin, voilà celui dont on parle jusqu'à Aïdrez !

Orest détailla rapidement l'armure du Sanreth.

– J'étais curieux, moi aussi. Ça fait longtemps que j'attends de rencontrer celui qui veut gouverner Edrilion, je suis un peu surpris.

Les failles habituelles, situées aux aisselles, étaient camouflées par une bande d'acier. Il pouvait faucher les jambes ou décapiter, mais dans les deux cas la Chimère faisait obstacle. Orest laissa tomber :

– Mais vous voici enfin, et survivant à la bataille ! Quelle science des armes...

Les doigts du Sanreth se contractèrent sur le dos de la Chimère. Il semblait sur le point de perdre tout contrôle. C'était du temps de gagné pour Haresh.

– J'ai de quoi te faire rentrer tes paroles dans ta gorge, pouilleux ! gronda-t-il.

Il retint la Chimère. Les plumes du monstre étaient hérissées, ses babines retroussées. Visiblement, ce n'était pas la Chimère de Welfendà, d'habitude plus calme. L'homme était seul avec son monstre, livré à sa colère instable. C'était le moment où jamais.

– Alors faites-le vous-même, dit Orest avec défi. Je suis sûr que vous pouvez me battre sans votre molosse.

Il mit pied à terre, signalant explicitement son intention. Provocation et duel : une méthode en deux étapes qui fonctionnait avec n'importe quel homme doté d'un peu d'ego. Il se tint immobile, ignorant la blessure qui pulsait sur sa cuisse. Il était trop tard pour sortir de ce piège sain et sauf. Comme Issana. Comme Floan, Vahyl et tous ceux qui étaient morts pour les Darcer. Mais supprimer ce Sanreth, ça, il pouvait le faire. Sans cet homme, Welfendà perdait son pantin.

– Alors ? fit-il. Partant ?

Le Sanreth renversa la tête en arrière et éclata, d'un rire sauvage, semblable à un aboiement. Ses pupilles s'étaient démesurément élargies et ses mouvements saccadés évoquaient ceux de sa Chimère.

– Attaquer quoi, pauvre idiot ? Je n'ai rien à prouver !

– Votre courage, votre carrure, votre autonomie. La base.

Les traits du Sanreth se contractèrent, mais cette fois il ne rit pas. Son rictus resta fiché sur son visage, dévoilant le haut de ses dents. Son regard mua peu à peu. C'était ténu, mais la lumière au fond des prunelles devenait plus maligne.

– *Prouver ?* À vous ? Mais au nom de quoi ? Regardez-vous ! Un passé de brigand et une femme séduite pour accéder au pouvoir ! Je ne vois rien d'autre chez vous. Sans la Darcer, vous n'êtes rien. En fait…

Le Sanreth pencha la tête sur le côté. Ses dents brillaient.

– Vous êtes comme moi. Tous deux protégés par une reine. Mais moi, je suis du sang de Keagan. Moi, j'ai la preuve par le Lanvox.

– Et le Darcer à naître sera mon enfant.

Le rictus du Sanreth disparut. Quiconque aurait pu les voir, tournant l'un face à l'autre, chacun maigre et agressif, aurait été marqué par la ressemblance. Orest la percevait mieux que n'importe qui. Le Sanreth s'accrochait désespérément à cette vie où il n'était paria qu'à moitié. Lui, il redoutait de perdre My. Sans elle, il retournait au néant. Étaient-ils si différents ?

– Assez parlé, dit-il sèchement. Je sais que Welfendà vous dicte votre conduite et vos paroles. Vous êtes incapable de survivre sans votre reine. Affrontez-moi ou abandonnez, mais ne soyez pas surpris. Aucune femme de valeur n'épouse un lâche en Edrilion, et surtout pas une femme comme Diriat.

Diriat. Le mot qu'il gardait en réserve.

Il s'attendait à une réaction, mais la violence de celle-ci dépassa ses prévisions. Le Sanreth pivota et lui expédia un coup de poing qu'il ne parvint pas à éviter. Renforcé par le gantelet d'acier, le coup faillit lui démettre l'épaule. Il reprit son équilibre à temps. Déjà, l'autre se préparait au deuxième assaut, cette fois à l'épée. Orest bondit sur le côté, aux aguets. Il avait oublié Haresh, la foule hostile autour de lui, tout, sauf la Chimère. Elle grondait près du Fauconnier, le plumage hérissé et les pattes fléchies, comme un prédateur prêt à l'assaut. Le Sanreth, pour l'heure, la maintenait à distance.

C'était le moment. Aucun autre ne se présenterait.

Contrairement à ses habitudes, il ne porta pas le premier coup. Emporté par sa fureur, le Sanreth s'élançait déjà. Son épée fusa d'un mouvement franc, offensif, sa vitesse augmentée par la colère de l'homme. Dans un éclair de lucidité, Orest revit My face à lui et, plutôt que de parer le coup, se dégagea en tournant souplement. Il utilisa le décalage pour attaquer le Sanreth au flanc.

D'une passe d'armes à un pas de danse, il n'y avait parfois que quelques pas d'écart…

Et une passe d'armes suffisait à se faire une idée sur son adversaire. Il l'avait sous-estimé. Cette fois, Orest prit les devants et tourna autour du Sanreth, l'interposant entre la Chimère et lui.

Tester d'abord, piquer, surprendre. Sa nouvelle botte fut beaucoup plus sophistiquée, ciblant tour à tour les jambes et le torse. Le Sanreth répondit par un moulinet qui faillit emporter son épée. La foule grondait… Colère ou joie, tout se confondait dans ces voix criant de concert. Orest n'entendait rien. Un nouveau choc lui coupa le souffle. Le Sanreth venait de l'attaquer au flanc. Le jeune homme tournoya et le fil argenté de son épée décrivit un arc vers le cou du Sanreth…

– Non ! rugit l'homme. Non ! C'est à moi !

Orest réalisa trop tard que sa Chimère était intervenue. Une patte griffue l'envoya rouler à l'autre bout du cercle. Il eut l'impression que sa plaie explosait sous l'effet de la douleur. Titubant, il se releva, brandissant maladroitement sa dague. La Chimère entrait dans la bataille, feulant de rage, la clameur de la foule devenait étonnamment puissante…

Il se releva et vit alors qui l'avait écarté du monstre. Xyon, luisant plus fort que jamais et recouvert de glace, avait bondi au milieu du cercle. Le dragon se déplaçait beaucoup plus vite que d'habitude. Ses gestes étaient plus reptiliens, ses coups de griffe plus agressifs. Fasciné, Orest le regarda se cabrer et soulever la Chimère entre ses antérieurs, la serrant entre ses articulations et sa gueule en une étreinte implacable…

Le monstre se débattit, sifflant et feulant, griffant la gueule de Xyon et ses yeux-diamants avec l'énergie du désespoir. La corne du dragon, située au menton, appuyait sur son poitrail et, la force des gemmes aidant, faisait céder pouce par pouce la barrière des plumes. L'énergie déployée par Xyon dépassait l'imaginable. Orest pouvait entendre le plumage rigide craquer. La Chimère lutta plus follement que jamais, pressentant sa propre mise à mort…

– Tirez !

Le cri du Sanreth se noya dans le grincement des arcs. Une pluie de lumières fauves traversa le cercle. Orest ne reconnut des flèches enflammées que lorsqu'elles se fichèrent entre les écailles de Xyon.

Le dragon se figea sur ses pattes arrière, puis lâcha la Chimère, se cabrant pour se débarrasser des projectiles.

Les flammes dévorèrent le bois des flèches en quelques instants et s'étendirent sur le corps du dragon, calcinant la couche supérieure des gemmes. Une autre volée s'abattit sur lui. Une odeur âcre s'éleva mais Xyon resta d'aplomb, défiant les tireurs de son immense carcasse…

– Les yeux ! hurla le Sanreth d'une voix déformée. Les yeux sont des diamants, visez les yeux !

– Non !

Orest se rua vers le Sanreth, mais les archers réarmaient déjà. Xyon tournait et se débattait dans le cercle comme un fauve en cage. Une nouvelle pluie de flammes le cacha momentanément. Orest entrevit seulement sa silhouette cabrée. Les flèches tombèrent par dizaines, enflammant l'herbe partout autour du dragon.

Lorsqu'il réapparut, ses couleurs chatoyantes s'étaient ternies, noircies. Seuls ses yeux brillaient. Non pas de la lueur blanche cristalline, propre aux diamants. Les flammes les léchaient, les teintaient de rouge, les faisaient partir en fumée…

– NOOOOON ! hurla Haresh. XYON ! ÉTEINS-LES !

Mais le dragon ne se tourna pas vers lui comme d'habitude, pour quêter ses conseils. Figé, il continuait de regarder droit devant lui.

Le silence tomba sur le cercle.

Un crissement retentit, puis un autre, et un autre encore. La carcasse de la créature se mit à trembler. Le sortilège qui scellait les pierres s'effondrait. Dans un concert de bruits sourds et rocailleux, les gemmes croulèrent les unes sur les autres, transformant Xyon en un amas informe. Pas un cri. Pas une plainte.

Interdit, Orest se précipita vers le seul de leurs alliés assuré de survivre. Il souleva une pierre rougeâtre, cherchant dans les décombres une trace de Xyon, n'importe laquelle. Une fumée bleue monta des cristaux et enveloppa sa main. Il lâcha la gemme, mais la fumée ne se rétracta pas. Elle était très claire, presque évanescente. En un souffle, elle s'évaporerait…

– Xyon.

La fumée monta encore et prit forme, celle d'une fillette devant lui. Ses joues étaient émaciées, et non pas rondes, comme celles de la plupart des enfants. Quel âge avait-elle ? Si jeune si vieille… Il voulut lui parler, mais la fumée se modifia, transformant le petit visage grave. La fillette se mit à sourire de toutes ses dents. C'était un franc sourire, qui, porteur d'une joie folle, déborda de ses lèvres pour gagner ses yeux et envahir le moindre de ses traits,.

Un sourire de libération.

Elle agita la main dans leur direction et, soudain, fusa vers la Chimère, droit vers la fissure ouverte dans son poitrail. Elle s'y engouffra purement et simplement.

Dominant le tas de gemmes, la Chimère resta seule combattante sur les lieux. Elle broya un cristal calciné d'un coup de griffe et s'étira, offrant la vision d'une gueule aux crocs luisants. Orest chercha en vain une trace de fumée bleue sur elle. La Chimère triomphait, rassurée par sa force, assurée de sa victoire…

Elle s'immobilisa soudain. Stupéfaits, tous la virent se recroqueviller au milieu du cercle. Son faciès n'exprimait pas la douleur comme l'aurait fait un visage, mais on la lisait dans tous ses gestes. Un cri rauque et profond jaillit de sa poitrine. Inefficace contre l'esprit qui prenait possession d'elle, glaçant son cœur…

Et Xyon, quel que fût son vrai nom, périt ainsi, entraînant la Chimère avec lui.

– Non… Lâche-moi… Lâche-moi…

La plainte du Sanreth se mua en hurlement inarticulé, bestial. La Chimère gisait morte. Le Sanreth tituba jusqu'au cadavre et s'effondra sur lui, le corps agité de spasmes nerveux, la bave aux lèvres. Ses doigts s'agrippèrent aux plumes comme à une part de son propre corps. Il se tordit au sol, attaqué de l'intérieur par la rupture du lien. Devant la Chimère morte, l'homme ne manifestait ni tendresse ni chagrin comme Orest pour la perte d'Issana. Non, les plaintes du Sanreth exprimaient une autre sorte de perte…

Soulevé par le dégoût, Orest brandit sa dague, évaluant la distance qui le séparait de sa victime. Le Sanreth lui faisait face. Lui trancher la gorge ne présentait pas de difficulté. Il y avait quelque chose d'obscène à mettre en joue un homme terrassé de cette manière, mais il n'hésita pas. Le couteau traversa les airs en sifflant.

Vola en éclats.

La Chimère de Welfendà se posta devant le Sanreth, bouclier infranchissable. Il sut que c'était elle dès qu'il croisa son regard. Cette Chimère était plus gracieuse et plus maligne. Un immense corps se rua sur lui. Il n'eut même pas le temps de voir sa vie défiler. Le cœur au bord des lèvres, il s'effondra sur une surface étrange qui ne ressemblait pas au sol. Elle était noire, à l'odeur familière. La voix qui lui parlait l'était aussi.

– J'ai cru que je n'allais pas t'attraper à temps ! Qu'est-ce que tu as fait au Sanreth ? Tu assassines proprement, d'habitude.

L'herbe défilait sous le galop du cheval noir, la voix d'Allian était inhabituellement effrayée. L'estomac d'Orest se retourna.

– Non ! Demi-tour !

– Elle a failli te réduire en pâtée ! protesta Allian.

– Allian, obéis ! Il y a Haresh là-bas !

Le cheval volta immédiatement. Le cercle des spectateurs avait déjà disparu. Seul l'amas de gemmes formait un repère. Orest se pencha sur l'encolure du cheval.

– Je ne vois pas Haresh !

Un goût de bile lui envahit la bouche. Les seuls cadavres restants étaient Xyon, la Chimère…

– Elle a emmené Haresh avec le Sanreth ! Accélère !

Le cheval bondit en avant, allongea ses foulées. Les hommes du Sanreth couraient devant eux, doublés sans effort, mais les deux Chimères restantes n'étaient nulle part. Aucune tache grise ne menait ces soldats qui fuyaient. Ils couraient au cœur d'une débâcle qui n'était pas la leur. Allian finit par dire :

– N'allons pas plus loin.

– Haresh est là-bas ! rugit Orest.

– Et deux Chimères aussi, et un homme qui veut ta peau. C'est trop dangereux. On enverra Xyon...

– Xyon est *mort*, Allian !

Le cheval peinait sous le poids de ses deux cavaliers. Furieux contre lui-même, Orest tira sur les rênes. Haresh. Le Fauconnier qui les avait accueillis. Le premier qui avait tout su sur lui, son rôle dans la mort de Keagan... Leur enfant, à My et lui... Haresh.

Il aurait pu le sauver. Il aurait dû.

– On va envoyer des éclaireurs. On le retrouvera.

Mais Allian, tout comme lui, savait que s'ils pouvaient localiser l'armée, il était plus difficile de sauver un prisonnier. Haresh avait défié le Sanreth à deux reprises, il était à l'origine de cette guerre. Combien de temps la Reine le laisserait-elle en vie ?

Ils revinrent à pied. En plein midi, les Plaines s'étendaient partout autour d'eux, désertiques et dévastées. L'armée du Sanreth se délitait sous leurs yeux. Petits détachements, chevaux sans cavaliers, piquiers aux yeux vides quittaient les champs de bataille. Sans le Sanreth pour les guider, la guerre ne pouvait pas continuer. La fièvre de la bataille s'était retirée comme elle était venue. Ne restaient plus que ces hommes hagards, en tous points semblables à ceux de leur propre camp. Plus ils se rapprochaient de la colline, plus les cadavres se faisaient nombreux, et les ennemis rares.

La colline grouillait de monde. Ils se frayèrent un chemin parmi les combattants éreintés, écartant les corps sans un mot. Le moindre sourire aurait paru déplacé. Les Plaines leur offraient un cimetière infini pour enterrer leurs morts. Déjà, certains s'y attelaient.

– Orest... Allian...

Fraar descendait la colline dans leur direction. Orest lui répondit d'un simple signe de tête et le dépassa. Annoncer la mort d'Issana maintenant était au-dessus de ses forces. Fraar le retint par le bras.

– Orest…

– Pas maintenant, Fraar.

– Mes félicitations.

Le cœur d'Orest sembla dégringoler dans sa poitrine. Revenir à sa place initiale, enflé d'un sentiment qui dépassait toute la peur du monde. Pendant un moment, il n'exista plus que pour elles : ces deux silhouettes collées l'une contre l'autre à l'ombre d'une tente.

My, couverte de neige, et le minuscule petit être humain, blotti dans ses bras, leur enfant…

Son enfant…

18. L'AVEU

La chambre à coucher donnait sur la cour du château de Jial. La lumière n'y entrait pas. Le bois des meubles noircissait dans cet espace, et la lourde porte l'isolait de tous les bruits extérieurs. Au-delà, son armée entrait dans Jial, emplissait les rues et les couloirs du palais. Et lui, son chef, s'enfermait hors du monde.

Le Sanreth plaqua son front contre ses genoux. Son dos était appuyé contre sa dernière Chimère dont les deux antérieurs l'entouraient. La souffrance nouait ensemble leurs consciences, leurs ressentis. Ils se raccrochaient l'un à l'autre. Jamais ils n'avaient été aussi étroitement unis.

En tout être, il y a un pont au-dessus du gouffre. Une écorce, une carapace, quelque chose sur quoi s'appuyer. La sienne avait volé en éclats. Il s'étonnait de ne pas mourir sur-le-champ et de résister ainsi à sa propre destruction. Car sa dernière Chimère, désormais, c'était lui. Il se réfugiait en elle pour survivre. Il ne se retrouvait plus en lui-même.

– *Sanreth, il faut y retourner. Relancez vos troupes et terminez cette bataille. Vous avez presque gagné.*

Penchée sur lui, Welfendà lui parlait avec une grande douceur.

– *En quelques heures, vous les vaincrez. Soyez fort et allez jusqu'au bout. Je sais ce que vous ressentez…*

– Non, dit-il d'une voix éraillée. Non, vous ne savez pas.

– Sanreth, quand on m'a greffée aux Chimères, j'étais enfant.

– AUCUNE DE VOS CHIMÈRES N'EST MORTE !

Il avait crié si fort que la salive goutta sur son menton. Le Sanreth ne l'essuya pas. Ses entrailles se soulevaient de haine. Elle montait à flots, tordait son visage. Elle débordait de tout son être. Son rejet était instinctif, dicté par son corps. Il bégaya :

– Vous m'avez menti dès le début. Vous m'avez greffé, sans me dire à quel point le lien était douloureux… Je n'ai rien su… Ce n'est pas une arme que vous m'avez donnée, c'est une malédiction !

– D'une manière ou d'une autre, le pouvoir se paie. Je vous l'ai dit. Vous n'avez pas écouté.

– TAISEZ-VOUS !

Il se leva. Sa Chimère gronda dans son dos. Il ne supportait plus d'entendre cette voix ramper dans sa tête. Il sombrait, et elle s'accrochait toujours… Cette voix menteuse. Impérieuse. Comme il haïssait cette voix. Il la vomissait par tous ses pores. De nouveau il parla, sans reconnaître sa propre voix déformée par la fureur.

– Vous allez quitter ce royaume. Je suis roi, protégé par le Lanvox et la preuve par le sang. Je ne veux plus vous voir !

La Chimère de Welfendà retroussa légèrement ses babines.

– Je vous déconseille de mettre fin à notre pacte. Vous êtes lié à moi jusqu'au bout. Sans moi, vous n'avez rien. Vous êtes un étranger dans un monde en guerre, ni couronné ni marié.

Le souvenir de Diriat transperça sa folie et se ficha en plein cœur. Il l'avait attaquée au camp, poursuivie jusqu'aux monts Baïshdro, perdue… Le reste des souvenirs se noyait dans la tourmente. L'avait-il tuée ? Vivait-elle encore ? Diriat. Le point culminant de son échec.

La Chimère de Welfendà se mit à arpenter la pièce, son corps interminable ondulant sur ses pattes. Si forte, si sûre d'elle. Le contraste entre eux deux était éclatant. Elle restait complète, renforcée. Elle attendait seulement qu'il gagne pour elle.

– Vous vous croyez forte, hein ? éructa-t-il. Bien à l'abri dans votre Daj, bien planquée derrière votre créature... J'ai tout fait pour vous ! Tout ! Vous m'avez... vous m'avez utilisé jusqu'au bout... Je ne retournerai pas dans ces Plaines. Je ne travaillerai plus pour vous !

– *Je pense que vous n'avez pas le choix.*

Il laissa libre cours à sa colère et tituba vers la bête. Ses mains se refermèrent autour de son cou et serrèrent, avec peine, tentant de faire plier l'armure de plumes. Broyer cette chose immonde, l'anéantir...

D'un coup de tête, la Chimère l'envoya voler à travers la pièce. Il heurta les rideaux du lit et s'abattit au sol.

– *Je voulais qu'on collabore, Sanreth, mais si vous n'obéissez pas, je peux vous contraindre. Je peux vous arracher ce qu'il reste de votre pitoyable esprit, vous manipuler, et alors vous aurez tout perdu...*

Le Sanreth leva la tête. Ses expressions se succédaient sans cesse, bouleversant ses traits. Ses dernières barrières cédèrent. Il se releva, une nouvelle fois, et sans lâcher la chimère de Welfendà du regard, dit :

– Tue.

Sa Chimère quitta le fond de la salle. Le plancher craqua quand elle prit son élan. Sa masse énorme traversa la pièce, s'abattit sur la créature de Welfendà. Les bêtes se jetèrent l'une contre l'autre, sans gronder, dans un enchevêtrement de plumes grises. Les plaintes du parquet dominaient tous les bruits. Le grincement des crocs contre les plumages ressemblait au craquement du bois torturé.

À son tour, le Sanreth plongea dans la bataille. Son esprit rejoignit celui de la Chimère. Elle était les muscles, lui, le cerveau, et contre eux, Welfendà et sa bête se mélangeaient aussi. Il ne s'agissait plus, désormais, de se battre avec la seule force. Chaque attaque devenait plus ciblée, plus stratégique.

Trouver le point faible de l'autre.

– Tue.

La tuer. Il n'avait que ça en tête. Cette envie déchaînait en lui des forces qu'il ne connaissait pas. Welfendà se défendait avec une énergie reptilienne, se soustrayant sans cesse. Chaque attaque manquait sa cible. Le seul défaut chez ses adversaires, c'étaient les flancs de la Chimère, qui se soulevaient à une vitesse anormalement rapide. Le Sanreth se souvint de la Tue-souffle. Réputé infaillible, le poison n'avait pas tué la Chimère de Welfendà. Elle avait plongé en apnée assez longtemps pour en dissiper les effets mortels, mais ses poumons avaient été endommagés, il ignorait jusqu'à quel point.

– Étrangle.

Coup de mâchoire. La gueule de sa Chimère se rabattit sur le cou de celle de Welfendà. Qui se débattit de plus belle, éraflant le plumage de l'autre Chimère à coups de griffes. Il ne lâcha pas. La tuer. La tuer. Il attendrait des heures s'il le fallait. Welfendà hurla, toute froideur disparue, tâchant de reprendre le contrôle de sa bête. Celle-ci, pourtant, cessa peu à peu de se débattre. Comme lassée. Il semblait qu'au seuil de la mort elle se dissociait de Welfendà, acceptant la défaite… ou refusant la vie.

Elle s'immobilisa. Le Sanreth souffla :

– Je te vois, petite Reine… Au fond des yeux… Pas la peine de te battre, même ta Chimère ne t'obéit plus… Tu sais ce que je ressens, dis-tu. Très bien… Maintenant, tu vas le vivre.

Son rire ronfla, dérailla, devint suraigu, emplissant la pièce de ses accents hystériques. Il s'arrêta.

– Retourne chez toi, retourne dormir dans ton palais mort. Je t'enlève ta malédiction. Tu n'auras plus à me suivre, à me commander, je régnerai seul… Maintenant dors, petite Reine… Dors…

Le corps de la Chimère s'affaissa.

Welfendà avait disparu.

Il se retrouva devant un cadavre aux plumes ternes, un simple cadavre qui n'avait plus rien d'effrayant. Sa Chimère tourna sa gueule vers lui.

– Tu es la dernière, ma belle. La dernière…

Il resta au milieu de la chambre dévastée, répétant, la tête vide, « la dernière, la dernière »… Sa douleur n'était pas partie. Mais Welfendà chassée, il avait l'impression qu'il pouvait revivre. Un éclat nouveau s'alluma dans son œil.

– Occupons-nous du prisonnier.

Haresh se cramponna aux barreaux et tira une énième fois.

Courts et épais, ils rayaient le soupirail et la rue qui passait derrière. Il n'y en avait que trois, mais chacun avait l'épaisseur d'un os de tibia. L'un d'eux s'était légèrement descellé. Le Fauconnier s'acharna sur celui-ci, en vain. Rien d'étonnant : Fraar était particulièrement fier de ses prisons, or, Haresh était dans sa ville.

La blessure de son bras s'était infectée. Un liquide jaunâtre recouvrait le sang, s'incrustait dans la plaie. Le moindre mouvement devenait difficile. Haresh aurait pu aller s'asseoir au fond du cachot, abandonner et attendre. Aucune de ces attitudes ne lui correspondait.

– Fraar, grogna-t-il. Espèce de vieux maniaque ! Tu ne pouvais pas attendre pour refaire tes prisons ?

Il scruta le cachot, mais ne trouva pas le moindre objet pour faire sauter la pierre autour des barreaux. Pas de menottes, pas de gamelle, ni de broc. Régulièrement, il regardait pourtant. Ce réflexe s'appelait peut-être espoir, mais alors un espoir sans éclat, machinal. Il attendait depuis des heures. On semblait l'avoir oublié et ses soupçons devenaient certitudes : si on ne le nourrissait pas, c'est qu'on n'avait pas l'intention de le laisser vivre longtemps.

Haresh revint devant le soupirail. Il donnait sur une petite rue malodorante. Les passants étaient rares, et aucun ne répondait à ses appels. Quant à la porte, il l'avait oubliée dès son entrée. Elle faisait plus de trois pouces d'épaisseur, renforcée par un blindage de fer. Si seulement il connaissait quelqu'un dans cette foutue ville… Si seulement Xyon était là.

Son cœur se serra et Haresh secoua la tête, chassant cette perspective. Longtemps, Xyon avait été un rempart, un sauveur. Mais Xyon était mort sous ses yeux. Mort, ou plutôt morte… Plus aucune importance. Il se remémora l'enfant émaciée, son air grave puis son sourire de miraculée. Il n'aurait pas eu plus mal en voyant mourir sa propre fille. La mort de Daerei le hantait encore. Maintenant, deux enfants avaient été emportés par cette guerre absurde.

Le Fauconnier appuya son front contre les barreaux. Son bras blessé palpitait.

– Aidez-moi, murmura-t-il. Quelqu'un. N'importe qui.

La rue resta silencieuse.

Honteux de s'être laissé aller, Haresh rouvrit les yeux. Sursauta.

Le visage de la petite fille venait d'apparaître derrière les barreaux. Elle était faite de la même fumée bleue, mais sa lumière était beaucoup plus pâle que dans les Plaines. Elle semblait attendre qu'il parle de nouveau, comme s'il l'avait convoquée. C'était peut-être le cas, à en voir ses mains crispées sur les barreaux. Sa place n'était pas ici.

– Ton père était orfèvre, c'est ça, Xyon ? lui dit-il. Tu étais malade, et il t'a sauvée avec le dragon ?

Il aurait dû lui demander de l'aide, mais cette question était infiniment plus importante pour lui. Nelia avait voulu percer le mystère de Xyon, il y avait lui-même réfléchi pendant des années. Ni l'un ni l'autre n'avait pensé à une enfant.

La petite hocha la tête. Elle pleurait sans larmes.

– Je suis désolé pour ce qui s'est passé. Tu n'aurais pas dû mourir dans une bataille. Merci pour tout ce que tu as fait. Tu nous as sauvés plusieurs fois, tu as été très courageuse. Mais maintenant, il faut partir. Ne regrette rien.

Les doigts de la petite fille lâchèrent les barreaux. Elle hoquetait en silence. C'était si étrange de retrouver à travers elle le dragon de gemmes. Haresh lui sourit et lui fit un petit signe du menton. Elle avait visiblement toutes les peines du monde à rester dans le monde des vivants. En quelques secondes, elle se disloqua dans les ténèbres…

Les autres l'avaient-ils suivie ? My, Orest, Fraar peut-être ? Haresh regarda à travers le soupirail, fébrile. La porte se déverrouilla à ce moment. Il fit volte-face.

La Chimère se faufila dans le cachot, le plumage enflammé par la lumière d'une torche. Le Sanreth la suivait. L'un et l'autre étaient couverts de sang, immenses dans l'obscurité. Le Sanreth lui sourit.

– On ne vous dérangera pas longtemps.

L'autre Chimère n'était pas là. Haresh chercha une arme à la ceinture de l'homme, mais il n'en avait pas. Le Sanreth s'avança. Ses yeux étaient exorbités, incroyablement blancs.

– On veut vous parler…

Son sourire s'élargit. Ses dents étincelaient à la lumière du feu.

– Je n'ai rien à vous dire, répondit Haresh sèchement.

C'était vrai. My ne lui avait rien dit sur ses plans. Tout ce qu'il savait sur elle, il l'avait appris autrefois, dans le cimetière d'Epeck, avant que la guerre commence.

Le Sanreth accrocha la torche au mur. Ses lèvres étaient tendues sur ses dents, mais elles ne formaient rien de semblable à un sourire. Son rictus flottait sur ses traits agités de tics incessants.

– Rien ! *Rien ?*

Haresh s'éloigna du soupirail. Il ne lâchait pas le Sanreth des yeux, mais toute son attention était focalisée sur la Chimère. Étrangement, elle ne bougeait pas. Il saisit sa chance et se précipita vers la torche, accrochée à mi-hauteur, à portée de main.

Le coup de poing du Sanreth l'atteignit à l'estomac. Il se plia en deux, le souffle coupé.

– Maintenant, nous pouvons commencer.

Le Sanreth le saisit à la gorge avant qu'il se relève. Haresh s'étrangla, écarlate. Penché sur lui, le bâtard le guettait avidement, savourant sa souffrance. Il souffla :

– Cherche tant que tu veux, Fauconnier, mais elle n'est plus là… Elle est partie, ma Reine, il n'y a plus personne au-dessus de moi, Liett est à moi seul, ainsi que ton misérable royaume ! Je t'ai déjà vu dans les galeries d'Istarion, tu te souviens ? Je connais ton rôle près de la Darcer. Alors ne réponds plus « je n'ai rien à vous dire ». Car tu vas tout me dire.

Il le repoussa en arrière. Haresh s'effondra contre le mur, sa blessure ravivée par l'impact. Le Sanreth s'était mis à arpenter le cachot d'un pas titubant et alerte. Ses doigts pianotaient sur le mur, nerveusement. Il s'écria :

– Keagan !

Haresh garda le silence. Le Sanreth traversa le cachot. Son visage s'était assombri.

– C'est le point noir de mon règne. Mort ! Mais de quoi ? La Reine ne sait pas. La Cour non plus. Je pense qu'une seule personne peut répondre, et c'est ta Darcer, elle est à l'origine de tout, de tout…

– Je ne sais rien.

Le Sanreth arracha rageusement la torche du mur. Haresh recula. La flamme déchira les ténèbres. La force du Sanreth semblait décuplée par sa folie. La torche continua sur sa lancée, quelques flammes se détachant dans le noir et disparaissant aussitôt. Haresh pouvait prévoir à la seconde près quand elle toucherait son visage. La peur du feu l'envahit.

– Ce n'est pas elle ! hurla-t-il.

La torche recula.

– Keagan a donc été tué ? Bel et bien tué ?

Haresh garda le silence. La peur lui tordait les entrailles, mais déjà il regrettait. La mort de Keagan était un secret que personne ne devait connaître. Seule une poignée savait. Il pouvait tout dire, mais pas ça.

– Je veux le nom de l'assassin.

Haresh se mura dans le silence. Le Sanreth perdit son calme. La torche se mit à trembler au bout de son poing.

– Parle ! hurla-t-il.

La torche se rapprocha plus vite. Haresh se rejeta en arrière. Son crâne s'écrasa contre la pierre. L'air brûlait, sa peau brûlait. Il avait l'impression que, déjà, les flammes léchaient sa peau. Il restait prisonnier de son corps, périssable, si aisément destructible.

– Tu ne veux pas parler ? dit le Sanreth doucement.

Il éloigna la torche, puis l'abaissa vers le bras du Fauconnier. Le feu se propagea à la chair à toute vitesse. Cette fois, la douleur explosa. C'étaient le sang, le feu unis dans une même œuvre de mort. Le feu remonta le long de son bras, couvrit sa poitrine.

Une odeur âcre s'éleva dans le cachot, et un cri inhumain retentit, douleur pure. Au milieu, un mot répété sans cesse, comme une imploration.

– C'EST OREST ! OREST !

Le Sanreth recula près de la Chimère, regardant la torche vivante se consumer elle-même. Les cris du supplicié alimentaient sa souffrance, la transformant en une autre sorte de mal plus supportable.

Il laissa le Fauconnier brûler dans son cachot et quitta les lieux, la Chimère sur ses talons.

Il tenait son régicide.

19. L'HÉRITAGE

My se pencha sur le minuscule bébé. Son cœur fondait d'amour tout neuf, incroyablement doux. Un édredon de plumes enveloppant sa fille.

L'enfant dormait sur le lit de camp, entre le bouclier d'Orest et le Lanvox couché en rond. My n'avait jamais vu un être humain aussi petit. Elle était née avec un mois d'avance et faisait presque la même taille que le Lanvox. Elle s'émerveilla devant ses doigts délicats, ses oreilles au modelé parfait. Pendant la descente des monts Baïshdro, elle avait redouté que le bébé meure. Elle devait beaucoup au Lanvox : la créature avait quitté l'Arbrhavre avec Diriat et elles, s'était accrochée au bébé et ne l'avait plus quitté.

Et maintenant elle était là, promesse devenue réalité… Leur fille. Darcer, mais avant tout leur fille.

– Pas trop déçu ? demanda-t-elle à Orest.

Celui-ci regardait le bébé à distance. Sa question parut le surprendre.

– Déçu de quoi ?

– Eh bien, de ne pas avoir un héritier mâle.

– Les filles sont plus faciles à élever.

My eut un petit rire.

– Attends l'adolescence.

Elle entoura sa taille avec son bras, posa sa joue sur son épaule. C'était la première fois qu'elle voyait Orest littéralement pétrifié par quelque chose.

– Prends-la dans tes bras, enfin !

Orest la fixa comme si elle lui avait demandé de lancer le bébé hors de la tente.

– Tu plaisantes ? Tu… Tu m'as vu ?

Il avait enlevé heaume, épée et cotte de maille, mais sa tunique restait maculée de sang. Depuis la fin de la bataille, il avait seulement pris le temps de panser sa blessure.

My leva les yeux au ciel et l'entraîna vers le bébé. La petite agita les pieds quand elle la souleva et la mit dans les bras d'Orest, qui parut proprement atterré.

– Arrête ça, dit-il, je vais la lâcher. Reprends-la !

– Si tu es assez fort pour décapiter Tënahl, tu es capable de porter ta fille. Regarde-la, elle est ravie !

Orest baissa les yeux. Le bébé, en effet, lui souriait de toute son absence de dents. C'était si étrange de les voir tous deux, le nouveau-né et l'homme efflanqué tout juste sorti de la bataille. Étrangement émouvant. Quelque chose d'à peine perceptible passa sur le visage d'Orest. Son expression perdait sa rigidité coutumière. My guetta son sourire, ce vrai sourire capable de le transfigurer, si rare. Il s'étendit sur toute sa figure, fulgurant.

– Il faut lui trouver un nom, dit-elle.

– Elline.

Orest n'hésita pas.

– Elline, comme la fleur de feu, qui meurt et qui refleurit. Elle est notre renaissance, apparue en pleine bataille.

My l'étudia avec un pincement au cœur, mais ne lut rien sur son visage. Orest n'avait d'yeux que pour le bébé.

– Elline, dit-elle, savourant le mot. Oui, c'est beau. Un nom de reine.

Orest installa mieux le bébé dans ses bras. Réveillé, le Lanvox se redressa sur le lit de camp, en état d'alerte. Il tourna la tête en tous sens, retrouva Elline et, en quelques bonds, se jucha sur l'épaule d'Orest, reniflant l'enfant avec inquiétude.

– Qu'est-ce qu'il a ? râla Orest.

– Il suit Elline depuis sa naissance. C'est sa mission sur terre, expliqua My.

Orest fronça les sourcils.

– Sa *quoi* ?

– La famille de Keagan avait un Lanvox royal. C'est une bête capable d'établir les liens de sang entre les membres d'une famille. Un Lanvox a légitimé le Sanreth comme ça. J'ignore si les Darcer avaient un Lanvox, mais pour plus de sûreté, je lui ai fait boire mon sang et celui d'Elline après la naissance. Où qu'on aille, il nous suivra.

– Si c'est indispensable…

Orest lui rendit le bébé avec précaution. My embrassa le petit front aux rares cheveux, si doux. Une Darcer. C'était arrivé. Une Darcer, se répétait-elle, et une énorme émotion naquit en elle. Ils avaient fait le lien avec Madael. La dynastie continuait à travers eux, c'était si simple, si incroyable…

Elle posa le bébé sur les couvertures. Amassées à la tête du lit, elles formaient un petit nid, empêchant l'enfant de tomber. My borda sa fille et se releva. Orest vint derrière elle et l'entoura de ses bras, glissant son visage dans le creux de son cou. Il avait du sang frais sur sa tunique et ses manches, mais peu importait. My avait besoin de le sentir contre elle, vivant. Présent. Au cœur de la bataille, c'était une halte à savourer.

– Allian m'a raconté ce que tu as fait pour Haresh. C'était bien. C'était courageux. L'une des raisons pour lesquelles je t'aime. Tu peux dire le contraire, esquiver, te cacher derrière ta carapace, mais tu es l'une des personnes les plus courageuses que je connaisse.

Elle était si petite que sa tête arrivait au menton d'Orest. Il se pencha par-dessus son épaule et embrassa ses paupières.

– Je connais quelqu'un qui l'est bien plus que moi.

My se retourna. Il happa ses lèvres douces et vivantes. Il pouvait parcourir ce visage les yeux fermés, et le redécouvrir chaque fois. Peu importait la Nel'riand, finalement. Peu importait qu'il ne sache pas lire en elle. Il avait cru pouvoir le faire, mais c'était avant de tomber amoureux d'elle. Il ne savait pas lire ceux qui comptaient pour lui.

Il n'y a que les cibles qu'on verrouille.

– Orest.

Un goût de sel envahit sa bouche. Il ouvrit les yeux et vit la traînée d'eau qui glissait sur la joue de My, s'imprimant sur la sienne. Elle avait l'air à bout de forces, ses hanches entre ses mains étaient inhabituellement saillantes. Derrière les larmes, pourtant, sa voix restait ferme.

– J'ai quelque chose d'important…

Elle se tut.

On frappait à l'entrée. Les coups décochés sur la toile résonnèrent dans la tente et Elline, qui s'endormait, se mit à vagir dans ses couvertures. Orest ouvrit brusquement la tente.

– Il y a un bébé, silence !

Au-dehors, le vacarme s'interrompit net. My le rejoignit et vit avec surprise un groupe d'une vingtaine de personnes qui reculaient en désordre, composé de capitaines de l'armée, de soldats et de Fauconniers. Arlos dominait tout le monde d'une tête. Il avait beau se contrôler, elle perçut tout de suite sa fureur.

– C'est vrai ?

Orest et elle le regardèrent sans comprendre.

– J'ai reçu ça de Jial. C'est signé du Sanreth.

Arlos tendit un rouleau de parchemin à My. On avait griffonné dessus à la hâte – un subalterne, à en juger par la graphie inégale. Elle lut, pâlit.

– C'est impossible !

– C'est signé, dit Fraar d'une voix blanche de rage. Il a torturé Haresh. Pourquoi Haresh sait-il ? Pourquoi pas nous ?

Elline pleurait toujours. My franchit le seuil et lança :

– Où pouvons-nous parler ?

– Les autres vous attendent.

Arlos fit volte-face et s'éloigna, suivi par le groupe. Personne n'adressa le moindre mot à Orest. Sourcils froncés, le jeune homme lui lança un coup d'œil. Elle articula en silence : « Keagan. »

– Tu l'as dit à Haresh ? gronda Orest. Tu es folle ?

Il s'était décomposé, lui aussi. Il se reprit très vite et emboîta le pas aux autres. My aperçut Diriat, qui se tenait légèrement à l'écart. La femme s'avança, mais elle paraissait gênée, révoltée. Elle entra dans la tente pour veiller sur le bébé, évitant son regard.

My rattrapa Orest, l'esprit en ébullition. Elle avait l'impression de vivre un cauchemar éveillé. La bulle de paix éclose avec Elline avait volé en éclats et elle ne reconnaissait plus ses alliés qui marchaient sans l'attendre en une meute grondante. En revanche, Orest lui offrait un visage connu, trop connu. Glacial et muré : le visage de leurs premiers échanges.

Ce n'était pas possible. Ça ne pouvait être qu'un mauvais rêve. Haresh torturé. Haresh révélant le secret que personne ne devait savoir, qui devait rester sur l'île des Darcer à jamais…

– Orest, je suis désolée. Haresh était digne de confiance. Il n'y a que lui qui soit au courant, avec nous et Allian ! Je ne pouvais pas savoir ! Orest ! supplia-t-elle. Crois-moi !

Orest entra dans la tente sans répondre.

L'endroit était bondé. Une odeur de sang émanait des habits des soldats, de la terre engorgée, saturant l'air. La rumeur s'amplifia à leur entrée. Il n'y avait pas de doute sur sa nature. Hostilité, mépris, répulsion, même. Orest et elle, acclamés quelques jours plus tôt, en étaient les cibles.

Orest traversa la tente et fit face à la foule. Les premiers rangs reculèrent à son approche, en un mouvement qui n'avait rien à voir avec la déférence. Elle ne prit pas la main d'Orest. Il ne chercha pas la sienne. Ils se retrouvaient côte à côte, comme à An'Jas, mais rien n'aurait pu être plus différent. La furie de la foule se déchaîna :

– Menteurs ! cria quelqu'un.

– Traîtres !

– On a combattu pour un régicide !

– On n'a rien su ! Rien !

My chercha un visage ami dans cette marée de figures. Lissei était au deuxième rang. Il ne hurlait pas avec les autres, mais il exprimait toute la déception du monde. Meshet était là aussi. Ils ne feraient rien contre eux, mais ils ne quitteraient pas la foule. Le cœur de My s'alourdit. Elle voulut parler, mais avant qu'elle le fasse, il y eut un remous dans les premiers rangs. Allian en sortit, l'air de ne pas savoir ce qu'il faisait vraiment. Il les rejoignit et se tourna face à la foule. My ne l'avait jamais vu aussi embarrassé, mais son geste apaisa momentanément les huées.

– Je… Hum, je voudrais dire quelque chose.

Il s'arrêta, complètement perdu.

– Tout ce qu'a dit Haresh est exact. C'est vrai, Keagan est mort sur l'île des Darcer. Orest l'a tué, il est devenu régicide, et la malchance a voulu qu'il soit aux côtés de My pour cette bataille. Quand je parle de malchance…

Il regarda Orest avec un air d'excuse.

– Keagan n'a jamais été un roi légitime. Il nous a suivis jusqu'à l'île pour dérober aux Darcer leur dernier héritage. Un régicide est une infamie, mais ce genre de vol l'est tout autant.

– Non, dit Arlos avec sévérité. Je refuse ce genre de justification.

Fraar était avec lui. Leurs deux alliés de la première heure avaient derrière eux, immense, le soutien de la foule. Le Fauconnier reprit :

– My, nous vous avons suivie parce que vous êtes l'héritière d'une dynastie très noble. Je crois dans les Darcer parce qu'ils n'ont jamais failli à leur devoir de rois. Madael a quitté le pouvoir pour sauver son royaume : peu l'auraient fait. J'ai cru en vous parce que vous représentiez ce symbole face au Sanreth. Je ne peux plus vous suivre.

L'odeur métallique du sang monta à la tête de My, démultipliée dans cet air confiné. Elle avait l'impression de replonger tête la première dans la bataille.

– Vous nous avez abusés, dit Fraar. Vous ne nous avez rien dit sur la mort de Keagan. Personne, ici, ne cautionne ce régicide. Vous avez engagé des centaines de combattants, et vous n'avez rien dit. C'est impardonnable !

– Vous dites que vous soutenez les Darcer, mais vous êtes incapable de le faire jusqu'au bout ! s'écria My.

Elle coupa Fraar d'un signe de la main. Ses jambes tremblaient, mais pas de peur. Elle ignorait jusqu'à quel point elle pouvait tenir, mais elle était résolue à brûler ses forces dans cette bataille-là.

– Que vouliez-vous qu'on fasse ? Défier Keagan en place publique ? Lui, n'aurait pas hésité. Lui, aurait assassiné mes alliés jusqu'au dernier ! Ce qui s'est passé sur l'île n'est ni beau, ni glorieux, mais nous étions attaqués !

– Vous n'avez rien dit !

Lissei fut approuvé par le grondement de l'assemblée.

– Arlos, Fraar et moi-même, Meshet, Issana, Vahyl… Nous sommes Fauconniers, liés à Keagan par un serment d'allégeance. Sa mort nous libérait. Mais pas une seule fois vous n'avez dit qu'il s'agissait d'un meurtre. Ni que vous marchiez aux côtés du régicide !

– Lissei…

– C'est bon, My, dit Orest. Laisse.

Il fixa leurs anciens alliés avec dureté. My se rendit compte qu'elle s'était trompée. L'essentiel de l'hostilité des gens était braquée non sur eux, mais sur lui. Ce grand garçon maigre, qui les avait menés le temps d'une bataille et qu'un seul mot désignait à présent, « régicide ».

– Je croyais qu'on marchait avec des gens de valeur. Les quelques rares Fauconniers à s'élever contre La Déléane. À la place, je tombe sur des couards.

Les huées explosèrent. Orest ne releva pas.

– Quelle déception. Des couards. Une poussière dans l'engrenage, et plus personne. Ah, vous voulez bien vous opposer à La Déléane, mais à condition d'avoir bonne conscience ! Vous vouliez quoi ? Que Keagan meure dans son lit ? Et qu'est-ce que ça change, au final ? Allégeance ou non, Keagan était un usurpateur avec une couronne collée sur le front. Dégagez les symboles, et regardez la vérité en face. Oui, j'ai tué Keagan, et je le referais si je le devais. C'était lui ou nous. Pourquoi je devrais m'excuser ?

– Non ! éclata Fraar. Ce qu'on vous reproche, c'est de nous avoir fait trahir notre serment, d'avoir menti à tous ces gens qui sont morts pour vous, sans leur dire la première vérité !

– Vous ne comprenez pas.

Non. Ils ne comprenaient pas, et une barrière s'élevait entre eux. Keagan avait acquis une influence qui subsistait même après sa mort. Deux siècles d'usurpation avaient brouillé les frontières. Orest avait mis le doigt sur le défaut de la cuirasse : seul Haresh avait été assez lucide pour voir à travers ce bric-à-brac de sentiments confus, entre révolte et crainte, et pour s'allier à eux en sachant tout. Mais Haresh avait parlé.

– Dès demain, dit Arlos, je lève le camp. Mes hommes et moi rentrons à Aïdrez.

Un grognement d'approbation émana des quatre coins du public. My balaya l'assemblée des yeux, affolée.

– Et moi, à Tediac.

Lissei quitta les rangs. Il leur fit face et oscilla, hésitant à s'incliner. Il renonça et sortit, entraînant avec lui les premiers rangs.

– Puisque Jial est prise, je me rends à Aïdrez aussi. Majesté.

Ignorant ostensiblement Orest, Fraar salua My. Arlos sortait par l'autre issue. Il entraînait les trois quarts des capitaines. My aperçut le campement quand le rabat de la tente se souleva. Des cavaliers et des lanciers passaient en courant, on s'interpellait. Le camp semblait frappé de folie.

– Nous avons un accord ! tonna-t-elle par-dessus le vacarme. Vous ne pouvez pas partir maintenant. Le Sanreth peut revenir à tout moment !

Ses appels furent vains : la tente se vidait, soldat par soldat. Pas un pour se retourner vers eux. Ils fuyaient leurs chefs, la bataille, un désastre imminent. Ils les laissaient seuls au milieu des décombres.

My entendit les mâts qui tombaient au-dehors. Le camp s'effondrait sur lui-même. Pour l'avoir vu s'élever en une journée, elle savait à quelle vitesse il pouvait disparaître. Le tremblement de ses jambes s'accentua et elle eut le temps de dire :

– Retenez Meshet. Il vient de partir, il acceptera peut-être…

Orest la rattrapa avant qu'elle tombe. Refoulée trop longtemps, sa fatigue se propagea dans ses membres à une vitesse fulgurante. Elle voulut se relever, mais ses jambes refusaient de lui obéir.

– On va lui parler, lui assura Orest.

Il l'examinait avec inquiétude.

– Tu es épuisée, My. Retourne dans la tente. Ils ne partiront pas avant demain. On fera notre possible, Allian et moi.

– Je reste avec vous… Je veux…

Elle sentit à peine Orest la prendre dans ses bras et quitter la tente.

Des voix. Des trépidations. Couleurs éparses, le soir tombant…

Elle se retrouva près d'Elline. La toile de tente se rabattit sans bruit sur Orest qui repartait. Elle s'entendit dire faiblement :

– Laissez-moi.

Diriat partit.

Se traîner jusqu'au lit. Elline dormait dans ses couvertures, mais My n'embrassa pas sa fille. Pour tous ces petits gestes simples, le temps s'écoulait désormais trop vite.

Son temps.

Elle le sentait dans tout son corps. Ce n'était pas la fatigue, c'était quelque chose qui se recroquevillait, plus insidieux et nocif. Elle le guettait depuis l'Akharu. La faille, la fausse note, tapie en elle depuis le début…

Elle retourna la lettre du Sanreth ; l'envers était vierge. Le Lanvox bougea en piaulant quand elle attrapa l'écritoire sous son ventre. Elle fit tourner la plume entre ses doigts. La posa sur la feuille…

Crissement, éclat blanc, ténèbres et silence. L'éclat blanc, réduit à un fil, s'élargit. Le crissement reprit. Silence à nouveau.

Scintillant et disparaissant à la lueur du poêle, la plume ralentit, oscilla au-dessus du parchemin. My s'arrêta.

Cette lettre était la plus importante qu'elle ait jamais écrite. Pourquoi fallait-il que les mots lui manquent à cet instant précis ?

Quelqu'un passa dehors. Elline s'était tue. My posa les yeux sur sa fille, puis sa plume sur la feuille. Les mots revenaient peu à peu, pressants, distincts.

À Elline, à Orest,
À tous mes descendants.

Je ne sais pas qui vous êtes. Je ne sais pas ce que vous deviendrez. Je n'accompagnerai pas tes premiers pas, Elline, je ne verrai pas changer ton visage. Mais vous êtes ma famille, et je ne connais rien de plus important.

Nous, les Darcer, nous avons deux pouvoirs. Tous les deux passent par la transmission. C'est grâce à elle qu'ils survivent depuis si longtemps. Le premier est la Tinàthien, la pierre de mémoire qui abrite le sifflet et qui passe d'une génération à l'autre. Le second, vous le connaissez : le Don d'ailes. Tant que vous vivrez, vous serez le seul à le détenir. Il n'y aura personne d'autre en même temps que vous.

J'ai reçu le Don à seize ans. J'ai mené ma quête avec lui, je l'ai aimé, détesté, j'ai voulu m'en débarrasser. Recevoir le Don n'est pas anodin, quelle que soit sa forme. D'un dragon à un insecte, la métamorphose est tout aussi gigantesque pour le porteur, le bonheur du vol est identique. Derrière nos écailles, nos plumes ou nos nervures, nous sommes égaux.

Il s'est passé beaucoup de temps avant que j'accepte ce terrible cadeau : mon Don fait partie de moi. Tu connaîtras la même chose, Elline, les mêmes interrogations, les mêmes errances. Je n'ai pas de conseils à te donner. Tu devras apprendre par toi-même, t'approprier le Don à ta manière. Et ton parcours, je l'espère, sera différent du mien.

J'ai mis du temps à comprendre mon Don. Peut-être ne voulais-je pas comprendre. Deux choses m'ont aidée. La première est un livre sur les Darcer, découvert au bastion kmett, qui parle de nous en ces termes : « Héréditaire, leur Don d'ailes se transmettait de parent à enfant, à la seule condition que le parent meure. »

Mon deuxième indice, c'est toi, Orest. Oh, tu ne t'en souviens pas. « En tant que papillon, vous ne servirez plus beaucoup, alors saisissez l'occasion ! » Tu me l'as dit un jour avant de me connaître, et précisément à cause de cela, tu as touché juste. Tu as compris ce qui me guettait, et tu l'as oublié. Moi aussi.

Mais voici plusieurs cycles que j'ai le Don, et son pouvoir me mine. Tu as cru que tout était lié à Elline. Moi aussi, j'ai ressenti la fatigue de la grossesse, mais à partir d'un moment, le doute est venu. Si Elline est née prématurément, c'est pour une raison simple : vivre avant que moi, je meure.

Le printemps passe.

Tu m'en voudras de ne rien avoir dit. Ce n'est pas par manque de confiance en toi. Il y a certains fardeaux qu'il vaut mieux porter seul. Aujourd'hui, mon temps est venu. Je suis fière d'avoir fait renaître les Darcer avec toi.

Je te léguerai le Don en mourant, Elline, comme tous mes ancêtres avant moi. Madael avait tout compris.

Mon ultime satisfaction sera de partir en vous laissant des armes. Elline héritera du Don très bientôt. Orest, vous êtes à quelques jours de la mer d'Olrante et des frontières d'Acryak. Trouvez l'île, utilisez le trésor pour louer les armées d'Acryak et marchez sur Liett. La victoire dépend de toi. Les Fauconniers reviendront… plus tard. Il leur faudra un peu de temps, mais je n'ai pas de doute. Je repense aux mots d'Arlos : Madael a quitté le pouvoir sans bruit. C'est typique de notre famille. Mais notre grande force, c'est de nous retirer juste à temps.

D'attendre la victoire, et de gagner… à travers nos enfants.

My releva la tête. Elle avait mis ses dernières forces dans sa lettre, mais il lui fallait un mot plus fort encore pour la finir. Quelque chose capable d'exprimer ce mélange d'amour et d'espoir qui la consumait, qui ferait reculer la mort quelques secondes de plus. Elle n'en trouva pas. Madael, lui non plus, n'avait pas trouvé. Alors elle se pencha une dernière fois et écrivit son nom.

La lettre glissa du lit. Elle ramena ses bras autour de ses genoux et se roula en boule à côté d'Elline, le visage tout près de celui de son bébé. Le Don lui épargnait la douleur. Ses forces la quittaient, mais comme de l'eau fuyant à travers une fêlure. La déchirure de la métamorphose la secoua une dernière fois…

Quand Orest rentra dans la tente, bien plus tard, le papillon gisait sur le lit, ses ailes diaprées reflétant la lumière sans frémir. La mort ne l'avait pas abîmé. Toutes ses couleurs brillaient, séparées par les nervures noires, en une esquisse qu'aucun autre papillon ne rappelait. Unique. La lettre gisait au sol et le bébé dormait tout près, son souffle paisible soulevant les couvertures.

Ce n'était pas le trésor. Ce n'était pas le Don. Ce n'était qu'un bébé, son enfant. La chose la plus petite et la plus essentielle de toute leur dynastie. Il n'avait plus qu'Elline.

L'héritage des Darcer.

20. Les Fidrolles

– Maintenant dors, petite Reine… Dors…

Et la caverne du Daj réapparut.

Une caverne, pas même une salle. Les parois étaient brutes et les colonnes incrustées d'or, sans fenêtre hormis le trou qui perçait à travers la montagne. Ce fut la première chose qui frappa Welfendà : cette architecture grossière, mal masquée par le luxe. Et cette grotte était sa salle du trône. Le retour à la réalité fut rude.

Sa réalité.

Elle appuya sa tête contre le dossier de son trône. Elle haletait. Le lien s'était coupé net. Plus de Chimère, plus de Sanreth. Elle avait l'impression d'avoir traversé Edrilion et La Déléane en quelques instants, une sorte de chute horizontale et terrifiante.

Welfendà n'avait jamais douté de son courage. Être surprise lui arrivait – être déstabilisée, jamais. Et elle se retrouvait tremblante comme une enfant, plongée dans une existence qu'elle avait presque oubliée. Depuis que le Sanreth était en Edrilion, elle l'avait très peu quitté, ne revenant en Déléane que pour les affaires indispensables. S'échapper du Daj, désormais, serait impossible.

Welfendà prit appui sur ses avant-bras et se redressa lourdement. Fini l'aisance de gestes, fini la légèreté que dégageait sa Chimère en dépit de sa quasi-tonne. Elle retrouvait son corps de femme mal vieilli, engraissé et caché sous ses robes blanches.

Dépit. Humiliation. Fureur corrosive.

Car l'autre gardait *sa* Chimère. Il s'était débarrassé d'elle et gardait la bête. Il la renvoyait au Daj'Arlant comme un Fidrolle à sa caverne ! Alors qu'elle était Reine ! Cette première défaite avait un goût insupportable. Elle était trop vieille pour savoir perdre.

Battue par un bâtard. Celui à qui elle avait presque donné Edrilion. Welfendà rumina ces deux constats : cet incroyable retournement de situation et sa défaite. Car tout était joué : le Sanreth avait une armée assez forte pour battre la Darcer. Il lui suffisait de retourner à Liett, de se marier, et la couronne serait à lui. Elle lui avait ouvert la voie vers le trône.

C'est fini pour toi.

Welfendà serra les dents, faisant saillir ses mâchoires épaisses. À trop clamer la légitimité du Sanreth, elle en avait fait une arme qui se retournait contre elle.

Que faire ? Lui déclarer la guerre ? Elle le pouvait, mais au nom de quoi ? Le Sanreth était parti incognito, elle avait tout fait pour ça. Keagan descendait des Esbelt, l'un des clans des Seigneurs Errants qui constituaient la noblesse ici. Elle avait pris le plus effacé, le plus isolé des Esbelt… précisément pour agir en toute liberté.

Ses poings se crispèrent convulsivement. Pas de colère, cette fois : la déchirure du lien télépathique commençait à se manifester. Welfendà avait vu le Sanreth se tordre de douleur jusqu'à perdre la raison. Elle se leva précipitamment. Son père l'avait mise en garde contre l'éventuelle rupture du lien. Elle lui devait tout ce qu'elle savait sur les Chimères, y compris leur point faible. Elle se souvenait de ses paroles. « Tu es forte, mais ne sous-estime pas une douleur mentale. Elle a emporté des hommes plus solides que toi. » Il fallait qu'elle trouve quelque chose, et vite.

La Reine sortit précipitamment. Ses serviteurs s'effacèrent devant elle, effarés de la trouver parmi eux. Elle semblait glisser, semblable à un fantôme dans sa robe blanche.

Sa résistance vacillait face au raz-de-marée qui envahissait son être. L'absence de la Chimère était une plaie béante. C'était de là que venait toute la souffrance.

Trouver la salle des guérisons… Ses gens avaient des antidotes. Trouver…

Welfendà s'appuya à une muraille, pressant son front contre la pierre noire et glacée. Elle aurait aimé qu'elle absorbe sa douleur. Ce Daj qui l'avait vue naître était bien plus qu'un palais… En dessous des galeries et des sculptures, il restait une montagne, changée en édifice, certes, mais toujours rude, profondément liée à l'hiver et à la survie.

Trouver… Survivre… Ces deux impératifs se mélangèrent et elle resta accrochée à la paroi, le vent du nord lui cinglant le visage. Le Sanreth s'était abandonné à la douleur. Contrairement à lui, la Reine s'arc-bouta. Se blinda. Il fallait que la douleur n'ait aucune prise, s'enraye, recule. C'était un bras de fer qui n'admettait pas l'affaiblissement.

Survivre…

Le vent passa sous ses paupières en feu. Elle releva péniblement la tête. Une image se fraya un chemin dans son esprit embrumé. Après un moment, elle se rendit compte qu'elle regardait à travers la fenêtre. Une parcelle du cirque de l'Arlant apparaissait, blanchie et distante, d'une extraordinaire pureté. La pierre des montagnes disparaissait sous la neige. Un amas de petites taches brunes apparaissaient sous les gigantesques remparts des monts. C'était la ville…

Bouffée d'air vif, cinglant. Bouffée de vie.

Inspirant profondément, la Reine s'appuya sur le rebord. La ville était en effervescence, elle le voyait maintenant. Une foule de minuscules personnes se bousculaient aux embranchements, fuyant les rues pour se précipiter vers le Daj. Au pied des monts, une forme noire, dotée d'ailes charbonneuses, se débattait dans un filet. D'autres voletaient autour d'elle, comme d'énormes chauves-souris. Les Fidrolles, derniers monstres de La Déléane, semblaient trouver la population de l'Arlant à leur goût. C'était la première fois qu'ils s'aventuraient ici – et, surtout, qu'ils attaquaient. Depuis combien de temps ?

Profitant d'une accalmie, Welfendà se pencha à la fenêtre. Les Fidrolles ressemblaient à d'énormes chiens ailés. Elle en avait rarement vu d'aussi près. Grâce à leurs ailes puissantes, ils pouvaient parcourir de grandes distances, ce qui les rendait difficiles à capturer. Cette fois, ils semblaient affaiblis. Deux d'entres eux gisaient au sol. La faim ?

La douleur s'annonça de nouveau, plus forte. Welfendà plissa les yeux, esquissant un plan à toute vitesse. Elle pouvait capturer la horde. Drogués, les Fidrolles étaient aussi obéissants que ses propres molosses. À cette différence que ces chiens-là avaient des ailes.

Elle savait comment revenir en Edrilion.

Quel nouveau roi choisir à la place du Sanreth ? Il fallait chercher parmi les Esbelt, bien sûr, mais comment choisir un nouvel héritier sans que tout le clan l'apprenne ?

Sa décision fut vite prise. Ils viendraient tous.

21. Comme meurent les rois

Dans sa main, il y avait la lettre. Broyée par son poing aux veines saillantes et aux jointures noueuses. Réduite à une boule de papier à laquelle il se raccrochait trop fort.

Et à ses pieds, le papillon.

Les ailes de My tremblaient au gré du vent, mais Orest savait qu'il s'agissait d'une illusion. Les premières fois, son cœur avait bondi. Il avait espéré, mais le vent retombait toujours et le cadavre redevenait immobile. Les flocons effaçaient déjà la poudre. My pâlissait sur son monticule de neige, et à travers ses membranes diaphanes, les nervures apparaissaient. Le froid avait fait son office et la fixait au monticule.

Comment se résoudre à enterrer une chose si petite, si fragile ? Orest n'en avait pas eu le courage. Il préférait la laisser ainsi, à l'air libre. Elle donnait l'impression de pouvoir s'envoler et le rejoindre.

La comtesse de Siartt pleurait derrière lui, à longs sanglots rauques qui se perdaient dans le vent. Une main se posa doucement sur l'épaule d'Orest pour l'encourager. Le jeune homme fit mécaniquement un pas en avant et sortit du groupe. Le monticule de neige était tout près, désormais. Orest discernait le moindre flocon.

Il ne savait pas ce qu'il faisait ici, courbé devant le minuscule cadavre. Pourquoi il restait en vie, alors que My n'était plus. Il s'agenouilla devant la butte et resta prostré, vide.

Le chagrin ne déliait pas les mots. Pas chez lui.

Allian, cette fois, ne lui toucha pas l'épaule. Il se contenta de le rejoindre. Ce furent ses mots qui percèrent le silence, simples et sincères.

– La première fois que je t'ai rencontrée, My, tu fuyais la Guilde. Tu avais seize ans, et le Don était un pouvoir que tu ne comprenais pas. Dernière Darcer, nouvelle venue, My, je m'en souviens… comme si c'était hier. Ce n'est plus une jeune fille, c'est une femme et une Darcer accomplie que je pleure aujourd'hui. Si nous gagnons cette bataille, ton nom sera aussi reconnu que celui de Madael. My, je te le promets. Pour tout ce que tu as fait, nous te devons ça.

Il s'agenouilla devant la tombe et Orest vit ses yeux brillants de larmes. Le cadavre du papillon frémit comme en réponse. Couvertes de flocon, ses ailes scintillaient comme du cristal.

– Allons-y, dit Allian à voix basse.

Il se releva lentement, mais Orest ne bougea pas.

Leur camp s'était défait en une journée et les hommes du Sanreth ne tarderaient pas à venir tuer les retardataires. Il savait tout ça, mais il n'arrivait pas à se sentir concerné. Sa place était près de My, qu'il survive ou qu'il meure. La guerre se finirait sans lui.

– Laissez-moi là.

Allian ouvrit la bouche, mais un pleur de bébé retentit. Un frémissement secoua Orest, qui ne devait rien au froid. C'était un frémissement instinctif, inconnu. Il se retourna et vit la comtesse de Siartt, son enfant dans les bras. La petite Elline pleurait de toutes ses forces, agitant des petits poings rougis par le froid. Il se retrouva avec sa fille dans les bras.

Ses yeux si bleus et quelque chose dans la physionomie évoquaient My, déjà…

« Mon ultime satisfaction sera de partir en vous laissant des armes. »

Orest regarda le bébé, raffermit son étreinte.

– Allons-y, dit-il brusquement.

Les Plaines touchaient à leur fin.

On ne le voyait pas encore dans le paysage : c'était le vent qui l'annonçait, plus chaud, chargé d'une odeur d'iode venue d'ailleurs. Peu à peu, des rochers apparaissaient, puis des routes.

– Ne te retourne pas, dit Kebren.

Elle marchait à son côté, son attention rivée sur lui. Son conseil était sage, mais Orest n'en tint pas compte. Il arrêta son cheval et tourna la tête vers les Plaines, comme si l'horizon pouvait lui offrir une dernière image de My. Ils avaient mis entre la tombe et eux des dizaines de lieues. Un pas de plus et la séparation serait nette, définitive.

Kebren hésita, puis lui prit la main. Son chat et elle le regardaient avec les mêmes yeux verts où se mêlaient compassion et appréhension. Kebren n'était pas d'un naturel tendre. Elle lui montrait par ce geste qu'il passait de l'autre côté, celui des êtres seuls.

– C'est plus dur quand on regarde en arrière. Viens. On… on reviendra.

Elle mentait, il le savait. À cette heure, l'armée du Sanreth devait être arrivée à leur ancien campement. Atteindre les abords des Monts serait désormais de la pure folie.

L'homme âpre et dur en lui fut tenté de l'envoyer au diable, avec une de ces formules dont il avait le secret. Mais la nécessité d'être secouru était plus forte encore. Il avait besoin du groupe afin de ne pas se transformer en bête ivre de douleur, afin de rester présent pour Elline.

Les autres arrivaient par vagues irrégulières. Eisdreel et Flocon, Diriat et les Siartt, Allian. Meshet venait en dernier, unique Fauconnier à les avoir suivis, perdant ses gardes qui, eux, avaient préféré Arlos. Ne lui restaient que les coursiers, sur lesquels ils avaient fui les Plaines à temps. Moins d'une dizaine d'alliés : c'était tout ce qui restait de l'armée.

– Le mieux est de traverser l'Alester, dit Meshet.

Il s'adressait plus aux Siartt qu'à Orest. Ce jeune homme si maigre, aux épaules courbées, au regard perdu, n'avait plus rien d'un chef. Orest en était conscient. Ils se retrouvaient tous ensemble, sans vraiment savoir sur quoi reposait leur groupe, ni sur qui.

– Il faut mettre un cours d'eau entre le Sanreth et nous, ajouta le Fauconnier. C'est plus sûr.

– Les Chimères sont amphibies, mais je crois que c'est préférable, dit Allian. Orest ?

Orest croisa le regard d'Eisdreel. Les yeux du petit Kmett débordaient de chagrin, mais c'était peut-être le seul qui ne tenait pas compte des Siartt. Il attendait sa réponse, à lui. Orest se demanda si c'était à cause du bébé calé à l'avant de sa selle. Ou du Lanvox pelotonné contre lui, la seule vraie preuve du lien de parenté entre My et Elline.

Il hocha la tête.

Meshet passa le premier. Les autres l'imitèrent, plus lentement. Kebren attendit quelques secondes, puis finit par s'éloigner, le laissant seul.

Au prix d'un immense effort, Orest détacha son regard de la ligne verte. Au-delà, Issana, Xyon, Haresh et My reposaient loin d'eux. La seule solution pour s'arracher d'ici, c'était de murmurer ce mensonge à My : « Je reviendrai. »

Elle avait anticipé sa propre mort. Jusqu'à quel point avait-elle prévu leur défaite ? Cette question le hantait. La mort de My, le Don d'Elline, le retour de l'île au beau milieu de l'impasse, tout s'enchaînait avec une logique diabolique. La perspective de retrouver l'île, objet de tant de convoitises autrefois, n'éveillait plus aucune joie en lui. Les squelettes de

Madael et Keagan régnaient sur ce lieu de mort, détrônant l'or. Orest avait beau contempler sa fille, il n'arrivait pas à se dire qu'elle était l'héritière de cette caverne aux merveilles. Plus pour longtemps : presque tout serait donné à Paldere en échange de l'armée d'Acryak. Il était temps de se débarrasser de ce trésor, il avait fait trop de mal. Des générations de Darcer avaient brisé leurs vies pour le trouver, laissant leurs successeurs grandir orphelins. Privée de sa mère, Elline ne dérogerait pas à la règle. Quelle étrange dynastie. Aucun n'était resté pour la fin de l'aventure. Ils partaient toujours à mi-route, laissant la place à d'autres. C'était ainsi que mouraient ces héros. Ceux qui n'avaient rien demandé et qui acceptaient de se sacrifier quand même…

Elline referma ses petits poings sur la fourrure du Lanvox. Celle-ci était incroyablement blanche, pâlissant aux pointes jusqu'à devenir transparente. La créature semblait couverte de givre et évoquait tant l'hiver qu'elle ne semblait dégager aucune chaleur corporelle. Elle posa sa tête aux oreilles rondes sur le ventre du bébé. Ses paupières roses masquaient le rouge de ses yeux. Le Lanvox ne lâchait pas Elline depuis les monts Baïshdro, lui fournissant la chaleur nécessaire. Il avait remplacé les bras de sa mère.

La place d'un nouveau-né n'était pas ici. Orest n'avait aucune idée de ce qui se passerait quand ils relanceraient la bataille avec Acryak. Il se sentait un père pitoyable, démuni, trop perdu pour donner à son enfant la moitié de l'amour qu'il réclamait.

Maintenant, il regardait Elline dormir, cahotée par le cheval. C'était un être humain si minuscule, si délicat. Comment prendre ce bébé dans ses bras, lui qui n'était qu'un tueur ? Il ne voulait pas la salir à son contact.

– Donnez-la-moi.

La comtesse lui adressa la parole au bord de l'Alester. Le fracas des vagues couvrait les pleurs du nourrisson, réveillé par la fraîcheur du soir. Orest le confia à la mère adoptive de My, qui l'enveloppa dans sa cape.

L'Alester était plus large et paisible au Nord, là où d'autres rivières rejoignaient son lit. Ici, il avait la taille d'une rivière et la fureur d'un rapide. Des rochers s'élevaient au milieu du courant, ralentissant l'eau. Elle se cabrait avec fureur, fouettait la pierre et disparaissait dans l'air. Il faisait froid.

– Il faut traverser plus haut, dit Siartt. Plus on s'approchera de la mer, plus le courant sera rapide. Il y a un pont en amont.

Les coursiers noirs étaient à bout de forces. Orest tapota l'encolure du sien. La bête luttait contre le mors pour happer quelques brins d'herbe.

– On le fera demain.

– Orest…

– Les bêtes sont fatiguées, vous aussi. Et on doit parler.

– À propos de la suite des évènements ? fit Allian doucement.

– Oui. Si vous n'êtes pas d'accord avec moi, vous n'aurez qu'à partir.

Il y eut un flottement. My aurait tourné la phrase autrement, mais il n'avait pas le courage d'arrondir les angles. Ils se retrouvèrent assis en cercle, avec les couvertures qu'ils avaient emportées. Orest les regarda les uns après les autres. Kebren, appuyée sur Allian et à bout de forces. Eisdreel et sa longue figure égarée. Meshet, à l'écart. Diriat, qui soutenait la comtesse, penchée sur le bébé, et Siartt, les yeux cernés. Tous couverts de sang, exténués, les vaincus…

Les survivants.

Il fut le dernier à s'asseoir. La nuit était bleue, claire. Une foule d'étoiles couvraient le ciel, mais la lune éclipsait leur éclat. On voyait les rives et les arbres comme à travers un voile. Orest s'appuya contre le dos de son cheval, allongé sur l'herbe. L'animal tourna vers lui sa belle tête, dont il ne distingua que les yeux tristes.

– Voilà, dit Orest.

Il s'arrêta. Sa voix était rauque, extrêmement dure. Nul chagrin n'y transparaissait, nulle humanité. Il ne se reconnaissait pas en elle.

La nuit emporta ses mots, revint l'envelopper. C'était une deuxième armure, qui cachait ses traits. À la lueur de la lune, seul son profil se découpait, sec et mince.

– Je pense que vous devez savoir avant de continuer. My m'a laissé quelques instructions, avant de…

Il inspira profondément.

– Le Don se transmet dès la mort du parent. Ça veut dire qu'Elline héritera du pouvoir d'ici très peu de temps, et que le sifflet reviendra. Alors, il faudra appeler l'île. Paldere loue ses mercenaires ; cette fois, nous aurons assez d'or pour le payer.

Il fit une pause.

– Ensuite, nous envahirons Liett.

– Tu veux dire… commença Allian.

Kebren lui fit signe de se taire.

– C'est ce que My voulait, dit Orest. Je vais le faire. Pour elle, pour Elline, mais aussi pour Issana, Haresh, tous ceux qui ont cru en elle. On me connaîtra sous le nom de régicide, mais peu importe : j'endosserai le nom de Darcer jusqu'à ce qu'Elline ait l'âge de régner. Voilà. Maintenant, vous êtes libres de retourner chez vous, ou…

– J'en suis, dit aussitôt Allian.

– Je n'ai plus de chez-moi, fit Kebren. Ovriel et moi, nous vous suivons.

– Et nous aussi, dit Eisdreel.

– Régicide ou non, vous avez secouru Haresh pendant la bataille, et même s'il l'a oublié, vous avez sauvé Arlos aussi, ajouta gravement Meshet. Les Fauconniers ont une dette envers vous. Je continue.

– Votre compagne était une jeune femme de valeur, dit Diriat, assise près de Meshet. Quant à votre statut de régicide, oubliez-le. Edrilion vous remerciera un jour.

Orest les regarda tous, et une fissure vint fendre sa vieille armure. C'était une sensation effrayante, familière.

My l'avait déjà craquelée en maints endroits. Siartt, lui, garda le silence. Ce fut la comtesse qui intervint :

– Que faites-vous d'Elline ?

Le bébé s'était réveillé dans ses bras et écoutait, les yeux ronds comme deux billes.

– Comment ça ?

La comtesse haussa les épaules.

– Vous n'allez pas l'emmener à Liett. C'est beaucoup trop dangereux.

– Je n'ai pas l'intention de l'emmener au combat. Elline restera à l'écart – en sécurité.

La comtesse eut un rire nerveux.

– En sécurité ? Où ça, dans une tente à l'arrière ? Avec tous ces monstres qui rôdent ? Vous avez perdu sa mère. Laissez-nous notre petite-fille. Le mieux est de l'emmener à Siartt, où elle ne risquera rien.

– À Siartt ?

Orest sentit quelque chose de glacial descendre dans ses entrailles, étreignant son cœur au passage. La comtesse avait planté ses yeux dans les siens, et il y lisait toute la rancœur du monde. Non, plus que de la rancœur : un mépris sans nom. Ses mains serraient désespérément le petit corps du bébé.

Elle avait cru My morte quelques mois plus tôt, et faisait deux fois son deuil. « Vous avez perdu sa mère »… Difficile de trouver plus de mauvaise foi dans une phrase. La mère adoptive de My n'avait jamais accepté qu'elle endosse si totalement son rôle de Darcer. Et dès leurs retrouvailles, il était apparu, lui, un homme nouveau à ses côtés. Un nouveau soutien. Un remplaçant. Il payait pour ça et Elline était la monnaie d'échange.

Donnez-la, et vous n'entendrez plus parler de nous, disaient les yeux, et nous vous pardonnerons tout…

– Vous plaisantez, j'espère. Ma fille n'a rien à faire à Siartt. Elle reste avec moi.

Les yeux de la comtesse s'étrécirent.

– Elline est ma petite-fille !

– Non.

C'était dit si sobrement, avec une telle évidence que la comtesse se rétracta, blessée. Orest n'y fit pas attention. Tout son être s'était crispé en un mouvement agressif, entre défense et attaque. Le comte de Siartt se redressa. Le trait adressé à sa femme l'avait touché lui aussi, en plein cœur.

– Nous avons vécu seize ans avec My. C'est infiniment plus que le temps que vous avez passé avec elle. Elline fait partie de la famille, nous voulons qu'elle vive, rien d'autre ! Nous proposons de la garder, pour sa sécurité et votre confort, jusqu'à ce que les choses s'arrangent.

– Personne ne me prendra Elline. *Personne.* C'est clair ?

– À votre place, je prendrais un autre ton, gronda Siartt. Sans My, vous ne seriez qu'un pouilleux probablement mort !

– Alors, je ne vois pas ce qui vous retient près de la fille d'un pouilleux.

Siartt ouvrit la bouche et la referma. Orest avait déjà traversé le cercle pour reprendre Elline. Les braillements du bébé transpercèrent la nuit. Les autres n'osèrent pas intervenir.

Il l'enveloppa du mieux possible avec sa couverture, guettant la fin des pleurs. Le bébé semblait rejeter tout le chagrin qu'il n'arrivait pas, lui, à exprimer : une énorme boule bloquait sa gorge, mais tout ce qui sortait de sa bouche, de ses yeux, c'était de la colère. Les mots qui blessent. Il évita de se retourner vers la comtesse, sûr qu'elle pleurait, elle aussi.

Toute cette nuit, il la passa éveillé. Un cauchemar à vif. Les rugissements du fleuve finirent par remplacer les pleurs d'Elline. Il n'entendit rien en provenance du groupe, et lorsque le jour revint, il se leva le premier, sûr de constater l'absence de deux personnes.

Les Siartt, contre toute attente, étaient restés.

Orest s'attendit à les voir partir après le passage du pont, mais ils ne remontèrent pas vers le nord. Ils ne donnèrent pas de raison et Orest n'en chercha pas. Elle était évidente : par inquiétude et par amour, ils étaient incapables de quitter Elline.

Une fois l'Alester traversé, ils s'arrêtèrent dans une petite ville de pêcheurs, en quête d'une nourrice. Affaiblie par la course de la veille, Elline ne pleurait même plus. Par chance, les nourrices ne manquaient pas. Le lait lui rendit un peu de forces. Le Sud était une région magnifique, très peuplée, surtout aux abords de Penhata. Il était clair que la rumeur de la bataille était arrivée jusqu'ici. Les chevaux noirs de Meshet ne passèrent pas inaperçus : les gens fuyaient à leur approche, pensant avoir affaire à une troupe de déserteurs. L'hostilité était palpable.

– Ne traînons pas ici, dit Kebren.

Elle avait caché Ovriel et semblait nerveuse. En temps de guerre, les parias payaient les premiers, et les Kmetts faisaient partie du lot. Ils s'éloignèrent de Penhata dès qu'ils le purent, rejoignant les côtes. Il n'y avait pas encore de plages. Des falaises ocre dominaient la mer d'Olrante qui se brisait inlassablement contre elles. La mer était radieuse, bleue et verte, scintillant de mille paillettes au grand soleil. Elline somnolait, épanouie dans la lumière, mais le visage d'Orest resta fermé. C'était trop dur de se rappeler que près d'ici, My et lui s'étaient unis pour la première fois. Il redoutait encore plus de voir les falaises disparaître : la plage était le dernier lieu qu'il souhaitait voir. Il tournait la tête pour ne pas voir la mer, mais Olrante était partout, dans l'air, dans les bruits. Une rumeur puissante de vagues brisées, qui ne cessait jamais. Elle le narguait, ruban bleu longeant les falaises, présente derrière chaque virage. Comme s'ils frôlaient le bout du monde.

Les chats s'échappèrent pour courir sur les dunes. Flocon se fondait dans le sable beige, minuscule à côté d'Ovriel. Ils étaient les seuls à ne pas ressentir de peine et ne faisaient pas attention à celle des humains. Le Lanvox, lui, posait sur le paysage des yeux humides, mais dans cette région paradisiaque, les larmes semblaient déplacées.

Longtemps, ils longèrent les falaises. Celles-ci s'étiraient à l'infini, hérissées d'herbes jaunes battues par les vents. De petits animaux plongeaient dans leur terrier à leur approche. Ils virent quelques navires, mais aucune plage.

Puis la mer commença à s'assombrir. Les falaises reculèrent dans les terres, s'incurvant pour former le golfe du Médant. Personne ne naviguait dans cette zone, de sinistre réputation. Les Bois maritimes y plongeaient leurs racines et on racontait que les arbres, doués de vie, piégeaient les poissons et les bateaux égarés. L'eau devint presque noire, roulant de façon menaçante, mais aucun arbre n'apparut.

– Il faut aller plus à l'est, dit Allian. Dans l'idée, on doit traverser les Bois pour retrouver la plage exacte, mais on n'est pas obligés. Le mieux est de s'en approcher le plus possible. On y sera ce soir.

Le malaise du groupe augmenta. À l'est, le golfe du Médant côtoyait les Bois de quelques lieues. Orest eut une pensée pour Krud, le chef de son ancienne guilde, qui était mort là-bas avec Nadrett.

Quelques heures plus tard, la mer reprit sa teinte habituelle. Puis les falaises diminuèrent, laissant place à des plages. Frappé par le soleil, le sable était tantôt doré, tantôt d'un blanc éblouissant. Le cœur d'Orest battit plus vite. Il reconnaissait ce paysage. Il l'avait arpenté, sifflet en main. Il s'en souvenait au mètre près…

Elline se tortillait dans ses couvertures, sans pleurer. L'entendant hoqueter, Orest la prit dans ses bras. Loin de se calmer, le bébé gigota de plus belle.

– Allian, dit-il.

L'espion bondit à son côté.

– Je crois… Bons dieux, je crois que ça commence !

Elline vagissait de toutes ses forces, à présent. My lui avait décrit les symptômes de la première métamorphose : maux de ventre, peau boursouflée, sensation de déchirure.

Il regarda le visage d'Elline, très rouge. Paniquée, la comtesse lui arracha le bébé des bras.

– Elle a faim ! Je vous ai dit qu'on aurait dû emmener une nourrice !

– On a proposé, aucune n'a suivi ! Déserteurs, vous vous souvenez ?

– Allongez-la… Arrêtez les chevaux !

Serrant le bébé contre elle, la comtesse mit pied à terre et courut vers la plage. Elle coucha Elline sur son manteau et passa la main sur son front.

– Elle est brûlante !

Elline se tortillait comme un beau diable, poings fermés. Le Lanvox bondit près d'elle et s'attaqua aux couvertures à coups de dent. La comtesse le chassa, ce qui eut pour seul résultat de redoubler les pleurs d'Elline. Le Lanvox revint, les poils hérissés.

– Laissez-le ! gronda Orest.

Il s'occupa lui-même des couvertures. Débarrassée de ses langes, Elline cessa de gigoter, mais elle criait toujours à pleins poumons. Le Lanvox se tenait près d'elle, frémissant. Orest connaissait la sensibilité de ces bêtes à la magie. Il s'agenouilla sur le manteau et tendit un doigt à Elline, qui l'attrapa par réflexe.

Elle était brûlante, c'était exact. Il ne savait pas quoi faire pour soulager la souffrance de la magie. La première métamorphose avait terrassé My. Contre ça, que pouvait un bébé affaibli et apeuré ?

– Là… murmura la comtesse, là… Ça va passer, ça va passer…

Le soir tombait. Le soleil frappait la plage, mais déjà sa lumière virait au rouge. Il disparut lentement derrière la mer, emportant la chaleur. Quand Orest releva la tête, la nuit était là. Le ciel débordait presque littéralement d'étoiles. Elles dépassaient l'horizon et se pressaient sur la voûte, éclatantes. La voûte semblait presque trop petite.

– La nuit de la Chance, dit Allian.

Orest le haït pour cette phrase. Son bébé était là, souffrant sur la plage où My avait perdu la première manche. Il n'y avait pas de chance ici. La seule étoile qui comptait dans cette nuit était une île ensorcelée, un piège pour rois sans couronne. Il n'éprouvait que de la fureur au moment de son retour. Kebren amenait déjà les chevaux sur la plage.

– Soyez prêts. Videz vos fontes pour charger le plus d'or possible…

– FERMEZ-LA !

Orest se rendit compte qu'il était debout. Il respirait précipitamment, les poings serrés, la colère emplissant sa tête, sa voix. Tout.

Le silence tomba sur la plage. Même Elline se tut. Sa colère s'éteignit.

– Je… Pardon. Oubliez ça.

Il revint près d'Elline, mit dans sa main son doigt qu'elle serra avec force. Les larmes brillaient sur ses petites joues, mais elle ne pleurait plus. Orest palpa ses langes, s'attendant à trouver le sifflet autour de son cou.

Il n'y avait rien.

– Je ne comprends pas, dit Eisdreel.

– Fausse alerte, c'est tout. On va rester là cette nuit.

Orest leva la tête. Kebren tenait toujours les chevaux par la bride, et les nobles étaient restés immobiles. Il ajouta :

– Si vous êtes d'accord.

Il y eut un flottement, puis Kebren dit :

– Je préfère ça.

Meshet montait le campement un peu plus loin. Diriat et les Kmetts partirent le rejoindre. Orest, lui, prit Elline dans ses bras. La comtesse eut un mouvement de protestation involontaire.

– Je vais la promener, dit-il. Je prendrai le premier quart.

Il essuya les larmes du bébé avec sa manche et descendit vers la mer. Le Lanvox courut derrière lui, stoppa devant la marée montante, et repartit. Orest, lui, s'avança jusqu'à dépasser l'écume. Elline regardait l'eau au-dessus de son épaule, bouche ouverte.

– Voilà, lui dit-il. Tu es sûrement le premier bébé à voir la mer si tôt. Peut-être que tu aimeras ça, même si ton nom vient d'une fleur de feu.

Il dit plus bas :

– Demain, on ira plus loin. Tu verras l'île…

Resté sur le bord, le Lanvox émit un cri désespéré, entre hululement et aboiement. Orest revint lentement vers la plage. Les autres ne l'avaient pas attendu pour se coucher, à part Allian.

– *Je* prends le premier quart.

– Allian, ne commence pas…

– Tu es sur les nerfs, mon vieux. Essaie de dormir cette nuit.

Orest le remercia d'un signe de tête et recoucha Elline. Le Lanvox se blottit contre elle, du sable plein la fourrure. Orest inspecta le visage de sa fille, cherchant des boursouflures, en vain. Il s'installa de l'autre côté, un bras sur la couverture. La main du bébé attrapa son doigt et ne le lâcha plus.

Il s'endormit longtemps après, au milieu de la plage couverte d'étoiles. Ou de leurs reflets sur le sable. Mais quelle importance…

– Orest ! Debout, vite !

Orest dégaina avant d'être totalement réveillé. Allian se figea net, la dague à quelques centimètres de sa gorge.

– Enlève ça.

Il avait du sable plein les cheveux et l'air épouvanté. Orest obéit lentement.

Derrière l'espion, le campement était en effervescence. Le petit jour éclairait la mer et rasait la plage, qui semblait constellée de creux noirs. Par réflexe, il fit un tour d'horizon. La plage était vide. Il se tourna vers Elline.

Le bébé avait disparu.

– Allian ! Où est-elle ?

Orest fit volte-face, cherchant la trace du bébé. Elline métamorphosée par le Don… En son absence, c'était ce qui pouvait arriver de pire. S'était-elle envolée ? Allian secoua la tête.

– Elle est avec Diriat.

– Alors qu'est-ce qu'il y a ?

– Eux.

L'espion désignait une falaise dans le lointain. Une ligne noire se déplaçait dessus à vive allure. Des cavaliers, déduisit-il, une trentaine, peut-être. Allian l'entraîna derrière lui.

– Kebren pense qu'ils viennent d'un des villages. S'ils savent qu'on est de l'armée vaincue, on est cuits ! En selle, dépêchez-vous !

Il fit la courte échelle à la comtesse, récupéra Elline et la colla dans les bras d'Orest. Déjà juché sur le cheval noir, le Lanvox hululait nerveusement. Orest réinstalla Elline et bondit sur le coursier, qui s'élança aussitôt. La peur des humains se propageait aux montures. Ils remontèrent sur la route et partirent au grand galop. Se retournant, Orest vit que leurs poursuivants apparaissaient déjà au virage.

– Quittez la route ! hurla-t-il.

– On n'a pas de repère à part la route ! protesta Siartt.

C'était vrai. Une étendue d'herbes jaunes et de sable longeait la mer, à perte de vue. Orest bifurqua pourtant sans hésiter.

– Si on suit la route, on arrivera dans un village. Je n'ai pas envie d'avoir une autre troupe aux trousses !

Parce qu'il avait Elline, les Siartt suivirent. Meshet fut le dernier de tous. Ralentis par le sable, les chevaux galopaient avec difficulté. Orest regarda derrière lui une deuxième fois. Leurs poursuivants atteignaient la plage. Ils n'étaient pas en armure et leurs chevaux avaient des membres trapus, peu adaptés à la course. Ils les sèmeraient en une lieue.

– Tout droit ! Continuez !

Allian se retourna vers lui, comprenant soudain son intention. Les autres ne se doutaient de rien – tant mieux. Orest prit la direction du nord. Ils étaient passés par cette zone avec la Guilde, mais Keagan et son armée les poursuivaient ; il ne se souvenait de rien d'autre. Un coup d'œil lui confirma que les villageois n'abandonnaient pas, leurs chevaux gagnaient du terrain. Moins rapides, mais plus endurants. Pire, le sable n'avait pas l'air de les gêner.

– Par là ! dit Allian.

Il partit vers une bande rocheuse, qui fendait le terrain sur plusieurs centaines de mètres. Le sol verdissait un peu. Ils talonnèrent leurs montures de plus belle. Herbes vertes, herbes jaunes défilèrent, floues, entre deux plaques de roches. Orest perdit la notion du temps. Seuls comptaient les mètres avalés et les cris des poursuivants.

Au bout d'un moment, il commença à reconnaître le paysage. Le jaune s'évanouissait sous un tapis vert parfait, qui luisait doucement au petit jour. À perte de vue, ou presque.

– Par là, dit-il, et de nouveau il fut surpris par sa voix si calme.

Ils étaient là, devant eux. Les arbres titanesques dont les cimes se noyaient dans les nuages. Aux feuilles vertes et argentées, aux troncs réguliers comme des colonnes…

Et ce silence qui recouvrait la forêt comme une cloche de verre. Silence de paix, silence de mort. Pas de cris d'oiseaux. Pas de bruissements de feuillage. Rien n'avait changé…

Les Bois.

– Je n'entre pas là-dedans, dit Kebren.

– D'accord, tu protèges l'entrée ? À trente contre un, ça devrait aller.

Orest doubla la Kmett. Les deux arbres entre lesquels il passa ressemblaient aux gardiens d'un temple. Dès qu'il fut dans l'orée, il cessa d'entendre les bruits extérieurs. Il se retrouva au milieu des arbres, minuscule fourmi humaine. La lumière filtrait à travers les feuillages et teintait l'orée d'une lumière verte. Elle flottait sur les troncs, auréolait l'herbe au sol et les entourait de façon presque palpable. Le visage d'Elline était devenu verdâtre, comme celui d'un noyé. Le silence était d'une texture différente. Plus pesant, comme de l'air liquide. De nouveau, Orest eut l'impression d'avancer au fond d'un lac et de tendre la tête vers la surface.

Les autres entrèrent, silhouettes fantomatiques à contre-jour. La mousse étoilée étouffa les pas des chevaux ; une légère odeur de sève et de menthe s'en échappait. Elle était apaisante, rafraîchissante. Orest, pourtant, évita de la respirer. Il se méfiait de la beauté des Bois, de ses allures rassurantes. Le seul avantage qu'ils offraient, c'était de barrer la route à leurs poursuivants.

Kebren entra en trombe.

– Ils continuent ! Ils sont tout près – dépêchez-vous !

Le groupe se tourna vers Orest. Il n'hésita pas :

– On y va. Au galop !

Mais même leur galop fut silencieux. Ils traversèrent l'orée, aussi noirs, aussi furtifs que des flèches. Pas un cheval n'eut à virer : les arbres paraissaient s'écarter devant eux, laissant la pelouse intacte et s'éloignant toujours plus…

Au bout d'un moment, Orest se rendit compte qu'ils avaient perdu l'orée de vue. Les arbres nouaient leurs frondaisons au-dessus d'un monde vert et immobile. Le seul moyen de retrouver leur chemin était de revenir sur leurs pas, mais si les autres les poursuivaient, c'était la mort assurée.

Puis il réalisa qu'ils étaient loin d'avancer en ligne droite. Aucun arbre ne leur barrait la route et le terrain était dégagé, mais les chevaux zigzaguaient légèrement entre les arbres. Ils pouvaient très bien revenir vers l'orée sans s'en rendre compte. Ou pire, s'enfoncer dans les Bois.

– Stop, dit-il. Stop ! On va se perdre !

Siartt le doubla.

– Je préfère me perdre que me faire capturer.

Rageant, Orest reprit la course en fin de peloton. Ils galopèrent un temps indéterminé. Mêmes arbres, même pelouse, même calme ambiant. Rien ne changeait autour d'eux. Ils auraient pu faire du surplace sans s'en rendre compte. Le piège était là. Les Bois les perdaient tout en douceur. Puis l'uniformité du décor changea, des arbres se tordirent, des chemins apparurent…

Ils débouchèrent sur une clairière entourée par des arbres anormalement trapus. Orest stoppa son cheval, tendit l'oreille.

Rien.

– Ils sont restés à l'orée, dit Eisdreel. J'en suis sûr !

Par précaution, il avait tout de même tiré son poignard. Kebren bondit à terre, son chat sur l'épaule.

– Rien de louche derrière nous, selon Ovriel.

Les chevaux haletaient, la bouche pleine d'écume. Leur endurance atteignait ses limites. Orest dessella son coursier, posa ses paquetages et ôta la sangle qui retenait Elline en place. La course avait tétanisé l'enfant. Diriat la prit dans ses bras et entonna une berceuse à voix basse. Orest ne connaissait pas cette chanson aux notes lentes, mais elle semblait faite pour les Bois. Instinctivement, ils se resserrèrent, faisant front contre les lieux.

– On saura par où repartir, dit Allian en indiquant le sentier. Après…

Orest s'adossa à un arbre, inspirant profondément. La course lui avait fait oublier, momentanément, My et sa souffrance. Elles revinrent peser dans sa poitrine, le vidant de son énergie. Les Bois étaient si calmes… Morts et vifs à la fois, un cimetière qui respirait doucement. Il eut envie de s'allonger sur la mousse et de se laisser mourir. S'il resta debout, ce ne fut pas à cause de leurs poursuivants, ni à cause de son groupe, mais simplement parce qu'il était sûr qu'*elle* n'aurait pas aimé ça. « Ça ne te ressemble pas. » Il imagina My disant ces quelques mots, avec une netteté…

– Reviens, dit-il à voix basse.

Ce n'était pas une demande. C'était une imploration. L'Orest de Liett ne l'aurait pas reconnu. Pourtant il était prêt à tout.

Pour qu'elle revienne, il l'aurait même acceptée sous les traits d'un revenant. Ou d'un être de fumée bleue, comme Xyon.

« Reviens... »

Les Bois ne pouvaient-ils pas l'aider ? La magie hantait ces lieux, picotait sa peau. Même les chevaux la sentaient. Elle avait tué Krud et Nadrett, failli tous les engloutir. Cette magie ne pouvait-elle pas faire le bien pour une seule personne ? Peut-être qu'en cherchant, il trouverait un nouveau château d'or, et dans une pièce un antidote, un sortilège... Si seulement cela pouvait être possible. Il était prêt à chercher pendant des années.

De nouveau, Elline le tira de ses rêveries morbides. Elle pleurait, mais ce n'étaient pas les braillements habituels. C'étaient de vrais sanglots d'enfant perdue, affamée, terrifiée. Diriat la lui rendit. Elline pleura de plus belle.

– Il vous reste du lait ?

La comtesse lui tendit la gourde. Leur stock était presque épuisé. Elline se jeta sur le goulot et but avidement. Au bout de quelques gorgées, la flasque fut vide.

– Ça ne va pas, dit Allian nerveusement. Je vous ai dit qu'il fallait embarquer une nourrice, ou une vache, n'importe quoi ! On a intérêt à ressortir en vitesse !

Kebren claqua des doigts.

– Ovriel, au rapport.

Le chat lui coula un regard mauvais et grimpa à l'arbre le plus proche. Il s'éleva avec une régularité curieuse, qui devait sûrement beaucoup à son apprentissage. Il disparut dans le feuillage sans un bruissement. Ils attendirent quelques minutes.

Ovriel se laissa tomber des cinq derniers mètres, cracha en direction de Kebren et s'attaqua à sa toilette.

– *Quoi ?* Pas d'orée en vue ? Même de l'arbre le plus haut, tu ne vois rien ?

Orest réinstalla Elline dans ses bras. Ovriel confirmait ce qu'il craignait : les Bois les avaient égarés avec autant de facilité que la première fois.

– Pas la peine de paniquer. Laissons les chevaux se reposer, et après…

– Après, oui, dit Eisdreel. Après quoi ?

Meshet hocha la tête. Il avait l'air très mal à l'aise et regardait fréquemment autour de lui. Ils se turent en entendant un craquement. Une branche tomba de l'arbre qu'Ovriel avait escaladé.

– L'heure est grave, dit Siartt.

Le comte se mit à faire les cent pas. Il écrasait la mousse avec minutie, mais après son passage, elle reprenait son aspect initial.

Eisdreel s'assit en tailleur, Flocon sur ses genoux. Il regardait les va-et-vient de Siartt entre ses mèches rousses, l'air songeur. Contrairement à Meshet, les Bois ne semblaient pas le perturber.

– Ils vont surveiller la plage, reprit Siartt. Je ne vois pas comment les faire partir.

– La plage est un point de repère, c'est tout, dit Orest. On peut appeler l'île de n'importe où sur la côte.

– Ce n'est pas ça, le problème, intervint Eisdreel.

Il s'interrompit quand l'attention générale se tourna vers lui.

– C'est Elline, le problème.

Il avait presque l'air de s'excuser.

– My a dit qu'Elline hériterait du Don. Or, nous sommes en fuite depuis longtemps, et il ne se passe rien. Je pense que sa magie ne marche pas.

– Et pourquoi la magie de ma fille ne marcherait pas ? fit Orest.

Eisdreel répondit avec hésitation :

– My disait toujours que ses métamorphoses étaient un vrai bouleversement. Le Don demande beaucoup d'énergie. My avait du mal à se changer pendant sa grossesse, elle perdait son pouvoir quand elle était fatiguée. Regardez Elline… Elle n'a même pas assez de lait. Elle est trop faible, le Don ne viendra pas. Il faudra attendre qu'elle récupère ses forces, ou qu'elle grandisse.

Les visages des autres se décomposèrent.

– Alors, dit Meshet, ça change tout.

La comtesse se leva.

– Quoi qu'il en soit, il faut sortir d'ici. Elline a besoin d'être au calme ! Peut-être que le Don reviendra si nous prenons soin d'elle. Je vous répète qu'elle sera mieux à Siartt.

– Et l'île ? répliqua Allian. Il faut rester près d'Olrante pour accéder au trésor, on a besoin de l'avoir avec nous !

– Besoin ! Besoin ! Cette enfant n'est pas un sac ! Moi vivante, vous ne la traiterez pas comme un porte-sifflet, c'est un *bébé*, bon sang !

Malgré l'antipathie qu'Orest éprouvait pour la comtesse, il entrevit soudain My à travers elle. My aurait défendu son bébé avec la même chaleur. Il vint à son aide :

– C'est vrai. Elline passe avant le reste, et de toute façon, avoir l'armée d'Acryak ne fait pas tout. On est loin d'avoir tué le Sanreth. Parce que devant…

– Il y a les Chimères, compléta Diriat.

Il y eut un petit silence, brisé par Meshet.

– C'est le gros problème. Vous les avez vues ! Elles ont laminé nos troupes, et quand on les a maîtrisées, c'était toujours grâce à Xyon. C'est Xyon qui en a tué une. Un esprit assez fort pour lui broyer le cœur… ça ne se trouve pas n'importe où.

– Un gros précipice non plus, commenta Kebren.

– « Vous aurez la réponse dans les mots. »

Orest récita la phrase à voix lente. Les autres l'écoutèrent sans comprendre.

– Phrase d'Archivistes, vous vous souvenez ? Apparemment, notre solution est là-dedans. Les mots…

– Un sortilège ? fit Diriat.

– On a pensé à ça, dit Orest, évitant de nommer My. Ça ne nous aide pas. Prononcer un sortilège, d'accord. Le faire marcher, c'est autre chose.

– Les mots… murmura Eisdreel. Une bibliothèque ?

– On les trouvera sûrement là-bas, les mots, mais pas dans l'ordre. De toute façon, à part *La Geste des galériens,* qui ne parle pas des Chimères…

– Passe, dit Allian, intéressé.

Le livre traversa le cercle en ligne droite.

– … On n'a ni livre ni bibliothèque à disposition.

– Je t'arrête, dit Allian. Il y a un château ici, non ?

– J'y ai pensé, mais les pièces étaient vides.

– Il y avait un piano.

– Vous avez exploré toutes les pièces. Vous n'avez vu aucun livre. De toute façon, c'est trop dangereux.

Allian s'adossa à un tronc et se mit à feuilleter le livre. Les autres suivaient leur échange, désappointés. Elline était si fatiguée qu'elle s'était endormie dans les bras d'Orest. Le Lanvox, lui, gambadait entre les arbres, à la grande irritation d'Ovriel. La magie ambiante semblait électriser la créature. Orest étudia le Lanvox un moment.

– Pour l'instant, les Chimères passent après l'île, dit-il. Mais si on n'a pas Acryak, il faut trouver une autre solution.

– Sortir d'ici, pour commencer ? railla Kebren.

– Tu peux chercher avec les chats. Seulement, si vous vous éloignez, ne vous perdez pas. Faites des entailles sur les troncs. Je pars de mon côté.

Allian releva la tête, soupçonneux.

– Toi, tu…

– Le Lanvox, dit simplement Orest. Il réagit beaucoup à la magie, je pense qu'il peut nous aider à nous orienter. Normalement, plus on s'éloigne dans les Bois, plus la magie est intense. On se repérera comme ça.

Il ajouta sans transition :

– Je pars à l'opposé. C'est mieux qu'on reste en contact, Kebren, au cas où. Tu as ta Nel'riand ?

– Oui, mais…

– Je sais, nos Nel'riand ne sont pas liées, mais si on les échange, on peut communiquer avec la nôtre. Tu comprends ce que je veux dire ?

– C'est une vieille technique kmett, lâcha la jeune femme, qui sortit une gemme tordue et constellée d'éclats. Elle a beaucoup vécu, fais attention à elle.

Elle n'avait pas l'air très enthousiaste. Les Kmetts quittèrent le campement en compagnie des chats, s'effaçant littéralement dans le décor au bout de quelques pas.

Orest, lui, marcha vers le Lanvox. L'animal se retournait sans cesse vers le bébé, qui le retenait à proximité du campement. Dès que les humains le rejoignirent, il bondit en avant. C'était la magie qui l'attirait, Orest en était sûr. Il le suivit, même s'il savait pertinemment qu'il partait dans la mauvaise direction. Contrairement à ce qu'il avait dit à Kebren, son but n'était pas de quitter les Bois.

– Regarde bien, Elline.

Le bébé ouvrait les yeux, réveillé par le profond silence : le groupe s'était évanoui aussi rapidement que les Kmetts. Orest marqua chaque tronc d'un coup de dague, attentif à leur parcours. Au bout d'un moment, les arbres s'espacèrent, de petits lacs apparurent. Le damier et l'arche, apparemment, n'étaient pas loin. Le Lanvox devenait de plus en plus nerveux. Orest lui-même était plus réceptif à l'environnement. Chacun de ses sens semblait décuplé. À cet endroit précis, il eut l'impression, intense et déroutante, d'être intimement connecté à chaque parcelle des Bois, chaque parcelle du monde…

Immédiatement, il sut qu'il ne devait pas s'attarder. C'était trop pour un seul homme. Il sortit la Nel'riand de Kebren et dit entre ses dents :

– Deuxième étape.

Il comptait beaucoup sur la magie des lieux. Le message qu'il voulait transmettre était complexe, et Kebren connaissait beaucoup mieux la destinataire que lui. Toutefois, il était hors de question que Kebren sache ce qu'il voulait faire.

Portant Elline d'un bras, il posa la Nel'riand sur sa paume, et esquissa l'image de Maranta.

L'Aldhei-shen jaillit dans son esprit avec une netteté incroyable. Ses yeux bleus, ses cheveux argentés, dont il percevait le moindre fil. Tout était là, presque réel.

La Nel'riand brilla plus fort. Elle absorbait la magie, et devenait plus lourde dans sa main. Orest se concentra sur le beau visage glacé de Maranta. Choisissant le moins de runes possible, et les pensées les plus simples, il transmit son premier message. « Là ? »

La réponse jaillit au bout de quelques secondes. Le flot des pensées était fluide, facilité par la connexion puissante et familière entre les deux gemmes. « J'espère que tu as une bonne raison pour me parler. »

Orest ne releva pas. Se faire passer pour Kebren était essentiel. « Je veux revenir au bastion, juste quelques jours. »

« Pourquoi ? »

« Des recherches dans la bibliothèque, sur les Chimères. »

« Rien que ça ? Au moins, tu persévères. J'ai entendu parler de la défaite de la Darcer. Tu patauges, Keb. »

« Le Sanreth est encore au Sud. »

Orest se tut un moment.

« Imaginez qu'on soit à Liett avant lui… Qu'on le double, pour faire clair. Mon vieux projet tient toujours. Un coup d'état… »

Le mutisme de Maranta trahit son intérêt, mais Orest commençait à la connaître. Elle était trop prudente, trop circonspecte pour saisir l'opportunité. Il mènerait Maranta à ce qu'il voulait, mais progressivement. Il ajouta :

« Donnez-moi une chance, et j'inverserai la situation. »

« Tu ne doutes de rien. »

« Alors ? »

« Va pour la bibliothèque. »

Ils rompirent l'échange en même temps.

Orest rangea la Nel'riand dans sa poche, remerciant mentalement Issana pour ses cours sur les runes au retour d'Aïdrez. Il utilisait Maranta sans enthousiasme. Elline n'ayant pas encore le Don, il fallait trouver un autre moyen pour infiltrer Liett et piéger le Sanreth sur son terrain. Les Kmetts étaient tout indiqués. Il ne savait pas si son idée était bonne, mais elle était rapide, radicale. Elle lui convenait. C'était sa dette envers My. À cause de lui, son armée s'était défaite ; grâce à lui, Liett serait reconquise. Et Elline gagnerait la dernière manche…

– Rentrons.

Quel mot bizarre, pour Elline et pour lui. « Rentrons », pour eux qui n'avaient pas de toit, c'était partir vers nulle part.

Il tourna lentement sur lui-même, cherchant le Lanvox, et le vit couché au sol, la tête entre les pattes. Son corps entier tremblait, de douleur ou de peur. Instinctivement, Orest resserra son emprise sur Elline.

À quelques pas du Lanvox, une calèche était arrêtée. Elle était blanche, avec des roues très fines aux armatures argentées. Trois magnifiques chevaux y étaient attelés.

Un noir, un gris et un blanc, chacun amputé d'une patte.

22. La Voie du roi

La roulotte ressemblait à une calèche, malgré ses flancs ravagés. Sa forme était rustique, sa surface abondamment sculptée. Son toit s'arquait au-dessus du siège du cocher, et l'acier couvrait les moulures des roues. Elle était pleine de la grâce lourde des créations déléaniennes. Faite pour voyager, elle ne s'était pas arrêtée depuis sa naissance. Elle avait affronté les neiges, la rocaille, les monstres. À présent elle volait, tirée par l'un d'entre eux.

Trente autres la suivaient.

Les Fidrolles battaient puissamment des ailes, pareils à des chauves-souris attelées. Ils étaient trois par calèche : un devant et deux sur les flancs. Dans ce ciel gris, les proportions changeaient et ils ressemblaient à de gros chiens tirant des roulottes à taille humaine. En réalité, chaque roulotte abritait des dizaines d'Esbelt, et les ailes des Fidrolles se déployaient sur vingt mètres. Au total, ils étaient mille deux cents Seigneurs Errants cinglant vers l'ouest.

Pour la première fois, le clan des Esbelt passait en Edrilion. Leur ancêtre l'avait fait pour remplacer les Darcer. Après l'avoir longtemps renié, les Esbelt se souvenaient de lui et du royaume qu'il leur léguait. Un bâtard et une Chimère, voilà tout ce qui se dressait entre le trône et eux.

Welfendà savourait.

La Reine se pencha au-dessus du siège du cocher. Ils arriveraient bientôt à Liett, même si les nuages faisaient écran.

Pattes collées au corps, les Fidrolles fendaient l'air épais, tirant les roulottes sans effort. Les nuages se déchiraient devant eux, puis se reformaient vaguement sur les autres attelages. Ils avançaient dans cette brume collante depuis leur départ.

– On se posera sur la Voie du roi, dit Welfendà.

Elle s'adressait à Karnas, le Premier Seigneur Errant.

– Pas dans la ville : aux portes. Je veux marquer les esprits. Qu'ils vous voient et qu'ils aient peur. Vous pouvez réussir où le Sanreth a échoué.

Il suffisait de voir Karnas pour en être sûre. Le Seigneur était une montagne de muscles, endurci par une vie d'errance et un entraînement martial intensif. Il avait trente-huit ans et son visage en paraissait cinquante, tant il était marqué et immobile. Un être de roc.

Le Premier Seigneur Errant avait une charge que les nobles d'Edrilion ne pouvaient pas comprendre. À partir du moment où on était Premier Seigneur, on n'héritait pas, on partait en conquête, et elle ne s'arrêtait jamais. Les Seigneurs ne tiraient pas leur fierté de leurs possessions mais de leurs victoires. C'était pour ça que Karnas venait, pour vaincre, à n'importe quel prix.

– Bien, dit le Seigneur. Je vous laisse le Sanreth…

– Oui, coupa Welfendà. Je veux m'en occuper moi-même.

Elle avait posé cette condition dès le début. Personne ne devait connaître son lien avec la Chimère. Karnas grogna :

– Si, bien sûr, le Sanreth est rentré.

– Il est rentré. Il est trop affaibli pour rester loin de Liett.

– Alors, je vous laisse lui régler son compte. Je m'occupe du reste, trône compris.

Trompée par ses airs de brute épaisse, Welfendà avait d'abord sous-estimé Karnas. En réalité, il était aussi tenace qu'elle et aussi clairvoyant. Elle était sa Reine et il s'inclinait devant ses ordres, mais dans ses yeux, elle lisait un avertissement : trompez-moi, et vous le paierez. Elle haussa les épaules.

– Évidemment.

Cet homme allait être plus dur à maîtriser que le Sanreth. Toutefois, les Esbelt étaient nombreux : Karnas désignerait peut-être quelqu'un pour gouverner Edrilion à sa place. Hors de La Déléane, il perdait un peu sa raison d'être. Elle ne le voyait pas vivre loin de ses chères contrées du Nord.

– Liett en vue, dit soudain Karnas.

Les derniers nuages avaient disparu. Liett se profilait, gigantesque étendue aux édifices disparates, bordée de remparts qui auraient découragé n'importe quelle armée. Sauf celle qui venait d'en haut. Welfendà s'avança au milieu de la roulotte et leva les bras. Il y avait quarante Esbelt dans la roulotte, tous armés. Elle devina leur hâte. Ils étaient impatients d'en découdre.

– Seigneurs ! clama-t-elle. Ce jour est votre jour. Je destitue le Sanreth et vous désigne à sa place. Soumettez sa ville ! Les Fidrolles sont votre atout. Les plus valeureux des Seigneurs combattront sur leur dos. Ils s'occuperont de la garde et des remparts. Dispersez-vous partout, repérez les points stratégiques. Nous nous retrouverons au château. Karnas, j'ai besoin d'un arbalétrier avec moi.

Karnas fit signe à l'un des Esbelt.

– Cahon est mon meilleur tireur.

La roulotte pencha brusquement en avant. Welfendà saisit une lanière fixée sur les parois. Le sol se rapprochait à une vitesse impressionnante. La roulotte se mit à tanguer dans tous les sens.

Armés jusqu'aux dents, une nuée d'Esbelt serra les dents en attendant l'impact.

Il y eut une série de cahots, puis le bruit familier des roues crissant sur le sol.

La Voie du roi s'étendait devant eux, pavée de pierres blanches. Elle s'incurvait légèrement pour rejoindre les portes. Plusieurs coups sourds indiquèrent que les autres roulottes se posaient. Les dernières survolèrent les remparts vers les tours de garde.

Welfendà s'arma rapidement et rejoignit Karnas. La roulotte s'était arrêtée devant les portes.

– Avec moi, ma Reine, dit le Seigneur.

Il descendit de la roulotte et s'approcha d'un Fidrolle. Le monstre avait replié ses ailes et baissait la tête, apathique. Drogués, les Fidrolles n'étaient rien de plus que de gros chiens dévoués. Karnas lui passa un harnais et monta sur son dos, suivi par Welfendà et Cahon.

– Au château d'abord, dit-elle.

Karnas tira sur le harnais. Le Fidrolle se propulsa dans les airs, s'appuyant sur les portes pour s'élever plus haut. Les battants tremblèrent. Craquèrent. Le fer forgé lança son chant sourd : derrière eux, les Esbelt massacraient les portes.

Welfendà regarda en contrebas. Une nuée de Fidrolles s'abattait sur les tours de guet, pliant les portes à grands coups de queue, lacérant les façades. D'autres se posaient sur les maisons, qui déversaient leurs moellons dans les rues. Des centaines de gens commençaient à fuir. Des corps tombèrent et furent engloutis par les Fidrolles. Welfendà regretta de ne pas entendre les hurlements : vue de haut, son œuvre semblait insignifiante. Tout se faisait en silence et en miniature. Elle reporta son attention vers le château, frémissante.

– Là, dit-elle.

Elle désignait un balcon au premier étage. Karnas la déposa avec l'arbalétrier.

– Soyez prudente, ma Reine.

Welfendà eut un sourire caustique. Karnas la laissait seule parce qu'il espérait qu'elle meure. Hélas pour lui, c'était une forme d'invulnérabilité qu'elle allait chercher.

– Suivez-moi à distance, dit-elle à l'arbalétrier. Vous entrerez à mon signal.

Elle s'enfonça dans le couloir sans sortir son épée. La salle du trône était à cet étage totalement désert. La folie du Sanreth avait fait le vide autour de lui : elle était sûre de le trouver ici.

Avec soin, elle cacha son épée sous sa cape et ouvrit la porte.

Marbre, velours. Vitraux aux mille couleurs. Imposantes colonnes soutenant une voûte à l'arc élégant. Elle releva tout d'un regard, l'escamota : sa Chimère était couchée devant le trône, aux pieds du Sanreth. Elle tourna la tête vers la Reine, mais ne gronda pas. Elle la reconnaissait. Avant le Sanreth, elles avaient passé de longues années ensemble : même sans lire dans ses pensées, Welfendà sut qu'elle n'avait rien à craindre. Elle s'avança.

Le Sanreth était affalé sur le trône et dormait, la tête renversée. Plus elle s'approchait, plus elle voyait à quel point sa folie l'avait changé. Ses cheveux étaient sales, emmêlés, une barbe noirâtre lui couvrait les joues, et il portait les mêmes habits qu'à Jial. Il empestait la médiocrité, pire, la faiblesse.

Mais la Chimère était à lui. À la surprise de la Reine, elle se leva en grondant. Le Sanreth eut un spasme, se réveilla et la vit. Une expression d'horreur déforma son visage.

– Vous !

Welfendà s'arrêta. L'homme s'était recroquevillé dans son trône, terrorisé comme un enfant. La Chimère bondit devant lui et feula, les plumes hérissées.

– Vous êtes morte ! bégaya le Sanreth. Morte ! Vous ne pouvez pas être là, c'est impossible !

Il se cramponnait aux accoudoirs. Welfendà remarqua les griffes de la Chimère, arc-boutées au bord des marches.

– Je viens reprendre ce qui est à moi.

– Je n'ai rien ! Partez ! PARTEZ !

La Chimère réagissait en même temps que lui, grondant, griffant le sol. Ils étaient si liés qu'ils bougeaient en même temps, exprimant différemment les mêmes sentiments. À tout moment, la Chimère pouvait l'attaquer. La jalousie envahit la Reine. La Chimère était à elle, elle ne pouvait pas avoir changé si totalement d'allégeance !

– Vous n'avez rien ? répliqua-t-elle. Vous osez me dire ça ? Sur le trône de cette ville, de ce royaume que *je* vous ai donné ?

Sa voix retentit, éclatante. La Chimère gronda de plus belle.

– Edrilion est à moi ! rugit le Sanreth en sautant sur ses pieds. À moi et à personne d'autre ! Je suis Esbelt comme mon ancêtre, vous n'aurez rien !

Sa voix dérailla, suraiguë. La Chimère attaqua si vite que Welfendà eut à peine le temps d'anticiper. D'un long bond fluide, elle sauta par-dessus les marches et fondit sur elle, griffes dégainées.

– Non ! cria la Reine d'une voix de stentor.

La Chimère s'immobilisa à deux pouces d'elle. Welfendà se plongea dans ses yeux gris. Elle ne s'adressait pas au Sanreth, mais à la bête qui lui obéissait depuis l'enfance.

– Recule.

La Chimère reposa sa patte. La volonté du Sanreth vacilla. Il semblait cloué sur le trône, atterré par sa propre audace. Avoir tué la Chimère de Welfendà était une chose ; s'attaquer à la Reine elle-même relevait du sacrilège. Welfendà reprit sa marche vers le trône.

– Les Esbelt sont à Liett, Sanreth. Je vous donne moins d'un jour à vivre.

La Chimère recula, marquant le marbre de longues griffures.

– Les Esbelt ? bégaya le Sanreth. Mais que… quoi… ?

– Vous avez tué ma Chimère, vous m'avez trahie. Vous êtes incapable de régner. À quoi vous attendiez-vous ? Ils sont plus d'un millier, ils ont des Fidrolles. Dans une heure, ils seront dans cette salle.

Posément, elle joignit les mains. Le Sanreth était devenu livide. Il se ressaisit et descendit les marches en titubant. Welfendà s'interposa.

– Vous ne pouvez pas fuir.

– Ah ?

Ses lèvres dévoilèrent ses dents jaunes. Il ricana :

– Dommage pour vous, je n'ai pas l'intention de finir là.

– Le palais est encerclé, et ils ont ordre de tirer à vue. Dommage pour vous, Sanreth, une Chimère court, saute, tue, mais elle ne vole pas. Vous êtes coincé.

– Pas si je vous prends en otage. Ils devront me laisser partir.

– Non.

– Ha ! ha ! Vous croyez ça ?

Avant qu'il avance, Welfendà tira une lame et la posa sur son propre cou. Elle était affûtée comme un rasoir.

– Essayez de jouer à ça, et vous vous retrouverez sans moi, déclara-t-elle. Parce que votre seul espoir, c'est… moi. Je peux vous relâcher loin d'ici, les Esbelt s'en moquent. Mais ne vous méprenez pas : si je vous donne une chance, c'est à cause d'elle.

Elle désigna la Chimère.

– Et pour ça, je suis prête à jouer ma vie. Est-ce clair ?

Le Sanreth recula, buta contre une marche. La Reine dégageait quelque chose d'hypnotique. Peut-être parce qu'elle jouait si follement avec la mort, alors qu'il pouvait la tuer d'une pensée. Et c'était lui qui perdait son sang-froid, incapable de garder l'avantage. Welfendà dit plus bas :

– Le pouvoir se paie. Vous vous souvenez ? Vous avez payé l'allégeance des Chimères par votre paix. Elle vous arrachera le reste de votre humanité si vous restez liés. Je viens la reprendre. J'ai besoin d'elle, La Déléane a besoin d'elle. Mon marché est simple : rendez-la-moi, et je ne vous tuerai pas.

– Je ne vous crois pas.

– Je vous donne ma parole de reine : je ne vous tuerai pas.

Elle avait monté les marches et dominait l'être chétif, retombé sur son trône. Sa voix se fit plus douce, presque maternelle.

– Vous n'avez pas besoin d'elle. Sans l'allégeance, vous retrouverez votre indépendance. Vous pourrez vous reconstruire. Vous irez quelque part en Déléane, et le Daj ne vous appellera plus jamais.

– Je ne peux pas vous rendre l'allégeance, murmura le Sanreth.

– Si, vous pouvez. Pour libérer une Chimère, il suffit de lui dire : « Tu es libre. » Un enfant peut le faire. Comme au Daj, là...

Elle guida lentement sa main et la posa sur la tête de la Chimère. Il tressaillit, se débattit, puis céda. La main de la Reine recouvrit la sienne.

– Repoussez son pouvoir. Plus loin, plus loin encore, jusqu'à ne plus le voir... et donnez-le-moi.

Le souffle du Sanreth se précipita. Elle devina son désir de se libérer, sa peur de perdre sa dernière protection. Elle accentua sa pression sur sa main. Courbé sur la Chimère, il chercha le nœud qui reliait leurs deux esprits. Il tâtonna longtemps, mais peu à peu Welfendà reconnut la sensation de froid, familière dans sa main. Elle s'amplifia, puis muta à toute vitesse.

La glace se fit brûlure.

Un feu d'artifice de lumières, de sensations explosa dans sa tête. Elle lâcha prise, submergée par la douleur. Pour la deuxième fois de sa vie, l'esprit de la Chimère se lia au sien. Une union au fer rouge, un infini de possibilités.

Une part d'elle qui lui avait tant manqué...

La Chimère et la Reine se redressèrent. Se reconnurent. Leurs pensées crépitèrent, inextricablement mêlées. C'était à la fois familier et incroyable. Welfendà s'écarta du trône.

– Merci, dit-elle au Sanreth.

Il avait dégainé son épée, prêt à se défendre. Welfendà s'éloigna, forçant la Chimère à reculer. Elle leva les mains pour montrer son absence d'armes. Hésitant, il baissa son épée.

Le carreau d'arbalète traversa la salle et le cloua au trône.

Le râle du Sanreth envahit la salle. Elle se pencha sur lui pour l'entendre. Sa voix était noyée dans le sang.

– Vous... aviez promis...

Welfendà montra ses mains vides.

– Vous ai-je tué ? dit-elle doucement.

Le râle se tut.

Une main sur le dos de sa Chimère, Welfendà descendit les marches. La femme et la bête marchaient au même rythme, avec la même nonchalance. Sans le moindre trait physique en commun, elles se ressemblaient étrangement.

En sortant, Welfendà remercia Cahon d'un signe de tête. L'arbalétrier avait encoché un autre carreau et surveillait la Chimère.

– Bon travail, lui dit-elle.

Elle le frôla en passant. Son épée jaillit et lui trancha la gorge d'un coup rapide. L'homme s'effondra à ses pieds.

– Désolée, Cahon. L'allégeance est un secret.

De ravissantes fenêtres s'alignaient dans le couloir, leurs vitres étaient invisibles, tant elles étaient propres. Elles donnaient sur la Voie du roi. Welfendà jeta un coup d'œil au-dehors. Des Fidrolles planaient au-dessus des remparts, cherchant leurs prochaines victimes. Des fumées d'incendie s'élevaient à plusieurs endroits : les Esbelt avaient maîtrisé les points stratégiques et la population s'amassait dans la dernière place, semblable à un troupeau poussé à l'abattoir.

La Reine resta jusqu'à ce que les flammes dépassent les maisons. Elles noircirent même les pierres de la Voie du roi.

23. Les mots magiques

– Entrez.

Orest poussa la porte et s'avança. Elle se referma dans un bruissement feutré.

La salle du donjon n'avait pas changé. Même carte d'Edrilion gravée sur le sol. Mêmes Nel'riand scintillant à l'emplacement des villes. Ici, les choses semblaient faites pour survivre aux hommes, ciselées dans un bloc invisible. Du temps figé. Mais ni lui ni Maranta n'en étaient prisonniers.

Maranta lui fit signe de s'avancer. Son visage était plus ridé qu'avant, mais ses yeux brillaient comme deux diamants d'un bleu très pur. Elle le fixait sans la moindre sympathie. Orest ne s'inclina pas. Ils s'évaluaient.

Tous deux avaient perdu quelqu'un d'important. Lui, son amour, elle, Shekeri. Il ne pensait pas ça comparable, jusqu'à ce qu'il la voie : Maranta était la seule chose changée ici. Il ne l'avait jamais considérée comme une vieille femme. À présent, elle dégageait une aura différente, comme fanée.

– Vous êtes venu vite, dit-elle.

– On nous a aidés.

Orest ne mentionna pas la calèche aux trois chevaux, restée hors d'Orghill avec Meshet. Les animaux les avaient sortis du Bois en quelques jours, refusant de les quitter ensuite. Le retour à Orghill s'était fait dans une sorte de mauvais rêve, flou, rapide.

– Puis-je savoir qui est ce « on » ?

– Non, pas encore.

Il ne mit pas d'agressivité dans sa réponse. Maranta n'insista pas. Visiblement, elle s'étonnait de le voir si droit, presque détaché. En réalité, il suffisait d'un rien pour qu'il s'effondre.

Tu es comme la glace : je te touche, tu fonds. Issana murmurait dans sa tête, son souvenir ébranlant son armure. Il la chassa.

Le poids d'Elline dans ses bras lui manquait.

– Les autres attendent à la porte, dit-il. Pourquoi ne pas les faire entrer ? Ce que je vais dire les concerne aussi.

– Ce n'est pas le groupe qui m'intéresse, c'est le chef.

Orest voulut démentir, mais s'arrêta. Maranta s'en aperçut.

– Vous avez du mal à vous y faire. Où est Mydria ?

– Et Shekeri ?

Ils se défièrent du regard.

– C'est moi qui pose les questions, dit Maranta.

– Je suis venu vous proposer une alliance, pas mes services.

L'Aldhei-shen se carra dans son siège.

– Vous êtes arrogant, jeune homme. Arrogant et mauvais joueur. Vous venez du Sud pour me parler : à l'évidence, vous ne pouvez rien faire sans moi. Alors répondez-moi clairement, où est My et que voulez-vous ?

Orest inspira profondément. L'Aldhei-shen ne lâcherait pas, et elle avait raison, sans elle, il n'était rien. Il se força à répondre.

– My est restée dans les Plaines, tuée par le Don.

Maranta ne montra ni peine ni surprise.

– Pourquoi venez-vous ? Parce que vous lui succédez ?

– Je ne suis pas Darcer, mais Elline est ma fille. Quand elle aura l'âge, elle reprendra le flambeau.

Maranta joignit les mains sous son menton.

– Reprendre le flambeau. Oui. L'Elline est la fleur de feu qui meurt et qui renaît. En langage ancien, Elline signifie « renaissance ». Vous le saviez ?

Orest serra la main sur la lettre dans sa poche. Une grosse boule envahit sa gorge. My… Qu'avait-elle encore fait qu'il n'avait pas vu ?

Il fit un signe de tête, évitant de parler. Le silence s'épaissit entre eux. Étrangement, ce n'était pas un silence gênant, ni hostile. Maranta ne semblait pas tenir compte de son chagrin et ne traquait plus un signe de faiblesse, comme si elle avait eu ce qu'elle cherchait – ou s'en moquait, tout simplement. Ils restèrent face à face pendant une éternité, puis il reprit :

– J'aimerais avoir accès à votre bibliothèque. Je trouverai peut-être quelque chose sur les Chimères. Il faut absolument trouver leur point faible, ou nous ne pourrons pas attaquer le Sanreth.

– « Nous » ? fit Maranta. Je vous ai permis de venir, rien de plus. Où voulez-vous attaquer le Sanreth ? À Liett ?

– S'il y est. Sinon, nous le prendrons au piège.

– C'est audacieux. Les dernières volontés de My ?

– Non, c'est ma décision.

Quelque chose changea dans le regard de Maranta.

– Vous me faites la même proposition qu'avant. J'ai dit non à My. Pourquoi changerais-je ?

Il y était. Le moment décisif. Plusieurs angles d'attaque lui vinrent à l'esprit. Diplomatie – Floan. Persuasion – Issana. Désinvolture – Allian. My aurait parlé avec sa tête et son cœur. Il dit à Maranta la vérité, sa vérité :

– Parce que c'était à My de le faire, mais qu'elle n'est plus là et qu'il n'y a personne d'autre. Les Fauconniers sont partis, la bataille est perdue. Ma dernière chance, c'est une aldhei qui n'a plus son chat. Maintenant, vous n'êtes pas plus légitime que moi, mais rien n'est juste dans cette guerre. Vous voulez une raison ? Faites quelque chose de votre pouvoir avant que le Sanreth vous l'enlève.

La main de Maranta flotta au-dessus de sa jambe. Shekeri devait s'allonger là autrefois. Son bras retomba sur l'accoudoir, inerte. Orest ajouta avec plus d'égards :

– Maranta… Mieux vaut des remords que des regrets.

Maranta dit sèchement :

– Vous savez où trouver la bibliothèque.

Le silence tomba.

– Bien.

Orest s'inclina. Sa déception était plus forte que prévu. Tant de route, pour un si petit résultat…

Avant de partir, il lui dit :

– C'est la première fois que vous faites le même choix que les Fauconniers.

L'Aldhei-shen ne releva même pas.

Kebren et les autres ne l'avaient pas attendu.

Orest redescendit l'escalier blanc et retourna dans le donjon. Attaché à un anneau, son cheval hennit à son approche, plus noir que jamais dans la pénombre aux odeurs de rouille. Maranta tolérait les coursiers, mais ici seulement. Le jeune homme lui gratta l'encolure :

– Le temps de vérifier quelque chose et on part, mon beau. Tu as l'habitude de courir, après tout, hein ?

Le cheval appuya son chanfrein contre sa poitrine. Une porte claqua dans le bastion. Il se cabra et retomba sur ses pattes, terrorisé.

– Allez, tu as vu pire.

Une dernière caresse, et il fit coulisser le panneau. Le donjon s'effaça.

La dernière fois, il n'avait croisé aucun chat, tous ayant été cachés sur ordre de Maranta. Ce n'était plus le cas aujourd'hui. Endormis aux fenêtres, sous les escaliers, ils ponctuaient le bastion de leurs petites présences. Parfois, ils n'étaient qu'un passage, un éclair roux ou tacheté glissant d'une porte à l'autre. Avec eux, le bastion ressemblait à une énorme maison. Orest ne se sentait plus intrus, mais il ne faisait pas partie non plus de cet univers. Il ne s'arrêta nulle part, pressé d'arriver, impatient de repartir. Il passait, lui aussi.

La bibliothèque se trouvait au bout du couloir. Il déverrouilla la porte et entra sans bruit. Une théière était posée sur une étagère. Elle fumait encore. Il souleva la lanterne pour voir au fond de la pièce.

– Il y a quelqu'un ?

Un gros chat s'étira et descendit d'un rayon. Son Kmett était absent. Orest s'éloigna. La bibliothèque était plongée dans l'ombre. La lanterne révéla des murs couverts de livres. Il y en avait tellement que les cloisons disparaissaient. Certains avaient des couvertures rouges aux fines dorures. Ils voisinaient avec des rouleaux usés ou des carnets en cuir. Tous les ouvrages du monde semblaient s'être donné rendez-vous ici.

Edrilion, Guildes, Arcanes de la magie. Il déchiffra péniblement chaque écriteau.

Darcer.

Ce livre était terriblement familier. Orest tendit la main, partagé entre la fascination et l'aversion. Il se ravisa. Lire ce livre, c'était faire le deuil de My. Il était encore trop tôt. Il se tourna vers l'étagère opposée et poursuivit sa recherche.

Faune du Nord.

Cet écriteau désignait de nombreux livres. Orest prit le plus volumineux. Il traitait de la faune edrilienne. Il passa à un autre. Les pages étaient recouvertes de colonnes serrées, sans gravures ni lettrines permettant d'identifier les créatures décrites.

– Il n'y a rien dans celui-là.

Un frisson lui parcourut la nuque. Il continua à déchiffrer. La lanterne battit, voilant la page.

Une fraction de seconde plus tard, la lumière était revenue. Orest fixa la pénombre de la bibliothèque. Rien.

– Je l'ai déjà lu, Orest.

Orest sursauta si fort qu'il lâcha le livre. La voix n'était pas dans sa tête. Il se retourna.

La silhouette de My s'avançait vers lui, si mince, si pâle…

Il s'écarta précipitamment. La lanterne projeta sa lueur sur les étagères, atteignit le plafond et s'affaiblit.

My disparut.

Orest attendit quelques secondes, le cœur battant. Puis il fit la dernière chose qu'il fallait faire dans un endroit clos : il recula. C'était plus fort que lui. Il agrippa les étagères pour ne pas se retourner. Les livres grincèrent, bruissèrent.

La lanterne éclaira de nouveau une bibliothèque déserte.

Orest la posa sur une étagère. Son visage était en sueur. Il s'efforça de retrouver son calme habituel face au danger. Sa main se ferma sur la garde de son épée, s'en éloigna. Une arme ne servirait à rien contre un fantôme. Xyon dégageait une lumière bleutée. Celle de My était différente, plus dorée. Avec horreur, il repensa à ses paroles, dans les Bois.

« Reviens. »

Qu'avait-il fait ? Elle revenait pour lui. Il ne voulait pas de ça ! Du moins pas de cette façon !

– Repars ! Je ne veux pas de toi… sous cette forme !

La bibliothèque resta silencieuse. Orest quitta brusquement son abri. Les étagères défilèrent, troubles. La silhouette de My réapparut. Elle croisait les bras. Elle ne bougeait pas.

– My ! Tu m'entends ?

Sa voix s'étrangla dans sa gorge. Il s'était approché très près d'elle. La lanterne éclairait sa peau pâle, terriblement blanche dans la pénombre. Mais elle ne dégageait pas de lumière et, contrairement à Xyon, n'était pas translucide. Elle avait attendu dans l'ombre qu'il revienne.

– Je suis à Orghill depuis hier.

Orest posa brusquement la lanterne.

– Arrête ça.

Ses mains tremblaient. Il la dévorait des yeux, cherchant la My d'avant, et la retrouvait partout. Ses expressions, sa manière de se mouvoir, de le regarder droit dans les yeux.

– My, tu es morte.

– Tu t'es peut-être trompé.

Orest fit un pas en arrière. C'était plus fort que lui. Il ne savait pas ce qui était le pire, cette voix douce ou sa conviction absolue : avec le Don, My prenait une forme unique au monde. Ils avaient laissé le papillon dans les Plaines, il l'aurait reconnu entre mille. Quelque chose, dans cette bibliothèque, jouait avec son espoir le plus profond. Il ignorait quels mots magiques avaient permis qu'elle soit là, si réelle devant lui, et pourtant pâle et calme comme un fantôme.

– Je… je t'ai *vue*, My. J'ai assisté à ton enterrement. Tu ne peux pas être en vie !

– Ah, oui ? murmura My.

Et avant qu'il s'esquive, elle prit ses mains.

Le cœur d'Orest se mit à battre à toute vitesse. Il sentit le pouls de ses poignets en écho. Caressa sa peau, ni immatérielle ni glacée. Lentement, My posa ses mains sur son visage et lorsqu'il toucha ses contours, ses doutes s'évanouirent.

Il connaissait ce visage, cette peau, ses cheveux frôlant ses doigts.

Ses mains descendirent sur son dos, sa taille. Comme dans un rêve, il l'attira à lui. Elle était si petite dans ses bras, son menton se nichait dans son cou comme avant, exactement à la bonne place. Il prit son visage entre ses mains et le contempla longuement.

– Tu vis…

Son chuchotement s'attarda entre eux, sans dépasser le halo de lumière.

– Tu vis !

Il l'étreignit plus fort. La voir vivante ne lui suffisait pas. Il fallait que l'illusion reste. Il redoutait de la voir éclater comme une bulle de savon. Mais My resta, son sourire, son visage, son corps. Le reste de son armure vola en morceaux.

Des larmes plein les yeux, ils s'enlacèrent un long moment. Orest ne s'était jamais senti si léger. Il était submergé par quelque chose de plus violent, de plus total que le simple bonheur.

– Et Maranta ? dit-il enfin d'une voix rauque. Elle savait ? Pourquoi vous n'avez rien dit ? Je ne comprends pas, My. Tu ne devrais même pas être là !

– Maranta n'était pas prévenue de mon arrivée. Elle a su hier. J'arrive tout droit de l'Ouest, je ne savais pas que tu viendrais.

– Tu aurais pu m'avertir. My, on te croit morte depuis des semaines !

Il était incapable de ressentir la moindre colère : sa joie la repoussait trop loin. À la place, il éprouva un sentiment de trahison désagréable. My dit d'un air coupable :

– J'ai perdu ma Nel'riand dans les monts Baïshdro. Je voulais te prévenir, mais c'était impossible de le faire discrètement.

– Avec le Don, rien n'est impossible !

My le lâcha.

– Orest, tu n'as pas compris ? Le Don est mort.

Orest la fixa, atterré.

– Mort ? Mais Elline…

– Elline n'héritera pas du Don.

My semblait triste, mais ça n'avait rien de comparable avec son propre ressenti : Orest eut l'impression que la terre s'ouvrait sous ses pieds.

– My, attends, tu… tu plaisantes ? Pourquoi elle n'aurait pas le Don ? Il ne peut pas mourir, vous êtes Darcer ! Le Don, c'est vous !

– C'est le dernier pouvoir à avoir survécu dans notre famille. La magie nous quitte, nous redevenons de simples hommes. Tu as vu avec moi…

My se désigna, sans amertume.

– J'avais deviné beaucoup de choses sur mon Don : son instabilité, sa fragilité, sa mort prochaine, en un mot. Le papillon porte en lui la vie et la mort, associées dès sa naissance. Il paye sa beauté au prix d'une vie très courte. Mon erreur a été de penser que le Don me tuerait en mourant. Je n'ai compris qu'en voyant le papillon mort à mes pieds, et moi encore vivante ; affaiblie, mais vivante.

Elle dit très simplement :

– C'était un Don. Rien d'autre.

– Tu n'es pas triste ?

– Si, bien sûr. Le Don me rendait spéciale, comme les légendes d'avant. Les grands rois… Malheureusement, depuis Madael, nous prenons des formes moins glorieuses. Plus fragiles, en fait. Mais ça, je ne l'ai compris qu'au dernier moment.

Elle reprit la lanterne et s'éloigna dans la bibliothèque.

– À partir de là, j'avais deux solutions : rester, ou me faire passer pour morte. Sans les Fauconniers, la bataille était perdue, alors j'ai décidé de prendre de l'avance. J'ai pris un cheval et je suis venue ici. Il m'était impossible d'emmener Elline sans éveiller les soupçons, hélas… Je me disais que si j'étais morte pour le Sanreth, il abaisserait ses défenses. Pendant ce temps, je trouverais le point faible de ses Chimères et une nouvelle armée.

Elle leva un visage inquiet :

– Comment va Elline ?

– Bien, depuis qu'on est sortis des Bois. Elle est avec la comtesse.

– Ici ? demanda-t-elle aussitôt.

Orest fit un signe affirmatif et son anxiété s'atténua.

– Dès qu'on aura fini, j'irai la voir.

Elle retourna devant l'étagère. Orest songea que même privée du Don, elle ressemblait toujours beaucoup à un papillon. Sa fébrilité n'avait pas changé, ni son allure gracieuse. Cette fois, un esprit de décision s'y ajoutait. Ou plutôt d'urgence.

– J'ai parcouru un livre, c'est tout. Il faut trouver très vite. Le Sanreth est peut-être déjà revenu à Liett. Ses Chimères sont assez rapides pour ça. Maranta m'a dit qu'elle voulait bien m'aider, à condition que je m'occupe des Chimères. Le reste devrait être assez simple, le Sanreth n'a pas d'armée à Liett.

Ses doigts coururent d'une couverture à l'autre.

– « Vous aurez la réponse dans les mots »... Il faut trouver les mots qui ont un rapport avec elles.

– La Déléane, le Nord, tout ce qui remonte à leurs origines : commençons par ça. Ce sont des créatures très vieilles.

My prit le plus volumineux des livres et le posa sur une étagère. Orest l'imita. Une dizaine de livres portaient sur ces thèmes. Il s'attaqua à la lecture. Edrilion et La Déléane ayant les mêmes racines linguistiques, les runes d'Angdaël étaient dans tous les livres. Néanmoins, My tournait une page quand il terminait une colonne. Malgré son enseignement et celui d'Issana, il était encore loin de lire sans difficulté. La proximité de la jeune femme ne l'aidait pas à se concentrer. Le plus étrange, c'était de la voir si pressée, parcourant les lignes à toute allure. Elle attendait ce moment depuis les Plaines. Il avait, lui, l'impression de flotter entre rêve et réalité quand il la voyait près de lui. Leurs vies avaient pris des directions totalement différentes. Elles avançaient encore parallèlement, sans se toucher. Elle ne pouvait pas comprendre ce qu'il avait enduré, et lui non plus. La chose qui les réunissait, c'était cette énigme.

La réponse dans les mots...

Il secoua la tête et se remit à lire. Le gros chat revint folâtrer dans leurs jambes et bondit sur une étagère, l'air de les surveiller. My sautait d'une ligne à l'autre, murmurant des bribes de mots. Orest, lui, butait sur les runes. Chaque phrase prenait un temps infini. Il se mit à lire en diagonale. La lanterne, remplie de bois de Lekêri, chuintait sur l'étagère, projetant des lueurs mordorées sur leurs visages.

My ouvrit son troisième livre.

Le chat disparut dans les hauteurs de la bibliothèque. Au bout d'un moment, Orest releva la tête. La lanterne semblait briller moins fort. My murmurait toujours. Runes parlées et runes lues se mélangèrent dans sa tête, des fourmillements envahirent ses jambes et ses mains. Il avait perdu la notion du temps, et ce livre aurait très bien pu être le troisième, ou encore le premier. Les Chimères n'avaient pas été évoquées une seule fois. Ces livres parlaient des animaux edriliens, des plus banals aux plus extraordinaires. Ils s'attardaient longuement sur les dragons, mais c'était tout.

Orest referma le livre. Il n'avait pas été jusqu'au bout. L'ouvrage suivant était un rouleau épais, ponctué d'illustrations grisâtres. Il arrivait à peine à déchiffrer. My l'échangea avec le sien.

– Tu y arriveras mieux avec celui-là.

Ce livre ressemblait à tous les autres : élégante peau de cuir, texte dense. Il parlait des bêtes de La Déléane, mais s'arrêtait aux Fidrolles, énormes chiens ailés qu'on domptait avec de la drogue.

Se sentant observé, Orest releva la tête et vit que le chat était revenu, perché sur l'étagère face à lui. Contrarié de les voir sur son territoire, le félin cracha vers eux.

– Les Fidrolles, tu connais ? lança-t-il en réponse.

Le chat arqua son dos, s'interposant entre les livres et eux. Il griffa l'air quand My le posa à terre pour accéder à l'ouvrage suivant. Celui-là était plus mince et orné d'un fermoir. Il s'ouvrit en grinçant. Plusieurs feuillets s'échappèrent.

My et Orest ne les rattrapèrent pas. Fascinés, ils se penchèrent sur les premières pages.

Il y avait des bribes de texte, mais ce n'était pas vraiment un livre. De merveilleuses illustrations envahissaient le parchemin sur une page, parfois deux. Ocre, rouge, bleu couvraient des silhouettes d'animaux ou d'humains. Ils ressemblaient davantage à des ombres colorées qu'à de vrais croquis. My effleura une page.

– Ce n'est pas de l'art edrilien. Je ne savais pas qu'il y avait de tels chefs-d'œuvre en Déléane…

– Avait, souligna Orest. C'est un carnet volé.

– Regarde !

Elle désignait une silhouette qu'ils connaissaient bien : celle d'une Chimère stylisée.

– Il n’y a rien d’écrit…

Ils tournèrent fiévreusement les pages. Des bribes de textes s’intercalaient entre certaines images. La fin du carnet arriva très vite.

– Retourne au dessin, dit Orest, fébrile.

Ils se penchèrent sur le monstre, scrutant chaque trait, chaque ombre. La Chimère était saisie en plein mouvement, magnifique de réalisme malgré la sobriété du trait. Elle était là tout entière. Aucun mot caché. Aucune tricherie. Ils éclairèrent la page pour voir par transparence – rien.

Ce fut Orest qui l’aperçut.

– C’est déchiré ici !

Il montrait le haut du vélin. Une entaille de quelques millimètres apparaissait, avec un trou un peu plus bas. On aurait dit une sorte de minuscule croc.

– Une attache ?

Un bruit de papier détourna leur attention. Le chat jouait avec les pages détachées. Ils plongèrent en même temps.

Il y avait beaucoup d’autres dessins. Ils feuilletèrent la liasse avec fièvre. L’attache manquante était fixée en haut d’une page. Le cœur battant, ils la déplièrent, révélant peu à peu plusieurs lignes… des strophes…

Ça ne ressemblait pas aux autres livres. On aurait dit…

Un poème.

Venue au monde avant les hommes,
Lorsque les dieux n’y vivaient plus
Le fil de son histoire est comme
Une course ininterrompue

Un trait qu’aucun œil ne peut suivre,
Qui laisse en mémoire un seul nom.
On l’a célébré dans les livres,
On l’a sublimé en chansons,

Ce monstre qui jamais ne meurt
Qui fait d'un plumage une armure,
Le plus fulgurant prédateur
Qu'ait jamais créé la nature.

Chimère : elle apparaît, et les autres s'effacent.
Mystérieuse et pâlie comme un spectre du Nord
Il n'est aucun exploit qu'un tel être ne fasse
Si un maître relie son esprit à son corps.

Gagner la course et l'allégeance,
Ils sont tant à l'avoir rêvé :
La vaincre enfin quand elle s'élance,
Freiner un rêve et l'entraver.

Quand disparaîtra la dernière,
Les temps futurs conserveront
Pour tout souvenir l'expression
Qu'est courir après les Chimères.

Et tout le reste, ils l'oublieront.

Leurs murmures diminuèrent.

Ils se dévisagèrent l'un l'autre. Des formules entières leur remplirent la tête. Comme lui, My n'eut pas besoin de relire le poème. Il suffisait d'une lecture.

– « Courir après les Chimères »...

My parla en même temps. Cette fois, leurs pensées suivaient le même fil étroit. Tout devenait limpide.

C'était clair comme l'eau, pétrifiant comme la glace. Orest déclara :

– Alors, si quelqu'un peut les battre, ce n'est ni toi, ni moi.

My secoua la tête, et il sut qu'elle pensait à la même chose que lui.

24. Parentés

Le marbre crissa sous les ongles de Maranta. Agenouillée sur la carte d'Edrilion, l'Aldhei-shen descella la gemme placée sur Estrin. Le marbre était griffé tout autour : Shekeri, de son vivant, devait s'en occuper.

Maranta souffla sur la pierre. Un nuage de poussière s'envola, dévoilant un bleu brillant. Elle n'avait pas contacté Estrin depuis longtemps. L'Aldhei-shen inclina la tête et quelques lueurs brillèrent dans le cœur de la gemme. Maranta replaça la pierre.

– C'est tout ? fit Orest.

Tous les Kmetts se tournèrent vers lui.

– Trois runes pour un appel aux armes ?

– Nous avons un code, dit Maranta en se redressant. Kebren le connaît très bien. Vous auriez dû vous renseigner avant de prendre sa gemme et son identité.

– Alors, pour le message dans les Bois… commença Orest.

– Je savais, oui. Et puis, vous faites beaucoup de fautes d'orthographe.

Allian gloussa. My lui envoya un coup de coude. Dans ses bras, Elline tournait une tête intéressée vers ce grand homme au visage rieur. Allian avait accueilli le retour de My avec une joie et un soulagement qui lui avaient été droit au cœur. Ils étaient désormais en plein conseil de guerre, entourés de Kmetts aux mines graves.

My survola la salle d'un coup d'œil. Il y avait des femmes, des hommes et des élèves : Maranta avait convoqué tous ceux du bastion. My ne leur trouvait rien d'exceptionnel. Ils étaient tous en excellente forme physique, mais ne l'affichaient pas. Au contraire, leurs habits cachaient et floutaient leurs silhouettes. Ainsi vêtus, ils ressemblaient à n'importe quels badauds. Seul le sigle gris sur leur épaule rappelait leur rang ; il était à peine visible.

Maranta déclara :

– J'ai appelé les Kmetts en mission, et tous ceux des villes voisines de Liett. Réunis, nous devrions être huit cents.

– Comment ? Huit cents seulement ? s'écria Siartt. Liett est une ville énorme !

Pour la deuxième fois, les Kmetts se retournèrent. Kebren répondit avant Maranta :

– On ne peut pas rappeler tous les Kmetts. On va miser sur la vitesse et la furtivité. Pour envahir Liett, huit cents, c'est parfait.

– Vous ne vous rendez pas compte, commença Siartt.

Maranta le coupa :

– Vos pairs ont plus de soldats, mais ils sont dans l'autre camp. Rejoignez-les, ou fiez-vous à nos chats.

– Je crois que je n'ai pas le choix !

– Si vous me laissiez faire, alors ? susurra Maranta.

My confia Elline à Allian, qui se mit à la bercer avec enthousiasme, et traversa la salle. Les Kmetts entouraient la carte, laissant la dalle de marbre déserte. Seule Maranta s'y trouvait. Elle fit signe à My de la rejoindre. Elle montrait ainsi qu'elle la traitait comme une égale.

My s'inclina devant les Kmetts. Ce n'était ni servitude ni complaisance de sa part. Elle le faisait au contraire avec une grande simplicité. Là où un sourire aurait suffi, elle voulait montrer aux Kmetts qu'au cœur de cette guerre elle leur était redevable. Elle parla sans heurt. Le Don ne l'avait pas fait mourir, mais à travers lui elle avait approché la mort au plus près, en perdant son pouvoir. Sans lui, elle voyait les choses différemment. Elle comprenait, intimement, le sacrifice qu'elle leur demandait.

– Il y a un an, j'ai fui ce bastion, commença-t-elle. J'ignorais que j'allais me retrouver ici, face à vous tous, et dire ces mots. J'ignorais aussi qu'Edrilion se retrouverait plongé dans une telle guerre. Vous dire merci, c'est un mot bien petit, bien pâle, pour exprimer ma gratitude.

Elle se tourna vers Maranta.

– Votre Aldhei-shen a eu l'intelligence et le grand courage de se ranger à mes côtés pour défendre notre royaume. Je connais vos conflits avec la couronne. C'est pourquoi, aujourd'hui, je ne vous parle pas en tant que reine mais en tant qu'alliée. Vous suivrez votre Aldhei-shen au combat, et vous lui obéirez en priorité. Maranta connaît son travail. Je n'ai pas l'intention de m'interposer. Pendant ce temps, Orest et moi, nous nous occuperons des Chimères.

– Vous pouvez les tuer ? fit Siartt.

My et Orest échangèrent un coup d'œil. Longtemps auparavant, ce problème avait été abordé à Epeck. La réponse d'Orest avait été sans appel : elles sont presque immortelles. Rien n'avait changé. My n'hésita pourtant pas :

– On sait comment les vaincre.

Et c'était exact. Savoir n'était pas pouvoir, mais personne ne posa de questions.

– La deuxième chose que j'ai à dire, reprit My, je ne le dirai pas non plus en tant que reine…

– … mais en tant que parents, enchaîna Orest qui traversait la carte, Elline gazouillant dans ses bras. Il la rejoignit et s'adressa aux Kmetts :

– Elline est notre fille aînée. Elle est la première d'une nouvelle génération de Darcer sans Don et sans magie. Des hommes comme vous et moi. Elline est notre renaissance : c'est un nouveau souffle, pour un flambeau à reprendre. Nous voulons qu'elle se souvienne de ces deux forces-là.

Il se tourna vers Kebren et Eisdreel.

– C'est vrai, on s'est quittés en mauvais termes, le bastion et nous. Le plus important, c'est qu'on l'a quitté avec deux Kmetts de valeur. Ils ont traversé l'Alester avec nous. Ils ont affronté Haresh, et ce n'était pas rien. Les galeries d'Istarion, les neiges du Nord, Teyres, les plaines du Demi-Pas… Tout ça, c'est avec eux. Mais surtout, My et moi, on se souvient de ce jour à Penhata où Kebren est venue nous chercher. Kebren était alors une aldhei reconnue. Elle a bravé l'Aldhei-shen et nous a aidés malgré sa déchéance. Keb, tu vas nous dire que tout ce que tu as fait, c'est juste pour tes Preuves, mais on veut te remercier quand même. Tu acceptes d'être la marraine d'Elline ?

Interdite, la jeune femme se figea, une main sur la tête d'Ovriel. Sur son épaule, le chat se hérissa. Il fallut qu'Eisdreel la pousse dans le dos pour qu'elle traverse la dalle.

– C'est une mauvaise idée, dit-elle avec sa franchise habituelle. Je suis touchée, mais Elline est une enfant royale et je suis Kmett.

– On a réfléchi, dit Orest. Tu fais l'affaire.

– Assez plaisanté. Vous ne savez pas ce que vous faites. Vraiment… Non !

Son désarroi atteignit son comble quand Orest lui passa le bébé.

– Troisième tutrice, la marraine veillera sur l'enfant et lui donnera un enseignement complémentaire à celui de ses parents. Elle aura rôle de conseillère, de modèle. On s'est dit que tu étais la personne idéale, dit My. Après toi, c'était presque impossible de trouver le parrain.

Orest précisa :

– On a pris ce qu'on a pu.

– Allian ?

Il y eut une exclamation, un remous impressionnant, et la foule se fendit devant Allian qui les rejoignit à grands pas.

– Je le savais ! *Je le savais !*

Maranta secoua la tête avec agacement lorsqu'il prit Elline des bras de Kebren.

– Pour une princesse espionne, hein ? Merveilleux !

– Une princesse réactive, corrigea My. Le Don était un réel atout en espionnage et infiltration. Sans lui, Elline devra trouver d'autres astuces. D'autres chemins de traverse…

Kebren reprit Elline.

– J'en fais mon affaire.

– Vous, corrigea My. Ce sera une collaboration à long terme, pour une fois. Je suis sûre que vous y arriverez.

Le sourire d'Allian passa sur les lèvres de Kebren.

– C'est un honneur immense. Un *bonheur* immense, corrigea-t-elle. Elline sera le maillon entre nos deux familles.

Elle avait dit « famille » sans réfléchir, se remettant au cœur de l'ordre kmett. Maranta ne broncha pas. Elle ne fit rien non plus pour encourager Kebren. Les Kmetts, eux, parurent sensibles à l'émotion de l'ancienne aldhei. Des applaudissements éclatèrent dans tous les coins du donjon, saluant la jeune femme radieuse.

Les larmes aux yeux, My contempla l'assistance, son bébé, ses compagnons de route. Et, plus précieux que tout, Orest et son sourire, Orest que l'apaisement fendillait, transfigurait. C'était leur moment de trêve à tous.

– Nous partons pour Liett ce soir, dit Maranta.

Presque aussitôt le calme revint.

Ce calme, My le connaissait très bien. Lourd de concentration et d'expectative. Ses entrailles se nouèrent à la pensée de ce qui les attendait. Orest lui entoura l'épaule d'un bras. Ses lèvres esquissèrent le mensonge le plus flagrant et le plus réconfortant à cet instant.

« Ça va aller. »

Et puisque, avant une tempête, mentir était le meilleur des garde-fous, puisqu'elle avait promis de ne pas renoncer, My se força à sourire.

– C'est ici que nous nous séparons, dit Siartt.

La route se divisait en deux branches. La plus petite partait à l'ouest, étalant coquettement ses pavés blancs. Elle contournait un talus surmonté d'un arbre aux feuilles encore fripées, et disparaissait après.

La plus large continuait vers Liett.

My tira sur les rênes. La calèche s'arrêta. La jeune fille quitta la banquette pour voir le paysage. Familier… Trop familier. Ces routes blanches, ces arbres bien taillés. En continuant sur la route de gauche, elle aurait retrouvé son chemin sans peine. Le château de son enfance l'attendait là-bas. Jamais, depuis qu'elle était partie, elle n'en avait été si proche.

Elle s'était juré d'être forte. Elle avait Elline dans les bras, une armée de Kmetts derrière elle. Mais les Siartt et Diriat étaient au croisement. Sa gorge se serra.

– Vous ne continuez pas ?

La comtesse s'approcha d'elle et caressa sa joue.

– Vous n'avez plus besoin de nous.

– Qu'est-ce que vous voulez dire ? Vous êtes là depuis An'Jas ! Vous ne pouvez pas partir maintenant !

– My, dit Siartt.

Il désigna les Kmetts.

– Regardez qui vous suit. Nous n'avons pas notre place ici. Les nobles ont trahi Edrilion en voulant sauver la paix. Ne nous demandez pas de combattre la Cour dont nous faisons partie. C'est un choix que nous refusons de faire.

– J'aurais aimé vous suivre, dit Diriat, mais Siartt a raison. Je ne peux pas m'opposer à la Cour après avoir fait partie du conseil. J'apprécie des gens au palais, même s'ils ont fait le mauvais choix. Si vous gagnez, j'espère que vous ferez appel à moi pour résoudre certains conflits… pacifiquement.

– Vous serez toujours les bienvenus à Siartt, dit la comtesse.

Le pluriel avait du mal à passer. Néanmoins, elle fit l'effort de s'adresser à Orest.

– Et notre proposition tient toujours. Pour le temps de la bataille. Soyez raisonnables.

Elle regarda Orest qui acquiesça. Le cœur de My se serra un peu plus. Elline était si petite dans ses bras, si légère, si douce. Elle était déjà partie sans son bébé. C'était encore plus dur maintenant.

Elle la détacha de ses bras comme si elle arrachait une partie d'elle-même.

– Vous avez raison. Elle a traversé suffisamment d'épreuves. Prenez soin d'elle… Nous viendrons la chercher dès que nous le pourrons.

La comtesse recueillit l'enfant dans les plis de sa cape. Elle n'était pas sa grand-mère. Il n'y avait aucun lien de sang entre elles. Penchée sur l'enfant, la comtesse semblait l'avoir oublié. Le pli désapprobateur de sa bouche s'adoucissait. Ses yeux s'emplissaient de tendresse. Ne pas avoir d'enfant avait toujours été une souffrance pour elle. Elle l'avait bien cachée pendant toutes ces années, mais elle devenait criante au cœur de son bonheur. My se sentit un peu moins triste. Pour la première fois depuis sa naissance, Elline serait en sécurité quelque part.

– On vous attendra, dit la comtesse.

Elle releva les yeux.

– On fera ce qu'on a toujours fait : comme si elle était notre petite-fille.

Après un dernier adieu, les Siartt disparurent au tournant. Diriat les suivit.

My resta accrochée à la rambarde, partagée entre le désarroi et l'envie de faire appel au Don pour leur dire un dernier adieu. Mais le Don n'était qu'une absence intense. Ses ailes coupées lui paraissaient plus précieuses maintenant qu'elles n'existaient plus. La gorge serrée, elle relança la calèche.

– Il ne faut pas leur en vouloir, dit Meshet.

Il marchait près de la calèche, mettant un large écart entre les Kmetts et lui.

– Les nobles obéissent au Sanreth, mais il n'y a pas grand honneur à trahir des traîtres. Les Siartt ont des scrupules et *ça*, c'est tout à leur honneur.

Il ajouta avec amertume :

– Je ne sais toujours pas si moi, j'ai fait le bon choix.

– Ce n'est pas parce que tu es le seul Fauconnier que tu as tort, dit Orest. Qu'est-ce que Haresh aurait choisi ?

Meshet hocha la tête, rasséréné.

Ils avaient quitté Orghill l'avant-veille. Désormais, quelques jours de marche les séparaient de Liett. Lorsque My y était allée pour la première fois, elle avait pris cette route cachée dans une charrette. À cette époque, elle était fréquentée par une foule de véhicules et de cavaliers. Maintenant, ils ne croisaient que quelques marchands itinérants.

– Le Sanreth empêche les gens de quitter Liett, observa-t-elle. Ça veut dire qu'il a renforcé la surveillance des portes…

Orest haussa les épaules.

– On s'en fiche, on passe par-dessus.

– Pas tout le monde.

Elle parlait des chevaux : ceux de Meshet et ceux des Bois. Orest flatta l'encolure du sien.

– Regarde les Kmetts : ils vont passer les murailles en trois minutes. Ils s'occuperont des guets le temps qu'on ouvre les portes.

Les traqueurs allaient à pied, occupant toute la largeur de la route. Ils marchaient en rangs, recouverts de leurs protections guerrières. My éprouva de nouveau un sentiment d'incertitude. Si semblables, et si indépendants…

Elle passa la main sur la rambarde de la calèche. Le bois blanc vibrait sur les pavés. La calèche était plus solide qu'elle n'en avait l'air. Elle serait le leurre : Orest et elle ne pouvaient pas attaquer deux Chimères en même temps. Ce qu'ils n'osaient pas dire à haute voix, c'est que survivre à la première serait déjà un miracle.

25. Derrière les grilles

Deux. Trois. Quatre.

Kebren suivit le rythme, ses doigts cliquetant sur sa ceinture.

Cinq.

Le trottinement s'atténua et elle perdit la trace d'Ovriel. Son chat sautait de toit en toit en bonds très légers, perceptibles par une oreille attentive. Elle patienta. Maranta était à côté d'elle. Les deux femmes tournaient la tête au même rythme, suivant la trajectoire d'Ovriel : il longeait les remparts du haut des premières maisons, jusqu'à la tour de guet. À partir de là, un autre chat prendrait le relais, et ainsi de suite, jusqu'à parcourir tous les remparts de la façade sud.

La nuit tombait sur Liett. Ville de merveilles et de secrets, ville des rois et des brigands. Encore quelques instants avant l'assaut.

– Je m'occupe de la ville, toi, du palais, dit Maranta.

Kebren décroisa les bras.

– C'est le contraire, Maranta !

– Je ne perds pas la tête. Je te fais confiance pour te laisser le plus dur.

Kebren maugréa entre ses dents. Maranta continua d'un ton égal :

– Si tu réussis, tu auras fait tes Preuves. Tu seras officiellement aldhei. La tâche est délicate. Ovriel et toi, vous devrez faire du bon travail.

– À part ça, vous ne nous mettez pas la pression, dit Kebren entre ses dents.

– Je ne suis pas sourde non plus.

– Madame.

Le cheval de Meshet souffla dans son cou. Allian était sur son dos. Il lui tendit la main et Kebren sauta en croupe, tout son corps électrisé. Elle se força à s'apaiser. Déjà, le cheval repartait au galop. Il faisait si noir que sans ses sens exacerbés, Kebren n'aurait pas remarqué ses propres Kmetts massés aux pieds des remparts en attendant l'assaut. Allian la déposa près de la porte principale, située sur la Voie du roi.

– Détends-toi, Keb. Tu vas faire des étincelles.

Il ébouriffa les cheveux courts de la jeune femme. Kebren grommela :

– Tu peux oublier les étincelles, le Héron ! Le but, c'est une attaque discrète.

– En parlant d'étincelles…

Deux étoiles vertes venaient de s'allumer au-dessus de la porte : Ovriel revenait. Allian envoya une bourrade à Kebren.

– Allez ma vieille. En piste !

– Tu sais parler aux femmes. C'est ce que j'aime chez toi…

Le cheval s'évanouit dans la nuit. Kebren secoua la tête. L'échange, même bref, avait évacué une part de sa nervosité. Ce fut avec détermination qu'elle s'avança vers la muraille. Grâce aux chats, ils savaient que les patrouilleurs de Liett repartaient vers le cœur de la ville après minuit. Même Liett n'échappait pas à la règle du couvre-feu. Ils pourraient donc marcher vers le palais sans encombre.

Elle agrippa une pierre et tendit l'oreille. À l'autre bout de la muraille sud, Maranta, elle aussi, s'apprêtait à lever le bras…

Le silence de la nuit se suspendit, limpide. Goutte parfaite.

– Allons-y.

Comme un seul homme, cinquante Kmetts se mirent à escalader les remparts. Kebren passa en tête, choisissant ses prises avec soin et s'élevant avec régularité. Parvenue en haut du rempart, elle s'accroupit. Ovriel se faufila sous son bras. Ses épaules saillirent tandis qu'il se tapissait derrière les remparts, sur le qui-vive. Sans tarder, Kmett et chat descendirent de l'autre côté.

Une série de légers impacts leur indiqua que les autres Kmetts avaient suivi. Puis un bruit feutré traversa la nuit. Léger comme une ombre, un chat atterrit sur l'épaule de son voisin. Puis un autre, et un autre encore. Bientôt, tous les Kmetts retrouvèrent leurs chats, jusque-là cachés dans la ville.

– Deuxième vague, murmura Kebren.

De nouveau, cinquante Kmetts grimpèrent aux murailles, envahissant la ville dans le plus complet silence. Ils furent bientôt deux cents dans son secteur.

Les choses sérieuses pouvaient commencer.

Kebren s'éloigna vers les portes. Elle foulait le sol avec prudence, testant sa nature. Les pavés étaient très vieux, bombés et polis au centre, leurs rainures pleines de boue. Vieille ville… vieux pièges. Ovriel évita le fossé creusé de chaque côté de la Voie, grimpa à la porte et s'attaqua à l'énorme verrou. Allian s'en était occupé à la tombée de la nuit : au soulagement de Kebren, il se défit en quelques coups de patte. Les portes s'ouvrirent devant les Kmetts sans donner l'alarme : grâce à leurs griffes préalablement empoisonnées, les chats s'étaient chargés des veilleurs.

Nacrée par la lune, la calèche aux trois chevaux se découpa dans l'ouverture. En tête, le cheval noir était invisible. Les contours du gris étaient flous mais le blanc, lui, rayonnait dans la pénombre. Kebren aperçut My dans la calèche. Immense et sombre, le cheval d'Orest marchait près d'elle.

My lui fit signe d'avancer. La cohorte des Kmetts se dispersa en un clin d'œil, laissant la rue déserte.

My s'agrippa à la rambarde, tous ses sens à l'affût. Les Kmetts s'éloignaient dans les rues attenantes. Liett était si calme qu'elle pouvait entendre leurs pas, pourtant légers. La calèche grinçait doucement sur ses essieux. Les pavés blancs s'étendaient devant elle, longeant des maisons aux contours familiers. My se souvint qu'elle était passée là lors de sa première entrée à Liett.

– N'oublie pas, murmura-t-elle à Orest. On attend d'être au palais pour se séparer.

Orest garda les yeux fixés sur l'extrémité de la rue.

– On peut échanger les rôles, si tu veux.

– Non. C'est bien comme ça.

– Tu n'as pas le rôle le plus facile.

– Une Chimère chacun, c'est équitable. Je t'assure que ça ira.

La calèche s'arrêta brusquement, heurtant la croupe des chevaux. My se leva. Une grande place apparaissait au bout de la rue. Elle aussi était familière, mais contrairement à la première fois, elle était vide d'étals. Une lueur faible l'éclairait.

Elle échangea un coup d'œil avec Orest. Aucun Kmett n'avait emporté de torche.

– Ça ne peut pas être les patrouilleurs… commença-t-elle.

Il y eut un choc sourd, puis un autre. Deux Kmetts venaient de sauter du toit d'une boutique. Ils entendirent distinctement un bruit métallique, puis une foule de petites silhouettes dégringolèrent des gouttières. Des chats – par dizaines. Chats errants, chats domestiques, rayés, tachetés, de toutes les couleurs. Kebren avait sauté la première. Apparemment, les patrouilleurs avaient modifié leur itinéraire habituel… Pourquoi ?

– Tant pis, dit Orest. On continue !

La calèche bondit en avant. Orest, Meshet et Allian suivirent. Les chevaux débouchèrent à toute allure sur la place. Les patrouilleurs étaient plus d'une cinquantaine. Ils étaient armés des pieds à la tête, équipés d'épées larges et de protections qui laissaient leurs bras libres. Eisdreel se battait contre l'un d'eux, Flocon griffant férocement le casque de l'assaillant. Allian lui allongea un coup de poing.

Déséquilibré, l'homme baissa sa garde. Allian sauta à bas du cheval de Meshet, rejoignant Kmett et chaton.

– Filez au palais ! cria-t-il. On se retrouve là-bas !

Orest partit en éclaireur. Au bout de quelques mètres, My fut distancée. D'autres patrouilleurs arrivaient et bloquaient les rues. Les torches des patrouilleurs et la pleine lune éclairaient alternativement un sol grouillant, où la bataille faisait rage. Le pavé disparaissait sous les ombres des chats, qui arrivaient à flots de tous les quartiers et de tous les toits. My vit Kebren qui se battait à l'autre bout de la place en compagnie d'Ovriel. Un patrouilleur lui envoya un coup de poing et elle tomba en arrière, entraînant avec elle un homme et sa torche. De ce coin de la place, My ne vit plus que du noir.

– Kebren ! hurla-t-elle avec effroi.

Orest n'avait rien vu. Son cheval avançait avec rage, les naseaux frémissants, évitant les corps au sol. Les appels de My se perdirent. Elle ne voyait plus Allian, ni Meshet…

Une bouffée d'air chaud lui souffla au visage. L'une des maisons venait de prendre feu. Elle éloigna la calèche en catastrophe.

– Attention ! cria-t-elle.

Le cheval d'Orest se cabra. Une pièce de bois enflammée traversa la place, laissant dans son sillage une traînée de corps et d'armes calcinés. Orest l'évita d'un mètre. Il disparut derrière une gerbe d'étincelles. My n'eut pas le temps de le dégager. Un patrouilleur surgit soudain devant elle. Le cheval gris fit un écart, déséquilibrant la calèche. Celle-ci retomba durement sur sa deuxième roue.

Aussitôt, l'homme saisit le harnais du cheval de tête, immobilisant l'attelage. Il ne portait pas les armes de Liett, ni celles de Keagan. Un cercle de montagnes était gravé sur son plastron. My croisa ses yeux, d'un bleu très pâle. Ce n'était pas un homme de Liett.

– On descend ! cracha-t-il.

My dégaina et lui porta un coup latéral qu'il évita sans peine. Orest se dégageait des décombres. Le poing du guerrier vola vers elle. Elle se baissa pour l'éviter et s'empara du bouclier posé sous la banquette. Une chose blanche était recroquevillée derrière. My fit pivoter le bouclier et, de toutes ses forces, projeta le tranchant vers le visage de l'homme, qui s'écarta. Le bouclier rentra dans son épaule, le déséquilibrant sous le choc.

Épée et Lanvox jaillirent de concert. My égorgea l'homme d'un coup. Il tomba, le Lanvox arc-bouté sur son plastron. Sans grogner ni combattre, la créature attendit qu'il rende son dernier souffle, ses yeux rouges posés sur les yeux bleus.

Le cheval d'Orest stoppa près de la calèche.

– Celui-là n'est pas un patrouilleur ! s'exclama My.

Elle sauta au sol pour voir le mourant de plus près.

– D'où venez-vous ? Vous n'êtes pas d'Edrilion. La Déléane ?

Seul le double sourire du mourant lui répondit. My se redressa, paniquée.

– C'est le symbole du Daj'Arlant. Le Sanreth a appelé des Seigneurs à son secours !

C'était criant. Les patrouilleurs de Liett se mélangeaient à d'autres guerriers, beaucoup plus efficaces. Dans le chaos, ils ne l'avaient pas remarqué. Et ils arrivaient toujours, de toutes les rues. Les Kmetts étaient noyés sous le nombre et reculaient vers les toits…

– Attends, dit Orest.

Il lui prit le bras, en alerte. My tendit l'oreille. Un bruit sourd retentissait dans la nuit. Comme si quelque chose de lourd…

Un morceau de toit tomba au milieu de la place. Un nuage de poussière et de gravats s'éleva, changeant la lueur des torches en brume rouge.

Toussant, My chercha la calèche à tâtons. La main d'Orest saisit la sienne.

Un autre projectile tomba sur la place, tout près. Dans la panique, leurs mains se défirent. Le sol se mit à trembler sous les impacts répétés. Un énorme mur s'abattit, déchaussant les pavés sur des mètres à la ronde.

My roula loin de la calèche, cherchant désespérément une prise, mais tout se dérobait sous ses mains. Pavés, cadavres, tuiles descellées. Elle appela Orest en vain. Elle n'entendit que des cris et les craquements du feu. L'incendie se propageait de maison en maison et la température devenait insoutenable. Cherchant désespérément de l'air, elle leva la tête.

Alors elle le vit.

L'énorme chien battait des ailes au-dessus de la place, monté par un Seigneur Errant à la crinière noire. Chaque battement des ailes noires alimentait le feu, mais le chien ne faisait pas mine de se poser.

My se releva péniblement. Orest n'était nulle part parmi ces gens qui combattaient au cœur du chaos. Elle ne voyait même pas la calèche. Même pas une ombre blanche. Tout était rouge et ténèbres. Tout…

Une ombre noire passa devant elle et se cabra. C'était le cheval d'Orest. My le retint par la bride. Il tremblait sur ses jambes, les yeux exorbités.

– Où est ton cavalier ? murmura-t-elle.

Le cheval tira sur la bride, si fort qu'il faillit l'emporter. Un énorme courant d'air balaya la place, chassant la poussière. La place réapparut, enfin nette. Toutes les maisons qui la bordaient étaient en feu. Le chien survolait toujours la place, mais il n'était pas seul. Avec horreur, My vit que d'autres constellaient le ciel, masquant les étoiles. Ils surveillaient les rues.

Où étaient les autres Kmetts ? Maranta ? Le cheval poussa un hennissement. Les ailes plaquées au corps, le chien fondait sur la place. Il était beaucoup plus gros que My ne le pensait. Elle vit distinctement les yeux du Seigneur, rouges à la lueur du feu. Elle empoigna la crinière du cheval et bondit en selle. Le coursier détala sans attendre. Il bondit par-dessus les corps, se faufila entre les combattants. Une dernière détente, et il s'engouffra dans une rue.

Un pan de mur s'écroula derrière lui dans une gerbe de braises.

– Vite ! Plus vite !

Un énorme courant d'air rabattit sa chevelure en avant. Le Fidrolle rasait les toits. My talonna le cheval de plus belle. Il galopait si vite que les maisons semblaient floues. Les ombres l'engloutirent à la sortie de la place. My tourna la tête, s'attendant à voir les ailes du monstre battre au-dessus d'elle. Le ciel étendait ses étoiles, vide. Le Fidrolle était retourné près de la place.

Perché sur le toit le plus proche, Eisdreel plongea pour éviter le monstre. Celui-ci passa assez près pour qu'il remarque une plaie sur son flanc – là où une tuile l'avait heurté. La douleur avait rendu le monstre fou de rage, malgré la drogue. Son cavalier tirait sur le mors en vain. Le chien se jeta dans la mêlée, avide de vengeance…

– Eisdreel ! Ne reste pas là, imbécile !

C'était Orest. Le petit Kmett glissa le long de la gouttière, se réceptionna maladroitement. Flocon bondit sur son épaule.

La dernière fois qu'il avait vu Kebren, elle était aux prises avec un Seigneur. Il se mit à courir, soulevant les moellons, écartant les corps. L'aldhei n'était nulle part.

Un pavé vola dans sa direction. Un Fidrolle lui tournait le dos, ses ailes traînant derrière lui. Il grognait, labourant le sol de ses griffes. Les chats vidèrent la place en un clin d'œil. Eisdreel longea les maisons, contournant la bête. C'était la calèche qui la tenait en respect : les trois chevaux faisaient front, solidement appuyés sur la barre centrale qui compensait leur jambe manquante. Le chien avait beau grogner, déployer ses ailes, les chevaux ne bronchaient pas.

Son cœur fit un bond : Allian et Orest étaient de l'autre côté.

– Laissez-moi passer, gronda le Seigneur. Je suis Karnas, Premier Seigneur Errant, et cette ville est mienne. Retirez cet attelage ensorcelé.

– Tu n'as qu'à voler par-dessus, hé !

Les aboiements du chien éclatèrent dans la nuit. Allian disparut derrière la calèche. Karnas carra les épaules d'un air menaçant.

– La Darcer est passée par cette rue. Écartez-vous ou, par le Daj, je vous forcerai à brûler vous-mêmes ces chevaux !

– Allian, dit Orest entre ses dents. À trois. Un…

– Tout de suite, ça me va !

Tous deux bondirent par-dessus la rambarde. Crissant de tous ses essieux, la calèche vira de bord et s'engouffra dans la rue.

– Il nous suit ! fit Orest. Accélère !

Allian agita les mains au-dessus de la rambarde – là où auraient dû se trouver les rênes.

– Quand je dis… qu'on aurait dû modifier… cette foutue calèche !

L'attelage bondit sur les pavés et le projeta sur la banquette. Orest se raccrocha à la rambarde. Le chien volait au ras des maisons. Pour le moment, la rue était trop étroite pour qu'il se pose, mais s'ils débouchaient sur une autre place…

Le Seigneur dut arriver à la même conclusion. Le chien les dépassa.

– Non ! rugit Orest. Il y a la place aux Cas par là ! À droite, À DROITE !

Il n'avait rien oublié de Liett. Le plan de la ville se redessinait dans sa tête avec une netteté et une immédiateté extraordinaires. Il se jeta sur la rambarde, pesant de tout son poids à droite. Les chevaux bifurquèrent.

– Qu'est-ce… que tu fabriques ? dit Allian au milieu du vacarme. Tu vas vers les bas-quartiers ! Les Kmetts envahissent le centre, on est censés les aider !

– Tu as une autre idée pour semer le chien ?

– Nan ! Mais évite les…

La calèche bondit par-dessus le surplomb d'un caniveau et retomba durement. Un cheval hennit de douleur.

Orest se pencha pour vérifier l'état des roues. Elles semblaient intactes : ils remontaient la rue à toute vitesse. Ici, le contraste avec les autres quartiers était frappant. Les maisons se dressaient de guingois, l'air de s'appuyer les unes sur les autres pour tenir debout. Les pavés étaient gras, recouverts des déchets des commerces. Ces petites rues, Allian et lui les connaissaient pas cœur. À cette heure de la nuit, elles étaient les dernières animées. Vagabonds, brigands et prostituées se plaquèrent aux murs pour les laisser passer. Ils disparurent dans les tavernes à l'approche du chien ailé. Il gagnait en vitesse…

– Le cheval blanc ! dit Allian. Il boite !

La calèche, en effet, cahotait. Les crocs du Fidrolle claquèrent au-dessus d'eux. Il aurait pu les broyer en plein vol, mais la rue était trop étroite. Lassé de ses tentatives, il replia ses ailes et bondit souplement au sol. Encombré par ses ailes, il courait moins vite que la calèche, mais…

– Il faut continuer ! lança Orest. La Guilde est à deux rues d'ici !

Il était passé là des milliers de fois. En revenant des Pellons, son butin en poche. En partant à la place aux Cas pour ses commandes de meurtres. Pas de doute, l'une des entrées de la Guilde était près d'ici. Leur ancien repaire était leur seul espoir.

– On n'a pas le temps ! cria Allian. Il va sauter !

Karnas avait détaché son harnais et se tenait en équilibre sur le Fidrolle. Orest entraperçut son regard, brillant de concentration…

– Quitte la calèche !

Celle-ci était lancée à toute allure. Sans attendre, Orest sauta dans le vide. Le choc contre les pavés l'assomma à moitié. Allian, lui, se réceptionna sans peine. Il l'aida à se relever et tous deux coururent à toutes jambes, laissant la calèche s'occuper du Fidrolle. Ils connaissaient ces rues, ses habitants, ses recoins. Mais le seul refuge, c'était la Guilde et ses couloirs désaffectés, la Guilde immense qui serpentait sous terre…

– Là ! dit Allian. C'est là ! Stop !

Il désigna une petite porte, coincée entre deux maisons. Verrouillée. Ils se jetèrent sur elle à coups d'épaule, mais elle était blindée, ce qu'ils savaient parfaitement. Inutile d'insister. Karnas descendit de son Fidrolle et écarta brutalement les trois chevaux. Il faisait plus de deux mètres. Jamais ils n'avaient vu un tel colosse. Orest fit volte-face, cherchant une autre entrée, mais les portes se claquèrent les unes après les autres. Aucun habitant ne prendrait de risques pour eux…

– Psssst ! Les gars, par ici !

La porte de la Guilde s'ouvrit. Ils se précipitèrent vers elle. La silhouette sur le seuil s'écarta et verrouilla derrière eux. Ils se retrouvèrent dans l'un des halls de la Guilde. Une trappe s'ouvrait dans le sol, révélant un escalier qui s'enfonçait dans les souterrains de Liett. Il n'y avait qu'une lanterne, mais elle faisait un contraste éblouissant avec la nuit. Orest se tourna vers leur sauveur. Il éprouva comme un coup de poing dans l'estomac.

L'homme avait l'âge d'Allian. Il avait les cheveux plus longs que dans son souvenir et il était richement vêtu : sa ceinture semblait d'or, son pourpoint était de velours bleu. Il avait changé mais l'essentiel restait identique. Surtout sa copie conforme, qui venait d'apparaître.

– Content de vous voir. Les affaires vont mieux, les jumeaux, on dirait !

Léréon et Lyrend'ell hochèrent la tête.

– La Guilde, c'est nous maintenant. On est revenus à Liett, vous vous souvenez ?

– Oui, dit Allian, mais…

– Et vous, vous revenez avec des ennuis ! Suivez-nous !

– Pas *tous* les ennuis ! On a ramené les chats, d'accord, mais les chiens…

Orest doubla Allian dans l'escalier et arriva dans le sous-sol de la Guilde. Il reconnaissait peu à peu les lieux. L'odeur de bois moisi, les salles pleines de caisses… En continuant vers la gauche, il aurait trouvé sa mansarde. Il n'y avait pas d'issue de ce côté-là.

– Karnas ne va pas lâcher l'affaire. Par où on peut ressortir ?

– Parce que vous voulez retourner en ville ? dit Lyrend'ell. Il y a plein de Seigneurs Errants autour du palais !

Deuxième coup de poing à l'estomac. Et My qui filait sûrement, seule, droit vers le piège…

– Ils sont arrivés avec leurs chiens et leurs roulottes volantes. Je ne sais pas pourquoi ils sont là. Ce n'est quand même pas à cause de vous ?

– On a perdu la bataille du Demi-Pas. Ça ne peut pas être nous, on n'est plus une menace pour eux.

Son malaise s'accentua. Pourquoi les Esbelt ? Le Sanreth avait la Cour, l'armée…

– Il faut que je ressorte.

Une porte claqua à l'étage. Ils se regardèrent tous. Quelques instants plus tard, un choc sourd retentit. Celui d'une porte jetée à terre.

– Ressortons, dit Orest. On aura plus de chance à la sortie ouest.

Les jumeaux prirent la tête. Les couloirs étaient interrompus par des portes à chaque coude. Des cris et des rumeurs traversaient les murs. Les Kmetts devaient se battre sur les toits, masquant les sons à l'intérieur du quartier général.

– Faites moins de bruit ! siffla Orest à ses compagnons.

Le parquet grinça derrière lui. Mû par un réflexe inattendu, il fit volte-face et brandit son épée de biais. La dague de bois lancée vers lui, légère et affûtée à l'extrême, fut tranchée net par sa lame.

Karnas s'avança, obstruant tout le couloir. Il était si grand qu'il marchait courbé. Une dizaine de dagues en bois s'alignaient à sa ceinture, recourbées comme des faucilles et dotées d'un large tranchant. Orest lui lança :

– Je ne sais pas ce que tu cherches, mais tu ne le trouveras pas ici.

Une lame de parquet grinça sous le Seigneur. Il balança son épée de droite à gauche, sans sourire.

– C'est toi que je cherche. Je t'ai vu dans la calèche, avec la Darcer. Ma Reine a un compte à régler avec toi.

Il agit si vite qu'Orest eut seulement le temps de parer. Les deux épées se croisèrent, éraflant les murs. Orest serra les dents.

– Un compte à régler ? Qu'elle vienne elle-même.

– Ma Reine ne se déplace que pour les choses importantes.

Une latte de parquet siffla dans les airs, manquant Karnas de peu. Lyrend'ell se figea, un bras en l'air. Orest utilisa la diversion et dégagea sa lame. Les autres avaient déjà disparu. Karnas grogna dans son dos et se lança à sa poursuite. Plus massif, il ralentissait à chaque virage. Orest et Lyrend'ell le semèrent en quelques mètres. Le mieux était de l'égarer dans les sous-sols puis…

– Psssssst !

Un bras intercepta Lyrend'ell. Ils s'engouffrèrent dans la salle du conseil. Les autres s'étaient cachés derrière la porte. Orest tendit la main vers la poignée, mais Léréon lui bloqua le bras.

– Laisse ouvert.

– *Quoi ?*

Allian plaqua sa main sur sa bouche. Le Seigneur arrivait. Il ne courait plus, parcourant les couloirs en conquérant. Il jeta un coup d'œil dans la salle du conseil, plongée dans le noir, haussa les épaules. Au bout d'un moment, il entra pesamment.

Le groupe attendit qu'il se soit suffisamment avancé, puis quitta la salle en courant. Le Seigneur fit volte-face, mais trop tard. Il s'écrasa contre la porte.

Léréon verrouilla prestement.

– Bien joué, murmura Orest. Maintenant…

Ils se déployèrent dans le couloir, armes en main. La salle resta silencieuse. Ils tendirent l'oreille, mais seules leurs respirations emplissaient l'air. Orest crispa le poing sur son épée. Les autres chuchotaient fébrilement.

– Je vous dis qu'il n'y a pas d'issue dans cette salle, j'ai vérifié !

– Alors, qu'est-ce qu'il attend ? siffla Lyrend'ell.

– Peut-être qu'il mange des cornichons ?

La porte s'arqua dans un craquement sourd. Une fois, deux fois. L'une des planches de la porte tomba dans le couloir.

Plaqué contre le mur, à droite de la porte, Orest échangea un coup d'œil avec Allian, posté de l'autre côté. Les jumeaux restèrent face à l'entrée, donnant l'illusion du groupe. Avec un grognement, Karnas brandit une dernière fois le siège qui lui servait de bélier, et explosa littéralement la porte.

Karnas se glissa dans le couloir avec une facilité qui les prit tous de court. Utilisant son siège comme une masse d'armes, il fit voler les jumeaux à plusieurs mètres. Orest esquiva d'un bond, mais pas assez vite. Le pied du siège lui laboura le dos. Furieux, il passa à l'attaque à son tour. Le premier coup d'épée décapita le pied du siège. Le deuxième éventra le rembourrage du dossier.

Karnas poussa un mugissement et fracassa le siège au sol. Orest eut à peine le temps de plonger derrière une caisse. Dans un concert de claquements, les dagues du Seigneur se plantèrent à quelques centimètres de sa tête. Elles étaient faites d'un bois très lisse, presque métallique. Orest en prit deux, se releva d'un bond. La première passa au-dessus de Karnas. L'autre se planta dans son bras – celui qui tenait l'épée. Le Seigneur lâcha son arme et se plia en deux. Orest s'avança vers lui, goguenard.

– Voilà pourquoi une armure…

Le poing du Seigneur jaillit vers lui, fermé sur une dernière dague. Orest dévia l'attaque d'un moulinet. Même désarmé, l'homme avait une force peu commune. Surgi par-derrière, Allian abattit le reste du siège sur son crâne. Karnas se figea, puis s'effondra dans un mugissement sourd.

– C'était le fauteuil préféré de Krud, dit Allian avec regret.

Orest écarta les débris d'un coup de pied.

– Eh bien, sa fin fut épique.

– Il est mort ? fit Léréon.

Il s'approcha prudemment de l'immense carcasse. Orest secoua la tête.

– Je le garde pour le Sanreth. On va négocier.

Quand ils ressortirent, le Fidrolle avait disparu. La calèche aussi.

– Vite ! Plus vite !

L'air nocturne les cinglait. Des brises brûlantes le zébraient par endroits. Partout où le feu rougissait Liett, ils passaient, ombres noires. Parfois, My apercevait les toits des maisons où pullulaient des chats. La moitié de Liett semblait s'être déversée dans la rue : à chaque croisement, sur chaque place, les combats faisaient rage. Elle n'avait pas vu de Kmetts depuis longtemps. La population affrontait les Seigneurs Errants elle-même, comme si elle n'avait attendu qu'un encouragement. Le chaos défigurait la ville.

Ils quittèrent les quartiers éclairés. Le cheval noir se faufilait dans les plus tortueuses et les plus sombres des rues. Les dangers y grouillaient, mais ils étaient à l'abri des Fidrolles. Chaque fois que My levait la tête, elle en voyait un. Les chiens avaient quitté le palais et attendaient avec gourmandise le moment de plonger dans la mêlée. Régulièrement, l'un d'eux se jetait du ciel. My se forçait à ignorer les hurlements des suppliciés. Il n'était plus temps de penser à ses alliés, quels qu'ils soient. Pour ce qu'elle allait faire, elle avait besoin de tout son sang-froid. Attirés par la bataille, les Seigneurs Errants quittaient le palais. Le Sanreth se retrouvait seul avec ses Chimères : sa chance était là. Si mince…

Le galop du cheval résonnait dans sa tête. Lorsque la bataille s'éloigna, My le fit ralentir. Il n'y avait ni Fidrolle, ni Kmett ici. Elle reconnut les quartiers riches. Des arbres poussaient entre les maisons. Les rues étaient propres, blanches. Il y eut un mouvement furtif derrière les rideaux d'une fenêtre. Ils offraient sans doute un tableau étrange, le cheval noir et elle. My se sentait minuscule sur son dos.

Elle glissa à terre et, à gestes lents, défit sa cape. Elle abandonna son sac et même son épée, ne gardant qu'une petite dague.

– On n'aura pas besoin de tout ça.

Le cheval reprenait son souffle. Sur une telle montagne de chair, le poids des fontes semblait insignifiant, mais My les ôta quand même. Le moindre détail pouvait se retourner contre eux. Elle attendit un moment. Le souffle du cheval redevenait régulier. Il couvrait par intermittences le fracas lointain des armes. Tous deux joueraient dans une autre cour, celle-là restreinte. À deux contre trois. Orest aurait dû être là. Les forces auraient été équilibrées. My se focalisa sur les Chimères et le Sanreth. Plus de temps pour les regrets ou pour les peurs. Puisqu'il leur manquait quelqu'un, elle devrait être deux fois plus habile.

– Allons-y. Tu es prêt ?

Elle monta en selle et répondit pour elle-même :

– Bien sûr que tu es prêt. C'est comme ça que Meshet t'a présenté, non ? Un coursier…

Le galop du cheval résonna dans la rue longtemps après leur départ.

La route nacrée s'incurvait derrière une maison et se fondait dans la Voie du roi. Le palais apparaissait à l'extrémité, masqué par de hautes grilles. Malgré la bataille et l'urgence, My éprouva à sa vue le même mélange d'admiration et d'émotion que la première fois. Il n'avait pas changé. Tout en blancheur et élégance, il était hors du temps, détaché de ces luttes de pouvoir qui le prenaient successivement pour siège. Les lanternes des jardins le paraient de lueurs bleues et roses, mouvantes. Il semblait plongé dans l'eau, à mille lieues du reste de la ville. Une place isolée. Celle où elle aurait pu naître.

Elle ralentit pour passer les grilles. Hautes et effilées, elles s'évanouirent à son passage, se fondant dans l'ombre.

Les jardins étaient intacts. Elle se dirigea vers le hall. Les portes étaient ouvertes, mais le palais paraissait totalement désert. Les vitres brillaient sur la façade blanche. Il se dégageait de ce tableau trop parfait, trop calme, une aura dérangeante. My ne descendit pas du cheval. Elle guettait un signe du Sanreth. Était-il resté à l'intérieur du palais, sûr que personne n'irait l'y défier ?

– Un vrai chef reste avec ses troupes.

Cheval et cavalière levèrent la tête.

Les fenêtres étaient fermées. Les jardins, vides. La voix planait sur l'ensemble, surgie de nulle part. C'était une voix de femme, veloutée et empreinte d'une fausse gentillesse. Son accent roulait les « r » et durcissait les mots.

– Alors, que faites-vous ici ? répondit My.

Nerveux, le cheval dansa sur place. Elle se sentit soudain exposée, au milieu de cette cour trop blanche. La voix répondit, feignant l'amusement :

– Je surveille.

C'était une belle voix de femme, sans âge. La Déléane et ses contrées glacées ne l'avaient pas gâtée. Elle ne sifflait pas, ne crachait pas, montrant un contrôle bien différent de celui du Sanreth. My comprit soudain la présence des Seigneurs Errants. Elle avait réussi à faire sortir la Reine de son antre. Pourquoi ?

– Je ne pensais pas effrayer le Daj à ce point…

– Je ne vois pas comment vous pourriez me faire peur.

La gentillesse fit place à la pitié. Chaque timbre était maîtrisé. My n'arrivait pas à associer un visage à cette voix.

– C'est un honneur de vous parler, jeune Darcer. Je vous surveille depuis longtemps.

– Je ne vous ai jamais vue.

La femme éclata de rire. C'était un rire moqueur, sonore, sans spontanéité.

– Réfléchissez, petite. Vous m'avez déjà croisée. Je connais votre camp, vos alliés et votre misérable Don. Si vous venez implorer ma pitié…

– Je viens parler au Sanreth.

– Le Sanreth est mort par mes soins.

Une forme pâle apparut sur le toit. Il s'agissait d'une femme, sans rien de commun avec la voix. Sa silhouette était épaisse, vêtue d'une robe blanche aux larges plis. Le seul signe de féminité était une tresse noire filée d'or, qui coulait dans son dos et serpentait au sol.

Welfendà baissa la tête vers My. Elle savourait son effet de surprise et ne le cachait pas. Le contraste entre les deux reines était immense. L'une brune, l'autre blonde, séparées par des années d'expérience du pouvoir. Et son seul vrai pouvoir, My ne l'avait plus. Il ne restait que le cheval d'Orest. Elle se força à garder son calme.

– Pourquoi avoir tué le Sanreth ? lança-t-elle. Il était votre pantin. Vous pouviez lui ordonner n'importe quoi. Il était du sang de Keagan…

– J'ai prêté un royaume au Sanreth. Il ne s'en est pas montré digne. Edrilion ira aux Esbelt, la famille dont Keagan est originaire. Je suis sûre que vous n'y verrez pas d'inconvénient.

– Vous avez un problème avec la notion d'héritage. Les Esbelt n'ont rien à faire en Edrilion. *Je* suis l'héritière. Je suis là pour ça.

– Oh, si je vous supprime, mon problème sera réglé.

– J'ai un enfant, vous savez ?

Le silence tomba entre les deux reines.

– Ah, oui ? reprit Welfendà. Eh bien, je n'ai qu'à vous tuer, et avant, je vous ferai avouer où vous avez caché votre rejeton. Merci d'être venue. Les choses seront plus simples.

Elle claqua des doigts. Une deuxième silhouette apparut près d'elle, massive, reconnaissable au premier coup d'œil. My guetta la seconde Chimère. À sa grande surprise, Welfendà ne l'appela pas. La jeune fille retint difficilement le cheval d'Orest.

– Vous vouliez ça, peut-être ? dit Welfendà.

– Oui.

Son ton était ridiculement bravache. Welfendà n'avait pas besoin de deux Chimères : elle contrôlait celle-ci de la tête aux pattes. C'était criant sans qu'elles fassent un geste. My réalisa qu'elles se ressemblaient terriblement. Même pâleur sous la lumière de la lune, même corps massif. Il régnait entre elles une symbiose palpable.

– C'est parfait, dit Welfendà. Eh bien, la voici, appelée spécialement pour vous.

La Chimère s'avança vers le bord du toit. Le cheval se cabra, retenu de justesse par My. Elle le sentait prêt à s'enfuir devant son plus grand prédateur. Le poème se mit à tourner à vide dans sa tête. Elle s'y accrocha, mais plus elle détaillait la Chimère, plus sa décision lui semblait folle. Contre un tel monstre, ils n'avaient pas une chance.

– À vous deux, susurra Welfendà.

La nuit était si limpide que son murmure parvint à My sans peine. La Chimère se coula le long du toit. Elle tomba dans le vide, puis se rattrapa à un appui de fenêtre. Détendu, son corps semblait interminable. Très vite, elle retrouva son équilibre. Ses griffes s'immisçant entre les pierres, elle rampa le long du mur, cherchant ses prises avec prudence, se détendant avec prestesse. Elle sauta des derniers mètres et fit face à My.

La jeune fille raffermit sa prise sur les rênes. Elle avait sous-estimé la taille du monstre. Ses antérieurs étaient solides et effilés, ses pattes arrière, plus musclées, faites pour propulser l'énorme masse en avant. Et surtout, son plumage solidifié la recouvrait entièrement. Il ne bruissait pas, luisant faiblement comme une étrange cotte de maille. La Chimère se ramassa sur elle-même…

– J'ai une chose à dire ! s'écria My. Rien qu'une.

Elle éloigna ses pieds des flancs du cheval. La Chimère suspendit son geste.

– « Courir après les Chimères. » Les expressions ont une histoire. Vous avez peut-être tout fait pour garder le secret, Welfendà, mais les mots courent, et les mythes se transmettent. Je sais comment vos ancêtres ont soumis vos Chimères. Aujourd'hui, c'est à mon tour.

Elle regarda la Chimère. La bête se redressa. Elle échappait au contrôle de Welfendà, appelée par un instinct plus fort, plus impérieux...

– Une course, c'est mon défi.

Et My enfonça les talons dans les flancs du cheval.

Le coursier bondit littéralement. My se rattrapa de justesse à sa crinière. Il franchit les grilles du palais en trombe et fila droit vers les quartiers riches. My ne vit même pas les grilles. Le martèlement des sabots résonnait dans sa tête, bondissait sur les maisons.

La Chimère se lança à leur poursuite, ventre à terre.

My se pencha sur l'encolure du coursier. Il galopait éperdument, étirant la tête, allongeant ses foulées. La peur l'aiguillonnait. Il cessait d'être destrier et redevenait proie, fuyant de toutes ses forces. La Chimère le talonnait, presque désinvolte. Là où les sabots du cheval heurtaient les pavés, elle bondissait, légère. Chaque foulée la détendait comme un serpent, la poussant en avant, toujours plus...

– Accélère !

My éperonna de plus belle. La Chimère gagnait du terrain. La course la déliait, la révélait. Faite pour courir. Ses muscles tout en longueur travaillaient sans fatigue. Les premiers embranchements apparurent de chaque côté de la Voie du roi. Incapable de freiner, le cheval poursuivit en ligne droite. À travers le fracas de la course, My entendit les bruits de la bataille. Ils frôlaient la place aux Cas...

Le cheval fit un écart. La Chimère se rabattit, grondante. Elle chercha à les doubler de l'autre côté. Le cheval se prenait au jeu et ils remontaient la Voie à une vitesse croissante. Sa nature de coursier reprenait le dessus. Couchée sur son dos, My l'encourageait sans s'arrêter. Peu à peu, ils cessèrent de fuir et firent équipe. Le cheval brûlait ses forces sans restriction, conservant un léger écart entre la Chimère et eux. Celle-ci aurait pu les doubler. My en était sûre. Elle n'essayait même pas. Elle renâclait, ses babines découvrant ses crocs, secouant la tête comme pour se débarrasser d'un insecte. My devina que Welfendà hurlait dans sa tête, l'exhortant à aller plus vite. Mais la colère de la dernière Chimère se retournait contre l'ordre de trop. Incapable de tolérer plus longtemps cette voix de femme qui lui avait tant ordonné, qui avait tué ses sœurs…

Les portes de Liett apparurent au bout de la Voie. Elles étaient légèrement ouvertes. Juste assez pour laisser passer une calèche… Ou une Chimère…

My se retourna, électrisée. Les foulées du monstre perdaient leur élasticité. Il griffait le sol dans ses tentatives pour freiner, mais Welfendà gardait encore suffisamment d'emprise. Après un dernier sursaut, la Chimère renonça à se rebeller et retourna dans la course. Le cheval avait pris quelques mètres d'avance et courait ventre à terre, cherchant à se placer dans l'axe de l'ouverture. La Chimère s'engouffra dans son sillage. Ombre noire, ombre grise, courant si vite qu'ils avaient perdu toute forme, désormais semblables à deux boules d'énergie pure. Les portes se rapprochèrent à vue d'œil. La Chimère gagna encore quelques centimètres. Bientôt, elle atteignit l'encolure du coursier…

My agit d'instinct. Comme si le Don était encore là, prêt à la sauver au vol. Elle enleva ses pieds des étriers et sauta.

La dernière chose qu'elle vit fut le cheval, délesté de son poids. Il bondit littéralement en avant, et franchit les portes.

Puis le sol lui sauta au visage.

My rebondit, une fois, deux fois. Le ciel semblait la terre, et la terre semblait partout. Pendant quelques infernales secondes, elle perdit tout repère. Sa chute s'interrompit brusquement. À moitié assommée, elle resta allongée un long moment. Le fossé était couvert d'herbes, mais l'impact les avait écrasées, rendant la terre aussi solide que du roc. My leva deux bras tremblants, et, désorientée, tenta de s'appuyer sur le ciel.

Tout s'inversa. Elle se retrouva debout, titubante et couverte d'ecchymoses. Son bras lui faisait terriblement mal.

Pleurant à moitié, elle se traîna jusqu'aux portes. La douleur attendrait encore un peu. Elle n'avait que le cheval en tête.

Elle se faufila hors de Liett et étouffa un cri.

La course s'était arrêtée. Le cheval d'Orest se tordait au sol, la bouche écumante. Ses hennissements glacèrent le sang de My. C'était de la souffrance à l'état pur, mais différente de la sienne. Il semblait indemne et se traînait sur la Voie, s'éloignant de la Chimère qui le regardait, étrangement recroquevillée.

– Non… Attends ! Arrête-toi !

My boita jusqu'au cheval. Il continua à se traîner sur la Voie, dans un effort pathétique et inexorable.

– Non ! dit-elle avec panique. Que se passe-t-il ? Tes jambes ?

Mais elles étaient intactes. Sans comprendre, My rattrapa le cheval par la bride. Dans un râle, il leva sa tête et la posa sur son épaule. Machinalement, My posa la main sur son chanfrein. Elle eut l'impression de faire une deuxième chute.

Foule d'images. Le cheval les jeta dans son esprit comme s'il voulait s'en débarrasser. Tout se mêla, sans logique. Elle entrevit des paysages, des glaciers, des Seigneurs montés sur des chevaux élancés. Des Chimères recroquevillées à leurs pieds. La voix de Welfendà explosa dans son esprit, et disparut en un fragment de sons incohérents…

Tout se fondit. Quelque chose vrilla sa tête. Terrorisée, My se replia sur elle-même, tentant d'apprivoiser un phénomène auquel elle ne comprenait rien… Elle lutta longtemps, mais le courant de pensées était trop fort. Elle s'y noya.

Quand, bien plus tard, elle reprit ses esprits, une conscience nouvelle s'étirait dans sa tête. Elle comprit alors. Vainqueur de la course, le coursier lui avait donné l'allégeance.

– Qu'est-ce que…

Elle s'arrêta. Sa voix se répercuta dans une dimension nouvelle. Elle voyait la scène à travers deux consciences, mais elle ne connaissait pas la seconde, et pourtant, elle était elle.

Avec difficulté, My se redressa. Elle retint un sursaut quand la Chimère s'avança. Ce n'était plus seulement la

Chimère, c'était autre chose. Quelque chose qui était elle-même, et en même temps…

Un être léger, redoutable. Un monstre venu d'ailleurs.

La Chimère s'arrêta devant elle. Ses prunelles grises la reflétaient. My y vit son visage déformé. Elle y aperçut aussi son propre esprit, en un jeu de miroirs déroutant et vertigineux.

– Je t'ai gagnée à la course !

La Chimère acquiesça sans parole. Elles se tournèrent autour, s'évaluant mutuellement. Ce n'était pas ce à quoi My s'attendait. Elle sentit une intelligence inhumaine, dénuée de la moindre connaissance morale, mais triste et sans révolte. Vouée corps et âme à celle qui l'avait battue à la course, vaincue sur son terrain…

My tendit la main, hésita. Le cou de la Chimère glissa sous sa paume. Elle ne put retenir un frisson de dégoût. Ce monstre, qui avait fait tant de mal, tué ses alliés…

Un si grand pouvoir entre ses doigts. Littéralement.

Elle n'en voulait pas.

La Chimère arqua le cou. Elle semblait s'étonner de sa réaction. Ce n'était pas la voracité de Welfendà, ni la peur avide du Sanreth. La petite humaine la regardait comme si son libre arbitre lui appartenait encore.

Elle risqua un premier flot de sensations vers elle. My reçut pêle-mêle sa colère, sa honte, mots humains qui n'avaient pas de sens dans cet esprit. Mais la demande était claire.

– Fais ce que tu as à faire.

La Chimère fit volte-face et disparut dans la nuit.

Étourdie, My sentit les pavés défiler sous ses pattes, et le cheval immobile à côté d'elle. Elle voulut se dissocier de la Chimère. Le cheval devint plus net, mais la Chimère était à elle, en elle. Il n'y avait rien à faire contre cela. Elle remonta en selle et talonna le cheval, les yeux grands ouverts pour ignorer le tumulte qui se faisait chez l'autre.

Bien avant d'être au palais, elle entendit le cri d'agonie de Welfendà, massacrée par son ancienne esclave.

26. Les Preuves

Le petit jour tomba aussi doucement que la nuit. C'était la même fraîcheur dans l'air, la même lumière timide et pâle. Mais celle-là émergeait des premiers rayons. Les étoiles s'y fondaient. Les maisons s'y réchauffaient. De tous côtés, Liett émergeait de l'ombre. Seule la Voie du roi resta telle qu'elle avait toujours été, blanche et scintillante, menant au palais d'un élan. À chaque tournant, des gens apparaissaient. Des chats rôdaient dans leurs jambes et des chuchotements dans leurs rangs. Ils se taisaient à l'approche de la jeune fille qui marchait près de la Chimère à la gueule sanglante.

Beaucoup s'étaient joints à la bataille. Ils ne comprenaient pas ce qui s'était passé. On murmurait que Karnas, le Premier Seigneur Errant, avait été fait prisonnier. Plus bas encore, on disait que Welfendà avait été trouvée morte. Mais cette rumeur-ci ne circulait pas à voix basse et passait de rang en rang, toujours plus forte : « C'est la Darcer ! »

« La Darcer ! »

Les gens lui souriaient, incertains. Depuis son entrée à Liett, la foule avait triplé de taille. Et il en arrivait toujours, de toutes les rues, des toits. Tous voulaient voir la jeune fille qui marchait vers le palais, la Chimère près d'elle. C'était une étrange association, cette humaine, ce monstre et ce cheval marchant ensemble. My sentait l'excitation de la foule fourmiller sur sa peau, repoussant la peur. Bien avant que le palais soit en vue, la foule devint si nombreuse qu'elle déborda sur la Voie. Des Kmetts étaient présents. Des gardes royaux aussi. Les premières acclamations vinrent d'eux. La foule les imita immédiatement. Un autre feu se propageait dans la ville, invisible et indolore, porteur d'un enthousiasme sidérant.

My répondit aux saluts, encore étourdie. Il lui semblait incroyable de marcher sur cette Voie, elle qui, quelques semaines plus tôt, se pensait promise à la mort. Son cœur lui prouvait qu'elle était bien en vie. Plongé dans ce rêve éveillé, il n'oubliait pas Orest. Elle se redressa pour le voir parmi la foule massée aux grilles du palais. Arrivée là, elle descendit et se mit à courir.

Orest l'attendait là.

Elle se jeta dans ses bras. La foule, l'odeur âcre des incendies, tout disparut, balayé par un soulagement indescriptible. Orest l'enlaça avec force et la fit tournoyer, tous deux enlacés à ne plus pouvoir se lâcher. Il riait, si proche, si vivant contre elle. Rien ne comptait plus que cet être humain-là, au milieu de cette foule. C'était une évidence si simple. Il fallait avoir survécu à cette nuit pour la recevoir en plein cœur.

My prit son visage entre ses mains et l'embrassa. Elle y mit tout son amour, toute son émotion. Quand, enfin, ils se séparèrent, Orest lui souffla au creux de l'oreille :

– J'ai un cadeau pour toi.

Et main dans la main, ils franchirent les grilles du palais. La foule les suivit.

Le soleil levant teintait la cour d'or. La pierre avait perdu son blanc glacé. Le lieu était différent, subitement ramené à la vie. On traversait les jardins en tous sens et des nobles sortaient du palais, encadrés par des Kmetts. My aperçut Ebelior, la mine défaite. Il détourna le regard.

Au milieu des serviteurs affolés et des badauds fous de joie, la calèche irradiait toute la magie des Bois. Un vaste espace se créait autour d'elle. My savait pourtant que les chevaux ne retourneraient plus dans les Bois et resteraient ici. Kebren était allongée sur une banquette. Allian lui tenait la main. Un bandage lui entourait l'épaule, mais la Kmett ne semblait pas grièvement blessée. Elle parlait avec Maranta. Les Preuves n'étaient sans doute plus qu'une question de temps…

– C'est par là, lui dit Orest.

Il l'entraîna vers le hall du palais. Welfendà gisait là où on l'avait trouvée : elle était tombée du toit. Sa robe formait une immense flaque autour d'elle et sa longue tresse serpentait sur le pavé. Orest la contourna et amena My vers une énorme silhouette, un peu plus loin.

Pieds et poings liés, Karnas baissait la tête sous la surveillance d'une dizaine de Kmetts.

– Karnas est le chef des Esbelt. On l'a pris en otage et les Esbelt se sont rendus aussitôt. Quand ils sont drogués, leurs chiens sont inoffensifs. À toi de voir ce que tu en fais.

Orest hésita, puis haussa les épaules.

– Quoi qu'il ait fait, on ne peut pas l'accuser d'être un lâche.

– Bien. Je vais discuter avec lui.

La Chimère se glissa près d'elle. Karnas releva la tête à leur approche. Ses yeux pâles fixèrent la Chimère, puis My, avec une expression indéfinissable.

– J'ai vu la mort de Welfendà. C'est votre ordre ?

– Plus ou moins.

– Alors, vous héritez du Daj'Arlant. Welfendà n'avait pas d'enfant. Dans un tel cas, la loi est claire.

My détailla le visage du Seigneur. Ses traits semblaient taillés dans le roc. Il était impossible de lire en lui la moindre tristesse ni la moindre peur.

– Le régicide gagne la place du roi ?

La barbe de Karnas frémit.

– Nos royaumes n'ont décidément pas les mêmes règles. En Déléane, il aurait gagné la place de Keagan.

Il désignait Orest du menton.

– En Déléane, j'aurais également été décapité comme prisonnier de guerre.

– On préfère voir avant si vous pouvez servir à quelque chose, rétorqua Orest.

La foule avait envahi la cour et les encerclait. Certains montraient ouvertement Orest du doigt. Son identité comme régicide semblait établie même à Liett. Toutefois, My ne sentait pas d'hostilité envers lui, plutôt une immense curiosité. Seuls Ebelior et quelques nobles, placés à l'écart, écoutaient l'échange avec mépris. Karnas se redressa.

– Si vous voulez quelque chose de moi, tuez-moi tout de suite. Je suis venu conquérir, pas m'humilier.

Il s'adressait à My, mais aussi à Orest. Elle répondit posément :

– Je vous tuerai si je n'ai pas d'autre solution. Or, je veux vous proposer un marché, dans l'intérêt de nos deux royaumes.

– Je ne vois pas ce que je peux marchander, hormis ma vie.

Le ton était moqueur, mais My ne releva pas.

– Laissez Edrilion en paix, et je vous donne le Daj'Arlant.

Orest la regarda, incrédule. Les premiers rangs répétaient déjà ses paroles au reste de la foule. Un vent de panique traversa l'assemblée.

Karnas n'avait rien pour inspirer confiance. Il était si manifestement Seigneur Errant, si imposant et impassible, que beaucoup l'auraient abattu sur-le-champ, y compris Ebelior. My poursuivit fermement :

– Je peux hériter du Daj, bien sûr. Deux siècles après votre victoire ici, ce serait un retournement de situation très juste. Mais je ne veux qu'Edrilion. Je vous laisserai partir si vous signez un traité de paix. Jurez de ne plus jamais nous envahir. Vous êtes un chef de clan valeureux, j'espère que vous ferez un meilleur Roi que Welfendà.

Elle vit de la surprise dans ses yeux. Il était déjà prêt à mourir.

– Vous êtes folle.

– Non, je veux juste en finir avec la guerre. Vous connaissez l'honneur, en Déléane ?

– Ne nous insultez pas.

– Alors réglons ça. Faites un trait sur la dynastie de Keagan et acceptez que les Darcer reviennent.

Une boule blanche sauta sur son épaule. My retint le Lanvox d'une main. Elle le désigna :

– Votre dynastie a fait son temps. La nôtre renaît.

Ebelior s'avança, furieux.

– Je ne vois pas de dynastie, ici. Juste une personne ! Nous n'allons pas mettre la couronne dans les mains d'une fille à peine assez grande pour…

– Pour quoi ? coupa Orest. Vous avez soutenu un fou, vous avez voulu lui donner votre fille, vous vous êtes caché dans le palais au lieu de secourir votre propre camp ! Je crois que Mydria n'a pas de preuves à vous donner.

La foule rugit son approbation. La haine des gens pour Ebelior et ses pairs était plus que visible. Le noble n'y prêta aucune attention. Un rictus de dégoût tordit ses lèvres.

– Rien ne vous permet de me parler sur ce ton. Vous êtes le meurtrier de Keagan. Vous êtes…

– Orest est le père de la nouvelle Darcer, dit My.

Elle gratta la tête du Lanvox, pelotonné sur son épaule.

– Ce Lanvox a bu le sang d'Elline. Il est le nouveau Lanvox royal, et vous ne pouvez rien contre ça. Orest gouvernera avec moi.

Le Lanvox descendit le long de son bras, son pelage scintillant à la lumière. Ebelior connaissait aussi bien qu'elle les pouvoirs de cette créature. La foule aussi. Les Lanvox ne partageaient une telle complicité qu'avec les personnes dont ils avaient bu le sang. Autrement dit, un Lanvox n'accordait sa confiance qu'à une seule famille. Ebelior inspira profondément, refoulant sa rage. Il désigna soudain Orest.

– Je demande la preuve par le Lanvox.

L'attention de la foule s'accrut. Le Lanvox ne s'approchait pas d'Orest, et My sentit le doute peser dans l'atmosphère.

D'un coup de lame, Orest se trancha la paume. Le Lanvox tendit le cou et avala quelques gouttes de son sang. Ses yeux rougeoyaient.

Puis il se statufia.

Tous firent silence. Ce qui se jouait là, c'était plus qu'une simple reconnaissance du sang. C'était l'avenir d'une dynastie, le passé relié au présent avec un troisième élément, venu d'ailleurs et rattaché aux deux autres. Âme et sang. Un infini de possibles à venir, un avenir tout neuf, qui pour l'heure ne dépendait que d'un tout petit animal.

Le Lanvox émergea de sa transe sans cracher une goutte.

D'une voix frémissante de rage, Ebelior déclara :

– L'ascendance est confirmée.

ÉPILOGUE

L'océan se froissait et se défroissait sous le vent. À l'horizon, il semblait figé comme un désert de roche. Plus près des falaises, il pliait et scintillait comme de la soie. Il avait la beauté des espaces qui ne faisaient vivre que les plus forts.

Harpenn : le dernier port d'Edrilion. Ils avaient mis de longs jours à l'atteindre. Malgré le printemps, il restait enfermé dans sa gangue de glace, perché sur les falaises du Nord à des jours de marche du moindre village.

My descendit de la calèche. Derrière elle, la Cour mit pied à terre. C'était une Cour jeune, mal assortie. Les Fauconniers se mêlaient aux nobles. Les Kmetts marchaient à l'écart. Ils formaient un nouvel ordre, fait de forces aussi disparates qu'essentielles en Edrilion. Ils avaient tous besoin de temps. Ce voyage était là pour le leur offrir.

My avança, les yeux fermés. Elle aimait ce lieu, sa beauté glacée et silencieuse. Harpenn… Le bout du monde – son monde à elle. Elle imagina Karnas et le clan Esbelt voler vers l'horizon et un Nord encore plus lointain. Ils avaient signé le traité, et fui dans l'heure. Elle ne les reverrait plus.

La Chimère lui emboîta le pas. Son plumage frémissait au vent. L'océan l'appelait aussi fort qu'il repoussait les autres.

– Voilà, murmura My.

Elle serra Elline dans ses bras. Orest et elle restèrent silencieux. Puis, tout bas, il lui glissa à l'oreille :

– Libère-la.

My posa sa main sur le front de la Chimère. Pour la dernière fois, elle croisa ses yeux pâles. Jamais elle n'avait paru si peu monstrueuse, son plumage frissonnant au vent, tout son être en alerte.

Certains rêves étaient faits pour n'être jamais rattrapés.

– Tu es libre.

Une onde d'énergie froide traversa sa paume et le front de la Chimère. À ce moment, elle cessa de l'entendre.

La Chimère se redressa de toute sa taille. Ses yeux perdirent leur humanité. Elle se figea un instant, puis bondit.

Dans une myriade de reflets, la bête plongea dans l'océan et s'enfonça, son plumage métallisé ondoyant sous la lumière.

Bien après qu'elle eut disparu, My et Orest restèrent sur la falaise, cherchant en vain la trace de la dernière Chimère du monde.

Conclusion

Sa chevelure brune en bataille, l'enfant jouait au milieu de la grande salle. Les dimensions de l'endroit n'étaient pas faites pour elle : les arcades l'écrasaient et les fenêtres étaient si hautes qu'elle les atteignait à peine. Elle ne s'en préoccupait pas. Le palais était un labyrinthe merveilleux et un repaire de géants. L'un de ses ancêtres, d'après sa mère, était le plus fameux. On lui avait maintes fois décrit Madael, mais avec son imagination d'enfant, Elline se le figurait comme un grand lézard vert. Un peu plus grand que son père, peut-être – même si la chose semblait extraordinaire.

Dans un éclair blanc, le Lanvox passa devant elle. Elline tendit deux petites mains potelées et attrapa la créature. D'un naturel pourtant patient, le Lanvox se débattit en couinant. Lorsqu'ils étaient tous réunis, il perdait son calme proverbial. Elline le lâcha et se mit debout.

– Papa !

La petite fille traversa le tapis en courant de toutes ses forces. À point nommé, Orest ouvrit les bras. Elle avait déjà sauté. Un très bref instant, Elline éprouva la sensation du vol. Elle retomba dans les bras de son père. Sa déception ne dura pas.

– Tu m'as manqué, moucheron.

Son père revenait de voyage. Il avait gardé sa cape et semblait fatigué, mais il lui souriait. À chaque retour, c'était la même chose. Elline ne s'en lassait pas. Elle savait qu'à peine de retour, il venait les retrouver aussitôt, sa mère et elle. Elle n'avait jamais compris pourquoi, parfois, il partait si longtemps.

– Tu vas rester, cette fois ?

Orest lui ébouriffa les cheveux. Elle détestait ça, mais ne protesta pas, elle voulait sa réponse. Ce fut sa mère qui la lui fournit.

– Pour quelques mois, oui. Ensuite, nous verrons. Ce n'est ni ton père ni moi qui choisissons. C'est un des paradoxes, quand on gouverne…

Sa mère mesurait presque une tête de moins que son père. Aux yeux d'Elline, cela n'avait pas la moindre importance. Elle dégageait quelque chose d'unique, un mélange de majesté et de douceur que sa nouvelle grossesse embellissait. C'était, pour Elline, la plus belle personne du monde. My la prit dans ses bras et coinça une mèche rebelle derrière son oreille.

– Les choses sont ainsi faites en Edrilion : il n'y a qu'un trône et beaucoup de problèmes. C'est pour ça qu'on se sépare parfois. Il faut pouvoir être à deux endroits. Tu apprendras ça plus tard.

– Et si tu voles ?

– Les choses n'iraient pas forcément plus vite, dit Orest. Tous les Darcer ne sont pas faits pour ressembler à Madael. Demande à ta mère.

Elline adorait l'histoire du Don, que My lui racontait souvent. Elle connaissait aussi la lettre de Madael. Elle rêvait du sifflet et de l'île, mais plus encore, ce qu'elle aurait aimé, c'était voler. C'était du passé, désormais. Un passé plein de rêves, dont elle refusait de faire son deuil. Elle leva un petit visage buté.

– Moi aussi, plus tard, je veux être un papillon.

Orest eut un petit rire.

– Ambitieux.

My le fusilla du regard et déclara :

– Ce que ton père veut dire, c'est qu'un papillon a une espérance de vie très faible. C'est pour ça que mon Don est mort si vite… Mais il ne faut pas être triste. Ton héritage est là.

Elle posa le doigt sur la poitrine d'Elline.

– C'est toi. Le Don est le pouvoir emblématique de notre famille, mais Madael l'a dit dans sa lettre : c'est la transmission qui importe. C'est toi. C'est le sifflet, c'est l'île. Et dans longtemps, Elline, quand tu prendras ma place – quand je serai partie…

Elle pensa à la Tinàthien, enfouie au fond de la mer d'Olrante et que seule sa mort pouvait faire revenir dans cette petite main posée sur la sienne. Alors, elle murmura :

– Quand je serai partie, Elline, c'est notre héritage qui reviendra.

Une forme colorée passa devant la fenêtre. Joue contre joue, tous trois contemplèrent les jardins royaux que le printemps réveillait et, voletant dans le ciel, le tout premier papillon.

Faune, flore et pierres

Faune

- Arpies : petit rapace edrilien au bec très court et aux ailes pointues. Il vole deux fois plus vite qu'un aigle.
- Chimère : monstre déléanien réputé pour sa fulgurance à la course. La Chimère est douée du don de télépathie, peut vivre aussi bien dans l'eau que sur terre, et son habitat naturel se situe au nord de La Déléane.
- Fidrolle : monstre déléanien, doté d'un corps de chien et d'ailes noires. Fléau des villes, il s'attaque fréquemment aux populations.
- Hakroo : grand rapace edrilien, blanc ou noir, au plumage irisé. Il ne chasse que sur les plaines.
- Lanvox : petit animal à fourrure blanche qui vit dans les monts Baïshdro. Modifié par la magie, son métabolisme lui donne le pouvoir de clairvoyance, et certains grands nobles l'utilisent pour confirmer leur lignage.

Flore

- Arbrhavre : arbre à troncs multiples de la région des monts Baïshdro, imprégné de magie.

- Calnë : arbre dont la sève, nommée « essence de Calnë », est utilisée pour faciliter la cicatrisation.
- Elline : fleur de feu se nourrissant de magie et renaissant perpétuellement de ses cendres.
- Ferili : arbres jaunes poussant sur les plages du Littoral de l'Ouest.
- Lekêri : arbre brûlant avec une extrême lenteur, dont l'écorce est utilisée pour certaines lanternes.
- Liane de Perhos : plante extrêmement résistante de la région des Bois maritimes.

Pierres d'Edrilion

- Nel'riand : petite gemme bleue nommée « la pierre qui voit ». On peut y déposer des messages pour communiquer d'un bout à l'autre d'Edrilion, à condition d'avoir une parfaite clarté d'esprit.
- Tinàthien : gemme commune aux tons rougeâtres, nommée « la pierre de mémoire ». Par magie, on peut y enfermer un objet et le transmettre de génération en génération. Lorsqu'elle reste trop longtemps éloignée de son propriétaire légitime, la pierre se referme sur l'objet qu'elle garde.
- Verre sauvage : agglomérat de cristaux translucides, tapissant les parois de certaines galeries profondes, en particulier celles d'Istarion.

Remerciements

Il y a quatre ans, les Darcer naissaient. Quatre ans plus tard, riches d'émotions et de travail passionné, c'est le moment de leur dire adieu.

C'est aussi celui des remerciements, car il n'y a jamais une seule personne derrière un livre. Alors, un immense merci à Elsa Lafon, Dorothy Aubert, Maëlle Alan et Clara Féquant pour avoir suivi cette trilogie. Merci pour votre confiance et votre soutien, ce fut très précieux !

Merci aussi à la famille et aux amis : Bénédicte qui a tout commencé avec un sifflet, Samira, Aloïs, ainsi que Claire et Nelson (qui, je m'en vais les balancer, ne savent toujours pas prononcer My correctement), Joseph, Mahaut, Arthur, Manon et Cyndie, Alexandra, Hermine, Rawia, Frédéric, Sophie, les deux Charlotte du blog, Lucille, Brise, Annabelle, Guillaume…

Et tous ceux qui ont suivi Mydria et Orest. J'espère qu'Edrilion vous enchantera encore longtemps, bien au chaud dans vos souvenirs. Et si c'est le cas, mon vœu le plus cher sera exaucé.

Table des matières

conception
réalisation
mise en page
pca
44405 Rezé cedex

IMPRIM'VERT®

Imprimé en France
Par Corlet, Imprimeur, S. A.
Dépôt légal : janvier 2013
N° d'imprimeur : 151201
ISBN : 978-2-7499-1770-2
LAF 1684